HEYNE <

VERONICA WINGS

Schleier des Herzens

Roman

WILHELM HEYNE VERLAG
MÜNCHEN

Umwelthinweis:
Dieses Buch wurde auf chlor-
und säurefreiem Papier gedruckt.

Originalausgabe 04/2005

Printed in Germany 2005
Umschlagillustration: Pino Daeni/Agentur Schlück
Umschlaggestaltung: Nele Schütz Design, München
Satz: Buch-Werkstatt GmbH, Bad Aibling
Gesetzt aus der Cochin
Druck und Bindung: GGP Media GmbH, Pößneck
http://www.heyne.de

ISBN: 3-453-72070-9

Erstes Kapitel

Hacienda de la Luz, Kastilien, 1439

»Ein erlesenes Pferd! Werfen Eure Güter so viel ab, dass Ihr Euch ein solch schönes Tier leisten könnt?« Don Alvaro Aguirre trat neben seinen künftigen Schwiegersohn und schaute geradezu missbilligend auf den edlen kastanienbraunen Hengst und das goldbeschlagene Sattelzeug.

»Fürchtet Ihr, Eure Tochter könnte an meiner Seite verarmen?«, fragte Don Diego de Ciento schalkhaft, ein hoch gewachsener, lebhafter junger Mann mit blitzenden Augen, dessen Ton leichte Gereiztheit verriet. Don Diego war bekannt für sein aufbrausendes Wesen. »Das braucht Ihr nicht. Meine Bauern sind fleißig, die Ernten hervorragend. Und dieser Hengst hat mich obendrein keinen Maravedi gekostet. Eine kleine Cabalgada zu unseren maurischen Freunden, und das Tier lief mir geradewegs zu ...«

Lächelnd streichelte Diego den Hals des Pferdes.

»Sprich, ein Überfall im Nachbarland! Wie sollen wir hier jemals in Frieden leben, wenn Ihr die Mauren immer wieder reizt!«

Don Alvaro, ein kleiner, drahtiger Mann, in dessen dichtes, dunkles Haar sich die ersten weißen Fäden mischten, schüttelte den Kopf. Er war kein Friedensengel, und natürlich fuchste es auch ihn, dass Teile der Iberischen Halbinsel seit Jahrhunderten in heidnischer Hand waren. Aber seine Hacienda lag im Grenzland zum Emirat Granada, und es waren seine Bauern, die unter einem Vergeltungsschlag der Mauren zu leiden hatten. Und der folgte für gewöhnlich auf dem Fuße: Immer wenn sich die Christen aus Kastilien einer Grenzverletzung schuldig machten, griffen anschließend die Granadiner an – und umgekehrt. Die Christen nannten diese Raubzüge ›Cabalgadas‹, die Mauren ›Ghazus‹. Der Effekt war stets der gleiche: versklavte Menschen, gestohlene Tiere, brennende Bauernhöfe.

Don Diegos ›kleine Cabalgada‹ mochte insofern leicht gefährliche Folgen haben. Don Alvaro nahm sich vor, auch die Teilnehmer der heutigen Jagd ausdrücklich auf die mögliche Gefahr aus dem Süden hinzuweisen.

Don Diego nahm die Sache dagegen gelassen. Seine Güter lagen weiter im Inland, und die Teilnahme an solchen Raubzügen betrachtete er schlichtweg als Zeitvertreib – ähnlich wie die Jagd, zu der Don Alvaro heute geladen hatte. Natürlich boten Cabalgadas mehr Aufregung – aber dafür würde er heute das Vergnügen haben, der schönen Beatriz Aguirre einen ganzen langen Jagdtag hindurch nahe zu sein. Ohne Anstandsdame. Beatriz' ältliche Zofe weigerte sich strikt, einem Pferd auch nur nahe zu kommen. Beatriz selbst dagegen …

Diego wandte seine Aufmerksamkeit endgültig von Don Aguirres Predigt ab, als er sie jetzt auf sich zukommen sah. Beatriz saß bereits im Sattel ihrer eleganten, schwarzen Stute. Der strahlende Blick ihrer meerblauen Augen umfing sowohl ihren Vater als auch ihren Verlobten.

»So trübsinnig, Vater?«, fragte sie fröhlich. »An einem so herrlichen Tag?«

Tatsächlich war der Herbsttag in Kastilien wie geschaffen für eine Reitjagd. Die sommerliche Hitze war sanftem Sonnenschein gewichen, und ein leichter Wind spielte mit Beatriz' rotgoldenem Haar. Wie immer hatte sie es nur flüchtig aufgesteckt, um der Schicklichkeit gerecht zu werden. Schon beim ersten Galopp würden sich die Strähnen lösen und die Locken frei im Wind wehen lassen. Beatriz liebte das Gefühl, mit offenem, wehendem Haar zu reiten, und sie freute sich bereits darauf, ihr Pferd tollkühn anzutreiben und den Männern vorauszustürmen. Die Reitjagd gab ihr die seltene Gelegenheit, ihr wildes Temperament voll auszuleben ... die Jagd und die seltenen Stunden, die sie bisher allein mit Diego de Ciento verbringen durfte. Der heißblütige junge Hídalgo entfachte Leidenschaften, an die nicht einmal der wildeste Galopp durch die Felder heranreichte. Schon seine leichteste Berührung ließ Beatriz innerlich erglühen – so wie jetzt, als er wie nebenbei nach ihrem Steigbügel griff, um scheinbar etwas am Sattel zu richten. Ihr dunkelblaues Reitkleid fiel züchtig weit über den Damensattel und ließ nur die Spitze ihrer Stiefelette sehen, aber Diegos Hand wanderte unauffällig ihre Wade hinauf und kitzelte sanft die zarte Haut ihrer Kniekehle. Dabei schien er ganz unschuldig mit ihrem Vater zu plaudern. Beatriz schluckte und entzog ihm entschlossen ihr Bein, bevor ihr die Röte der Erregung endgültig ins Gesicht stieg.

»Das ist nun also der maurische Hengst«, begann sie eine unverfängliche Unterhaltung. »Dabei sagte man mir, die Heiden dort drüben seien zu feige, um richtige Pferde zu beherrschen. Ziehen sie nicht Stuten als Reittiere vor?«

»Das stimmt«, bemerkte Don Alvaro mürrisch. »Eine alte arabische Sitte. Obwohl ich mich der Deutung hier nicht anschließen würde. Oft ist eine edle Stute schwerer zu bändigen als ein grobschlächtiger Streithengst – was das angeht, haben Frauen und Pferde manches gemeinsam ... Wo habt Ihr das Tier erbeutet, Don Diego?«

De Ciento warf sich in die Brust.

»Wenn Ihr Euch nur den stärksten Feinden stellt, so findet Ihr auch unter den Mauren richtige Männer!«, erklärte er stolz und wandte sich dann augenzwinkernd an Beatriz. »Der aufbegehrende Hengst verlangt die starke Hand des Kämpfers, die ungebärdige Stute die geschickte Hand des Künstlers …« Spielerisch liebkosten seine Finger die Schulter von Beatriz' Reitpferd, während seine Augen den zarten Hals seiner Verlobten und den Ansatz ihrer Brüste zu streicheln schienen. Beatriz meinte, seine zärtlich forschenden Bewegungen auf ihrer Haut zu spüren. Sie atmete rascher, kein Gedanke mehr an eine unverfängliche Erwiderung …

»Dann zeigt uns mal, was Ihr könnt – als Reiter!«, brummte Don Aguirre, der die Tändelei der beiden zweifellos bemerkte. Für seinen Geschmack ging Don Diego hier erheblich zu weit. Beatriz war ihm zwar versprochen, aber bis zur Hochzeit würden noch Monate vergehen … Don Aguirre hoffte sehr, dass die beiden solange wenigstens vor dem letzten Schritt zurückschreckten.

»Und du, Beatriz, steck dein Haar ordentlich auf! Die Reiter sollen dem Wild nachstellen, nicht deiner hübschen Larve …«

Beatriz lachte befangen, zog sich dann aber wirklich von Diego zurück. Auch der junge Mann schwang sich nun in den Sattel. Vielleicht würden sich später noch weitere Momente ergeben … Das Jagdfeld blieb selten geschlossen, und womöglich fand sich die Gelegenheit, mit Beatriz zurückzubleiben. Hasen und Wildschweine jagen konnte er jeden Tag – die Erforschung weiblicher Reize lockte ihn weitaus mehr.

Beatriz' Blick verriet ihm, dass sie ähnliche Gedanken hegte. Im Sonnenlicht schienen ihre Augen tiefblau zu leuchten – wie das Meer veränderten auch sie ihre Farbe je nach Stimmung und Tageszeit –, aber ab und zu blitzten aquamarinblaue Sterne darin auf. Sie betrachtete den schlanken jungen Mann an ihrer Seite mit unverhohlener

Leidenschaft. Schließlich war auch Don Diego eine strahlende Erscheinung – mit seinem dichten Haar und der hoch gewachsenen Gestalt stach er unter den meisten kastilianischen Rittern hervor. Dazu wusste er sich zu kleiden. Wohlgefällig betrachtete Beatriz sein eng sitzendes dunkelgrünes Wams, unter dem sich die Muskeln seines Oberkörpers deutlich abzeichneten. Seine Taille war eng gegurtet, die kostbare Gürtelschnalle ebenso ein Blickfang wie der steife, gestärkte weiße Kragen, der sein Wams Richtung Kinn erweiterte. Nach neuester Mode waren seine Hosenbeine geschlitzt und dezent mit braunem Stoff unterlegt. Sie verdeckten nur einen Teil seiner muskulösen Oberschenkel, der Rest bot sich Beatriz' neugierigen Blicken in moosgrünen seidenen Strümpfen dar. Hohe, kostbare Lederstiefel rundeten das Bild des Caballero ab. Zudem trug Diego selbstverständlich parfümierte Handschuhe – Beatriz' Herzschlag beschleunigte sich, wenn sie an den Duft ihres Geliebten dachte: ein bisschen Moschus, edelstes Leder, ein Hauch von Pferdeschweiß, der den Ritter vom Dandy unterschied …

»Was ist, meine Liebste, träumt Ihr?«, fragte Diego lächelnd.

Beatriz riss sich zusammen. Während sie ihren lüsternen Gedanken nachhing, hatte sich das Jagdfeld zum Aufbruch formiert. Don Aguirre führte die Reiter durch das Tor seiner Hacienda hinaus auf freies Feld. Die Hunde stöberten herum und nahmen Witterung auf. Beatriz und Diego mussten sich beeilen, den Anschluss nicht zu verlieren. Während die Reiter zunächst durch Don Alvaros Dattel- und Orangenpflanzungen ritten, blieb die Gruppe zusammen. Beatriz und Diego plauderten mit anderen Jagdteilnehmern, und mehr als einer der Reiter warf Beatriz bewundernde, Diego jedoch neidische Blicke zu. Nur selten ritten Frauen mit auf die

Jagd, und kaum eine saß so verwegen zu Pferde wie Don Aguirres schöne Tochter. Kerzengerade und mit unvergleichlicher Anmut thronte sie im Seitsattel; aus ihrer Frisur hatten sich erste Strähnen gelöst und umspielten ihr schmales Gesicht. Beatriz Aguirre war klassisch schön. Sie hatte volle, klar geformte Lippen, hohe Wangenknochen, eine gerade Nase und einen sehr hellen Teint – lediglich die etwas schräg stehenden Augen verrieten die Leidenschaft, die sich hinter aller Zurückhaltung der wohlerzogenen jungen Adligen versteckte. So mancher Ritter träumte davon, sie einst zu wecken, aber bislang hatte Beatriz nur an Diego de Ciento Interesse gezeigt. Nun passte die Verbindung zum Glück hervorragend: Diego war ein Mann von Adel, vermögend und von bestem Ruf – nur ein bisschen zu tollkühn und großspurig für Don Aguirres Geschmack. Trotzdem hatte Beatriz' Vater keinen Grund gefunden, seinem Werben um Beatriz nicht zu entsprechen. Im letzten Jahr war die Verlobung gefeiert worden. Das Mädchen fieberte seitdem der Hochzeit entgegen.

Inzwischen hörte man aufgeregtes Bellen – mehrere Hunde hatten Wildspuren aufgenommen. Die Windhunde der Kastilier folgten der Fährte nicht in der Meute, wie es in England der Brauch war. Stattdessen stöberten sie einzeln umher, taten dann aber durch laute Geräusche kund, wenn sie sich auf eine Spur setzten. In der Regel schlossen sich ihnen dann andere Hunde an, und auch die Reiter folgten ihnen – wobei sich das Feld auseinander zog, wenn mehrere Hunde gleichzeitig verschiedene Fährten verfolgten. Diego und Beatriz warteten zunächst ab und ritten dann einem großen, schwarzen Galgo hinterher, der sich in atemberaubender Geschwindigkeit auf die Spur eines Fuchses gesetzt hatte. Kaum ein anderer Reiter konnte mit ihm Schritt halten, zumal der Fuchs auch noch in ziemlich unwegsames Gelände floh. Diegos schlanker maurischer Hengst folgte dem Windhund aber mühelos, und auch Beatriz' Stute, ein englisches Jagdpferd, ließ sich nicht abhängen. Als der Hund schließlich die Fährte verlor, fanden sich die beiden weit entfernt vom Hauptfeld wieder. Diego lächelte Beatriz verschwörerisch zu.

»Wollen wir die anderen suchen, meine Schöne, oder steht Euch der Sinn vielleicht nach einer Rast? Euer Pferd wirkt abgekämpft …«

»Nicht mehr als das Eure, mein Herr!«, gab Beatriz etwas gereizt zurück. Auf ihr Jagdpferd ließ sie nichts kommen. »Meine Stute könnte noch stundenlang weitergaloppieren. Allerdings macht der Hund einen müden Eindruck …«

Sie zwinkerte Diego mutwillig zu. Der junge Mann lachte.

»Dann wollen wir dem armen Tier doch etwas Ruhe gönnen.«

Diego erspähte einen schattigen, grasbewachsenen Platz zwischen ein paar Felsen. Selbst wenn sich jemand von der Jagdgesellschaft hierhin verirren sollte, würde er sich kaum unbemerkt nähern und heimliche Blicke erhaschen können. Der junge Mann sprang vom Pferd und hob Beatriz aus ihrem Damensattel. Nur zu gern überließ sie sich dem Griff um ihre Hüfte. Ganz langsam ließ Diego das Mädchen zu Boden gleiten.

»Ihr seid leicht wie eine Feder, meine Schöne«, sagte er galant.

Beatriz lachte. »Dafür fasst Ihr recht fest zu, Don Diego. Ein Federchen wäre längst zerbrochen …«

»Könnt Ihr mir noch einmal vergeben? Kommt, lasst mich Euch beweisen, dass meine Hände auch sehr zart sein können!«

Diego geleitete seine Liebste in die Senke hinter den Felsen. Zärtlich strich er ihr das wirre Haar aus dem Gesicht, ließ die Fingerspitzen leicht über ihre Schläfen, ihre Augenbrauen und ihre Wangen wandern und zeichnete schließlich die Kontur ihrer Lippen nach. Dann hob er ihr Kinn sanft an, und sie bot ihm den Mund zum Kuss. Diego öffnete ihre Lippen zunächst zart mit seiner Zunge, aber dann übernahm Beatriz die Initiative und presste sich wilder an ihn. Aus dem scheuen Kuss wurde ein leidenschaftlicher Austausch von Zärtlichkeiten. Beatriz' Hände tasteten sich über die Seide seiner Beinkleider und liebkosten die Innenseite seiner Schenkel. Diego öffnete Beatriz' züchtig geschlossenes Reitkleid und nahm ihren Duft von Rosen und Magnolien in sich auf. Das Mädchen erzitterte unter seinen Küssen und hob ihm den Körper leidenschaftlich entgegen, als er ihre weißen Brüste freilegte und ihre Brustwarzen zunächst mit seinen geschickten Fingern, dann mit der Zunge zum Schwellen brachte. Befreit von der Enge des Reitkleids wirkte sie nicht mehr mädchenhaft schlank, sondern bot Diego weiche Rundungen oberhalb des Korsetts zur Liebkosung dar. Sie schrie erregt auf, als er die Brustwarzen zwischen die Lippen nahm und leicht daran saugte, während seine Hände tiefer zu den Achselhöhlen wanderten. Der junge Mann machte Anstalten, das Mädchen auch von den Fischbeinstangen des Korsetts zu befreien.

Doch Beatriz wehrte sich mit heiserer Stimme. »Nein … nicht, Liebster, wenn du die Bänder löst, wirst du mich nachher neu schnüren müssen …«

»Es gibt nichts, was ich lieber täte!« Diego knüpfte das Band auf, das ihr Korsett schloss, und hielt kurze Zeit inne, als sich ihm Beatriz' Körper in seiner vollen Schönheit offenbarte. Dann malten seine Fingerspitzen kleine Kreise auf ihren flachen Bauch und hinab zu ihrer Scham. Beatriz gab zarte, heisere Schreie von sich. Als Diego sich über sie schob, fühlte sie die Härte zwischen seinen Beinen.

»Nicht, Diego, das dürfen wir nicht!« Ernüchtert wehrte Beatriz ihn ab und richtete sich auf. »Ein bisschen … Tändelei … ist in Ordnung, aber das letzte Geheimnis will ich mir bis zur Hochzeitsnacht bewahren.«

Sanft entfernte sie seine Hand von dem zarten Seidengespinst, das ihre intimsten Reize vor seinen Blicken verbarg. Mit zärtlichen Gesten forderte sie ihn auf, sich nun seinerseits niederzulegen und zu entspannen. Ihre Finger öffneten sein Wams und tasteten sich über stählerne Muskeln und festes Fleisch nach unten, während sie seine Brust mit Küssen bedeckte. Diego bäumte sich auf vor Lust, als sie sein Geschlecht schließlich scheu und forschend streichelte. Beatriz' Bewegungen wurden schneller, als es in ihren Händen anschwoll und pulsierte. Sie wagte nicht, es ganz zu umfassen, aber ihr vorsichtiges Streicheln reichte aus, um ihn zum Höhepunkt zu bringen.

»Eine Feder genügt, um dich zu erregen!«, lachte sie spitzbübisch, als sie sich in seine Arme schmiegte, während er wieder zu Atem kam. »Das waren die Hände der Künstlerin. Willst du nun die Kraft der Herrin spüren?«

Diego wollte etwas erwidern, aber Beatriz verschloss ihm den Mund mit einem Kuss und griff nun fordernder nach seinem Körper. Sie schob seine Hosen über seine Hüften, traktierte sein Fleisch mit leichten Bissen und brachte ihn in Windeseile zu neuer Erregung. Diego umfasste ihre Schultern, vergrub sein Gesicht zwischen ihren Brüsten und gab die winzigen Bisse zurück. Diesmal schrie auch Beatriz auf, während Diego sich ein weiteres Mal in der Leidenschaft verlor.

Zitternd und schwer atmend lagen sie nebeneinander.

»Kann das noch schöner werden, wenn du die Pforte

meiner Jungfräulichkeit aufstößt?«, fragte sie schließlich. »Gibt es wirklich noch Möglichkeiten, das zu steigern?«

Diego lächelte selbstbewusst.

»Meine Geliebte, ich verspreche dir Wonnen, von denen du jetzt noch nicht einmal träumen kannst. Wie du es sagst, noch stehen wir vor der Pforte. Mehr als ein Blick durchs Schlüsselloch ist dir bisher nicht gewährt worden. Wenn du mich jedoch ließest …«

»Keine Einbrüche, Geliebter! Das Tor wird sich im rechten Augenblick öffnen!«, wehrte Beatriz ihn zärtlich, aber entschlossen ab. »Und nun solltest du mich schnüren. Wir müssen zurück zur Jagd. Ich bin sicher, dass man uns bereits vermisst.«

»Und wir haben nicht mal ein Häschen als Beute vorzuweisen!«, lachte Diego.

»Was ist mit dir, du fauler Hund? Konntest du nicht ein wenig Beute machen, während wir uns hier vergnügten?« Diego wandte sich an den Galgo, der bislang hechelnd im Schatten gelegen hatte. Wie auf Kommando sprang das Tier auf und begann warnend zu bellen.

»Sieh, wie er sich an seine Pflicht erinnert!«, höhnte Diego und warf einen Stein nach dem Hund. Der bellte daraufhin noch wütender. Beatriz und ihr Geliebter beachteten ihn nicht. Beatriz stöhnte auf, als Diego die Bänder ihres Korsetts mit einem kräftigen Ruck anzog.

»Nicht so fest! Ich bin kein Pferd, dessen Sattelgurt du anziehst!«

Diego zupfte nun sanfter, küsste dabei ihre Schultern und erntete Wonne- statt Protestlaute.

Aber dann übertönte eine klangvolle, höhnische Stimme das Bellen des Hundes: »Wie anrührend! Der große Krieger in der Rolle einer Kammerfrau! Nun, es ist nicht das erste Mal, dass Ihr Euch weibisch zeigt!«

Diego und Beatriz fuhren erschrocken herum. Entsetzt

erkannte Beatriz einen Mann in maurischer Kleidung, der mit gezücktem Krummschwert am Rand der Senke stand.

Diego tastete nach seiner Waffe. Um ihn herum klang Lachen auf. Beatriz schaute hektisch nach rechts und links. Tatsächlich bewahrheitete sich ihre böseste Ahnung. Sie waren umzingelt! Und einer der kleinen, nach maurischer Sitte vermummten Männer schwenkte lachend Diegos Schwert.

»Heiden, feige Strauchdiebe! Was habt Ihr nun vor? Wollt Ihr einen unbewaffneten Mann niedermetzeln?«

Der Maure, offensichtlich der Anführer dieses Trupps, schüttelte den Kopf. Seine untere Gesichtshälfte war nach dem Brauch der Wüstenkrieger mit einem Tuch bedeckt, aber das Aufblitzen der Augen verriet ein spöttisches Lächeln.

»Das hätten wir eben schon haben können. Den Rücken habt Ihr uns oft genug zugedreht! Nein, ›Don Diego‹, du sollst deinem Bezwinger ins Auge sehen! Vielleicht hast du es nicht verdient, aber ich gewähre dir trotzdem einen gerechten Kampf.« Der Mann wandte sich seinem Gefolge zu. »Gebt ihm sein Schwert zurück!«, forderte er gebieterisch. »Aber lasst ihn vorher seine Hose schließen!«

Die Männer lachten schallend, während Diego, hochrot im Gesicht, seine Beinkleider richtete. Der kleine Maure warf ihm daraufhin sein Schwert zu und stellte sich ihm auch gleich zum Kampf. Während Diego seine Angriffe geschickt abwehrte, schloss Beatriz hastig ihr Kleid. Einer der maurischen Kämpfer rief ihr eine Bemerkung zu, woraufhin die anderen lachten. Diegos Gegner wurde das zum Verhängnis. Als er seine Aufmerksamkeit einen Moment lang abzog, stieß Diego zu und verwundete seinen Schwertarm. Sofort sprang ein anderer in die Bresche.

»Feige Halunken! Fünf gegen einen!«, schrie Beatriz und stürzte sich von hinten auf den neuen Kämpfer. Ihr plötzlicher Angriff hätte den Mann um ein Haar zu Fall gebracht. Diego schlug ihm das Krummschwert aus der Hand und setzte zum tödlichen Stoß an, aber der Maure rollte weg. Zwei Männer hielten die tobende und um sich schlagende Beatriz fest, während sich nun der Anführer zum Zweikampf stellte. Die ersten Gefechte, das erkannte sie schnell, waren nur Vorgeplänkel gewesen. Jetzt aber ging es um Leben und Tod. Beide Männer waren den Angriffen des anderen ohne jeden Schutz ausgeliefert. Der Maure trug zwar einen Helm und einen leichten Lederpanzer, legte aber beides ab, als Diego einen spöttischen Blick darauf warf.

»Du wirst zwar keine Gelegenheit mehr haben, mir Feigheit vorzuwerfen, aber du sollst auch nicht mit der Genugtuung in deine Hölle fahren, in einem ungleichen Kampf unterlegen zu sein.«

Der Maure schleuderte seinen Panzer zu Boden und stürzte sich auf Diego. Die Männer fochten erbittert, Stahl traf auf Stahl. Diego war seinem Gegner an Kraft klar überlegen. Dafür schien der Maure aber beweglicher und geschickter zu sein.

Beatriz wurde immer noch festgehalten, hatte aber längst aufgehört, sich gegen den Griff der Männer zu wehren. Ebenso gebannt wie die Gefolgschaft des Mauren verfolgte sie den Kampf. Schließlich gelang Diego ein gewaltiger Stoß gegen die Waffe des Gegners. Dem Mauren fehlte die Kraft, ihn voll abzufangen. Mit erhobenem Krummschwert fiel er auf die Knie. Triumphierend hob Diego sein schweres Schwert aus Salamanca zum letzten Schlag – und bot dem Mauren damit seinen ungeschützten Unterkörper. Der Maure zögerte nicht. Mit elegantem Schwung ließ er den Säbel sinken und stieß ihn unterhalb des Rippenbogens in Diegos Brust.

Beatriz schrie auf. Diego stand einen Herzschlag lang

wie erstarrt, das Schwert noch erhoben. Aber dann entfiel es seinen Händen, er sank zu Boden, die Hand auf seine Wunde gepresst.

»Diego, Geliebter!« Beatriz versuchte verzweifelt, sich loszureißen.

Der Anführer der Mauren hatte sich inzwischen aufgerichtet und sah auf den sterbenden Mann zu seinen Füßen.

»Lasst sie los!«, sagte er ruhig und wiederholte es dann noch einmal in der Sprache der Mauren.

Als der Griff der Männer sich lockerte, stürzte Beatriz zu ihrem Geliebten. Schluchzend sank sie neben ihm zu Boden.

Diego suchte ihren Blick mit brechenden Augen. »Nun werden wir … die Pforte niemals zusammen durchschreiten …«, flüsterte er.

»Diego, Liebster, du musst leben! Die Wunde kann nicht so schlimm sein … Wir werden einen Arzt finden, du …« Beatriz brach ab. Auch wenn sie es nicht glauben wollte, sie sah doch das Leben aus Diegos Gesicht schwinden. Zitternd zog sie seinen Kopf in ihren Schoß und streichelte seine Stirn und seine Wangen. »Ich liebe dich. Ich werde dich immer lieben!«

Diego drückte ihre Hand. »Der Himmel … kann nur eine Enttäuschung sein … nach all den Wonnen, die ich in deinen Armen schauen durfte …«

»Im Himmel werden wir uns wieder sehen. Sie werden mich ja auch töten. Und sonst … du bist meine einzige Liebe, Diego. Für immer. Ich werde nie einem anderen gehören … Mein Geliebter, mein versprochener Gatte …«

Beatriz wusste nicht, ob Diego ihren Schwur noch hörte. Sie schluchzte auf, als sein Körper in ihren Armen erschlaffte. Noch einmal küsste sie sein Gesicht, sein blondes Haar … Noch einmal roch sie seinen Duft, aber jetzt mischte sich der Geruch von Blut und Tod mit Leder und Rosen …

»Das reicht jetzt, nehmt ihn ihr ab!« Die schneidende Stimme des maurischen Anführers durchbrach ihre Trauer. »Wo ist Touhami?«

Der Mann wandte sich den Pferden zu, während seine Männer Diegos Körper aus Beatriz' Armen rissen. Das Mädchen wehrte sich verzweifelt – und stellte gleich darauf fest, dass sie nicht nur um die Leiche ihres Geliebten kämpfte. Wie es aussah, wollten die Männer sich jetzt auch an ihrem Körper schadlos halten. Vorhin waren sie Zeuge ihres Liebesspiels mit Diego gewesen, was sie zweifellos erregt hatte. Nun sahen sie sich der Beute nahe. Während einer von ihnen Beatriz festhielt, riss ein weiterer ihr Kleid auf und griff lüstern nach ihren Brüsten. Urplötzlich erkannte Beatriz, dass Cabalgadas und Ghazus auch andere Seiten hatten als den kostenlosen Erwerb schöner Pferde. Bislang hatte sie den dabei vergewaltigten Frauen, den getöteten oder versklavten Männern nie einen Gedanken geschenkt. Verzweifelt trat sie nach dem Geschlecht eines ihrer Peiniger. Was, zum Teufel, tat der Anführer? Sollte er die Männer nicht an solchen Ausschreitungen hindern?

Der Maure schien jedoch anderweitig beschäftigt. Beatriz erkannte aus dem Augenwinkel, wie er sich Diegos Hengst näherte. Zutraulich wieherte das Tier ihm zu.

»Da bist du, Touhami! Ich bin gekommen, dich heimzuholen!«

»Ihr habt den Kampf hier wegen eines Pferdes geführt?«

Beatriz wollte dem Mann ihre Wut entgegenschleudern, aber sie war zu sehr damit beschäftigt, die Männer abzuwehren, die sie jetzt brutal zu Boden stießen. Einer nahm sein Tuch vom Gesicht, entblößte harte, falkenartige Züge und unreine Haut und rammte Beatriz wollüstig die Zunge in den Mund. Beatriz biss ihn, woraufhin er nach ihr schlug. Schließlich hielt sie still, während er ihre Brüste knetete. Schwer atmend zerrte er an ihrem Kleid, riss seine Hose herunter und gab den Blick auf sein gewaltig angeschwollenes Geschlecht frei.

Beatriz wimmerte und biss nach der Hand, die ihren Mund verschloss. Sie trat nach dem Mann, als er ihr Kleid hoch zerrte und den dünnen Seidenstoff zerfetzte, der eben noch ihr heiligstes Geheimnis vor Diego verborgen hatte. Beatriz versuchte, die Beine zusammenzupressen, doch der Mann drängte sie brutal auseinander.

Aber dann griff der Anführer ein.

»Das reicht jetzt!«, befahl seine schneidende Stimme.

Anscheinend hatte er sich von Diegos Pferd losgerissen und rief jetzt seine Männer zur Ordnung. Das Ergebnis war ein Wortschwall in seiner Landessprache, denn die Krieger protestierten lauthals, weil man sie ihrer Beute berauben wollte.

Der Anführer schüttelte dazu gebieterisch den Kopf und antwortete seinerseits mit einem arabischen Sermon. Seine Worte klangen jedoch nicht wie ein Befehl, sondern eher wie eine Erklärung. Und die Männer schienen sie anzunehmen! Jedenfalls löste sich der eiserne Griff um Beatriz' Arme. Der Mann, der sie fast vergewaltigt hätte, breitete das Kleid wieder über ihre Scham und bedeckte sein Geschlecht. Er murrte zwar, zog sich aber zurück.

Der Anführer schenkte Beatriz einen kurzen Blick.

»Alles heil und in Ordnung?«

»Heil und in Ordnung?«, keifte sie. »Wie könnt Ihr so etwas fragen, nachdem Ihr mir eben den Geliebten und beinahe noch die Ehre geraubt habt? Was habt Ihr diesen … Tieren gesagt, um sie von mir abzubringen?«

Der Mann lächelte. »Beinahe der Ehre beraubt und doch schon wieder neugierig … Ihr gefallt mir. Nennt mir Euren Namen.«

»Wieso sollte ich mich Euch vorstellen? Sind wir auf einem Ball? Mein Name geht Euch nichts an!«, erreiferte sich Beatriz.

Der Mann zuckte die Schultern. »Schön, dann muss ich Euch eben selbst einen Namen geben. Bei uns ist das Sitte, wisst Ihr. Pferden und Frauen geben wir Namen und richten sie darauf ab. Der da heißt Touhami«. Er wies auf den kastanienbraunen Hengst.

Beatriz' Augen blitzten vor Wut. »Mich werdet Ihr nicht abrichten! Was ist das überhaupt für eine Sprache! Was glaubt Ihr, was ich bin? Euer Eigentum? Denkt Ihr, Ihr hättet mich erobert?«

Der Maure lächelte. »Ihr habt es erfasst. Genau das ist der Fall. Ihr seid eine Sklavin, das Eigentum von mir und meinen Männern. Erworben in einem ehrlichen Kampf.«

Beatriz schluckte. Aber dann gewann die Empörung wieder die Oberhand. »So? Und warum habt Ihr die Kerle dann gehindert, Besitz von mir zu nehmen? Warum habt Ihr sie nicht gewähren lassen? Sicher hätten sie mir hinterher die Freude gemacht, mich zu töten!«

Der Mann schüttelte den Kopf, und in seinen Augen blitzte wieder dieses spöttische Lächeln, das Beatriz rasend machte. Beatriz registrierte, dass er volles, langes Haar hatte, schwarz, leicht gelockt und in der Mitte gescheitelt.

»Ihr wollt nicht wirklich sterben«, sagte er sanft. »Mal ganz abgesehen davon, dass meine Männer Euch nicht getötet hätten. Sie hätten nur Euren Wert gemindert. Nach dem, was wir hier vorhin mit ansehen durften, nahmen sie nicht an, dass Ihr Jungfrau seid. Ich aber entnahm Euren rührenden Abschiedsworten für meinen geehrten Gegner« – die letzten Worte spuckte er nur so aus –, »dass Ihr trotz all der Liebeswonnen, deren Zeugen wir wurden, doch noch unberührt seid. Und eine Jungfrau Eurer

Schönheit bringt mehr auf dem Sklavenmarkt in Granada, als diese Männer in drei Jahren verdienen. Das habe ich ihnen vor Augen gehalten, und klug wie sie sind, verzichteten sie auf das kurze Vergnügen zu Gunsten des Reichtums. Wollt Ihr mir nun sagen, wie Ihr heißt?«

Beatriz fehlten die Worte. Ein Sklavenmarkt? Ein horrender Preis? Natürlich wusste sie, dass sowohl die Mauren wie die Christen ihre Kriegsgegner versklavten. Aber sie hätte niemals gedacht, dass es sie selbst treffen könnte! Waren die Sklaven, von deren Eroberung Diego oft fröhlich erzählt hatte, nicht sowieso Leibeigene? Bauern und anderes, niederes Volk?

»Ich bin Beatriz Aguirre! Mein Vater besitzt weitläufige Ländereien bei Lorca. Er wird mich auslösen!« Wie gut, dass ihr das wieder eingefallen war. Natürlich, wenn reiche Leute in Gefangenschaft gerieten, löste ihre Familie sie aus! Selbstverständlich würde Beatriz nicht auf dem Sklavenmarkt enden.

»Sieh an, eine Hídalga!« Der Maure übersetzte Beatriz' Worte schnell für seine Männer, die sich darüber zu freuen schienen. »Das wird Euren Preis noch weiter in die Höhe treiben!« Er nickte wohlgefällig.

»Habt Ihr nicht gehört? Es gibt keinen Preis! Mein Vater wird mich auslösen!« Beatriz hätte am liebsten laut geschrieen, zwang sich aber zur Ruhe.

»Er wird zweifellos die Möglichkeit dazu erhalten«, lächelte der Maure. »Aber hängt Euer Herz nicht an diese Idee. Euer Wert mag den der Güter Eures Vaters weit überschreiten. Dazu zeigen sich christliche Herren im Allgemeinen recht knickerig, wenn sie befürchten müssen, die Ware käme beschädigt zurück. Und ich kann ihm kaum Euer unversehrtes Jungfernhäutchen zur Ansicht schicken.«

Beatriz rang nach Luft.

»Ihr seid …« Sie suchte nach Worten und ballte die Fäuste, als wollte sie sich gleich auf ihn stürzen.

»Verzeiht mir, ich bin nur ein unwissender Heide!«, lachte der Maure. »Und nun kommt, meine schöne Sklavin, ich helfe Euch aufs Pferd. Es wird Zeit, dass wir uns auf den Weg machen. Sonst sucht man Euch womöglich, und wir müssen noch mehr Männer Eures Vaters in die Hölle schicken!«

Einer der Mauren hatte Beatriz' Stute bereits geholt und übergab die Zügel nun seinem Anführer. Der Mann machte Anstalten, Beatriz' Unterschenkel zu umfassen, um ihr das Aufsteigen zu erleichtern.

»Auf den Weg? Wohin? Ich …« Beatriz wollte vor der Berührung zurückweichen, sah aber, dass jede Flucht sinnlos war.

»Auf den Weg nach Granada natürlich. Wahrscheinlich auch Eure neue Heimat. Es wird mir ein Vergnügen sein, Euch zu begleiten.« Der Maure deutete eine höfische Verbeugung an, verlor dann aber die Geduld. »Nun macht schon! Und ziert Euch nicht. Ich will Euch nur aufs Pferd heben. Eurem Diego habt Ihr eben noch ganz andere Berührungen erlaubt.«

Als ob das miteinander vergleichbar wäre! Beatriz' entzog sich dem Griff des Mannes und versuchte, ihr Pferd ohne Hilfe zu ersteigen. Der Mann war die Verzögerungen jetzt aber endgültig leid. Geschickt leistete er Hilfestellung, und obwohl es Beatriz widerstrebte, war sein Griff um ihr Bein fest und sicher, gab Halt, aber tat nicht weh und wahrte auch die Schicklichkeit. Beatriz' Reitkleid verrutschte nicht, und sie glitt weich und geschmeidig in den Sattel.

Auch die Mauren machten nun Anstalten, sich auf die Pferde zu schwingen. Der Anführer legte den Brustpanzer und den Helm wieder an, bevor er aufsaß. Anscheinend befürchteten die Männer also durchaus noch Feindberührung. Beatriz schöpfte bei diesem Gedanken ein wenig Hoffnung. Vielleicht stießen sie ja auf christliche Ritter, die sie befreiten.

Dann suchte ihr Blick Diegos Leiche. Die Mauren hatten sie achtlos hinter einen Felsen geworfen. So schnell würde hier niemand den Toten finden.

»Wollt Ihr ihn da liegen lassen?«, fragte sie entsetzt. »Den wilden Tieren zum Fraß?«

Der Maure verdrehte die Augen. »Wir können ihn kaum mit nach Granada schleppen«, sagte er gelassen und griff nach den Zügeln von Beatriz' Pferd.

Beatriz schossen erneut die Tränen in die Augen, und diesmal konnte sie ein Schluchzen nicht unterdrücken. Der Maure hatte wohl eher mit einem erneuten Aufbrausen gerechnet. Als er das Mädchen jetzt weinen sah, schien sein Blick weicher zu werden.

Schließlich bellte er ein paar Befehle, woraufhin einer seiner Männer den Jagdhund einfing, der immer noch am Rand des Geschehens wartete. Beatriz schluchzte auf und zitterte. Was würden sie jetzt wohl mit dem Hund tun? War es Sitte bei den Mauren, auch die Tiere ihrer Opfer abzuschlachten?

»Ein hübsches Tier. Bestimmt wird Euer Vater ihn vermissen«, bemerkte der Anführer mit einem Seitenblick auf das Mädchen. »Und im Gegensatz zu Eurem Liebsten stehlen wir nichts, was ein anderer abgerichtet hat.«

Beatriz verfolgte mit brennenden Augen, wie der Krieger den Hund an einen Baum band. Danach gab der Anführer endgültig den Befehl zum Abritt.

Der verlassene Jagdhund begann sofort jämmerlich zu heulen, als die Reiter sich entfernten, und endlich erkannte das Mädchen die Absicht ihres Entführers. Wenn Don Aguirre Männer schickte, um Diego und Beatriz zu suchen, würden sie das Gebell unzweifelhaft hören. Beatriz musste widerwillig zugeben, dass der Maure damit Größe bewies. Schließlich erhöhte sich sein Risiko, unentdeckt zu entkommen, wenn Don Aguirre Diegos Leiche fand.

Das Mädchen warf dem Geliebten einen letzten Blick zu.

All ihre Träume und Sehnsüchte waren mit seinem Blut ausgelöscht worden. Was mochte die Zukunft für sie bringen?

Zweites Kapitel

Diegos Hengst stand immer noch still nahe der Senke, als die Reiter aufbrachen. Erst als der Maure ihn rief, kam Leben in ihn.

»Touhami! Komm!«, befahl der Mann, woraufhin sich das Tier in Trab setzte und den Mauren brav folgte.

»Er gehorcht Euch!«, meinte Beatriz verblüfft, obwohl sie sich eigentlich vorgenommen hatte, kein Wort mehr mit ihrem Entführer zu wechseln.

Der Maure nickte. »Selbstverständlich. Ich habe ihn ausgebildet.«

»So hat Diego ihn von Euch im Kampf erbeutet?«, fragte Beatriz. Es schien endlos lange her zu sein, dass ihr Liebster sich am Morgen mit der Eroberung des Pferdes gebrüstet hatte.

Der Maure lachte bitter. »Nein, meine Schöne, das wäre ihm schlecht bekommen. Und ich würde auch nicht von Kampf sprechen. Der Hirtenjunge, dem die Sorge um das Pferd anvertraut war, besaß nicht einmal ein Schwert. Trotzdem hat er den Hengst mit seinem Leben verteidigt. Er hat sich Eurem Helden mit einem kleinen Jagdmesser zum Kampf gestellt! Ein dreizehnjähriges Kind, Donna Aguirre, und Euer Liebster stach es ab wie ein Schlachtlamm!«

Beatriz schüttelte den Kopf. Das musste eine Lüge sein! Diego hätte niemals derart unehrenhaft gehandelt …

»Ihr habt ein Streitross einem Kind überlassen?«, fragte sie höhnisch. »Wer soll Euch das glauben?«

Der Maure zuckte die Achseln. »Glaubt es, oder glaubt es nicht. Es ist die Wahrheit. Das Pferd war auch kein Streitross, Euer Freund stahl es aus einem Gestüt, der Junge führte es eben zur Tränke. Und ich war kaum älter als der Knabe, als ich es abrichtete. In Granada haben wir keine Angst vor Hengsten, Dueña! Aber im Gefecht verlassen wir uns lieber auf die Treue unserer Stuten …« Er lächelte und streichelte über den glatten Hals seines Reitpferdes, einer prächtigen Stute, deren Fell im Sonnenlicht golden glänzte.

»Auf die Treue Eurer Frauen verlasst Ihr Euch weniger, wie ich hörte!«, gab Beatriz schnippisch zurück. »Oder stimmt es nicht, dass Ihr sie in einen Harem einsperrt?«

Der Maure lachte. »Nun, wir legen auch unseren Stuten Halfter an …«

Fast spitzbübisch sah er zu Beatriz hinüber und schien auf einen Gegenhieb zu warten. Doch Beatriz wusste nichts mehr zu sagen. Wie hatte sie sich überhaupt auf ein Gespräch mit ihrem Entführer einlassen können? Außer Lügen und Schmähungen kam doch nichts dabei heraus.

In den nächsten Stunden ritt sie schweigend neben ihm. Ihr Herz blutete, wenn sie an Diego dachte, und hinzu kam, dass sie immer mehr von Angst erfüllt war. Der kleine Reitertrupp hatten die Besitzungen ihres Vaters längst hinter sich gelassen, und inzwischen verzichtete der Maure auch darauf, Beatriz' Pferd am Zügel zu führen. Wohin hätte sie auch entkommen können? Sie ritten jetzt durch unbebautes, karges und wildes Land – niemand wagte hier zu siedeln, die Grenze kam näher und näher.

Schließlich wandte sich der Anführer der Mauren erneut an das Mädchen.

»Wir haben soeben die Grenze überschritten. Seht Ihr die Wachtürme? Noch ein paar Meilen, und wir werden die ersten Dörfer und Landgüter erreichen.«

Der Mann sprach betont freundlich auf Beatriz ein, aber sie gönnte ihm keinen Blick. Zusammengesunken und grübelnd saß sie auf ihrer Stute. Die Durchquerung des Grenzlandes hatte ihr die letzte Hoffnung geraubt.

Wie verheißungsvoll dieser Tag begonnen hatte! Und jetzt waren da nur noch Trauer, Schmerz und die Angst vor einer ungewissen Zukunft.

»Ihr werdet sehen, dass wir die gleichen Früchte anbauen wie Ihr. Wir haben allerdings die Kunst der Bewässerung vervollkommnet. Wo christliche Landwirte um Regen beten müssen, fördern wir das Leben spendende Nass aus den Tiefen der Erde, oder wir leiten die Flüsse um, die in den Bergen entspringen ...«

Beatriz antwortete nicht.

»Ihr müsst Euch nicht unterhalten, wenn Ihr nicht wollt«, meinte der Mann schließlich. »Aber es macht die Reise doch etwas kurzweiliger, oder findet Ihr nicht?«

»Mich verlangt nicht nach Kurzweil, ich bin in Trauer!«, fuhr Beatriz ihn an. Dabei konnte sie nicht umhin, ihn kurz zu betrachten. Ihr Entführer war groß, sehr hoch gewachsen für einen Mauren. Sein Helm schien ihr leichter und feiner gearbeitet als die Rüstungen der Christen, seine untere Gesichtshälfte blieb unter einem gestreiften Tuch verborgen. Es sollte im Kampf vor Staub schützen, aber maurische Krieger trugen es wie einen verwegenen Schmuck. Die Augen des Anführers wirkten dunkel, fast schwarz. Sie blitzten das Mädchen spöttisch an.

»Ich vergaß, Ihr trauert ja um jenen Jüngling, dem ich eben den Weg ins Paradies ebnete – wo er deutlich besser aufgehoben ist als im Kampf gegen meine Leute. Da, seht Ihr? Das Dorf, von dem ich eben sprach. Hier liegt das Gestüt, aus dem er Touhami raubte. Auch dort trauern noch Frauen und Mädchen.«

»Ungläubige!«, spuckte Beatriz aus.

»Auch ›Ungläubige‹ weinen, meine Schöne«, sagte der

Mann ernst. Jetzt, da er sich in Sicherheit wähnte, lockerte er den Brustpanzer seiner ledernen Rüstung. Mit widerwilliger Bewunderung vermerkte Beatriz, wie sicher er im Sattel saß. Er lenkte sein leichtes, edles Pferd nur mit kleinsten Bewegungen seiner Schenkel; seine Verständigung mit der goldfarbenen Stute drückte Kraft aus, aber auch eine sonderbare Form der Zärtlichkeit. Beatriz schien fast zu spüren, wie sich die Muskeln des Tieres unter seiner Berührung anspannten …

Aber dann schalt sie sich im Stillen für diese Gedanken. Wie konnte sie die Reiterei dieses Mannes bewundern, ja sogar an Zärtlichkeit und Sanftmut denken? Dieser Maure war Diegos Mörder, ihr Entführer …

Aber andererseits schien sie ihm auch zu Dank verpflichtet. Er hatte dafür gesorgt, dass man Diegos Leiche rasch entdecken würde – und er hatte seine Männer davon abgehalten, über sie herzufallen. Noch immer glaubte Beatriz nicht daran, dass man sie auf einem Sklavenmarkt feilbieten würde. Lieber nahm sie an, dass sich doch etwas Erziehung und Mitgefühl hinter der spöttischen Fassade ihres Entführers verbarg. Und wer weiß: Vielleicht waren seine Drohungen und Sticheleien ja nur eine seltsame Form der Werbung. Beatriz war sich ihrer Wirkung auf Männer durchaus bewusst. Vielleicht war es sogar hilfreich, ihn ein bisschen zu ermutigen?

Beatriz beschloss, das Spiel mitzuspielen.

»So wollt Ihr mich nun wirklich verkaufen?«, fragte sie kokett.

Der Mann runzelte die Stirn, als er ihren veränderten Ausdruck bemerkte. Dann zuckte er die Schultern. »Was tat denn Euer Diego mit seinen maurischen Sklaven? Ließ er die frei und reich beschenkt wieder ziehen? Aber ich vergaß, das waren ja nur Ungläubige.« Der Mann lachte bitter.

Es klang erschreckend ernst. Aber Beatriz würde sich nicht entmutigen lassen.

»Denkt Ihr denn wirklich, ich eigne mich zur Dienstmagd?«, fragte sie mit einem hilflosen Lächeln. »Ich habe nie im Haushalt gearbeitet. Ihr habt doch gesehen, ich kann mich kaum selbst schnüren ...«

Der Maure schien sie zu taxieren wie eine edle Stute. Seine Blicke erfassten ihr rotgoldenes, in weichen Locken bis zur Taille offenes Haar, ihre jetzt fast stahlblau blitzenden Augen und die vollkommene Gestalt. Ein leichtes Lächeln erhellte seine Züge, er schien ihre Finte zu erahnen.

»Zur Dienstmagd?«, fragte er spöttisch. »Nein, das sicher nicht. Keine Sorge, man wird Euch kaum als Küchenmädchen verschleudern. Wenn Ihr lernt, Euer loses Mundwerk ein wenig zu zügeln, werdet Ihr zur Blüte eines Harems aufsteigen. Zudem schnürt man sich nicht in Granada. Eure üppigen Reize werden dem Käufer offen dargebracht werden.«

»Ein Harem?... Ihr wollt mich als Hure losschlagen?«

Beatriz war so bestürzt, dass sie dem Mann geradewegs in die Augen blickte. Nein, sie waren nicht schwarz, nur dunkelbraun mit hellen Einsprengseln, die lebhaft darin zu tanzen schienen, wenn er belustigt zwinkerte wie jetzt.

»Auch das nicht! Wie könnte ich? Eine Hídalga! Ganz abgesehen davon, dass sich ein Hurenhaus Euren Preis nie leisten könnte. Nein, seid ganz unbesorgt. Sicher wird Euch ein Edelmann erstehen, der Eure Reize zu schätzen weiß. Womöglich wird man Euch einst sogar in den Stand einer Ehefrau erheben. Wenn Ihr ein wenig mehr Tugend und Sittsamkeit beweist als bislang.«

Beatriz errötete. Sie hätte gern gewusst, wie viel die Mauren wirklich von ihrem Liebesspiel mit Diego beobachtet hatten.

Der Maure schien ihre Gedanken zu erahnen. »Eure Leidenschaftlichkeit dürft Ihr darüber natürlich nicht verlieren!«, sagte er mit anzüglichem Lächeln. »Es wird ein wichtiges Verkaufsargument sein, dass Ihr bereits wisst, wie man seinen Herrn erfreut.«

»An mir wird kein reicher Lüstling seine Freude haben!«, spie Beatriz ihn an.

Der Mann lachte.

»Das bezweifle ich«, meinte er dann. »Doch nach allem, was ich bisher über Euch weiß, müsst Ihr mir gestatten, das zu bezweifeln … Ihr seid dazu geschaffen, einen Mann glücklich zu machen! Und im richtigen Augenblick werdet Ihr Euch auch wieder daran erinnern.«

Nach diesem Schlagabtausch schwieg Beatriz beleidigt. Sie versuchte den Eindruck zu erwecken, als schmollte sie, aber in Wirklichkeit packte sie inzwischen nackte Angst. Der Mann schien sie wirklich versklaven zu wollen. Und zudem wurde es dunkel. Es sah nicht so aus, als würden sie Granada vor der Nacht erreichen. Tatsächlich ließ der Anführer der Männer schließlich halten und ein Feuer entzünden. Die Krieger entfalteten Decken auf dem Boden. Für Beatriz richteten sie ein etwas weiter vom Feuer entferntes Lager her.

»Verzeiht, dass wir Euch kein Zelt bieten können!«, entschuldigte sich ihr Entführer. »Aber wir konnten ja nicht ahnen, dass wir eine so schöne und kostbare Beute heimbringen würden.«

»Das heißt, ich soll die Nacht hier mit Euch verbringen?«, fragte Beatriz entsetzt. Das war zwar offensichtlich, aber die Gefahren traten ihr erst jetzt klar vor Augen. »Allein und hilflos?«

In Panik klammerte sie sich an die Zügel ihrer Stute und machte keine Anstalten, den Sattel zu räumen.

»Was gibt mir die Gewähr, dass Eure Leute nicht im Dunkeln über mich herfallen?«

»Ihr gesundes Gewinnstreben!«, lachte der Maure und sattelte sein eigenes Pferd ab. »Man wird Eure Unberührtheit prüfen, bevor man Euch versteigert, meine Schöne. Glaubt mir, hier bei meinen Männern seid Ihr sicherer als unter der Fuchtel Eurer Amme! Aber natürlich könnt Ihr auch im Sattel schlafen. Das würde zwar etwas unbequem, und Ihr würdet sicher kein Auge zu tun und morgen Ringe unter den Augen haben, die Eurer Schönheit abträglich wären. Aber mich bekümmert das wenig: Vor dem Verkauf wird man Euch schon wieder herrichten. Wenn Ihr aufs Podium steigt, werdet Ihr frisch aussehen wie der junge Morgen. Also soll ich Euch nun herunterhelfen oder einfach das Pferd irgendwo anbinden?«

Die Männer polsterten Beatriz' Lager mit mehreren Satteldecken, und das Mädchen wickelte sich zitternd in Touhamis goldbestickte Schabracke. Am Morgen hatte sie das edle Tuch noch bewundert. Am Morgen hatte Diego sie aus dem Sattel gehoben und dabei zärtlich mit ihr gespielt. Welch ein Unterschied zu den ruhigen Händen des Mauren, der ihr geschickt, aber fast geschäftsmäßig vom Pferd half. Ein Händler, sorgsam und umsichtig im Umgang mit seiner Ware, aber ohne Leidenschaft …

Ein paar Ellen näher am Feuer scherzten die Männer des maurischen Anführers. Sie träumten von all den Mädchen, die sie sich für den Erlös der schönen Hídalga kaufen konnten. Anschmiegsame, willige Geschöpfe, keine kratzbürstigen Katzen wie diese wilde, schamlose kleine Christin, die sie da erbeutet hatten. Lachend verglichen die Männer die kleinen Blessuren, die sie vom Kampf mit Beatriz davongetragen hatten, Kratzer und Bissspuren.

Nein, wer dieses Mädchen erwarb, würde keine Freude an ihr haben!

Nur einer, der Anführer der Gruppe, blieb still. Zu genau stand Beatriz' Bild vor seinen Augen. Ihre leuchtenden, Funken sprühenden Augen, ihre Leidenschaft beim Liebesspiel mit diesem Diego und die tiefe Liebe und Hingabe in ihrem Blick, mit der sie dem Sterbenden Treue geschworen hatte. Diese Frau mochte wild sein, aber wenn man sie zähmte, wäre sie alle Güter der Welt wert. Oder nein, ›zähmen‹ war der falsche Ausdruck – Beatriz de Aguirre wollte erobert werden! Amir ibn Abdallah, Sohn und Erbe des Emirs von Granada, machte sich bereit zum Kampf.

Beatriz lag angespannt und zitternd unter ihren Decken. Sicher würde sie in dieser Nacht kein Auge zutun. Aber dann übermannte sie doch die Erschöpfung nach dem anstrengenden Ritt. Lange, bevor das Lagerfeuer der Männer verlosch, fiel das Mädchen in tiefen Schlaf.

Als sie erwachte, war der Morgen jedoch noch fern. Völlige Dunkelheit lag über den kargen, nur von Gewürzsträuchern und Kakteen spärlich begrünten Hügeln im östlichen Granada. Ein trockenes, heißes Land – und dennoch fruchtbar, wenn es nur bewässert wurde. Beatriz erinnerte sich, wie bewundernd ihr Vater oft vom Brunnenbau und der allgemeinen Bewässerungstechnik der Mauren gesprochen hatte. Nun, hier wuchs jedenfalls nichts, der nächste Bauernhof war offensichtlich weit entfernt. Beatriz erinnerte sich, dass sie schon Stunden vor Aufschlagen des Nachtlagers nur durch die Wildnis geritten waren. In dieser Gegend waren ihre Entführer und sie zweifellos die einzigen Menschen …

Ein tollkühner Plan blitzte in ihr auf. Was wäre, wenn sie einfach ihr Pferd nahm und sich aus dem Staub machte? In den letzten Stunden waren sie immer demselben Weg gefolgt; wenn sie die Stute etwas antrieb, würde sie schnell viele Meilen zwischen sich und ihre Entführer legen. Bestimmt fand das Pferd den Heimweg von allein – mal ganz abgesehen davon, dass es ja reichen würde, die Grenze zu überschreiten. In Kastilien würde sie jeder gern aufnehmen und beschützen – schon, weil ihr Vater ihre Retter zweifellos reich belohnen würde. Beatriz richtete sich vorsichtig auf und spähte zum Lager der Männer hinüber. Nein, Wachen hatten sie nicht aufgestellt, sie lagen seelenruhig ausgestreckt um die Reste des Feuers, nur gelegentlich unterbrach ein Schnarchen oder Stöhnen die Stille der Nacht.

Wie lange würde sie brauchen, bis sie die Grenze erreichte? Mit dem Trupp war sie vier oder fünf Stunden geritten, aber wenn sie die Stute zu scharfem Galopp anspornte, würde sie schneller sein.

Beatriz stand auf und versuchte, dabei keinen Laut zu verursachen. Sie verharrte zu Tode erschrocken, als ihr Kleid raschelte, aber die Männer rührten sich nicht. Die Pferde waren etwas abseits des Lagers angebunden, damit sie sich bewegen und grasen konnten. Leiser Hufschlag würde also nicht auffallen. Allerdings hatten die Männer das Sattelzeug in die Mitte des Lagers geholt; an seine Verwendung war also nicht zu denken. Beatriz würde ohne Sattel und Reitzäumung fliehen müssen. Nun, als Kind war sie oft im Herrensitz auf einem der Esel oder Maultiere geritten, die ihr Vater zur Feldarbeit hielt. Seine Bauern hatten gelacht, wenn sich das wilde Mädchen mit nackten Beinen auf eins der Arbeitstiere geschwungen und ihm beherzt die Hacken in die Seite geschlagen hatte, um es zu einem Galopp anzuregen. Die Mulis hatten ihr allerdings selten den Gefallen getan; meist hatten sie die kindliche Wut einfach an sich abprallen lassen. Aber manchmal war doch eins der Tiere angetrabt und hatte seine Reiterin dabei hoffnungslos durchgeschüttelt. Dennoch, heruntergefallen war Beatriz nie! Das würde ihr auch jetzt nicht passieren, schließlich war die Vollblutstute umso viel weicher und besser zugeritten!

Beatriz tastete sich zu den Pferden und löste geschickt den Knoten des Stricks, mit dem ihre Stute neben den anderen Tieren angebunden war. Das Pferd sah ihr mit freundlich gespitzten Ohren entgegen. Sicher sehnte es sich ebenso nach seinem behaglichen Stall wie Beatriz nach ihrer sicheren Kemenate.

Beatriz schlang den Führstrick um den Pferdehals, verknotete ihn am Halfter und funktionierte ihn damit zum Zügel um. Nun brauchte sie nur noch eine Aufstiegshilfe. Zum Glück gab es reichlich Felsen. Sie führte das Pferd ein Stück weit zu einem geeigneten Stein. Die Stute nahm bereitwillig daneben Aufstellung. Auch zu Hause gebrauchte Beatriz eine Aufstiegshilfe, wenn kein Kavalier zur Hand war, ihr in den Sattel zu helfen. Nun glitt sie auf den ungesattelten Pferderücken, wobei die Stute unwillig den Kopf hob. Dem Pferd schien diese neue Art der Reiterei nicht geheuer zu sein, und auch Beatriz sehnte sich schon nach den ersten Schritten nach ihrem bequemen Seitsattel. Die Stute, ein schlankes Vollblutpferd, erwies sich als erheblich knochiger als die Arbeitstiere ihres Vaters; am Ende dieses Rittes würde Beatriz hoffnungslos wund sein. Alles wurde noch viel schlimmer, als Beatriz schließlich antrabte. Sie war inzwischen drei Pfeilfluglängen vom Lager entfernt und meinte, das Wagnis eingehen zu können. Die Männer würden die Hufschläge kaum noch hören. Also kitzelte sie das Pferd etwas mit den Hacken wie damals die Esel … und wurde vom Schwung des Antrabens unsanft in die Luft geschleudert! Die Stute zögerte nicht wie die Ackertiere, sondern nahm die Hilfe sofort an und setzte sich in raschen Trab. Beatriz musste einen Aufschrei unterdrücken, als die Schritte sie auf dem Pferderücken hinauf und hinunter warfen; schmerzhaft schnitt der Widerrist des Pferdes in ihren Schritt. Verzweifelt zog das Mädchen an den Zügeln, um das Tier in eine ruhigere Gangart zurückzuholen. Gewöhnlich trabte es nie so schnell, sondern freute sich an erhabenen, eleganten Trabschritten. Das selbstgeknüpfte Halfter war indessen nur ein Ersatz für die Kandare, die Stute dachte gar nicht daran, auf Beatriz' ruppigen Zügelzug den Hals rund zu machen und federnd zu traben. Stattdessen setzte sie sich jetzt in Galopp – zunächst eine Erleichterung; zumindest schleuderten ihre Schritte das Mädchen jetzt nicht mehr auf und ab. Beatriz konnte sich etwas nach hinten setzen, und die Schmerzen ebbten ab. Dafür ermüdeten ihre Schenkel vom Anklammern – und zudem hatte sie das Gefühl, als würde das Pferd immer schneller werden. Die Stute reagierte nicht auf ihren Zügelzug, und ihre verzweifelten Versuche, einen sicheren Sitz zu finden, schienen das Tier noch anzuspornen. Niemals würde Beatriz das zwei Stunden oder länger aushalten! Dazu donnerten die Hufe des Pferdes jetzt über steinigen Grund. Sie würde sich das Genick brechen, wenn sie herunterfiel. In Todesangst klammerte das Mädchen sich fest, während das Pferd kopflos davon raste. War es überhaupt noch der Weg, den sie gekommen waren? Beatriz fehlte die Kraft, sich zu orientieren, sie war von Panik erfüllt.

»Halt an, so halt doch an!«, schluchzte sie und zerrte am Zügel, aber das Pferd reagierte nicht. Immerhin war es trittsicher. Geschmeidig übersprang es Felsen und Buschwerk, was Beatriz noch mehr aus dem Gleichgewicht brachte. Dies war kein gepflegter Weg mehr, die Stute rannte geradewegs durch die Wildnis. Buschwerk zerriss Beatriz' Kleid und zerkratzte ihre Beine, einmal musste sie sich bücken, um nicht unter einem Johannisbrotbaum mit tief hängenden Ästen abgestreift zu werden. Die Hufe ihrer Stute donnerten auf hartem Grund. Waren es wirklich nur vier Hufe? Beatriz kam es vor, als hörte sie den Schlag von hunderten … Das Geräusch verebbte nicht einmal, als ihr Pferd nun ausnahmsweise über eine sandige Wegstrecke galoppierte. Und dann schien die Stute zu zögern, erstmalig in ihrem rasenden Lauf innezuhalten. Zu Beatriz' Entsetzen wechselte sie wieder in Trab, und sie klammerte sich mit letzter Kraft am Zügel fest. Aber der Hufschlag erklang immer noch im Dreitakt des Galopps – er wurde immer lauter und konnte nicht nur von einem Tier stammen! Beatriz wusste nicht, ob sie darüber glücklich oder entsetzt sein sollte, aber sie wurde zweifellos verfolgt. Ein zweites Pferd näherte sich in rasender Geschwindigkeit. Sie sah nicht zurück, sie brauchte all ihre schwindende Energie, sich überhaupt weiterhin auf dem Pferderücken zu halten. Aber dann schloss ihr Verfolger auf. Im Mondlicht wirkte das Fuchsrot von Touhamis Fell dunkel und fahl, aber es war zweifellos der Hengst, der jetzt Anstalten machte, an Beatriz Stute vorbeizugehen. Sein Reiter griff nach den Zügeln ihrer Stute, die daraufhin wieder angaloppierte und noch schneller rannte. Beatriz erkannte den Anführer der Mauren – auch er auf dem blanken Pferderücken, nur ein Seil um den Hals des Pferdes geschlungen.

»Haltet Euch fest, ich habe Euch gleich!«, rief er Beatriz zu, aber ihre Stute wollte sich offensichtlich nicht fangen lassen. Immer, wenn der Mann nach den Zügeln griff, wich sie zur Seite aus. Beatriz wusste nicht, ob sie schrie oder schluchzte. Sie wusste nur, dass sie jetzt nicht fallen durfte, die Hufe der beiden Pferde hätten sie zweifellos zerstampft.

Aber dann griff der tollkühne Reiter neben ihr zu einer

anderen Strategie. Mit einem kaum hörbaren Schnalzen trieb er den Hengst zu noch schnellerem Galopp an und überholte Beatriz' Stute mit raschen Sprüngen. Als er ein paar Pferdelängen vor ihr war, stellte sein Reiter das Pferd quer. Beatriz Stute fiel zunächst in Trab und schien nach einem Ausweg zu suchen, aber an Touhami kam sie nicht vorbei. Mit zitternden Flanken und schweißüberströmt blieb sie stehen, während Beatriz wimmernd zu Boden rutschte. Noch schien die Welt unter ihr zu schwanken, sie konnte das Wunder, dass ihr nichts geschehen war, kaum begreifen.

Touhamis Reiter fing die Stute ein und band beide Pferde an einen Olivenbaum. Dann kam er zurück zu der immer noch schluchzenden, am Boden kauernden Beatriz.

»Hast du dir etwas getan? Bei Allah, Mädchen, wie kannst du eine solche Dummheit machen? Du könntest tot sein! Hätte ich das gewusst, hätte ich dir Hände und Füße binden lassen!«

Der Mann zog die in sich zusammengesunkene Beatriz hoch, um ihr ins Gesicht sehen zu können. Es war schmutzig und tränenüberströmt, aber bis auf ein paar Kratzer unverletzt. Das Mädchen zog die traurigen Reste ihres Reitkleids um sich, um ihre Beine zu bedecken. Ihre Schenkel waren außen verkratzt, innen wund gerieben vom Reiten.

»Das nutzt nun auch nichts mehr«, brummte der Maure. »Steh auf, kannst du gehen?«

Beatriz kam schwankend auf die Füße. Ihr Körper fühlte sich völlig zerschlagen an, aber es war nichts, was ein paar Tage Ruhe nicht auskurieren konnten. Ein paar Tage Ruhe? Wer wusste, wie viele Tage auf dem Pferderücken ihr noch bevorstanden? Sie wimmerte hilflos.

Ihr Entführer ließ sie ein paar Schritte gehen und vergewisserte sich dabei, dass ihr wirklich nichts Ernsthaftes fehlte. Sein zunächst besorgter Blick wurde wieder kühl und mitleidslos.

»Nun, wie es aussieht, hat die Ware keinen bleibenden Schaden davongetragen«, bemerkte er grinsend.

Beatriz schluckte die Tränen herunter und warf den Kopf hoch.

»Das könnt Ihr nicht wissen, vielleicht blute ich ja …«, behauptete sie. »Meine Amme ermahnte mich stets, nicht im Herrensitz zu reiten. Sonst könnte ich meinem Geliebten in der Hochzeitsnacht eine böse Überraschung bereiten …«

Der Maure zuckte gespielt beiläufig die Schultern.

»Meine Männer werden gern einmal nachsehen, wenn wir wieder ins Lager kommen …«, bemerkte er anzüglich. »Aber ich schätze, Ihr seid unversehrt. Tja, und wenn nicht, bleibt Euch immer noch das Schicksal einer Küchenmagd – als Reitknecht kann ich Euch ja schlecht losschlagen, obwohl Euch das besser liegen dürfte. Respekt, Respekt, so mancher Bursche hätte sich nicht so lange gehalten! Aber nun kommt, diesmal werdet Ihr mit mir reiten. Ich denke gar nicht daran, das kostbare Gespinst vor Eurer Pforte der Lust noch einmal in Gefahr zu bringen.«

Beatriz hatte nicht mehr die Kraft, sich gegen seinen festen Griff um ihre Taille zu wehren. Der Maure hob sie mühelos im Seitsitz auf den Rücken des Hengstes, der dabei still ausharrte wie ein Standbild. Erst als der Mann sich hinter ihr hinaufgeschwungen hatte und sicher den Arm um sie legte, setzte das Tier sich in Bewegung. Ganz sanft und behutsam trug es seine Reiter zurück zum Lager.

Beatriz schwankte zwischen dem Widerwillen vor ihrem Bezwinger und der Angst vor dem Herunterfallen. Wenn sie sich versteifte und gegen seinen Griff wehrte, bestand Gefahr, den ohnehin fragilen Halt zu verlieren.

Aber den Widerstand aufgeben? Sich einfach an den Mann anlehnen, der sie zurück in die Sklaverei brachte? Beatriz entschloss sich zu einem Kompromiss. Zwar nahm sie die Hilfestellung des Mauren an, aber sie hielt sich doch straff und aufrecht und bemühte sich, ihr Gleichgewicht selbst zu halten. Mit der Zeit wurde das natürlich immer schwieriger. Der Weg zum Lager war etliche Meilen lang, im Schritt zog sich die Strecke zu Stunden. Dazu war Beatriz müde und zu Tode erschöpft. Ihr gesamter Körper schmerzte. Jetzt, da die Anspannung nachließ, hatte sie nur noch den Wunsch, die Augen zu schließen und sich Touhamis wiegendem Gang zu überlassen. Wider Willen erschlafften ihre Muskeln, und sie sank gegen den Körper ihres Widersachers. Sie nahm seinen Geruch wahr – kein Rosenduft, kein Moschus, sondern frischer Männerschweiß mit einem Hauch Zimt und Thymian. Beatriz fühlte starke Arme um ihre Körpermitte und lehnte sich schließlich im Halbschlaf an eine muskulöse Schulter. Zwei Körper, die im Gleichklang schwangen … und küsste da nicht jemand ihr Haar, streichelte die Hand, die sie hielt, nicht sanft ihre Hüfte?

»Diego …«, flüsterte sie. Es musste Diego sein. Sicher hatte sie all das hier nur geträumt, und morgen würde sie in den Armen ihres Geliebten erwachen …

Beatriz wurde nicht einmal wach, als Amir sie schließlich vom Pferd hob und auf ihr Lager bettete. Im heraufziehenden Morgenlicht betrachtete er stirnrunzelnd ihren geschundenen Körper. Dann holte er einen Tiegel Salbe aus seiner Satteltasche. Es widerstrebte ihm, das Mädchen gegen seinen Willen zu berühren, aber wenn er es nicht jetzt tat, würde es morgen kratzen und beißen … Vorsichtig schob Amir die Fetzen ihres Kleides hoch und behandelte ihre Beine mit der kühlenden Essenz. Langsam und liebevoll kreisten seine Finger über ihr festes Fleisch, ihre wohlgeformten, einladend weichen Schenkel.

Beatriz stöhnte im Schlaf.

Amir fuhr auf, als er Hammad al Mutah, seinen Freund und Stellvertreter, grinsend neben sich stehen sah.

»Ich hoffe, du wirst inkognito um sie steigern!«, neckte ihn Hammad. »Sonst kommen wir womöglich um unseren Gewinn, wenn keiner es wagt, gegen den Sohn des Emir zu bieten!«

Amir lächelte. »Keine Sorge, mein Freund, ihr werdet euren Schnitt machen. Dieses Mädchen ist ein Königreich wert, und es wird mir eine Freude sein, den vollen Preis zu zahlen!«

Am nächsten Morgen war Beatriz' Körper ein einziger Schmerz. Sie versuchte, es zu verbergen, aber sie konnte kaum aufstehen. Dazu war ihr Kleid völlig zerfetzt. Hammad reichte ihr schweigend eine Decke, um ihre Blößen zu verbergen. Amir polsterte ihr zudem den Damensattel mit weichen Decken aus, aber all das half nur geringfügig. Beatriz konnte nur humpeln, und als sie endlich im Sattel saß, schien jeder Schritt des Pferdes Messer durch ihre verspannten Muskeln zu jagen.

»Ihr müsst ein Bad nehmen, wenn wir angekommen sind«, meinte Amir und klang beinahe mitfühlend. Beatriz fragte sich, ob er vielleicht auch unter Muskelkater litt. Sicher war er besser mit seinem Touhami zurechtgekommen als sie mit ihrer ungebärdigen Stute, aber bestimmt waren es auch die Mauren nicht gewöhnt, meilenweit auf blankem Pferderücken durch die Wildnis zu galoppieren.

»Das klingt ja, als würdet Ihr mich in einen Palast bringen«, bemerkte Beatriz spöttisch. »Spracht Ihr nicht von einem Sklavenmarkt?«

Ihr Entführer lachte. »Meine Schöne, Ihr seid ein Luxusgut. Das hält man nicht an jeder Ecke feil und erst recht nicht in angeschlagenem Zustand. Keine Sorge, Ihr werdet Eure Unterkunft in Granada höchst komfortabel finden. Und ganz sicher kommt Ihr nicht zur Versteigerung, bevor Ihr nicht völlig wiederhergestellt seid. Wozu mir Eure Kleidung einfällt. Es geht auf keinen Fall, dass Ihr halb entblößt in Granada einreitet und jedem Mob den Blick auf Euer schönes Gesicht gestattet.«

Der Maure wechselte ein paar Worte mit einem seiner Männer, der daraufhin sein Pferd zum Galopp anspornte und sich schnell von der Truppe entfernte. Inzwischen ritten sie durch stärker besiedelte Gegenden. Immer wieder trafen Beatriz die verblüfften und bewundernden Blicke von Passanten. Inzwischen bemerkte sie auch Ähnlichkeiten und Unterschiede zwischen den Straßen Granadas und Kastiliens. In beiden Ländern waren hauptsächlich Bauern mit Eseln und Maultierkarren unterwegs, seltener Reiter auf edlen Pferden. Auffällig war jedoch die völlig unterschiedliche Kleidung. Die Mauren trugen weite Hosen und kaftanartige Überwürfe, wie man sie in Kastilien höchstens als Nachthemden angezogen hätte. Meist war die Kleidung hell, im Gegensatz zu den eher dunklen, unauffälligen Tuchstoffen, in die sich kastilianische Bauern hüllten. Männer und Frauen schienen sich fast gleich anzuziehen, aber die Frauen trugen obendrein Tücher, die ihr Haar völlig verdeckten, und die meisten zogen einen Schleier über die untere Hälfte des Gesichts. Oft schleppten sie Wasserkrüge oder Körbe mit Waren auf dem Kopf – ebenfalls ein befremdlicher Anblick für Beatriz. Wenn sie beide Hände brauchten, um die Last abzustützen, hielten sie den Schleier mit den Zähnen vor dem Gesicht fest. Das sah fast etwas komisch aus, aber Beatriz lächelte nicht. So würde also ihr Schicksal aussehen, wenn kein reicher Mann sie für seinen Harem erwarb? Dienstmagd oder Hure – wieder stiegen ihr Tränen in die Augen.

Als den Reitern schließlich immer mehr Menschen entgegenkamen, ließ Amir eine Rast einlegen. Etwas abseits der Straße fand sich ein versteckter Platz, an dem Beatriz den Blicken der Passanten verborgen blieb. Die Männer hatten ein paar Bauern Früchte und Brot abgekauft und boten dem Mädchen davon an. Zu ihrer Verwunderung verspürte Beatriz großen Hunger. Gestern Abend hatte sie es noch abgelehnt, Brot und Datteln mit den Männern zu teilen, aber jetzt biss sie heißhungrig in einen Pfirsich. Auch dieser Tag war sonnig und warm, obwohl sie heute eigentlich den ganzen Morgen bergauf geritten waren und sich nun in einer Bergregion befanden. So heiß wie in Beatriz' Heimat wurde es hier sicher nie; die Sierra Nevada, ein auch im Sommer mit Schnee bedeckter Gebirgszug, zeichnete sich am Horizont deutlich ab. Beatriz sah zu den Bergen hinauf und träumte sich in die Freiheit, worüber sie schließlich einschlief. Noch immer war sie zu Tode erschöpft von ihrem nächtlichen Abenteuer.

Als die Männer sie endlich weckten, war der Nachmittag weit fortgeschritten und der Mann, den Amir vorhin weggeschickt hatte, stieß wieder zu ihnen. Er reichte Beatriz ein Bündel Kleider.

»Hier, die Hosen werden Euch das Reiten erleichtern. Und der Tschador hält neugierige Blicke fern.« Der Anführer der Männer wies auf eine blaue Pluderhose und einen dunkelblauen, bodenlangen Schleier, der nur Schlitze für Beatriz Augen freiließ.

»Ich soll mich völlig vermummen?«, fragte Beatriz entsetzt mit einem Blick auf das formlose Kleidungsstück.

»Dies ist die Reisekleidung vornehmer Damen aus

Granada. Wenn Ihr sie tragt, wird man Euch überall mit Ehrerbietung behandeln.«

»Ich denke, man legt hier so viel Wert auf Schönheit!«, blitzte Beatriz. »Aber was nützt das, wenn man sie unter solchen Zelten versteckt?«

»Der Koran sagt, die züchtige Frau soll ihr Haar bedeckt halten und ihre Schönheit nur ihrem Herrn enthüllen«, zitierte Amir. »So hält es jede gläubige Muslimin. Die vornehmsten Frauen halten jedoch all ihre Reize in der Öffentlichkeit versteckt. Allein ihr geliebter Herr soll sich an ihrem Anblick weiden. Der Tschador ist ein Vorrecht, meine Schöne, verachtet es nicht! Auf dem Markt mögt Ihr Euch danach sehnen, denn da …«

»Was ist da?«, fragte Beatriz alarmiert. »Wie werde ich ausgestellt? Doch nicht etwa nackt?« Entsetzt funkelte sie ihn an. Bewundernd bemerkte Amir, wie ihre Augen im Schrecken und Zorn turmalinblau aufblitzten.

»Man kann nicht erwarten, dass der Käufer die Katze im Sack ersteht …«, sagte er vieldeutig.

Beatriz war so eingeschüchtert, dass sie brav den sackartigen Umhang über die Reste ihrer Kleidung zog. Der Maure hatte Recht, wenn sie Hosen trug, tat das Reiten weniger weh. In den letzten Stunden der Reise nach Granada lenkte sie aber auch vieles von ihren Schmerzen ab. Die Straßen waren belebt, sie passierten Felder und Obstplantagen, ritten an weiß gekalkten Häusern vorbei, und Beatriz bewunderte die verspielte maurische Architektur mit ihren Spitzbögen und Türmchen. Schließlich durchquerten sie eine fruchtbare Ebene – die ›Vega‹ von Granada, wie Amir sie nannte –, und endlich enthüllte sich nach einer Wegbiegung der Blick auf die Hauptstadt Granada. Bunte Häuser und Paläste gruppierten sich um die Alhambra, die rote Burg, einen gewaltigen Gebäudekomplex.

»Dort lebt Euer König?« fragte Beatriz, wider Willen beeindruckt von der traumschönen Stadt vor der Kulisse schneebedeckter Berge.

»Der Emir«, berichtigte Amir. »Aber die Alhambra ist auch Kaserne und Trutzburg, sie bietet im Belagerungsfall Schutz für einen großen Teil der Bevölkerung. Von außen wirkt sie karg und kriegerisch, aber die Wohnräume sind äußerst komfortabel und der Harem ein Kleinod! – Das behauptet man jedenfalls«, setzte Amir rasch hinzu. Beatriz brauchte noch nicht zu wissen, dass ihr Entführer der Sohn des Herrschers über Granada war. Amir gedachte, ihren Einzug in die Alhambra zu einem großen, erhebenden Erlebnis zu gestalten. Sie sollte nicht wie eine Sklavin, sondern wie eine Prinzessin in seine Gemächer geleitet werden. Irgendwann, so hoffte er, würde sie die Alhambra ebenso lieben wie er. Irgendwann sollte sie sich auch zu seinem Glauben bekennen. Und dann würde er sie zur Frau nehmen …

Mit einem glücklichen Lächeln sah er sie an.

»Es scheint, Ihr freut Euch, wieder nach Hause zu kommen«, meinte Beatriz bissig. »Wartet Euer Harem bereits auf Euch?«

Amir lachte. »Die Damen werden zweifellos entzückt sein! Aber zuerst werden wir Euch zu Eurer Unterkunft geleiten …«

Beatriz antwortete nicht. Noch einmal ritt sie eine Stunde lang schweigend und grübelnd neben Amir, bis sie endlich die Stadttore Granadas erreichten. Die Menschen, die ihnen auf dem Weg begegneten, grüßten ehrerbietig. Obwohl ihre Schönheit völlig unter dem Tschador verborgen war, warfen sie Beatriz bewundernde Blicke zu. Anscheinend war es nicht häufig, dass sich eine ›Sayyida‹, wie man die Haremsdamen offensichtlich nannte, unter das gemeine Volk verirrte.

Amir und seine Männer wollten die Stadttore mit raschem Gruß passieren, aber während sie noch ein paar freundliche Worte mit den Wächtern wechselten, kam ein Mann aus dem Inneren der Stadt auf sie zu galoppiert. Offensichtlich erfreut, Amir zu sehen, überschüttete er ihn mit einem Wortschwall.

Amirs vorher gelöste Züge wurden ernst.

»Es tut mir Leid, meine Schöne, aber ich kann Euch nicht weiter begleiten wie versprochen«, wandte er sich an Beatriz. »Ich werde in den Palast befohlen, es ist wichtig. Aber fürchtet Euch nicht. Hammad bleibt bei Eurer Garde, Euch wird nichts geschehen.«

Beatriz fühlte erneut Panik in sich aufsteigen. »Ihr wollt mich allein lassen? Hier, zwischen all den …«

»Ungläubigen?«, lachte Amir. »Daran werdet Ihr Euch gewöhnen müssen.«

Beatriz fühlte allen Stolz von sich abfallen. Der Gedanke, völlig allein in dieser fremden Stadt zu sein, in der niemand ihre Sprache verstand, in der man sie einsperren und verkaufen wollte, ging über ihre Kraft. »Bitte …«, flüsterte sie, »bitte, ich … ich habe Angst …«

Der junge Maure schaute zuerst verwundert, aber dann wurde sein Ausdruck weich. Fast zärtlich versenkte er den warmen, braunen Blick in ihre angsterfüllten Meeraugen.

»Fürchte dich nicht«, sagte er sanft. »Auch wenn ich nicht bei dir sein kann, ich passe auf dich auf. Ich lasse dich nicht allein. Dir wird nichts geschehen …«

Damit wendete er abrupt sein Pferd und galoppierte hinter dem Boten den Berg hinauf – in Richtung der gewaltigen, bedrohlich über der Stadt thronenden Festung Alhambra.

Drittes Kapitel

Noch ganz aufgewühlt von dem plötzlichen Abschied von ihrem Entführer, folgte Beatriz Hammad durch die geschäftigen Straßen der Hauptstadt. Granada schien ein einziger, großer Markt zu sein. Es gab ganze Straßenzüge, in denen nur edle Stoffe angeboten wurden, andere, in denen Töpfer oder Waffenschmiede ihre Waren feilhielten – und irgendwie schwante es Beatriz, dass es auch spezielle Plätze für den Handel mit Sklaven geben musste.

Immerhin brachten alle Bürger der Stadt Beatriz äußerste Ehrerbietung entgegen. Amirs Männer hielten stets eine Gasse für sie frei und geleiteten sie sicher auch durch die überfülltesten Straßen. Schließlich erreichten sie ein großes Eckhaus, hinter dem sich zu Beatriz' Schrecken der Sklavenmarkt befand. Sie erhaschte einen Blick auf eine Gruppe riesiger Schwarzer, die auf einem Podium standen und angepriesen wurden, sowie ein paar scheue, junge Mädchen, die ängstlich den Schleier vors Gesicht hielten. Bestimmt eher Hausmädchen als ›Blüten des Harems‹ ...

Doch bevor Beatriz mehr sehen konnte, bedeutete Hammad ihr vor einer Tür stehen zu bleiben. Während einer der Männer anklopfte, half er dem Mädchen vom Pferd.

Der Mann, der die Tür öffnete, war offensichtlich ein Diener. Er verneigte sich vor Hammad und anschließend noch einmal und fast noch beflissener vor Beatriz. Dann ließ er sie ein. Sie standen in einem geräumigen Innenhof, der um eine runde Pferdetränke herum errichtet worden war. Knechte nahmen ihnen die Pferde ab, und Hammad bedeutete Beatriz, ihm zu einer weiteren Pforte ins Innere zu folgen. Erneut ein Hof, aber diesmal ohne Ställe und geschäftig herumeilendes Personal. Anstelle der Tränke gab es Springbrunnen und lang gezogene, flache Wasserbecken, die sicher im Sommer für Kühlung sorgten. Kunstvoll gestaltete Blumenkästen waren bunt bepflanzt.

Hammad wartete geduldig, bis der Diener mit einer Nachricht von seinem Herrn wiederkehrte. Dann folgten sie ihm durch den Hof, in einen zum Garten hin geöffneten, mit Kissen und Leuchtern wohnlich gestalteten Empfangsraum. Beatriz bewunderte weiche Teppiche, winzige, fein ziselierte Öllämpchen und Miniaturen. Der Besitzer dieses Hauses musste ein reicher Mann sein.

»Abraham ibn Saul« kündigte der Diener seinen Herrn an.

Das klang nach einem Juden. Beatriz wunderte sich. In Kastilien waren Juden eher geduldet als geachtet. Nur wenige würden es wagen, eventuellen Reichtum so zur Schau zu stellen wie der Herr dieses Hauses.

Abraham ibn Saul war ein kleiner, untersetzter Mann mit wachen, leuchtend blauen Augen. Er lächelte Hammad zu und begrüßte ihn zuvorkommend, aber nicht unterwürfig. Auch vor Beatriz verbeugte er sich.

Hammad hob an, seine Geschichte zu erzählen. Offensichtlich führte er blumig aus, wie die Männer Beatriz erbeutet hatten, und ab und zu lachte er dabei. Beatriz wurde glühend rot. Sie verstand zwar kein Wort, konnte sich aber gut vorstellen, was Hammad da ausplauderte. Ibn Saul lachte jedoch nicht mit, sondern sah den jungen Mann eher missbilligend an, wenn er Anzüglichkeiten von sich gab.

Am Ende sagte er ein paar Worte zu Hammad und wandte sich dann an Beatriz.

»Seid willkommen in meinem Haus, Sayyida, und fürchtet Euch nicht. Die Umstände, unter denen wir uns kennen lernen, mögen Euch unerfreulich erscheinen, aber glaubt mir, Euer neues Leben hat auch seine guten Seiten.

Ein granadinisches Heim wird Euch einen Luxus bieten, von dem Ihr in Kastilien nur träumen könnt! Meine Kundschaft besteht ausschließlich aus gebildeten, gepflegten Herren aus bester Familie. Sie pflegen ihre Konkubinen ehrenhaft zu behandeln …«, er kicherte, »und oft etwas zu sehr zu verwöhnen.«

»Mein Vater wird mich freikaufen!«, platzte Beatriz heraus. Daher kam also der Reichtum dieses Juden. Ein Sklavenhändler!

»Gewiss, meine Schöne! Wenn Ihr das sagt … An mir soll es jedenfalls nicht liegen, Eurem Vater wird noch heute ein angemessenes Angebot unterbreitet werden. Nur seid nicht zu enttäuscht, wenn er es ablehnt. Es kommt sehr selten vor, dass ein Mädchen ausgelöst wird. Doch nun lasst mich zunächst an Eurer Schönheit teilhaben …« Mit einer Handbewegung forderte Ibn Saul Beatriz auf, den Tschador zu lüften, überlegte es sich dann aber im letzten Moment anders. »Oder nein, wartet, wir wollen den jungen Mann erst wegschicken. Unzweifelhaft hat er schon mehr von Eurem Anblick genossen, als gut für ihn ist …«

Ibn Saul entließ Hammad mit ein paar freundlichen Worten. Der Maure verneigte sich noch einmal vor Beatriz, bevor er den Garten verließ.

»Und nun, bitte, legt den Schleier ab.«

Ibn Saul war wirklich zuvorkommend. Beatriz entspannte sich etwas. Eigentlich hatte sie eher damit gerechnet, dass ihr ein Sklavenhändler die Sachen vom Leib reißen würde.

Rasch zog sie den Tschador aus. Darunter bot sie einen seltsamen Anblick in ihrem zerrissenen Reitkleid und der nach dem Reiten schmutzigen und an einigen Stellen auch durchgebluteten Pluderhose. Ibn Saul musterte sie mit gerunzelter Stirn. Beatriz errötete und versuchte, das Kleid so zurechtzurücken, dass wenigstens ihre Brüste schicklich verdeckt waren. Über der linken Brust war das Mieder von Dornen aufgerissen. Da zog sich auch eine blutige Strieme über ihr weißes Fleisch.

Trotz dieses Makels registrierte der Händler feste, aber doch schwellende Brüste, eine sehr schlanke Taille ...

»Wenn Ihr nun bitte auch das Beinkleid ablegen könntet?«, bat Ibn Saul. »Ich muss mir ein vollständiges Bild von Euch machen können.«

»Ihr müsst ... Soll das heißen, ich soll mich hier völlig entkleiden?« Sogleich drapierte Beatriz die Kleiderreste noch entschlossener um ihren Körper.

Ibn Saul lächelte und schüttelte den Kopf über ihre Naivität. »Kindchen, Ihr verkennt Eure Lage. Ich betrachte Euch nicht mit lüsternen Blicken, mir geht es nur um Eure Einschätzung als ...«

»Ware?«, fragte Beatriz mit schneidender Stimme.

Ibn Saul registrierte wohlgefällig, wie die Wut Leben in ihr Gesicht brachte. Fürwahr, ein leidenschaftliches Weib! Man würde bei der Auktion nur versuchen müssen, sie in Wallung zu bringen. Wenn ihre Augen erst Funken sprühten, würde keiner der Bieter widerstehen können.

»In gewisser Weise ist es so«, gab er zu. »Auch wenn ich mich mehr als Vermittler zwischen den Herren und den künftigen Blüten ihres Harems betrachte. Nun legt diese Fetzen bitte ab, Eure Scham vor mir ist völlig unangebracht.«

Blutrot im Gesicht schälte sich Beatriz aus den Pluderhosen. Ihre wohlgeformten Schenkel waren nach wie vor mit Kratzern und Schürfwunden übersät. Aber dennoch – festes Fleisch, wohlgeformte Rundungen, zierliche Gelenke. Und dazu dieses unglaublich ausdrucksstarke Gesicht, die Flut rotgoldenen Haares ... Ibn Saul pfiff leicht durch die Zähne.

»Dieser Hammad hat nicht übertrieben. Ihr seid viel

versprechend. Allerdings zurzeit in einem unmöglichen Zustand! Ich werde Euch jetzt etwas herrichten lassen und später noch einmal begutachten.«

Der Händler griff nach einem Glöckchen, ließ es erklingen, und sogleich wurde das melodische Läuten mit dem Erscheinen zweier Mädchen beantwortet. Beide waren sehr hübsch und trugen ähnlich weite Hosen und Obergewänder wie die Frauen in der Stadt. Ihre Kleidung war jedoch nicht aus Leinen, sondern aus feinster Seide. Die Schleier über ihrem Haar und vor ihren Gesichtern betonten ihre Schönheit mehr, als dass sie diese verdeckten. Lächelnd verneigten sich die Mädchen vor ihrem Herrn und ebenso vor Beatriz. Letztere trafen neugierige und auch etwas mitleidige Blicke aus den schwarzen Augen der Maurenmädchen.

»Mariam und Peri sprechen Eure Sprache leider nicht, aber sie werden Euch ins Bad geleiten und auch sonst für Euer Wohlbefinden sorgen. Ihr könnt ihnen völlig vertrauen, sie sind erfahrene Badefrauen und wahre Künstlerinnen, wenn es um die Pflege Eurer Schönheit geht.« Ibn Saul verbeugte sich noch einmal vor Beatriz und entließ sie dann zusammen mit den Mädchen.

Die beiden führten sie aus dem Gartenzimmer ins Haus. Durch einen Korridor ging es direkt in den Badebereich. Verwundert trat Beatriz in kunstvoll gekachelte Räume. Der erste diente offensichtlich dem Auskleiden, er war wohnlich gestaltet, nur ein kleiner Springbrunnen in seiner Mitte wies auf seine Zugehörigkeit zum Bäderbereich hin.

Lächelnd halfen die beiden Mädchen Beatriz aus ihrem zerrissenen Reitkleid, dem schmutzigen Korsett und der Unterbekleidung. Eine der beiden warf einen prüfenden Blick auf letztere. Kein Blut. Beatriz begriff. Ibn Saul musste die Mädchen mit einer diskreten Untersuchung ihrer Jungfräulichkeit beauftragt haben.

Die andere Maurin streichelte über Beatriz' Haar und gab offenkundig bewundernde Bemerkungen von sich.

Beatriz fühlte sich jedoch nicht geschmeichelt, sondern eher gehemmt. Auch wenn nur die Mädchen anwesend waren, schämte sie sich ihrer Nacktheit. In Kastilien badete man selten, und wenn, dann wurde ein Zuber in die Privaträume gebracht. Man lief nicht im Evaskostüm von einem Gemach ins andere. Hier schien allerdings niemand etwas dabei zu finden. Fröhlich lächelnd und plappernd führten Mariam und Peri das Mädchen in den nächsten Raum, in dessen Boden ein gefliestes Becken eingelassen war. Beatriz glitt in warmes Wasser, während Mariam ihre leichte Kleidung ebenfalls rasch abwarf, zu ihr ins Becken stieg und sie mit wohlriechenden Seifen zu waschen begann. Zunächst fühlte Beatriz sich peinlich berührt, aber bald genoss sie die sanften Berührungen. Es war wunderbar entspannend, im warmen Wasser zu liegen und sich verwöhnen zu lassen.

Beatriz bedauerte es fast, als Mariam ihr bald darauf bedeutete, aus dem Wasser zu steigen und den nächsten Raum zu betreten. Zu ihrer Verblüffung entpuppte er sich als Dampfbad. Wohlriechende Essenzen trieben in Dampfschwaden durch den kleinen Raum. Eine andere junge Frau, die das Bad gerade verließ, lächelte Beatriz und den Mädchen zu. Peri zeigte auf eine Holzbank, auf der Beatriz sich ausstrecken sollte. Während sie Wärme, Dampf und Duft genoss, massierte das Mädchen ihre Arme und Beine geschickt, bis ihre verspannten, schmerzenden Muskeln sich zusehends lockerten. Sie spürte, wie sich ihre Brustwarzen unter der Berührung der Mädchen aufrichteten, und räkelte sich wohlig unter der Massage ihrer Schenkel. Beinahe hätte sie aufgestöhnt. Fast unglaublich, dass es Mädchenfinger waren, die ihr solche Wonnen bereiteten. Beatriz wehrte sich nicht, als Peri sich schließlich näher und näher an jenen geheimen Bereich zwischen ihren Schenkeln herantastete. Das Mädchen knetete ihren Venushügel, und schließlich wanderte sein geschickter Finger rasch bis nah an die Pforte ihrer Lust. Beatriz schrak auf, unsicher, ob sie es genießen oder sich empören sollte. Aber Peri lächelte ihr nur ermutigend zu. Sie würde ihrem Herrn Positives zu berichten haben! Diese kastilianische Schönheit war wirklich noch unberührt.

Schließlich erklärten die Mädchen auch diesen Badegang für beendet. Beatriz vermerkte erfreut, dass der nächste Raum ein großes Becken mit kaltem Wasser bereithielt. Die junge Frau von eben schwamm sogar darin herum und schien sich ihrer Nacktheit in keiner Weise zu schämen! Beatriz war mehr als verwundert. In Kastilien wäre niemand im Traum darauf gekommen, einem Mädchen Schwimmen beizubringen. Verstohlen musterte sie die Figur der jungen Frau, während Mariam und Peri ihr zunächst den Schweiß abwuschen, bevor sie ihr erlaubten, ins Becken zu steigen. Das Mädchen war makellos schön, seine Haut zartbraun, wie die Blätter des Eukalyptusbaums, wenn man sie an der Sonne trocknete. Langes schwarzes Haar, in der Mitte gescheitelt, fiel über ihren Rücken und schwebte im Wasser wie die Locken einer Meerjungfrau. Zu diesem Bild passte auch ihr knabenhaft schlanker Körper. Geschmeidig wie ein Delphin bewegte sich das Mädchen im Wasser.

Allerdings hatte Beatriz nicht viel Zeit, den Anblick zu bewundern. Wieder beendete die andere ihr Bad eben in dem Augenblick, in dem Beatriz das ihre begann; zwei Badefrauen hüllten sie in weiche Badetücher und begleiteten sie hinaus. Beatriz genoss inzwischen die Abkühlung nach dem Dampfbad. Zunächst lag sie still am Rand, aber dann versuchte sie auch ein wenig zu plantschen. Sie hatte sich noch nie im Wasser bewegt, und die Erfahrung war seltsam und sinnlich. Kleine Wellen, ausgehend von einem Springbrunnen in der Mitte des Beckens, verwöhnten ihre Brüste und Lenden. Beatriz spürte eine seltsame Erregung. Vorsichtig spreizte sie die Beine und ließ das kühle Nass auch ihre geheimsten Orte umspielen. Peri und Mariam lachten sie an, glitten zu ihr ins Wasser und zeigten ihr die ersten Schwimmbewegungen. Sie kicherten, als Beatriz dabei beinahe mit dem Gesicht unter Wasser geriet. Schließlich stützten sie ihren Körper, während Beatriz versuchte, ihre Bewegungen nachzuahmen. Bald überließ sie sich ganz ihren geschickten Händen. Sie hätte es sich niemals eingestanden, aber dieses Bad im Hause Ibn Sauls bot sinnlichere Genüsse, als sie sich je erträumt hatte.

Die letzte Station war dann noch einmal ein warmes Bad. Peri wusch sie mit parfümiertem Wasser, während Mariam ihr Haar einschäumte, gründlich auswusch und dann mit Rosenwasser spülte. Schließlich trockneten die Mädchen sie ab und führten sie zu einer mit weichen Badetüchern bedeckten Liege. Erneut begann Mariam sie zu massieren. Sie verteilte duftende Öle auf ihre Arme und Beine, die Brüste und den Bauch. Mariams unglaublich bewegliche Finger kreisten über die Muskeln ihrer Schultern und Arme, während Peri eine wohlriechende Paste auf ihr Gesicht aufbrachte und sie anschließend mit winzigen Bewegungen in die Gesichtshaut einzubringen. Beatriz überließ sich dem wohl dosierten Druck der Hände auf ihrem Gesicht und Körper. Diesmal war er weniger fordernd als vorher im Dampfbad, und die Behandlung wirkte so beruhigend, dass sie fast dabei einschlief.

Die Mädchen ließen sie tatsächlich etwas ruhen, als die Massage beendet war. Schließlich richtete sich Beatriz entspannt lächelnd auf – und zog erschrocken das Handtuch um sich, als sie plötzlich einen Mann am Fuß der

Liege stehen sah. Der Mann war groß und kahlköpfig, sehr korpulent, und er kicherte wie ein Mädchen, als er Beatriz' Entsetzen bemerkte.

Peri und Mariam lachten ebenfalls und zwitscherten Beatriz etwas zu, aber natürlich verstand sie kein Wort. Peri verlegte sich daraufhin auf Zeichensprache.

»Nimm das Handtuch herunter«, bedeutete sie Beatriz. »Der da ist ...«

Peri griff in ihren Schritt, zeichnete ein männliches Geschlechtsteil in die Luft und machte die Gebärde des Abschneidens. Mariam konnte sich vor Kichern kaum halten.

Beatriz' Augen wurden riesig. Das war ... ein Eunuch? Sie hatte von der Praxis der Mauren gehört, Haremswärter zu entmannen, aber im Grunde hatte sie sich das ebenso wenig vorstellen können wie die Idee, Frauen auf Märkten zu versteigern.

Der Mann nickte und verbeugte sich lächelnd. Beatriz wurde glühend rot, gestattete ihm aber, ihren Körper ausgiebig zu mustern. Das Ergebnis schien ihn zu befriedigen. Offensichtlich gab er den Mädchen ein paar Anweisungen, die Beatriz daraufhin in ein Handtuch hüllten und aus dem Ruheraum führten. Nebenan lag eine Art Schmink- und Ankleidezimmer. Das Mädchen von eben saß dort bereits auf einem bequemen Kissen, während ihre Badefrauen damit beschäftigt waren, Perlen in ihr Haar zu flechten und ihre Hände mit kunstvollen Ranken aus Henna zu bemalen. Mit Letzterem schien sie nicht ganz zufrieden, und sie wies die Badefrau an, sich ihren Handrücken noch intensiver zu widmen.

»Es betont die Beweglichkeit und Schönheit meiner Hände, wenn ich die Laute spiele«, erklärte sie auf Beatriz' neugierigen Blick hin.

»Ihr sprecht meine Sprache?«, fragte Beatriz erfreut und zugleich verwundert. Ob sie da wohl eine Leidensgefährtin vor sich hatte? Andererseits sprach das Mädchen zwar fehlerfrei, aber mit einem fremdländischen Akzent.

»Ja, das gehörte zu meiner Ausbildung«, gab das Mädchen freundlich Auskunft. »Ich beherrsche auch Griechisch und Latein.«

Beatriz schnappte nach Luft.

»Welche Ausbildung?«, erkundigte sie sich.

»Ich bin ein Mädchen von Khalida al Fahiya«, meinte die andere, als wäre damit alles erklärt. Sie sah in den Spiegel und monierte etwas an ihrer Frisur. Die Zofe beeilte sich, die Haarsträhne anders zu drapieren.

»Ihr seid nicht hier, um … verkauft zu werden?«, fragte Beatriz schüchtern

Das Mädchen lachte. Sie hatte eine silberhelle Stimme und sehr klare, hellgrüne Augen. »Natürlich bin ich hier, um verkauft zu werden. Dies ist das Haus von Abraham ibn Saul, Kleines, und kein öffentliches Badehaus!«

»Aber … aber Ihr seht nicht aus wie eine Sklavin. Und Ihr … Ihr scheint auch gar nicht beunruhigt.«

Peri und Mariam hatten Beatriz inzwischen bedeutet, sich auf einem Kissen neben dem anderen Mädchen niederzusetzen. Peri kämmte ihr das Haar, Mariam rieb ihre Hände mit duftenden Essenzen ein und schnitt ihre Nägel.

»Das scheint nur so. Tatsächlich bebe ich innerlich! In einer Stunde werde ich dem Wesir des Emirs vorgestellt, einem hervorragenden Mann; angeblich spielt er selbst ganz hervorragend die Laute. Ich sterbe vor Angst, beim Vorspielen zu versagen!« Sie betrachtete prüfend die inzwischen beendete Bemalung ihrer linken Hand.

»Ihr … möchtet verkauft werden?«, brach es aus Beatriz heraus.

»Wer möchte nicht im Harem der Alhambra leben? Alle Mädchen in Khalidas Haus haben davon geträumt. Und ich bin ganz nahe dran … Mein Name ist übrigens Ayesha.

Ich bin Musikerin. Bislang gehörte ich zum Harem des Herrn Safid, einem geachteten Mitglied der Familie der Zegris in Alhama. Aber mein Herr starb vor ein paar Monden, und sein Sohn ist kein großer Freund der Musik.«

Ayesha schien jetzt mit ihrer Frisur zufrieden, wies die Zofe aber an, noch mehr Goldschmuck in ihr Haar zu flechten und um ihren Hals, ihre Hand- und Fußgelenke zu winden.

»Und dann verkauft er dich einfach weiter?« Beatriz war entsetzt, aber Ayesha schien das völlig normal zu finden.

»Kindchen, fast jeder Harem wird aufgelöst, wenn der Herr stirbt. Die engere Familie zieht zu Verwandten, aber die Sklavinnen werden anderweitig vermittelt. Für Musikerinnen und Tänzerinnen kann das durchaus ein Aufstieg sein. Wer nichts Besonderes kann, endet oft als Frau eines kleinen Handwerkers oder Beamten. So ist das Leben. Aber was stellst du für Fragen? Bist du neu in Granada? Ach ja, richtig, du musst die Christin sein, die der Stoßtrupp erbeutet hat. Alle reden von deiner Schönheit. Und sie übertreiben nicht! Wenn du noch Jungfrau bist, wirst du ein Vermögen erzielen.« Ayesha kramte in einer kunstvoll verzierten Schmuckschatulle und zog noch ein Diadem heraus.

»Ist das alles dein Schmuck?«, erkundigte sich Beatriz. Die Schatulle enthielt erlesene Stücke.

Ayesha nickte. »Geschenke meines früheren Besitzers und anderer Herren, die ich mit meiner Kunst erfreuen konnte.« Sie hielt sich zwei Paare Ohrringe an und hatte offensichtlich Mühe, sich zu entscheiden. Ihre Zofe legte inzwischen einen hauchdünnen Chiffonschleier über ihr kunstvoll aufgestecktes Haar.

Beatriz brannte eine andere Frage auf den Nägeln. »So … spielst du nur die Laute? Du bist nicht … Du wirst nicht ... Du musst deinem Herrn nicht im Bett zu Willen sein?«

Ayesha lachte schallend. »Kleines, natürlich gehört auch das zu meiner Ausbildung. Selbstverständlich kann ich einen Mann zu den höchsten Höhen der Lust führen. Aber ich bin nicht mit einem so wohlgeformten Körper gesegnet wie du. Wenn ein Mädchen wie ich erst mal keine Jungfrau mehr ist, verliert der Herr meist schnell die Lust an ihr. Bei dir ist das anders. Du könntest sogar zur Ehefrau aufsteigen, wenn du es geschickt anstellst. Sieh zu, dass du deinem Herrn bald einen Sohn schenkst. Bist du mit den Künsten der Liebe vertraut?«

Beatriz errötete zum etwa hundertsten Mal an diesem Abend.

»Du ... sprichst davon, als wäre es etwas, das man in der Schule lernt ...«

Ayesha nickte. »Genau das ist es. Ein Mädchen, das im Harem aufwächst, wird meist von seiner Mutter oder ihren Freundinnen in die wichtigsten Künste eingeweiht. Aber es gibt auch richtige Schulen wie das Haus meiner Ziehmutter Khalida. Ihre Absolventinnen sind natürlich hoch begehrt. Nur die Allerreichsten können sich ein Mädchen von Khalida leisten – nur selten kauft uns jemand für den eigenen Harem, meist werden wir wichtigen Geschäftspartnern und Freunden zum Geschenk gemacht.«

Ayesha sprach von sich, als redete sie von einem edlen Pferd. Dabei wählte sie immer noch Schmuckstücke aus. Inzwischen war der Eunuch eingetreten. Er brachte mehrere Kleidungsstücke und legte sie Ayesha zur Ansicht vor. Die beiden unterhielten sich lang und breit, ob ein orangerotes Überkleid ihre Schönheit betonen oder eher davon ablenken würde. Der Eunuch riet offensichtlich zu dem Farbton, Ayesha war skeptisch. Schließlich einigten sie sich auf ein zartgrünes Übergewand, aber orangerote Seidenhosen.

»Viele von uns steigen auch zur Ehefrau auf«, erzählte Ayesha weiter, während ihre Zofen ihr in die Kleider halfen.

Beatriz erschauerte inzwischen unter dem seltsam kitzelnden Gefühl des winzigen Pinsels, mit dem Mariam ihre Hände bemalte. Peri war immer noch mit ihrem Haar beschäftigt, das sie ähnlich kunstvoll aufsteckte wie Ayeshas.

»Und die anderen?«, fragte Beatriz nervös. »Was sind die anderen Mädchen im Harem? Huren, Konkubinen? Muss ich damit rechnen, dass mein – Herr – mich plötzlich verschenkt oder einem Gast als Willkommensgruß anbietet?«

Ayesha schüttelte den Kopf. »Kaum. Dafür bist du zu wertvoll. Vor allem aber wird er dich niemals zu etwas zwingen. Er darf dich nicht einmal zwingen, ihm selbst zu Willen zu sein, das verbietet der Koran. Freilich kann er dich unter Druck setzen. Aber das ist eher die Ausnahme. Wer ein Mädchen deiner Qualität erwirbt, will es erobern, nicht erpressen. Zier dich am Anfang also ruhig ein bisschen, lass dich mit Geschenken und Gunstbeweisen überschütten ... nur übertreib es nicht! Mach ihn nicht ernstlich ärgerlich ... Und versuch es nicht mit Druck. ›Ich schlafe nur mit dir, wenn du mich zur Ehefrau nimmst‹ hat noch nie funktioniert.«

»Ich werde überhaupt mit niemandem schlafen, und ich werde auch niemanden heiraten! Ich habe meinem Verlobten Treue geschworen«, brach es aus Beatriz heraus.

Ayesha sah sie mitleidig an. »Kind, wenn er dich wirklich liebt, wird er dich auslösen. Aber das ist unwahrscheinlich. Und das bedeutet, dass du ihn nie wieder siehst. Vergiss ihn, Kleines. Dein Leben beginnt heute. Vergiss alles, was gestern war.«

»Diego ist tot«, flüsterte Beatriz und kämpfte mit den Tränen.

»Dann hat es sich ja sowieso erledigt«, meinte Ayesha herzlos. Sie war jetzt fast fertig, die Zofen befestigten nur noch einen hauchdünnen grünen und dann einen fast noch filigraneren orangefarbenen Schleier vor ihrem Gesicht. Sie sah hinreißend aus.

Der riesige Eunuch, der sie beim Ankleiden wohlgefällig betrachtet hatte, schien das ebenfalls zu finden und überschüttete sie mit Schmeicheleien. Ayesha lächelte nervös.

»Wünsch mir Glück!«, sagte sie zu Beatriz, während sie hinausrauschte.

Beatriz schüttelte den Kopf. Welch ein seltsames Geschöpf! Immerhin hatte sie jetzt wieder Zeit, sich ihrer eigenen Erscheinung im Spiegel zu widmen. Widerstrebend musste sie zugeben, dass die maurische Mode ihre Reize weitaus mehr unterstrich als die gewohnte kastilianische Kleidung. Der riesige Eunuch hatte für sie ein dunkelblaues Obergewand und aquamarinblaue Hosen ausgewählt, dazu dunkelblaue, mit Perlen bestickte Seidenpantoffeln. Es war ungewohnt, sich ohne Korsett im Spiegel zu sehen, aber zu ihrer Verwunderung fand Beatriz ihre Taille gar nicht so dick. Im Gegenteil, ihre Rundungen – recht gut zu erahnen unter den dünnen, fließenden Chiffon- und Seidenstoffen – wirkten durchaus harmonisch. Peri knüpfte Schleier in verschiedenen Blauschattierungen in ihr Haar, und Mariam schminkte ihr Gesicht. Letzteres ließ Beatriz wieder erröten. In Kastilien malten sich nur Huren an. Mariam verstand jedoch ihr Geschäft. Ihre Kunst betonte Beatriz' Schönheit und ließ sie auf keinen Fall vulgär wirken. Im Grunde diente die Farbe vor allem dazu, ihre Gesichtszüge so hervorzuheben, dass sie auch unter den Schleiern gut erkennbar waren. Die Mädchen waren mit Beatriz' Erscheinung hochzufrieden, sie schienen direkt darauf zu brennen, sie Ibn Saul vorzustellen.

Zwitschernd bearbeiteten sie dessen Diener, bis dieser sich endlich erweichen ließ. Schließlich warteten die drei Mädchen vor der Tür zu Ibn Sauls Empfangsraum. Aus dem Gartenzimmer klang überirdisch schönes Lautenspiel, zu dem eine klare, hohe Stimme sang.

Ayesha. Sie hatte nicht übertrieben. Das war weitaus professionellere Musik als die Töne, die Beatriz der Laute zu entlocken wusste. .

Schließlich endete die Sängerin, und der Diener wies die Mädchen an einzutreten. Ibn Saul und ein Besucher hockten auf Kissen um einen niedrigen Tisch herum und tranken ein aromatisch duftendes, schwarzes Getränk aus winzigen Tassen.

»Ach, meine kleine Prinzessin! Mammar ibn Khadiz, ich gewähre Euch die außerordentliche Gunst des ersten Blickes auf meine neueste Erwerbung. Beatriz, die Blume Kastiliens, ebenfalls wie geschaffen für den Harem des Emir ...« Der Händler stand auf und umfasste Beatriz und die Mädchen mit einem gleichermaßen bewundernden wie anerkennenden Blick. Er sprach Spanisch, damit Beatriz ihn verstand. Zu ihrer Verwunderung antwortete auch sein Besucher in der Sprache Kastiliens.

»Ganz sicher nicht! Ich werde Euch keine zwei an einem Tag abkaufen! Zudem will ich dem Emir zwar ein kostbares Geschenk machen, aber doch nicht mein gesamtes Vermögen übereignen. Denn ein Vermögen werdet Ihr für Eure ›Blume Kastiliens‹ gewiss verlangen.«

Bislang hatte der Mann ihr nur flüchtige Aufmerksamkeit geschenkt, aber jetzt sah er sie genauer an. Beatriz senkte die Lider. Sie war es zwar inzwischen gewohnt, von Ibn Saul und seinen Leuten als ›Ware‹ abgeschätzt zu werden, aber der Blick dieses Fremden berührte sie aufs Peinlichste. Dennoch war sie neugierig. Als Wesir des Emirs von Granada musste dieser Ibn Khadiz ein mächtiger Mann sein. Hinter ihrem Schleier taxierte sie ihn kurz, war aber alles andere als beeindruckt.

Ibn Khadiz war klein und eher zartknochig, ältlich, fast schon ein Greis. Sein Haar war spärlich und weiß, die Augen farb- und ausdruckslos. Aber angesichts Beatriz' Schönheit kam Leben in seinen Blick. Als er durch ihren Schleier spähte, schien sein Atem kurz zu stocken.

»Bei Allah, Ibn Saul, wo habt Ihr dieses Mädchen her? Sie ist zweifellos jeden Dinar wert, den ihr dem Käufer aus der Tasche zu ziehen gedenkt! Dieses Haar! Locken wie aus gesponnenem Gold ...«

Der alte Mann stand auf und machte einen Schritt auf Beatriz zu, als wollte er ihren Schleier lösen. Beatriz wich zurück. Zum ersten Mal begrüßte sie die maurische Sitte, sich hinter dem Tschador zu verstecken.

»Ihre Augen sind grün, nicht wahr ... nein, sie sind blau ... wie das Meer, ihre Augen haben tausend Farben ... Bei Allah, Ibn Saul ...« Der Mann stammelte. Er schien den Blick nicht von Beatriz wenden zu können. Beatriz wusste nicht wohin vor Verlegenheit. Die lüsterne Aufmerksamkeit des alten Mannes bereitete ihr Ekel und Angst.

»Ihr könnt gern um sie steigern!«, lachte Ibn Saul. »Zählt schon mal Euer Geld. Aber zunächst läuft ein Angebot an ihre Familie, vielleicht löst man sie ja aus. Dazu braucht sie noch etwas Zeit, sich zu erholen. Ich denke, ich werde die Auktion ansetzen, wenn sich der Mond zum nächsten Mal rundet.«

Viertes Kapitel

»Dies ist keine kleine Cabalgada, dies ist ein Kriegszug! Was, um Allahs willen, habt ihr mitgehen lassen, dass der Verlust diesen Aguirre derart aufbringt?« Abdallah der Erste, Emir von Granada, fixierte seinen Sohn.

Amir sah ihm furchtlos entgegen. Sein Vater hatte ihn gleich nach seiner Rückkehr aus Kastilien rufen lassen, aber er hatte sich doch noch Zeit gelassen, ein Bad zu nehmen und höfische Kleidung anzulegen. Amir wusste, wie sehr der Emir Etikette schätzte. Er empfing seinen Sohn auch ganz formell in einem der Ratszimmer der Alhambra und bot ihm Kaffee und Dattelgebäck an, bevor er auf den Grund der Unterredung zu sprechen kam. Offensichtlich waren bereits in der letzten Nacht Unruhen an der Grenze zu Kastilien ausgebrochen. Ein Don Alvaro Aguirre hatte mit einer kleinen, aus Bauern und Adligen abenteuerlich zusammengewürfelten Streitmacht beherzte Angriffe gestartet. Der Emir nahm nicht zu Unrecht an, dass Amirs letzte Mission damit in Zusammenhang stand.

»Wir haben den Hengst zurückgeholt, wie du es befohlen hast«, erklärte Amir gelassen. »Und den Dieb dabei in die Hölle geschickt, was sicher auch in deinem Sinne war. Ansonsten …« Amir wusste nicht recht, wie er seinem Vater von Beatriz erzählen sollte. Es war keine große Sache, eine Sklavin zu erbeuten, der Emir würde ihn deshalb nicht tadeln. Etwas anderes war das Geständnis, dass er das Mädchen möglichst umgehend für seinen eigenen Harem ersteigern wollte.

Nun stand ihm dies auch frei, der Emir pflegte seine Ausgaben nicht zu kontrollieren. Aber irgendwie betrachtete Amir Beatriz nicht als beliebige Sklavin und mochte auch nicht so von ihr reden. Er war verliebt, er wollte sie erobern! Und eines Tages wollte er sie zu seiner Frau machen. Amir biss sich auf die Lippen.

Sein Vater wusste allerdings längst Bescheid.

»Jetzt erzähle mir endlich alles, vor allem die Sache mit dem Mädchen!« Der Emir beobachtete stirnrunzelnd, wie sein Sohn sich vor ihm wand. »Die Spatzen pfeifen es doch schon von den Dächern. Wer ist sie? Aguirres Weib, seine Konkubine?«

Amir schüttelte den Kopf und senkte die Augen. »Seine Tochter. Sie war mit dem Pferdedieb verlobt – aber sie ist noch Jungfrau. Und schön wie der Morgen ...«

»Aha.« Der Emir schmunzelte. »Nun, ich nehme an, diesem Aguirre ist ein Angebot zugegangen, sie auszulösen?«

Amir zuckte die Schultern. »Das war zumindest beabsichtigt. Aber ob der Bote zu ihm durchgedrungen ist? Wir konnten doch nicht ahnen, dass der Mann ein halbes Heer aushebt, um gegen Granada zu ziehen. Wenn die Angaben stimmen, tobt an der Grenze fast so etwas wie ein Krieg!«

»Den du umgehend beenden wirst«, befahl der Emir. »Es geht nicht an, dass wir uns von den Spaniern auf der Nase herumtanzen lassen. Du wirst dich noch heute mit einem Regiment in Marsch setzen und den Angriff niederschlagen. Aber treib sie nur zurück über die Grenze, versuch nicht gleich, Kastilien zu erobern. Wir wollen sie nicht weiter reizen, ich bin diesen Kleinkrieg gründlich Leid. Vielleicht sollten wir das Mädchen sogar zurückgeben ...«

»Nein!« Amir bereute den unbedachten Ausruf sofort, aber er konnte nicht an sich halten. »Nein, Vater, das Mädchen wurde im ehrenhaften Kampf erobert. Ihr könnt ... den Männern die Beute nicht streitig machen. Ihre Versteigerung wird ein Vermögen einbringen!«

Der Emir betrachtete ihn prüfend. »Ah, ja. Der Staatskasse wird es aber kaum zugute kommen, oder? Könnte es sein, dass du sie eher zu Gunsten Ibn Sauls erleichtern willst?«

Amir gab es auf. Er hatte seinem Vater noch nie etwas vormachen können. »Ja, ich gebe zu, ich gedenke das Mädchen zu ersteigern. Ich ... habe ihr Hoffnungen gemacht ...«

»Hoffnungen worauf? Amir, hüte dich vor Verwicklungen! Eine Christin, die im Harem Einfluss gewinnt, wird deinem Ruf nicht gut tun. Es wird schon genug darüber geredet, dass wir keinen genügend harten Kurs gegen Kastilien fahren. Wenn du nun auch noch ein spanisches Mädchen zur Frau nimmst ... Und du weißt, wie Zarah ist. Sie wird eine Rivalin bis aufs Blut bekämpfen. Riskiere keine Haremsintrigen, mein Sohn ...« Der Emir sprach streng und eindringlich, und Amir wusste natürlich, dass er Recht hatte.

Zarah, seine erste Frau, führte ein strenges Regiment im Harem. Amir liebte sie nicht, die Ehe war arrangiert worden, um das Königshaus mit einer der besten Familien Granadas zu verbinden. Allerdings kannte Zarah alle Künste der Liebe, die ein Mädchen im Harem zu lernen vermochte. In der Nacht war Amir Wachs in ihren Händen – und jeder Bedienstete im Harem, vom ersten Eunuchen bis zum letzten Küchenmädchen, war ihr wenn schon nicht treu, so doch angstvoll ergeben. Zarah würde Beatriz das Leben zur Hölle machen.

Andererseits: Wenn es irgendjemanden gab, der ihr gewachsen war, so diese wilde kastilianische Schönheit!

Amir lächelte fast unwillkürlich.

»Ich sehe schon, meine Worte treffen auf den Geist eines Mannes, der nur noch mit seinem Geschlecht denkt«, seufzte der Emir. »Gut, mein Sohn, du bist erwachsen, du musst wissen, was du tust. Aber jetzt schlägst du zunächst diesen Angriff nieder! Nimm das zweite Reiterregiment und reite die Nacht durch. Die Sache muss schnell ein Ende haben.«

Amir nickte, wenn auch nicht mit der Begeisterung, die er sonst an den Tag legte, wenn sein Vater ihn mit der Verteidigung Granadas betraute. Schließlich brachen seine Bedenken doch aus ihm hervor.

»Vater, die Versteigerung … Das Mädchen …«

Der Emir verdrehte die Augen. »Du wirst sie schon nicht verpassen«, beschied er. »Schließlich kann es kaum mehr als drei oder vier Tage dauern, diesem Aguirre das Mütchen zu kühlen!«

Der Emir sah seinem Sohn lange nach, nachdem Amir sich höflich verabschiedet hatte, dann jedoch eilig davon ging. Er hatte alle Gründe der Welt, seine Streitmacht schnellstens in Marsch zu setzen.

Abdallah der Erste seufzte. Er liebte seinen Sohn, und er hasste das, was er jetzt zu tun hatte. Aber dann rief er doch einen Diener zu sich und ließ sich Feder und Papier bringen.

Eine Stunde später hielt Abraham ibn Saul eine Nachricht des Emirs in Händen:

Es ist mir zu Ohren gekommen, dass du eine christliche Sklavin feilbietest. Leider sorgt das Mädchen für Unruhe. Ich würde begrüßen, wenn ihre Versteigerung so schnell wie möglich stattfände. Zudem bitte ich dabei um Diskretion. Niemand – auch kein Mitglied der königlichen Familie – soll von ihrem Verbleib erfahren.

Die Sklavin Ayesha war in Hochstimmung und ließ Beatriz daran teilhaben. Der Wesir hatte ihr Lautenspiel und ihre Schönheit in den höchsten Tönen gelobt. Seine Verhandlungen mit Ibn Saul waren noch nicht abgeschlossen, aber er beabsichtigte eindeutig, Ayesha zu erwerben und dem Emir zum Jahrestag seiner Inthronisation als Geschenk zu überreichen. Das Mädchen schwärmte vom Harem der Alhambra und all den Künstlern und Musikern, mit denen sie dort unweigerlich zusammentreffen würde. Vergnügt schwatzend knabberte sie Gebäck und nippte an den süßen, mit Eis aus der Sierra Nevada gekühlten Fruchtsäften, welche die Diener ihnen kredenzten. Beatriz fand es immer noch höchst befremdlich, dass praktisch das gesamte Personal aus weichlich wirkenden Eunuchen mit schwammigen Körpern und hohen Stimmen bestand. Sie benahmen sich aber durchweg äußerst zuvorkommend, und die Leckereien aus Datteln, Honig und Krokant waren köstlich. Dennoch hielt Beatriz sich zurück. Ibn Saul hatte geäußert, sie solle vor der Auktion noch Gewicht zulegen, und sie hatte keineswegs vor, sich mästen zu lassen.

»Hat man dir deshalb Spanisch beigebracht? Damit du mit allen Besuchern reden kannst?«, unterbrach Beatriz Ayeshas Träumereien ein wenig mürrisch. Ihr ging der gierige Blick des alten Mannes immer noch nicht aus dem Kopf. Wie er langsam an ihrem Körper herabgewandert war, ihre Brüste und Hüften taxiert hatte … Beatriz hatte den Ekel kaum bezähmen können, als sich die Augen Mammar ibn Khadiz' schließlich an dem winzigen bisschen Haut festgesaugt hatten, das die Pluderhosen an ihren Fußgelenken unbedeckt ließen. Sein Mund hatte dabei gezuckt, als wollte er sabbern, und seine Hände schienen die Rundungen ihrer Schenkel und Brüste hilflos in der Luft nachzuzeichnen. Beatriz fühlte sich beschmutzt, fast als hätte man dem Greis erlaubt, ihren Körper wirklich zu berühren und mit feuchten Fingern und Lippen zu erkunden. In Kastilien hätte ein Mann nie gewagt, eine Hídalga so anzustarren! Aber hier war sie kein

Mädchen von Adel, hier war sie nur eine Sklavin. Und Ibn Saul hatte den alten Mann ernstlich ermuntert, mit um sie zu bieten!

Wo nur war ihr junger Entführer? Warum kam er nicht, um sie zu beruhigen und vielleicht auszulösen? Wo blieb die Nachricht von ihrem Vater? Beatriz war bis zum Platzen angespannt. Aber sie wollte jetzt auf keinen Fall in Tränen ausbrechen. Lieber versuchte sie sich in unverfänglichem Geplauder mit ihrer vergnügten Gefährtin.

Ayesha hatte nach ihrem Treffen mit dem Wesir Schmuck und Schleier abgelegt, die Schminke abgewischt und ihr Haar gelöst. Sie räkelte sich zufrieden auf einem weichen Diwan und knabberte Naschwerk.

Beatriz betrachtete sie misstrauisch. Undenkbar, dass sich ein wohlerzogenes Mädchen in kastilianischer Gesellschaft so ungeniert voll gestopft hätte wie Ayesha. Das hätte ja schon das Korsett verhindert. Beatriz musste sich eingestehen, dass es sich ohne den Fischbeinpanzer erheblich bequemer lebte. Der Schleier war dagegen harmlos. Zudem trug man ihn offensichtlich nur in der Öffentlichkeit.

Im Harem, so begriff Beatriz langsam, waren die Frauen unter sich, keine musste sich verstellen, um den Höflichkeitsregeln zu entsprechen oder irgendwelchen Männern zu gefallen.

Ayesha wirkte belustigt, als sie Beatriz' Frage nach ihren Sprachkenntnissen vernahm. »Bei Allah, Kindchen, mit welchem Kastilier sollte ich schon über Kunst und Musik reden! Die meisten Christen können doch nicht mal Lesen und Schreiben! Nein, wir lernen Eure Sprache, weil es immerhin sein kann, dass es uns zu einem spanischen Herrn verschlägt – Allah möge alle meine Schwestern davor bewahren!«

»Eure Ziehmutter verkauft Mädchen nach Kastilien?«,

fragte Beatriz verwirrt und schöpfte leise Hoffnung. Wenn hier wirklich spanische Ritter Sklavinnen erwarben – vielleicht würde ja auch einer von ihnen um sie steigern! Wenn sie ihm dann später sagte, dass sie eine Hídalga sei, eine freie Frau, so würde er ihr zweifellos ehrenhaftes Geleit nach Kastilien gewähren. Ihr Vater könnte ihm anschließend den Kaufpreis zweifach zurückerstatten – wenn er das wollte. Aber ein echter Kavalier würde eine Frau sicher auch ohne Gewinnstreben retten …

Ayesha aber machte ihr diesen Tagtraum jedoch sogleich wieder zunichte.

»Nein, direkte Verkäufe nach Spanien sind selten. Es mag welche geben, aber dann tritt der Herr nicht selbst auf, sondern schickt einen maurischen Strohmann vor. Es werden aber oft Mädchen als erlesene Geschenke versandt, nicht immer ohne Hintergedanken. Ein christlicher Bischoff, der eine Liebessklavin als Geschenk annimmt, wird erpressbar … Für das Mädchen ist so etwas natürlich ein schreckliches Schicksal. Immer versteckt leben, dazu als einzige Konkubine eines in Liebesdingen unerfahrenen Herrn …« Ayesha schüttelte sich.

»Und all die anderen Disziplinen?« Beatriz nahm nun doch ein Stück Konfekt. »Lateinisch, Griechisch, Lesen und Schreiben … Wozu lernt ihr die?« Inzwischen war sie neugierig geworden. Ayeshas Geschichten lenkten sie von den Grübeleien über ihre eigene Zukunft ab.

»Nun, von einem Mädchen aus Khalidas Haus erwartet man eine gewisse Bildung. Wir sollen unsere Herren nicht nur bei Nacht unterhalten können, sondern ihnen auch bei Tag eine kluge und anregende Gefährtin sein. Damit steigen die Chancen, irgendwann zur Gemahlin erhoben zu werden. Im letzten Jahr wurde diese Ehre zwei meiner Freundinnen zuteil. Beide haben ihren Herren Söhne geschenkt, und eines der Kinder ist sogar sein Erstgeborener!« Ayesha schien sich ehrlich mit den beiden Mädchen zu freuen. Ihr selbst war allerdings mehr an ihrer Musik gelegen als an der Ehe.

»Also heiratet der Mann eine Sklavin, wenn sie von ihm schwanger wird?«, erkundigte sich Beatriz. »Aber dann … wenn es wahr ist, was du sagst, dass zum Beispiel der Emir mehr als zweihundert Mädchen in seinem Harem hat und mitunter die Nacht mit ihnen verbringt – dann kann doch theoretisch jede schwanger werden! Und schließlich hätte er hunderte von Ehefrauen!«

Ayesha lachte bei der Überlegung. »So viele werden gar nicht schwanger. Eben weil der Herr mal der einen, mal der anderen seine Gunst schenkt. Das ist nicht wie bei den Christen, wo nur eine arme Frau die ganze Last hat und mitunter jedes Jahr ein Kind unter dem Herzen trägt! Und wenn doch, so ist das Kind der Sklavin natürlich anerkanntes Mitglied des Haushalts, erhält eine Ausbildung und wird – so es ein Mädchen ist – später ehrenhaft verheiratet. Aber die Kinder der Ehefrauen haben eine Vorzugsstellung. Und Ehefrauen gibt es natürlich nicht hunderte, sondern allenfalls vier. So viele erlaubt der Koran.«

Beatriz überlegte und musste beinahe lachen. »Hunderte von Mädchen, die sich um vier Hauptpreise bewerben. Bei Gott, die Konkurrenz muss schrecklich sein.«

Ayesha nickte ernst. »In manchen Harems ist sie das. Obwohl es sich nicht ganz so darstellt, wie du meinst. Zum Beispiel schöpfen nur die wenigsten Männer das ganze Kontingent aus. Kaum einer hat wirklich vier Gemahlinnen. Mein früherer Herr hatte nur eine, üblich sind zwei: Die erste Ehe wird von der Familie arrangiert. Der Mann holt eine gesellschaftlich gleichgestellte Frau in sein Haus, die er vorher meist nicht einmal gesehen hat.

Das kann Liebe werden, muss es aber nicht. Wenn sich keine Gemeinsamkeiten finden, erhebt der Mann später eine oder zwei Mädchen aus seinem Harem zu Ehefrauen. Und wenn er klug ist, nimmt er Freundinnen seiner ersten Gemahlin. Tut er das nicht, und die beiden Frauen sind sich womöglich spinnefeind, kann die Eifersucht mörderische Formen annehmen. Also sieh zu, dass du dich gut mit der Frau deines Herrn verstehst – und mit seiner Mutter, falls sie noch lebt und seinem Harem vorsteht ...« Ayesha streckte sich und gähnte. »Oh, bin ich müde ... Verschon mich jetzt mit weiteren Fragen, ich glaube, ich gehe zu Bett. Und du brauchst auch Ruhe. Du hast Ringe unter den Augen und Kratzer auf der Haut – das muss alles verschwinden vor deinem großen Tag!«

Ayesha stand auf und zwinkerte Beatriz zu. Die Versteigerung – ihr ›großer Tag‹! Beatriz versuchte, die Angst niederzukämpfen. Sie hatte noch Zeit. Noch konnte ein Brief ihres Vaters eintreffen – oder eine Nachricht ihres Entführers. Sie hätte ihn nach seinem Namen fragen sollen. Dann wäre es vielleicht möglich gewesen, ihm eine Nachricht zu senden. Andererseits hatte sie es nicht nötig, zu Kreuze zu kriechen. Wenn er sie vergessen hatte ... Nein, das konnte nicht sein, das durfte nicht sein!

Als sie später auf einer weichen, mit edelsten Fellen und Kissen bedeckten Bettstatt lag, von Peri und Mariam noch einmal gesalbt und parfümiert, die Wunden mit duftender Heilsalbe behandelt, ertappte sie sich dabei, wie sie von ihm träumte. Wieder sah sie seine spöttischen dunklen Augen vor sich, die so unvermittelt mitleidig und verständnisvoll blicken konnten, seine buschigen Brauen und die hohe Stirn. Erschrocken versuchte sie, sich stattdessen Diegos Gesicht vor Augen zu rufen, aber es wollte ihr nicht gelingen.

Fürchte dich nicht ... ich lasse dich nicht allein. Getröstet von den Abschiedsworten des jungen Mauren, fiel Beatriz in tiefen Schlaf.

»Es gibt eine kleine Veränderung, Prinzessin …« Ibn Saul betrat den Harem, als die Eunuchen den Mädchen eben ein fürstliches Frühstück aufgetragen hatten: frische Früchte, Mandelgebäck und Honigkuchen. Beatriz' Vorsätze, sich nicht mästen zu lassen, schwanden immer schneller.

Beim Anblick des Händlers zog Ayesha sogleich den Schleier vors Gesicht. Beatriz hatte gestern gelernt, dass man dieses leichte Gespinst nicht ›Tschador‹ nannte, sondern ›Cobija‹. Es war schicklich, die Cobija aufzuziehen, sobald man mit Männern zusammen traf, und die Mädchen taten dies mit fließenden, selbstverständlichen Bewegungen und natürlich ohne dabei in den Spiegel zu sehen. Beatriz versuchte es jetzt auch, aber Ibn Saul tat ihre ungeschickten Bemühungen mit einer Handbewegung ab.

»Vor mir brauchst du dich nicht zu verhüllen. Zeig mir lieber, wie du aussiehst, meine Blume Kastiliens.« Der Händler legte den Finger unter Beatriz' Kinn und zwang sie mit sanfter Gewalt, zu ihm aufzusehen. Was er erblickte, schien ihm zu gefallen.

»Sehr schön, meine Blume, du hast gut geschlafen – dein Teint ist rosig, die Augen klar … und was die kleinen Blessuren angeht … nun, zwei Tage haben sie ja noch Zeit, um zu heilen. Bis dahin sollten die Kratzer am Körper nicht mehr zu sehen sein. Und deine Beine werden wir dann eben einfach nicht enthüllen …«

»Meine Beine nicht enthüllen …« Beatriz blickte verwirrt, und wieder stieg Angst in ihr auf.

»Auf dem Podium, meine Rose. Das ist es, weshalb ich so früh hier erscheine. Deine Versteigerung wurde vorverlegt. Der Emir empfängt morgen Würdenträger aus dem ganzen Land zu einem Kronrat. Die Herren dürften sich übermorgen auf dem Markt umsehen, ein idealer Anlass, dich ihnen vorzustellen. Du wirst sehen, sie werden sich darum reißen, dich mit in ihren Harem zu nehmen.«

»Aber … mein Vater …« Beatriz war entsetzt.

»Hat bislang nichts von sich hören lassen, meine Rose. Aber lass die Hoffnung nicht sinken, er hat noch zwei Tage Zeit …«

Beatriz versuchte verzweifelt, die Tränen zurückzuhalten. Sie wusste genau wie Ibn Saul, dass der Bote ihres Vaters längst hier sein müsste, wenn Alvaro Aguirre wirklich jemanden entsandt hatte. Ein guter Reiter auf einem schnellen, mehrmals gewechselten Pferd konnte die Strecke zwischen der Grenze und Granada in einigen Stunden hinter sich bringen. Ibn Sauls Gesichtsausdruck war deutlich. Wenn bislang kein Bote eingetroffen war, würde wahrscheinlich auch keiner mehr kommen.

Don Alvaro hatte sie offensichtlich aufgegeben.

Nun ruhten all ihre Hoffnungen auf dem Anführer der Männer, die sie geraubt hatten.

Ich lasse dich nicht allein … Beatriz bemühte sich, nicht in Tränen auszubrechen. Sie klammerte sich an seine Worte.

Die beiden Tage bis zu Beatriz' Versteigerung wurden hauptsächlich mit der Pflege ihrer Schönheit, der Auswahl von Kleidungsstücken und Schmuck ausgefüllt. Der große Eunuch, offensichtlich zuständig für die modische Ausstattung der Mädchen, wählte leichteste Chiffonhosen und ein ebenso durchsichtiges Unterkleid in zartestem Blau für sie aus. Dazu kamen sieben Schleier in verschiedenen Blauschattierungen, die kunstvoll um Körper und Haar drapiert wurden.

Beatriz wehrte sich zunächst heftig.

»Das kann ich nicht anziehen! Es ist vollständig durchsichtig! Ich könnte ebenso gut nackt auf die Straße gehen!«

»Du gehst nicht auf die Straße, man wird dich in einer Sänfte zu den Markthallen tragen«, versuchte Ayesha sie zu beruhigen. »Außerdem wird das Gewand völlig durch die Schleier verdeckt. In der Öffentlichkeit wird man keinen Fetzen deiner Haut sehen. In diesem Unterkleid soll dich nur dein Herr bewundern. Es dient dazu, deine Reize zu unterstreichen, nicht, sie zu verdecken.«

Beatriz verzichtete darauf, ein weiteres Mal zu erklären, dass die Augen ›ihres Herrn‹ für sie genauso fremd und lüstern sein würden wie die jedes beliebigen Passanten. Zweifellos hob das Chiffongespinst jedoch ihre Schönheit hervor. Es ließ ihre Rundungen noch weicher, ihre geschmeidigen Bewegungen noch anmutiger wirken. Ayesha hatte ihr gezeigt, um wie viel erotischer es den Gang wirken ließ, wenn man die Hüften dabei schwingen ließ, und Beatriz ertappte sich dabei, wie sie es vor dem Kupferspiegel probierte. Nicht, dass sie vorhatte, sich so vor irgendwelchen Käufern zu produzieren! Aber dennoch sog sie Ayeshas Lehren durstig in sich auf. Die Mädchen im Harem wussten unendlich viel mehr über den weiblichen Körper, die Listen der Verführung und die Freude daran, sich und anderen Lust zu bereiten, als die frommen Frauen Kastiliens, die Beatriz die wichtigsten Dinge über Liebe und Fruchtbarkeit gelehrt hatten.

Tatsächlich war Beatriz züchtig gekleidet, als endlich alle Schleier um ihren Leib drapiert waren. Die Versteigerung war für den Nachmittag angesetzt, und vom frühen Morgen an bemühten sich vier speziell ausgebildete Zofen nur darum, das Mädchen in eine perfekte Schönheit zu verwandeln. Es begann mit der üblichen Badezeremonie, dann wurde endlos gekämmt, geschminkt und angekleidet. Inzwischen schien das ganze Haus Ibn Sauls von

Unruhe zu schwirren. Bis in die Frauengemächer und Bäder klangen Rufe und Männerstimmen, auch in der Küche wurde mit Hochdruck gearbeitet. Wieder war es Ayesha, die Beatriz den Grund dafür verriet.

»Die Versteigerung wird hier stattfinden. Du bist eine kleine Sensation, Beatriz, man wird dich nur den ausgesuchtesten Herren anbieten. Ibn Saul hat persönliche Einladungen ausgesprochen. Die Männer, die um dich bieten werden, sind die Reichsten und Mächtigsten Granadas. Du könntest wirklich einmal lächeln, Sayyida!«

Beatriz sah keinen Grund, sich über die Privatveranstaltung zu freuen, die man aus ihrem Verkauf machte. Im Gegenteil. Der einzige Mann, den sie zu sehen hoffte, hatte wahrscheinlich nicht einmal eine Einladung erhalten. Ein kleiner Hauptmann des Heeres gehörte sicher nicht zu den Reichsten und Mächtigsten von Granada. In ihrer Verzweiflung wandte sie sich an Ibn Saud.

»Die … Männer, die mich gefangen genommen haben … werden die auch zur Auktion kommen?«, erkundigte sie sich, als der Händler in die Frauengemächer kam, um sich vom erfolgreichen Fortgang der Vorbereitungen zu überzeugen. Ibn Saul hatte sich offensichtlich bereits für das Ereignis der Versteigerung angekleidet. Er trug Seidenhosen und eine kostbare Robe aus buntem Brokat.

»Warum, meine Blume?« Ibn Saul richtete den Sitz eines Schleiers über Beatriz' Schulter. »Fürchtest du sie? Dann werde ich sie hinter einem Vorhang platzieren. Verwehren kann ich ihnen den Zugang kaum, sie wollen schließlich selbst sehen, welchen Preis du erzielst.«

Beatriz fühlte sich fast erleichtert.

»Ihr Anführer …« Sie wusste nicht, was sie sagen sollte. Im Grunde hatte der Mann ihr ja nichts versprochen, vielleicht war es nur eine dumme Idee von ihr, dass er mit bieten wollte.

Ibn Saul nickte. »Natürlich. Selbstverständlich ist eine Einladung an den Palast entsandt worden. Mach dir keine Gedanken, meine Rose Kastiliens. Alles wird gut, wir werden einen hervorragenden Herrn für dich finden. Warte ab … Wenn du es geschickt anstellst, gehören deine Söhne einst zu den führenden Männern des Emirates.

Und nun beeilt euch alle ein wenig. Die ersten Besucher sind bereits eingetroffen, ich muss mich um sie kümmern.«

Der kleine Händler eilte davon, während Peri und Mariam letzte Hand an Beatriz' Erscheinung legten. Auch Ayesha schaute noch einmal herein, um ihr Glück zu wünschen.

Beatriz zitterte inzwischen vor Angst und Aufregung.

»Kannst du nicht mitkommen, Ayesha?«, flüsterte sie. »Sie werden alle über mich reden, und ich werde kein Wort verstehen. Du könntest für mich übersetzen.«

Ayesha lachte. »Natürlich nicht. Welch ein Gedanke! Ibn Saul würde niemals ein anderes Mädchen neben dir auf dem Podium dulden. Dies ist dein großer Auftritt, Beatriz! Du solltest ihn genießen, statt dreinzublicken wie an einem Regentag. Bei Allah, Beatriz, in Kastilien wärest du doch auch nicht gefragt worden, wenn dein Vater dich an einen wichtigen Geschäftsfreund hätte verheiraten wollen! Sieh es einfach so. Wie eine arrangierte Ehe.«

»Ich hatte einen Verlobten. Ich hatte eine Liebe! Niemals werde ich einem anderen angehören!« Beatriz fuhr auf.

Ayesha machte eine abwinkende Handbewegung. In den letzten Tagen hatte sie diese Beteuerungen aus Beatriz' Mund schließlich bis zum Überdruss gehört.

»Das klärst du dann mit deinem neuen Herrn«, beschied sie. »Und nun viel Glück. Ich höre die Diener. Wie es aussieht, ist es so weit.«

»Werden wir uns wieder sehen?«, fragte Beatriz verängstigt.

Ayesha zuckte die Schultern. »So Allah es will. Vielleicht nimmt dich dein neuer Herr nicht gleich mit in sein Haus, vielleicht doch. Wir werden es sehen. Und womöglich endest ja auch du im Harem der Alhambra. Schön genug dafür bist du. Allah segne dich!«

Ayesha zog Beatriz vorsichtig in die Arme und küsste sie auf die Wange, bedacht, ja keinen Schleier zu zerdrücken oder Schminke zu verschmieren. Dann ging sie.

Beatriz hatte sich noch nie in ihrem Leben so allein gefühlt.

Viel Zeit blieb ihr allerdings nicht, mit dem Schicksal zu hadern. Ayesha hatte richtig gehört. Gleich darauf traten zwei Eunuchen ein, verbeugten sich ehrerbietig vor Beatriz und führten sie in den Korridor vor dem Empfangsraum und Garten Ibn Sauls. Dort bedeuteten sie ihr, in eine bereitstehende, mit Schleiern verhängte Sänfte zu steigen. Aus dem Garten hörte man Gespräche, Gelächter und Stühlerücken. Einer der Eunuchen zog ein feines Chiffongespinst vor den Eingang zu Beatriz' Sänfte, und gleich darauf fühlte sie, wie sie aufgehoben wurde. Die Haremswärter trugen sie in Ibn Sauls offenen Empfangsbereich. Hinter dem Schleier erkannte sie schemenhaft, dass man sie auf einem Podest absetzte. Im Garten waren Tische und Stühle aufgebaut, offenbar ließ Ibn Saul Erfrischungen reichen. Das Geplauder der Männer war jetzt jedoch verebbt. Gespannt blickten alle auf die Sänfte, in der Ibn Saul seine Ware präsentierte.

Vor Aufregung, Angst und unterdrückter Wut zerriss Beatriz einen ihrer Schleier in der Hand. Es war frustrierend, hier wie ein Geschenk in der Verpackung sitzen zu müssen, während Ibn Saul eine eröffnende Rede hielt.

Natürlich sprach er Arabisch, und Beatriz verstand kein Wort. Aber dann zog er mit großer Geste die Schleier von der Sänfte. Der Garten, angefüllt mit Männern jeglichen Alters, tat sich vor Beatriz auf. Sie zwinkerte ins Helle.

Ibn Saul redete inzwischen weiter. Dabei trat er auf die Sänfte zu, bot Beatriz galant den Arm und wies sie an, auszusteigen und auf einem Diwan in der Mitte des Podiums Platz zu nehmen.

Beatriz wusste, dass sie als züchtiges kastilianisches Mädchen die Augen gesenkt halten musste. Sie war entschlossen, nichts, aber auch wirklich gar nichts zu tun, um Ibn Saul sein Vorhaben zu erleichtern. Andererseits brannte sie darauf zu sehen, ob ihr Entführer anwesend war. Also hob sie verstohlen den Blick. Die Männer reagierten mit bewundernden Lauten, als sie dabei das Blau ihrer Augen aufblitzen sahen. Unschuldig, ängstlich, das Meer an einem Regentag …

Ibn Saul kommentierte ihren Auftritt wortreich, während sich Beatriz' Pupillen erschrocken weiteten: Sie sah direkt in die farblosen Augen Mammars al Khadiz'! Der Greis freute sich offensichtlich, dass sie ihn wieder erkannte, und nickte ihr strahlend zu. Beatriz' Blick begann Funken zu sprühen.

Wo, um Himmels willen, steckte ihr Entführer?

Während Beatriz versuchte, den Garten möglichst unauffällig auszuspähen, näherte sich ihr Ibn Saul und zog ihr mit einer raschen Bewegung den ersten Schleier vom Körper. Beatriz zuckte erschrocken zurück, war aber sonst noch nicht übermäßig beunruhigt. Nach wie vor war sie züchtig bedeckt; das Einzige, was der Schleier enthüllte, waren ihre schmalen, feingliedrigen Hände und die zierlichen Füße in blauen Seidenpantoffeln.

Die Männer schienen sich allerdings schon am Anblick ihrer Fußgelenke zu berauschen. Ibn Khadiz befeuchtete sich die Lippen. Dann hob er die Hand und rief eine paar Worte in den Saal.

Offensichtlich das erste Angebot.

Eine jüngere Stimme aus dem hinteren Bereich des Gartens konterte.

Beatriz vergaß alle Zurückhaltung und hielt Ausschau nach dem Sprecher. Sie kannte diese Stimme. Hoffnungsvoll blickte sie auf einen kleinen Tisch in der hintersten Ecke des Hofes, an dem ein Mann allein saß und anscheinend ziemlich unbeeindruckt an einem Julep nippte.

Nein, das war nicht der Gesuchte. Aber dennoch ein bekanntes Gesicht. Hammad. Beatriz verstand die Welt nicht mehr. Der junge Mann hatte sie offensichtlich nicht sehr gemocht. Warum wollte er sie jetzt wohl ersteigern?

Ibn Saul lächelte. Diese ersten Gebote nahm er offensichtlich gar nicht ernst. Nach einem kurzen Blick in die Runde zupfte er an einem dunkelblauen Schleier an Beatriz' Schulter. Das Gespinst löste sich sofort, wie durch Geisterhand gelockert. Beatriz schwante dabei Schreckliches: Wollte der Mann sie hier langsam enthüllen? Schleier für Schleier entfernen und die Lust der Männer mehr und mehr aufstacheln? Die Entfernung des zweiten Schleiers ließ ihre Körperformen nun erahnen. Außerdem wurde die Spitze einer rotgoldenen Locke enthüllt. Die Männer stöhnten auf.

Diesmal blieb es auch nicht bei einem weiteren Angebot Ibn Khadiz'. Drei oder vier der Männer begannen den Preis hochzutreiben. Hammad konterte gleichmütig. Beatriz überlegte inzwischen, ob der junge Mann eventuell als Strohmann diente. Vielleicht konnte ihr Maure aus irgendeinem Grund nicht hier sein und hatte seinen Freund entsandt. Hoffnungsvoll und fragend blickte sie zu Hammad herunter, aber der junge Mann reagierte nicht.

Ibn Saul sprach ein paar missbilligende Worte. Offensichtlich reichten ihm die Gebote noch nicht annähernd. Mit großer Geste streichelte er über Beatriz Kopf und entfernte dabei einen weiteren Schleier.

Das Mädchen erzitterte. Ihr war nur zu bewusst, wie deutlich sich ihre Brüste unter den verbleibenden hauchdünnen Seiden- und Chiffonschichten abzeichneten. Sie errötete, was unter den Gesichtsschleiern zwar noch kaum erkennbar war, aber auch die Haut ihres jetzt entblößten Halses und Dekolletees rosig schimmern ließ.

Auch Ibn Khadiz stieg inzwischen die Röte der Erregung ins Gesicht. Er wechselte ein paar Worte mit einem jüngeren Mann, der neben ihm saß, bislang aber noch kein Gebot abgegeben hatte.

Die Gebote folgten jetzt rasch aufeinander, Ibn Saul wirkte besänftigt.

»Komm, steh einmal auf, meine Rose!«, forderte er Beatriz auf und reichte ihr die Hand. Das Mädchen folgte der Anweisung verwirrt und fuhr gleich darauf zusammen, als Ibn Saul geschickt den Schleier um ihre Hüften zu Boden sinken ließ. Damit bot sich den Männern der Blick auf ihre wohlgeformten Beine, ihre schwellenden, weißen Schenkel, betont durch die hauchdünnen Pluderhosen, deren Stoff das Fleisch lockend umspielte. Beatriz versuchte, sich zusammenzukrümmen und ihren verbleibenden Schleier tiefer zu ziehen. Damit enthüllte sie aber das durchsichtige Chiffonobergewand und ließ ihre Brüste sehen. Die Männer im Publikum applaudierten, pfiffen – und trieben den Preis immer höher. Beatriz war nah daran, vor Scham in Tränen auszubrechen.

Ibn Saul beobachtete das mit Sorge. Hier musste etwas geschehen!

Der gewiefte Händler sprach ein paar weitere Worte zu seinen Gästen und wechselte dabei ins Spanische.

»Ihr seht, meine Herren, eine züchtige Jungfrau. Mir

ist jedoch zu Ohren gekommen, dass sie in den Künsten der Liebe weitaus bewanderter ist, als das hier scheinen mag ...«

Beatriz wirbelte empört zu ihm herum. Wobei der Händler mit einem Lächeln den ersten Schleier vor ihrem Gesicht lüftete. Die Männer im Saal sahen die zornsprühenden blauen Augen, das rosige, ausdrucksvolle Gesicht, die bebenden Lippen ... Als das Mädchen sich wütend aufrichtete, fiel dazu der letzte Schleier, der ihre Figur vor den Blicken verbarg.

In Beatriz' Zügen wechselte die Stimmung zwischen Scham, Wut und Angst; ihre Augen schienen abwechselnd tiefblau, aquamarin und fast schwarz zu leuchten.

Hammad grinste anzüglich und machte dann ein weiteres Angebot. Beatriz hätte schreien können. Sie meinte nun zu wissen, warum ihr Entführer anwesend war. Hammad gedachte, den Preis hochzutreiben!

Beatriz schleuderte ihm aquamarinblaue Blitze entgegen.

Die Männer im Hof applaudierten zuerst, wurden dann aber still, als weitere Gebote ausgesprochen wurden. Die Meldungen wurden spärlicher, dafür aber vom Publikum mit Spannung erwartet. Offensichtlich waren Summen erreicht, die auch den hier versammelten Reichen den Schweiß auf die Stirn trieben. Al Khadiz jedenfalls schwitzte heftig, er war inzwischen hochrot im Gesicht und rang die Hände. Trotzdem gab er noch ein Gebot ab. Erneut konterte Hammad. Al Khadiz verbarg das Gesicht in den Händen. Für ihn schien das Limit erreicht. Beatriz verspürte vage Erleichterung. Wenigstens das Bett dieses Mannes würde ihr erspart bleiben. Die verbleibenden Interessenten saßen in der Mitte des Hofes. Beatriz konnte ihre Gesichter nicht sehen, aber sie schienen zumindest jünger zu sein als der Greis. Einer von ihnen wirkte allerdings unförmig dick.

Er machte das nächste Gebot. Und nun schien es ernst zu werden. Ibn Saul wiederholte die Summe zweimal und setzte zur dritten Wiederholung an. Beatriz zitterte unkontrolliert.

Hammad hob zögernd die Hand. Ibn Saul begrüßte das überschwänglich.

Al Khadiz konnte sich nicht bezähmen. Seine Hand schien wie von unsichtbaren Fäden nach oben gezogen. Leise und heiser stammelte er ein Gebot. Ibn Saul wiederholte es laut.

»Zum Ersten ... zum Zweiten ...«

Der Bieter neben dem Dicken zeigte ein fast unmerkliches Kopfnicken. Dann rief er eine weitere Summe in den Hof.

Al Khadiz brach über dem Tisch zusammen. Er war geschlagen, offensichtlich hätte er sich schon mit dem letzten Angebot fast ruiniert. Auch Hammad schüttelte fast bedauernd den Kopf. Der Mann musste ein Vermögen geboten haben.

Auch Ibn Saul schien sicher zu sein, dass damit der Zuschlag erfolgen würde. Er leierte sein »Zum Ersten ...« ungewohnt schnell herunter.

Dann aber wurde er im letzten Augenblick unterbrochen.

Der Mann am Tisch neben Al Khadiz hob lässig die Hand.

Ibn Saul blieb der Mund offen stehen. Fassungslos blickte er an Beatriz herunter, unfähig, die Summe zu erfassen, die der Mann da für ein einziges, rotblondes Mädchen bot. »Er hat ...«, flüsterte er, »... er hat das letzte Gebot verdoppelt!«

Beatriz erlebte wie in Trance, dass die beiden Eunuchen sie wieder in die Sänfte schoben und den aufgeregten

Mädchen Peri und Mariam übergaben. Die zwei sollten dafür sorgen, dass sie umgekleidet und für die Reise mit ihrem neuen Herrn vorbereitet wurde.

Sein Name, so erfuhr sie, war Achmed ibn Baht, ein schwerreicher Kaufmann aus Al Mariya. Offensichtlich besaß er aber auch ein Haus in Granada, denn Beatriz sollte heute noch in ihren neuen Harem umziehen.

Das Mädchen war zunächst wie betäubt, aber als die Zofen sie erneut schminkten und parfümierten, brodelte Zorn in ihr hoch.

Verkauft! Versteigert wie ein Pferd aus dem Stall ihres Vaters! Wo war Alvaro Aguirre? Und wo steckte der hinterhältige Maure, der ihr mit so schönen Worten Mut gemacht und sie dann schmählich im Stich gelassen hatte? Natürlich, jetzt wusste sie, worauf all das abgezielt hatte! Er hatte sie ruhig halten, in Sicherheit wiegen wollen, damit sie sich freiwillig zur Schlachtbank zerren ließ, statt auf dem Podium zu schreien und zu toben! Und zuletzt dieser, der den Preis hochdrückte und dann auch noch die Stirn hatte, ihr bedauernd zuzublinzeln!

Aber Achmed ibn Baht würde keine Freude an ihr haben! Eher kratzte sie ihm die Augen aus, als dass sie ihm erlaubte, sie zu schänden. Sie würde Diego treu bleiben, bis in den Tod. Sie würde als Märtyrerin für ihre Liebe sterben. Aufrecht, furchtlos ... Beatriz Aguirre brach in Tränen aus.

Fünftes Kapitel

Ibrahim Ibn Saul verabschiedete seine ›Blume Kastiliens‹ überschwänglich. Er hatte einen ungeahnten Profit eingefahren, den er natürlich mit ihren Entführern teilen musste. Der kleine ›Ghazu‹ nach Kastilien hatte die Männer reich gemacht. Das für Beatriz bezahlte Geld entsprach dem Wert zweier Landgüter. Alvaro Aguirre hätte sie insofern gar nicht auslösen können, der Preis hätte seine Mittel weit überschritten. Beatriz tröstete das nicht. Sie weinte viele Stunden lang, was ihren Aufbruch natürlich verzögerte. Peri und Mariam waren außer sich, dass die Tränen ihr Make-up verdarben, und auch als sie endlich versiegten, brauchten sie Stunden, um ihr verschwollenes Gesicht mit kühlenden Essenzen und all ihren Schminkkünsten wieder in einen vorzeigbaren Zustand zu bringen. Schließlich hüllten sie Beatriz aber doch wieder in einen nachtblauen Tschador, nachdem sie ihr vorher in die topasfarbenen Gewänder geholfen hatten, die der große Eunuch für sie ausgewählt hatte.

Sechs Eunuchen, gestellt von ihrem neuen Herrn, warteten vor dem Haus auf Beatriz. Wieder bat man sie, in einer Sänfte Platz zu nehmen, diesmal allerdings in einer fest geschlossenen. Niemand sollte auch nur den Hauch eines Blickes auf die Sayyida werfen können, die eben einen der höchsten Preise erzielt hatte, der je in Granada für eine Sklavin gezahlt worden war. Auch Beatriz blieb jeder Ausblick auf die Straßen der Stadt verwehrt. Aus Ayeshas Erzählungen wusste sie, dass dies von nun an immer so bleiben würde. Vornehme Frauen verließen den Harem ihrer Herren praktisch nie, und wenn, dann beförderte man sie in diesen geschlossenen Sänften. Beatriz hatte am Anfang kurz an Flucht gedacht, aber auch das war hoffnungslos. Die Eunuchen waren bärenstark und hätten sie unzweifelhaft unsanft zurückgeholt. Und wohin hätte sie auch gehen sollen?

Beatriz war allein. Mutterseelenallein.

Es war bereits dunkel, als man sie schließlich vor dem Haus ihres neuen Herrn absetzte. Wieder ein Innenhof, wieder ein Springbrunnen – maurische Häuser schienen alle mehr oder weniger im gleichen Stil erbaut zu sein.

Beatriz wusste nicht recht, was man von ihr erwartete. Musste sie dem Mann heute noch zu Willen sein, oder gab man ihr Zeit zur Eingewöhnung? Verzweifelt überlegte sie, dass ihr nicht einmal das Wort ›nein‹ auf Arabisch geläufig war. Die Eunuchen führten sie durch zwei Höfe, beide von Fackeln erhellt und gärtnerisch erlesen schön gestaltet, soweit man das in der Nacht erkennen konnte.

Zuletzt schloss sich eine schwere, hölzerne Tür hinter ihr. Die Eunuchen verbeugten sich. Einer von ihnen lächelte sie fast verschwörerisch an und versuchte dann ein paar Worte in der Sprache Kastiliens: »Hier Harem. Du willkommen!«

Beatriz war zu erschöpft, um ihm zuzunicken. Der Eunuch schien das zu verstehen. Ehrerbietig wies er auf einen Diwan und ein Tischchen davor. Auf einem Stövchen darauf brodelte das tiefbraune Getränk, das auch Ibn Saul so gern servierte. Daneben standen eine Schale Gebäck und eins der winzigen Tässchen. Der Eunuch bedeutete Beatriz, sich zu setzen.

»Du warten. Ich holen Su-anna.«

Der zweite Eunuch nahm dem Mädchen den Tschador ab und füllte das Tässchen für sie. Beatriz probierte einen Schluck. Das Getränk schmeckte stark, bittersüß und belebend. Beatriz sah sich um, während sie trank. Das Zimmer war ähnlich gestaltet wie die Räume in Ibn Sauls Harem, aber sie wirkten persönlicher und wohnlicher.

Natürlich, hier lebten die Frauen ständig, nicht nur für wenige Tage wie im Hause des Händlers. Wie nicht anders zu erwarten, war die gesamte Ausstattung prunkvoll. Die Wände waren kunstvoll mit exotischen Ornamenten bemalt, die Teppiche so dick, dass man darin versank, die Kissen auf dem Diwan goldbestickt. Das Holztischchen bestand aus wertvollster Intarsienarbeit, wieder die typischen, orientalischen Rauten und Ranken. Beatriz bewunderte auch das hauchdünne Porzellan des Tässchens. So etwas wurde in China hergestellt. In Kastilien kostete es ein Vermögen.

»Guten Abend! Verzeiht meine Verspätung, mir wurde nicht gesagt, wann genau Ihr eintrefft.« Unbemerkt von Beatriz war eine kleine, etwas rundliche Frau eingetreten. Sie trug granadinische Tracht, aber ihr Gesicht und ihr schon leicht ergrautes Haar wiesen sie ziemlich sicher als Kastilianerin aus. Ihr Spanisch war akzentfrei. Sie lächelte Beatriz warmherzig an. »Lasst mich Euch von ganzem Herzen im Haus meines Herrn willkommen heißen! Ich bin Susanna. Solange Ihr die Sprache noch unvollkommen beherrscht und keine anderen Wünsche äußert, werde ich Euch als persönliche Zofe dienen.«

Beatriz fiel ein Stein vom Herzen. Ein Mensch, der ihre Sprache sprach! Und offensichtlich eine Leidensgefährtin, denn Susanna war bestimmt nicht freiwillig nach Granada gekommen.

»Ihr seid …«

»Eine Landsmännin von Euch, natürlich. Ich stamme aus Murcia. Darf ich Euch nun in Eure Gemächer geleiten? Es ist spät, Ihr wollt sicher zu Bett gehen …«

Susanna wirkte freundlich und mütterlich. Als Beatriz beim Aufstehen leicht schwankte, legte sie den Arm um sie.

»Ihr seid erschöpft, mein armes Kind. Das muss ein langer Tag für Euch gewesen sein!«

Beatriz nickte. »Muss ich denn ... ich meine ... mein Herr ... Wird er mich nicht sehen wollen?« Das Mädchen konnte die Angst in ihren Augen nicht verbergen.

»Nicht heute, Kind. Macht Euch keine Sorgen. Mammar ibn Khadiz ist ein guter Herr. Er wird nichts überstürzen. Gewöhnt Euch erst ein, lernt die anderen Frauen kennen ... Zu gegebener Zeit wird er Euch rufen lassen, aber das wird immer eine Einladung sein, kein Zwang.«

Susanna wollte Beatriz beruhigen, aber sie erreichte genau das Gegenteil. Entsetzt fuhr das Mädchen auf.

»Mammar ibn Khadiz? Aber der hat mich nicht gekauft. Ich bin von einem Ahmed ... ach, was weiß ich, wie er weiter heißt, aber jedenfalls einem Kaufmann aus Al Mariya ersteigert worden!«

Susanna lächelte. »Gewiss mein Kind. Und Ahmed ibn Baht hat Euch meinem Herrn Mammar zum Geschenk gemacht. Ein überaus großzügiges Geschenk, wie ich wohl nicht erwähnen muss. Aber Ibn Baht macht wichtige Geschäfte in Granada. Er hat wohl gute Gründe, sich der Gunst des Wesirs zu versichern.«

»Aber ich ... ich will nicht!« Beatriz hatte geglaubt, keine Tränen mehr zu haben, aber jetzt brach sie regelrecht zusammen. Der Gedanke, dem alten Lüstling ausgeliefert zu sein, ließ alle Ängste und allen Ekel der letzten Tage wieder aufflammen. »Der Mann ist ein Greis!«

»Mammar al Khadiz ist ein gebildeter, großzügiger Mann«, begütigte Susanna. »Gut, er ist nicht mehr jung, aber bislang hat sich keine seiner Frauen beklagt. Fasst Euch doch, Kind! Jetzt schlaft Ihr Euch erst einmal aus, und morgen seht Ihr alles in einem weicheren Licht. Glaubt mir, Kind, niemand wird Euch etwas Böses tun.«

Beatriz schluchzte immer noch, als Susanna sie behutsam abschminkte und in einem erlesen eingerichteten

Schlafraum zur Ruhe bettete. Schließlich weinte sie sich in den Schlaf.

Sie merkte nicht, dass Mammar al Khadiz noch spät in der Nacht verstohlen in ihre Räume schlich. Er wusste, dass dieses Verhalten weder klug noch schicklich war, aber er musste das Mädchen sehen, musste sich vergewissern, dass sie sein war.

Allein bei ihrem Anblick unter den Decken – die langen Wimpern geschlossen über den Meeraugen, das Haar offen über die Kissen gebreitet – regte sich sein Geschlecht. Alles in Al Khadiz drängte danach, sie zu wecken, mit Küssen zu bedecken und zu nehmen – gleich, hier und jetzt, ohne großes Vorspiel, ohne große Werbung. Sie war sein, sie war sein ... Allein beim Gedanken daran, in sie einzudringen, kam er zum Höhepunkt. Nein, heute Nacht kam mehr nicht infrage. Er wollte sie nicht erschrecken. Und erst recht nicht enttäuschen. Mammar al Khadiz wünschte nichts sehnlicher, als auch dieses Mädchen zum Höhepunkt zu führen, gleichzeitig mit ihr auf den Wellen der Lust zu reiten, in die Tiefen der Meeraugen und in die Tiefe ihres Schoßes einzutauchen. Er musste sich bezähmen. Schluckend legte er die Hand auf seine erneute Erektion und verließ leise den Raum. Aber ein Mädchen brauchte er jetzt ... Mammar al Khadiz klopfte an die Tür der Haremssklavin Sinaida. Das Mädchen, eine zarte, hellblonde Schönheit, öffnete bereitwillig. Alle Frauen im Harem hatten gewusst, dass ihr Herr heute Abend Gesellschaft wünschen würde. Die Frage war nur, wen er mit seiner Gunst bedenken würde. Eine Blonde? Oder ein Mädchen mit vergleichbar schmaler Taille, aber üppigen Brüsten wie die sagenhafte Kastilierin, die man ihm eben zum Geschenk gemacht hatte? Nun war es also Sinaida. Sehr zart, sehr jung ... erst kürzlich hatte sie unter Mammars kundigen Händen die Unschuld verloren. Allerdings lernte sie schnell.

»Ich bin beglückt und beschenkt, Herr, dass du mich erwählst.«

Sinaida griff mit kundiger Hand nach dem Geschlecht ihres Herrn.

»Welch ein prachtvolles Schiff ... ich will ihm den schönsten Hafen öffnen ...«

Beatriz Aguirre erwachte kampfbereit. Gut, ihr Albtraum vom Harem eines Greises war wahr geworden, aber sie erinnerte sich an Ayeshas Worte: »Dein Herr darf dich nicht zwingen, das verbietet der Koran.«

Sie würde Mammar al Khadiz daran zu erinnern wissen. Es war dringend nötig, seine Sprache zu lernen. Am besten fing sie gleich heute damit an. Das erste Wort würde ›nein!‹ lauten. Sie musste Susanna sofort danach fragen.

Die alte Kastilianerin wartete Beatriz nach dem Aufwachen auf, half ihr beim Ankleiden und leichtem Schminken und zeigte ihr dann die Räumlichkeiten. Der Harem des Wesirs war groß, er bot Platz für sicher zweihundert Frauen. Zu dieser frühen Stunde waren die Bäder und Aufenthaltsräume allerdings noch nicht sehr belebt. Die wenigen Mädchen, die jetzt schon auf waren, schauten Beatriz neugierig an. Beatriz starrte ebenso interessiert zurück. Das also waren ihre ... ja, was eigentlich? Künftigen Freundinnen? Schwestern? Rivalinnen? Zumindest waren sie alle sehr schön. Al Khadiz' Geschmack beschränkte sich nicht auf blonde, blauäugige Mädchen. Es gab auch dunkelhäutige Nubierinnen und Sklavinnen mit hohen Wangenknochen, dichtem, dunklem Haar und sinnlich verträumten Zügen.

Der Harem als solcher war luxuriös gestaltet, es gab aufwändige Bäder, kühle Innenhöfe und gemütliche Wohnräume. Die Frauen konnten sich in Gärten ergehen und in Pavillons zusammensitzen. Zu Beatriz' Erstaunen gab es eine kleine Bibliothek, Schreib- und Leseräume. Susanna erklärte ihr, dass praktisch alle Maurinnen die Kunst des Schreibens und Lesens beherrschten. Sogar den Kindern weniger begüterter Schichten stand der Besuch öffentlicher Schulen frei.

»Ihr könnt es auch lernen, wenn Ihr wollt. Mein Herr sieht es gern, wenn seine Frauen gebildet sind, und Ihr werdet sonst nicht viel zu tun haben. Vielleicht werdet Ihr Euch auch mit dem Islam beschäftigen wollen – wenn es stimmt, dass mein Herr sich so nach Euch verzehrt, wie man im Harem flüstert, könnte er Euch einst zu seiner Gemahlin erheben wollen. Dann müsstet Ihr seinen Glauben annehmen.«

Beatriz schüttelte wild entschlossen den Kopf.

»Niemals! Dieser Mammar kann mich in diesem – goldenen Käfig einsperren. Aber ich werde ihm nie angehören, nie zu Willen sein!«

Sprühend vor Entschlossenheit berichtete sie Susanna von ihrer Entführung und dem Tod ihres geliebten Diego. »Ihr scheint alle zu glauben, ich müsste mich mit dieser Gefangenschaft abfinden! Aber das werde ich nicht! Ich lasse mich nicht brechen!«

Susanna hatte Beatriz inzwischen zurück in ihre eigenen Wohnräume geleitet. Sie wies das Mädchen an, sich zu setzen, und bürstete ihr das Haar. Beruhigend fuhr sie mit langen Strichen über die rotgoldene Flut.

»Liebes, Ihr müsst Euch beruhigen! Der Harem mag Euch jetzt schrecklich erscheinen, aber in Wahrheit ist es halb so schlimm. Sicher, die Fenster sind vergittert. Aber innerhalb dieser Mauern habt Ihr jede Freiheit, jeden Luxus, Ihr könnt tun, was Ihr wollt. Freilich müsst Ihr Euch dem Willen Eures Herrn unterwerfen – aber das ist in Kastilien ja auch nicht anders ...«

»Ich brauchte mich Diego nicht unterzuordnen!«, rief Beatriz empört. »Er liebte und achtete mich, er … betete mich an!«

Susanna lachte. »Aber wehe, Ihr hättet das Gebet einmal nicht erhört. Glaubt mir, Kleines, ich weiß, wovon ich rede. Ich bin nicht im Harem alt geworden, mein Gatte war ein Hídalgo in Kastilien. Oh, ja, er liebte mich, in zehn Jahren schenkte er mir neun Kinder, und meiner Hausmagd machte er drei. Wenn ich nicht im Kindbett lag, verwaltete ich seine Güter …«

»Da habt Ihr es!«, trumpfte Beatriz auf und warf wild ihr Haar zurück. »Ihr wart eine freie Frau, seine Verwalterin, Ihr hattet Macht!«

Geduldig griff Susanna nach ihren rotgoldenen Strähnen und begann erneut, sie zu glätten und Juwelen hinein zu flechten.

»Ich verbrachte meine Zeit damit, unwilligen Bauern die letzten Kupferstücke als Steuer abzupressen. Während mein Gatte das Geld mit seinen Freunden verprasste. Hier eine neue Rüstung, da ein neues Pferd … Das Leben eines Ritters ist teuer, mein Kind. Und auf einer Burg gibt es viele Mäuler zu stopfen.«

»Diego war nicht so!«, erklärte Beatriz, aber sie klang nicht sehr überzeugend. Konnte sie doch die letzten Worte ihres Vaters nicht vergessen: »Ein erlesenes Pferd! Und welch nobles Sattelzeug! Könnt Ihr es Euch leisten …?«

Susanna zuckte die Schultern. »Wie auch immer, nun sind wir hier. Und auch, wenn ich mich oft nach meinen Kindern sehne: Selbst für eine Dienerin ist das Leben im Harem leichter als für eine Edelfrau in meinem Land. Anpassen und Unterordnen muss man sich überall. Im Harem herrscht die Mutter des Herrn, oder, nach ihrem Ableben, dessen Erste Gemahlin …«

»Eine erste und zweite und dritte bis zwanzigste Gemahlin! Es ist unglaublich! In welchen Albtraum bin ich da nur geraten?«

Beatriz schüttelte ungebärdig den Kopf und griff dann erneut in ihr Haar, als wollte sie den mühsam eingeflochtenen Schmuck herausreißen. Energisch drückte ihr Susanna die Hände in den Schoß.

»Nun haltet still, damit ich meine Arbeit tun kann!«, ermahnte sie das Mädchen. »Und beruhigt Euch, Euer Herr Mammar hat bislang nur eine Gemahlin, die Herrin Soraya. Ihr wäret die Zweite.« Susanna steckte die letzte Haarsträhne fest und betrachtete wohlgefällig ihr Werk.

»Und Ihr könntet es schaffen«, meinte sie dann mit einem Blick auf Beatriz' Funken sprühende Augen, ihren leuchtend klaren Teint und das fein geschnittene Gesicht unter der kunstvoll aufgesteckten Haarpracht. »Ihr seid unglaublich schön, jeder Mann würde Euch verfallen. Wer weiß ... wenn Ihr noch die Ehre haben solltet, Eurem Herrn ein Kind zu schenken, womöglich einen Sohn ...«

»Wie oft soll ich es noch sagen? Ich will diesen Mammar nicht heiraten! Und schon gar keine Kinder von ihm! Niemand kann mich zwingen, ich ...« Beatriz wehrte sich heftig, als Susanna einen hauchdünnen Schleier über ihrem Gesicht befestigen wollte. »Man hat mich schon einmal fast vergewaltigt, ich verstehe zu kämpfen!« Beatriz sprach fest und entschlossen. Sie versuchte nicht daran zu denken, wie hilflos sie in Wirklichkeit gewesen war.

»Niemand wird Euch zwingen, Kind«, begütigte Susanna und schob den Schleier streng an seinen Platz. »Die maurische Soldateska ist zwar genauso wie jede andere in der Welt, aber ein Edler wie Euer Herr würde Euch niemals Gewalt antun. Das verbieten ihm seine Religion und seine Ehre. Doch er wird Euch umwerben wie eine Königin. Irgendwann werdet Ihr Euch ihm freudig schenken, da bin ich sicher.«

»Ich nicht!«, erklärte Beatriz und sprang auf. Ihre Schleier umwehten sie dabei wie eine duftende Wolke, ihre Augen glühten. »Ob er mich verwöhnt oder mit feurigen Zangen foltert, ich unterwerfe mich nicht! Soll er umwerben, wen er will, ich gehöre mir und nur mir allein!«

Mammar al Khadiz stand hinter dem vergitterten Fenster und beobachtete ihren furiosen Abgang. Sein Herz brannte für diese wilde Schönheit, wie es seit Jahren nicht entflammt gewesen war. Er musste sie für sich gewinnen!

»Wo führst du mich jetzt hin?«, fragte Beatriz misstrauisch.

Susanna hatte ihr zunächst Zeit gegeben, sich zu beruhigen, sie dann aber derart schön hergerichtet, dass sie davon ausging, jetzt ihrem Herrn präsentiert zu werden. Gestern hatte die Zofe zwar behauptet, Mammar werde ihr Zeit zur Eingewöhnung geben, aber eine Garantie war das natürlich nicht.

»Die Herrin Soraya möchte Euch sehen«, erklärte Susanna. »Sie erwartet Euch in ihren persönlichen Räumen, eine solche Einladung ist selten. Behandelt sie um Himmels willen ehrerbietig. Wer klug ist, macht sich die Gemahlin des Herrn zur Freundin.«

So etwas hatte auch Ayesha schon gesagt. Nun, in diesem Fall bestand ohnehin keine Gefahr der Rivalität. Beatriz wollte nichts von Sorayas Gatten, und das gedachte sie der Herrin auch zu sagen.

Susanna führte sie erneut durch die verschlungenen Korridore und Gärten des Harems, die jetzt aber erheblich bevölkerter waren. In den Bädern und Musikräumen brodelte es vor Leben, Mädchen sangen und spielten Gitarre und Laute, andere plauderten bei Kaffee und Gebäck. Wenn Susanna mit Beatriz vorbeiging, verstummte jedoch meist das Gespräch. Die Frauen gafften ungeniert. Ein zierliches, hellblondes Mädchen kicherte hinter Beatriz' Rücken und flüsterte mit ihren Freundinnen. Das Mädchen trug aufreizende, durchsichtige Gewänder, aber die Brüste, die sich darunter abzeichneten, waren kaum mehr als Knospen. Das ausgelassene kleine Ding konnte höchstens vierzehn Jahre alt sein.

»Was sagt sie?«, fragte Beatriz nervös. So langsam machte es sie rasend, dass sie hier kein Wort verstand.

Susanna lächelte. »Sie hat ihrer Freundin verraten, dass der Herr gestern Nacht zu ihr kam, nachdem er dich gesehen hatte. Sein Geschlecht sei zu den Maßen eines Hengstes angeschwollen, und sie habe ihn noch dreimal erregen können, einfach dadurch, dass sie etwas Spanisch mit ihm sprach. Doch jedes Mal, wenn er kam, hätte er deinen Namen gerufen.«

Beatriz wurde glühend rot. In ihrer Heimat wäre es undenkbar gewesen, so schamlos über die Nächte mit seinem Gatten zu berichten. Andererseits teilte man sich den Gatten dort ja auch nicht mit einer Freundin …

Inzwischen öffnete Susanna eine Tür aus feinsten Hölzern, die den allgemeinen Haremsbereich von Sorayas Privaträumen abtrennte.

Der Luftzug beim Öffnen ließ ein Windspiel melodisch erklingen.

Susanna schob Beatriz in einen elegant eingerichteten Wohnraum, dann in ein Atrium, das sich zu einem winzigen, privaten Garten öffnete. Die Herrin Soraya saß auf einem brokatgeschmückten Diwan und hatte eine Schriftrolle vor sich entfaltet. Als Susanna und Beatriz eintraten, sah sie auf.

Susanna verbeugte sich ehrerbietig. Beatriz wusste nicht recht, was von ihr erwartet wurde. Schließlich tat sie das, was sie in Kastilien zur Begrüßung einer älteren Hídalga hohen Ranges getan hätte. Sie versank in einen tiefen Knicks.

»Du bist das also.« Soraya sprach Spanisch mit starkem Akzent, schien es aber immerhin gut genug zu beherrschen, um sich verständlich zu machen. Beatriz wagte nun auch, zu ihr aufzusehen. Sie betrachtete eine große, schlanke und sehr gepflegte Frau, in deren üppigem schwarzem Haar sich schon Silberfäden wanden. Während die meisten Mädchen im Harem unverschleiert gingen, bedeckte Soraya ihr gesamtes Gesicht mit einem hauchdünnen Chiffonschleier. Zweifellos um die sicher vorhandenen Fältchen in ihrem Marmorteint zu verdecken. Das gelang ihr hervorragend. Ihr Gesicht wirkte nicht jung, aber zeitlos schön, die Züge einer Aristokratin reinsten Wassers. Soraya hielt sich gerade, ihre Ausstrahlung war majestätisch, die braunen Augen wachsam.

»Nimm den Schleier ab, damit ich dich genauer betrachten kann«, wies sie Beatriz an.

Eingeschüchtert nestelte das Mädchen an der Cobija herum. Noch immer hatte sie die selbstverständlichen Bewegungen nicht verinnerlicht, mit denen die maurischen Frauen den Kopfschmuck blitzschnell lösten und wieder anlegten.

Susanna half ihr schließlich. Leicht errötend stand Beatriz vor der Gattin ihres Herrn.

»Ja, bei Allah, du bist schön«, stellte Soraya fest. »Du wirst meinem Herrn zur Freude seines Alters gereichen.«

Beatriz starrte sie mit unverhohlener Verwirrung an.

»Das … das macht Euch gar nichts aus?«, fragte sie. »Es stört Euch nicht, wenn Euer Gatte …«

»Wenn mein Gatte fleischliche Freuden außerhalb meiner Gemächer sucht? Nein, mein Kind, ich gönne ihm jede verzauberte Nacht, die du und deinesgleichen ihm schenken könnt.« Soraya nahm einen Schluck Fruchtsaft. Beatriz registrierte, dass sie ihr keine Erfrischung angeboten hatte. Sie wurde hier genauso gemustert wie auf dem Sklavenmarkt. Nur unter gänzlich anderen Vorzeichen.

»Sollte es jedoch über nächtliche Freuden hinausgehen … Beherrschst du irgendwelche Künste, die einen Mann auch außerhalb des Bettes fesseln?«

Beatriz funkelte sie an. »Ihr sprecht von mir wie von einer Hure! Ich beherrsche keinerlei Künste. In meinem Land werden die Frauen um ihrer selbst willen geliebt.«

Soraya lachte spöttisch, aber äußerst melodisch. »Das wirst du zweifellos; einen Körper wie den deinen dürfte jeder Mann verführerisch finden. Was deinen Geist angeht … nun, auch mein Mann ist vor den Schwächen seines Geschlechts nicht gefeit.«

»Wollt Ihr mich als dumm hinstellen?«, brauste Beatriz auf. »Ich bin es leid, hier vorgeführt zu werden wie eine Zuchttier! Ich bin Beatriz Aguirre, eine Edelfrau, eine Hídalga! Mag sein, dass ich hübsche Brüste habe, aber das ist nur mein Körper, das bin nicht ich! Mich, Beatriz Aguirre, kennt Ihr gar nicht. Ihr müsst mich auch nicht kennen lernen. Wenn es nach mir gegangen wäre, hätte ich Eure Räume nie betreten! Und was Euren Mann angeht, den dürft Ihr gern behalten! Mich bringt welkes Fleisch nicht in Wallung, auch wenn sich Reichtum dahinter verbirgt!«

Beatriz warf den Kopf so heftig zurück, dass ihr Haar sich löste und in weichen Kaskaden über ihren Rücken floss. Soraya erkannte ihr wildes, ungezähmtes Wesen, und das Herz wurde ihr schwer. Nein, dies war kein dummes, hübsches Ding, dessen ihr Gatte schnell überdrüssig werden würde. Mammar würde Wochen damit verbringen, sie zu erobern, und wenn sie erst in Leidenschaft zu ihm entflammt war …

»Man wird Euch nicht fragen«, seufzte Soraya. »Ebenso wenig wie mich. Wir werden uns arrangieren müssen, Beatriz Aguirre …«

Das mochte ein Friedensangebot sein, aber Beatriz war jetzt voller Wut.

»Ich werde mich mit nichts und niemandem arrangieren! Dies ist nicht mein Land und nicht mein Haus! Wenn Ihr Euch mit mir arrangieren wollt, so schickt mich zurück nach Kastilien! Oder bemüht Euch ein bisschen mehr um die berühmten ›Künste des Harems‹. Vielleicht beschläft Euer Gatte dann nicht mehr halbe Kinder und wimmert dabei den Namen einer Jungfrau, die er niemals haben wird!«

Beatriz wirbelte herum und stürzte grußlos aus Sorayas Räumen. Susanna blieb fassungslos zurück.

»Verzeiht ihr, Herrin. Sie ist ein dummes Kind …«

Soraya sog scharf die Luft ein.

»Sie ist genau das, wovon Männer träumen. Sie wird Mammar in ungeahnte Höhen der Lust führen – oder ihm das Herz brechen.«

»Du hast zugelassen, dass sie an einen anderen verkauft wurde? Du hast ruhig dabeigesessen, wie man sie an einen alten Kerl aus der Provinz verhökerte, und hast keinen Finger gerührt?« Amir ibn Abdallah wanderte wie ein gefangener Tiger in seinem Wohnraum in der Alhambra umher. Er war endlich von seinem Feldzug zurückgekehrt, und sein Freund Hammad hatte ihm soeben von Beatriz' Verkauf berichtet.

Hammad zuckte die Schultern. »Was hätte ich denn tun sollen? Ich hatte keinen Auftrag, kein Limit. Und die gebotenen Summen überstiegen meine Mittel erheblich. Ich bin kein Prinz, Amir. Meine Familie ist reich, aber nicht so reich. Und mein Vater hätte mich umgebracht, wenn ich sein Vermögen in ein Mädchen investiert hätte.«

»Ich hätte es dir doch umgehend zurückerstattet. Bei Allah, Hammad, was wird sie von mir denken? Ich hatte ihr Hoffnung gemacht. Sie muss sich verraten fühlen! Wir müssen sie finden, Hammad. Hast du dir wenigstens den Namen des Käufers gemerkt?«

Hammad schüttelte den Kopf. »Ich kannte den Mann nicht. Irgendein Kaufmann aus dem Osten, aber kein Jude. Ich habe Ibn Saul gefragt, aber du kennst ihn: die Diskretion in Person, wenn es um seine Kunden geht. Immerhin muss der Mann schwer reich sein; es gibt nicht viele, die den Preis zweier Landgüter für eine Sklavin entrichten können. Noch dazu ein so unbedarftes Ding aus Kastilien. Wenn es eins von Khalidas Mädchen gewesen wäre …«

»Ach, sei still, das verstehst du nicht. Beatriz ist … sie ist … bei Allah, sie war das Licht meines Lebens …«

»Die Frage ist, ob sie das auch so sieht, nachdem du ihren Vater und ihren Geliebten getötet hast …«, stichelte Hammad.

»Ich habe Don Alvaro nicht getötet. Verwundet ja, aber er lebt. Nur sein Stolz dürfte ziemlich gebrochen sein. Wir haben seine Streitmacht aufgerieben. Die letzten flohen nackt und zu Fuß über die Grenze. Ihren Anführer haben wir ihnen auf einer Bahre hinterhergeschickt. Er bat mich, ihn zu töten, aber dieses Vorrecht gewähren wir nur Heerführern. Eine Cabalgada betrachten wir als Raubzug, nicht mehr.«

»›Auch das nicht unbedingt ein Schachzug, der Euch die Liebe seiner Tochter versichert‹«, sagte Hammad mit einem Grinsen. »Aber was soll's, das Mädchen ist ohnehin verschwunden. Gib sie auf, Amir! Die Welt ist voller schöner Frauen. Und dein Harem beherbergt die Besten von ihnen. Bei Allah, allein der kurze Blick in die Augen deiner Zarah, der mir bei eurer Hochzeit gewährt wurde! Ein lodernder Vulkan! Was brauchst du da noch eine wilde kleine Kastilierin.« Hammad legte seinem Freund tröstend den Arm um die Schultern.

»Vielleicht, weil ich mich nach einem Feuer sehne, das bei allem Auflodern auch wärmen kann«, seufzte Amir. »Und ich werde Beatriz nicht aufgeben. Lass sofort Boten aussenden. Nach Malaga, Al Mariya … in jeden Ort, der bedeutende Handelshäuser beherbergt. Es muss möglich sein, ihren Käufer ausfindig zu machen. Ein Mädchen wie sie reist nicht unbemerkt.«

Tatsächlich verging fast eine Woche, bevor Mammar al Khadiz seinem dringenden Verlangen nachgab und Beatriz zu sich rufen ließ. Das hieß allerdings nicht, dass er sich während all dieser Zeit die Blicke auf sie versagte. Mammar gehörte zu den Herren, die ihre Frauen gern beobachten. Er hatte Freude daran, sie nackt und ungeniert in den Bädern spielen zu sehen und berauschte sich auch an den kleinen Zärtlichkeiten, die seine Mädchen untereinander tauschten. Beatriz stieß das ab, aber der Harem war ein sinnenfroher Ort. Hunderte von Mädchen und Frauen brachten ihre Zeit nur damit zu, sich auf erotische Begegnungen vorzubereiten, über das Liebesspiel zu reden, zu singen, und so aufreizende Tänze einzuüben, dass Beatriz die Röte ins Gesicht trat. All das für einen einzigen Mann, der pro Nacht höchstens eine der Frauen besuchte – und oft nicht einmal das. Die Mädchen berauschten sich deshalb auch oft genug an gegenseitigen Berührungen. Sie wuschen sich in den Bädern, streichelten einander und erforschten mitunter so gekonnt die intimsten Zonen, dass sie vor Lust aufstöhnten. Keine von ihnen wusste, wie oft ihr Herr, verborgen hinter Wandschirmen und Ziergittern, von geheimen Emporen oder versteckten Gucklöchern aus, an ihren Spielen Anteil nahm. Mammars Vorgehen war unüblich und hätte sicher den Zorn und die Scham der Mädchen hervorgerufen. Aber in dieser Woche hatte er ohnehin nur Augen für Beatriz. Er beobachtete sie, während sie sich im warmen Wasser der Bäder treiben ließ und dabei oft genug verstohlen ihre Brüste und ihren Venushügel streichelte. In Kastilien war ihr Körper immer gut versteckt gewesen. Auch ihre eigenen Hände fanden selten den Weg unter Korsett und Leinennachthemd. Hier jedoch wurde Nacktheit selbstverständlich, Beatriz erforschte ihren eigenen Körper, entdeckte, wie sie sich streicheln musste, um ihre Brustwarzen schwellen zu lassen und das erwartungsvolle, feuchte Gefühl zwischen ihren Beinen zu erwecken, das einem geliebten Mann den Zugang zu ihrer geheimen Pforte erleichtert hätte. Manchmal explodierte sie vor Lust, wenn sie die Fingerspitzen in parfümierte Seife oder Badeöle tauchte, und dann sanft die Innenseiten ihrer Schenkel damit einschäumte. Sie bäumte sich auf, hob ihren jetzt nach maurischer Sitte von allem Körperhaar befreiten Venushügel aus dem Wasser und genoss die kühlere Luft auf feuchter Haut und im Eingang zur Pforte der Lust.

Mammar al Khadiz meinte auf seiner Empore vor Verlangen zu vergehen. Sein Geschlecht war fast schmerzhaft prall, aber ohne sie zu berühren, ohne ihr wirklich nahe zu sein, fand er keine Erlösung. Oft genug taumelte er in dieser Zeit wie von Sinnen in seine Gemächer und befahl seinem Diener fast keuchend, Sinaida oder eins der anderen Mädchen zu ihm zu rufen. Sie fanden ihn zuckend vor unbefriedigter Lust auf seiner Schlafstatt, die

Hände auf sein pulsierendes Geschlecht gelegt – aber nur selten gelang es einer von ihnen, ihn dann wirklich zu befreien. Meist erschlaffte sein Geschlecht, sobald sich das Mädchen über ihn schob und ihm gewahr wurde, dass Sinaida zwar ähnlich leuchtendes Haar hatte wie Beatriz, aber nicht ihre schwellenden Formen. Dass Alina zwar üppig war, aber plattgesichtig und schwarzhaarig. Schließlich verfiel er auf Ambar, ein blutjunges Mädchen, das den Frauen im Harem aufwartete. Ambar war die Tochter einer Köchin, Soraya hatte das Kind einst aus Mitleid gemeinsam mit der Mutter erstanden. Inzwischen war das rotblonde, grazile Mädchen dreizehn Jahre alt und verrichtete Handlangerdienste in den Frauengemächern. Ambars Mutter war überrascht und hoch geehrt, als der Herr nach ihr rufen ließ. Seine Gunst bedeutete einen enormen gesellschaftlichen Aufstieg für ihre Tochter. Das Mädchen selbst trat jedoch bleich und verängstigt vor ihren Herrn, und Mammar berauschte sich an dem scheuen Ausdruck ihrer sanften, türkisblauen Augen, die ihn so sehr an Beatriz erinnerten. Doch Ambars Augen sprühten keine Funken, und das Mädchen wurde auch nicht zur sinnenfrohen Geliebten, als er sie schließlich entjungferte. Stattdessen krümmte sie sich im Bett zusammen und weinte stundenlang zwischen den Kissen. Mammar entließ sie schließlich mit einem Schmuckstück zum Dank, aber er selbst blieb ungetröstet. Je weiter die Zeit voranschritt, desto verzweifelter machte ihn sein Versagen. Und die Bemühungen der erfahreneren Mädchen, seine Lanze durch geschicktes Streicheln und Kneten wieder aufzurichten, machten ihn eher wütend als erregt. Schließlich hielt er es nicht mehr aus. Susanna erhielt den Auftrag, Beatriz zu ihm zu führen. Susanna enthüllte ihr dieses Ansinnen so vorsichtig wie möglich. Inzwischen fürchtete sie Beatriz' aufbrausendes Wesen.

Wie gut, dass die Herrin Soraya langmütig war. Nicht jede Erste Frau des Harems hätte Beatriz' Beleidigungen so gelassen hingenommen. Jetzt blieb Beatriz jedoch gefasst. Sie hatte schließlich gewusst, dass es irgendwann zu einer Begegnung mit ihrem Herrn kommen musste.

Stoisch ließ sie sich von Susanna baden, parfümieren und mit Henna bemalen. Die Zofe hüllte sie in ähnliche Schleier wie bei der Versteigerung. Dies schien das übliche Hochzeitsgewand zu sein. Die Hülle für ein kostbares Geschenk.

Nun, Al Khadiz würde keine Freude daran haben. Beatriz hielt sich aufrecht, als sie Susanna in seine Gemächer folgte. Zu ihrer Überraschung empfing er sie jedoch nicht im Schlafzimmer. Stattdessen hatte er ein prächtiges Mahl für sie vorbereiten lassen. Erlesene Speisen standen auf einem Buffet für Herr und Sklavin bereit, hinter einem diskreten Wandschirm spielten Musiker den beiden auf.

»Ich bin beglückt, dich in meinem Haus willkommen zu heißen!« Mammar al Khadiz verbeugte sich ehrerbietig vor Beatriz. Susanna schob das Mädchen in den Raum und zog sich dann sofort zurück.

Beatriz war allein mit ihrem Herrn. Sie blitzte ihn an.

»Ich bin nicht aus freien Stücken gekommen«, gab sie zurück.

»Aber man hat Euch doch ehrenhaft behandelt?«, fragte Mammar vorsichtig. »Wenn nicht, braucht Ihr es mich nur wissen zu lassen. Jeder Wunsch von Euch ist mir Befehl.«

Beatriz zuckte die Schultern. »Ich habe nur einen Wunsch. Ich will zurück nach Kastilien, um angemessen um meinen Verlobten trauern zu dürfen. Wenn Ihr mich ehren wollt, so gebt mir freies Geleit in meine Heimat.«

»Meine Schöne, du bist in deiner Heimat! Du willst es

vielleicht nicht anerkennen, aber nur der Harem gibt einer Schönheit wie dir den Rahmen, den sie verdient. Und du hast einen Herrn, der dir zu Füßen liegt. Was willst du mehr?«

»Meine Freiheit!«, rief Beatriz und wich zurück, als Mammar sich ihr näherte. Wieder sah sie das Verlangen in seinen farblosen Augen, und wieder stieß seine Gier sie ab. Obwohl sie ihm zugute halten musste, dass er sie nicht bedrängte. »Ich will heraus aus dem Harem, er ist ein Gefängnis!«

Mammar lächelte. »So befreie dich doch zunächst von deinen Schleiern, meine Schöne. Und dann lass mich dich hinausführen aus dem Harem, hinauf zu den Gestaden der Lust. Du wirst sehen, dass die Freiheit der Seele mehr wiegt als die des Körpers. Du wirst aufsteigen wie ein Falke zu himmlischen Gefilden der Wollust. Komm, meine Schöne ...« Mammar griff nach ihrer Cobija, aber Beatriz hob abwehrend die Hand. Nicht, dass das zarte Chiffontuch etwas verdeckte. Aber es schuf doch eine Grenze, die Mammar nicht überschreiten sollte.

»Beatriz, meine Geliebte! Du bist hier zu Hause. Ich bin dein Herr, dein Gatte, deine Familie. Ich werde der sein, der dich zu den Gestaden der Lust führen wird. Vor mir brauchst du dich nicht zu verhüllen. Aber wie du willst – ich will dich nicht zwingen, ich will dein Vertrauen und deine Liebe. Hier, entspanne dich. Nimm etwas von den Fleischbällchen ...« Mammar füllte einen Teller mit erlesensten Leckereien und bot ihn Beatriz an. »Bitte! Ich bin kein Barbar! Ich will dich nicht zwingen, mir zu Willen zu sein. Aber du musst mit mir essen, vielleicht etwas mit mir reden ... Ich möchte alles über dich erfahren, liebste Beatriz.«

Beatriz wandte sich ab. »Ich bin ein ehrbar erzogenes, adliges Mädchen aus dem Königreich Kastilien. Ich war einem Hidalgo versprochen, aber Banditen haben ihn vor meinen Augen getötet. Dann verschleppte man mich in ein fremdes Land, verhökerte mich wie ein Pferd, und nun soll ich einem alten Mann als Lustsklavin dienen. Das ist alles, was Ihr über mich wissen müsst. Und nun lasst mich in Ruhe.«

»Beatriz ...« Mammars Hand fuhr leicht wie ein Luftzug über ihre Schulter. Das Mädchen erzitterte. Angesichts der verschlossenen Tür wusste sie nicht recht, was sie tun sollte. Angespannt duldete sie Mammars leichte Berührung ihrer Schulterblätter. Mit kleinen, federnden Bewegungen lockerte er ihre Muskeln, fuhr schließlich über die zarte Haut ihres Halses, zeichnete die Sehnen nach, die sich unter der alabasterweißen Haut anspannten, legte den Finger in die kleine Vertiefung unterhalb ihres Halses, streichelte die bebende, schweißfeuchte Haut, tastete sich herab zum Ansatz ihrer Brüste ...

»Was macht Ihr da? Lasst mich!« Beatriz hatte sich dem aufreizenden Streicheln kurz überlassen, aber jetzt wurde ihr wieder gewahr, wer sich da ihres Körpers bemächtigte. »Ich will, dass Ihr mich in Ruhe lasst!« Sie warf sich herum, die Hände zu Fäusten geballt. Ein Blick in Mammars Gesicht, auf seine feuchten Lippen, die von Verlangen verzerrten Züge, erweckte wieder nur Abscheu in ihr.

»Aber es gefällt dir doch ... Meine Schöne, wenn du mich nur lässt, ich werde dich zum Leuchten, zum Glühen bringen.«

Beatriz' Haut glühte jetzt schon. Erregung, Wut, Angst ... Scham vor der eigenen Schwäche ließ sie erröten. Ihre Meeraugen leuchteten jetzt eher grünlich als blau, ihre Lippen zitterten, und ihr sprechendes Gesicht spiegelte jede Stimmung.

»Ich will hier heraus! Ich bitte Euch, lasst mich gehen!

Selbst wenn ich wollte, könnte ich Euch nicht gehören, denn ich habe meinem Verlobten Treue geschworen …«

»Aber dein Verlobter ist tot!«, meinte Mammar beschwörend. »Komm, Schönste, leg wenigstens den Schleier ab …«

Der alte Mann zog ihr den Schleier von der Schulter. Beatriz wehrte sich nicht, dieser Teil ihres Gewandes hatte sich ja zuvor schon fast gelöst, und es war heiß im Raum. Es verschaffte ihr Erleichterung, den Schleier abzuwerfen.

»Da siehst du, meine Schöne. Und nun? Eine Erfrischung? Warum setzt du dich nicht etwas?«

Eilfertig kredenzte Mammar ihr einen Julep und schob sich auf den Diwan neben ihr. Beatriz schmeckte Minze und Eis; während sie trank und fieberhaft nachdachte, versuchte er, ihre Schulter zu küssen. Instinktiv wehrte Beatriz ihn ab und goss ihm mit Schwung den Fruchtsaft ins Gesicht.

»Lasst mich Euch abkühlen, mein Herr!«, sagte sie hart.

Über Mammars eben noch vor Erregung gerötetes, jetzt ob der Demütigung erblasstes Gesicht zog ein Anflug von Wut. Aber dann bezähmte er sich und lächelte.

»Eine kleine Katze … oder nein, eine Tigerin! Es gefällt mir, dass du es mir nicht leicht machst. Aber letztlich wirst du schnurren, meine Schöne.«

Beatriz stand aufrecht vor ihm, beherrscht von ihrer Wut, mit der sie die Angst vor der eigenen Courage niederhielt. Sie war bereit zu kämpfen, egal, was es kostete. Ihre Hände wurden zu Krallen.

Doch Mammar verblüffte sie ein weiteres Mal. Der alte Mann musterte sie mit amüsiertem Blick, deutete eine höfliche Verbeugung an und lächelte sanft. »Nun, wie ich sehe, steht der Sinn dir heute mehr nach Kratzen. Wie du meinst. Dein Wunsch ist mir Befehl. Du willst gehen. So geh. Aber gestatte mir, dass ich dich zunächst wieder schicklich kleide.«

Mammar hob Beatriz' Schleier und umfasste noch einmal ihre Schultern. Wieder diese winzigen Berührungen, die alle Härchen auf ihren Armen und Beinen elektrisiert aufstehen ließen. Der Mann drapierte den Schleier um ihre Brüste, berührte sie fast zufällig, und fand dabei doch Zeit, ein federndes, tastendes Streicheln anzubringen, das Beatriz gegen ihren Willen erschauern ließ.

Mammar al Khadiz hatte schon viele Frauen geliebt, er wusste, wie man auch widerstrebende Körper in Erregung brachte. Schließlich ließ er das Schleierende über ihren Oberarm fallen und griff nach der Cobija. Aufreizend langsam legte er die Gaze wieder vor Beatriz Gesicht. Sie wäre zurückgewichen, hätte er ihre Wange berührt, aber er streichelte sie nur mit dem Schleier, ließ das zarte Gespinst über ihre Lippen tanzen und streifte schließlich mit winzigen Bewegungen ihr Ohrläppchen, als er den Schleier befestigte. Beatriz erzitterte. Sie spürte, wie sich der Reiz von ihrem Ohr aus in ihren Bauch und zu ihrem Venushügel fortpflanzte.

Mammar lächelte wissend.

»Und nun geh, meine Geliebte. Ich werde morgen wieder nach dir rufen lassen …«

Beatriz floh grußlos. Der Eunuch, der sie abholte, sah in ein vor Erregung glühendes, aber schamrotes Gesicht, beherrscht von riesigen umflorten Augen, aufgewühlt wie die Tiefen der See.

Mammar al Khadiz beherrschte sich eisern und verabschiedete das Mädchen mit einer höflichen Verbeugung. Doch er blieb nicht minder aufgebracht zurück. Und er bebte nicht nur vor unbefriedigter Erregung, sondern auch vor Gereiztheit und Wut. Wie konnte eine Frau sich so aufführen, wie konnte sie ihn derart demütigen? Mammar al Khadiz' Körper schrie nach Befriedigung, sein Herz brüllte nach Rache.

Aber der alte Mann würde sich nichts anmerken lassen. Zum Bersten angespannt, aber mit ruhiger Stimme entließ er die Musiker, ließ das Essen abräumen und rief erst dann nach einem der Haremswärter.

»Bring mir Ambar!«

Der Eunuch zögerte. »Herr, schon wieder die Kleine? Sie ist noch wund von der letzten Nacht …«

»Ich will keine Empfehlungen hören, Khalid, ich will Ambar!« Mammar al Khadiz richtete sich gebieterisch auf.

Kurze Zeit später warf er sich auf das weinende Mädchen und vergalt ihrem Geschlecht alle Demütigungen, die ihm eine andere Eva heute zugefügt hatte. Mammar drang brutal in sie ein, Ambars kindlicher Körper befriedigte seine Gelüste nicht wirklich, er brachte seine Wut nur noch mehr in Wallung. Warum war hier kein schwellendes Fleisch, warum empfing ihn keine heiße, feuchte Erregung, sondern nur der Geruch nach Schweiß und Angst unter all dem Parfüm?

Mammar schrie Beatriz' Namen. Ambar schluchzte ihren Hass heraus.

Sechstes Kapitel

Von diesem Tag an ließ Mammar Beatriz jeden Tag holen. Sie fürchtete seinen Ruf, aber sie war auf der Hut. Niemals mehr wollte sie den alten Mann so nah an sich heranlassen wie beim ersten Mal.

Mammar versuchte sich in allen Künsten der Verführung, die ihn sein langes Leben gelehrt hatte. Er umgab Beatriz mit Luxus, ließ ihr eigene, hochkomfortable Räume im Harem zuweisen, sandte ihr scharf gewürzte Speisen, von denen es hieß, dass sie die Lust erweckten. Wenn sie bei ihm war, rezitierte er Liebesgedichte und ließ gefühlvolle Melodien auf der Laute schlagen. Beatriz reagierte nicht darauf. Sie verstand kein Wort der kunstvoll gewundenen Verse, und die Musik war zu fremd, um an ihr Herz zu rühren. Jeden Tag schenkte Mammar ihr neue, erlesene Schmuckstücke und bestand darauf, sie ihr anzulegen. Beatriz nahm sie an – hoffte sie doch, sich mit den Juwelen einstmals freikaufen zu können. Ayesha hatte ihr gesagt, dass dies theoretisch möglich sei, auch wenn selten ein Mädchen die Gelegenheit nutzte. Und solange Mammar sich noch Hoffnungen machte, war das ohnehin illusorisch. Aber wer konnte schon wissen, was noch vor ihr lag? Beatriz ertrug also zunächst widerwillig, dann jedoch unter wollüstigen Schauern die Berührung geschickter Hände beim Anlegen einer Halskette, das Spiel kundiger Finger in ihrem Nacken, die sich spielerisch tändelnd ihren Rücken herabtasteten. Wenn sie Mammar nicht vor Augen hatte, gelang es ihm immer wieder, ihren willigen Körper zu narren und zu erregen. Erst als seine Hände ihre Hüften erforschten, während seine Lippen sich feucht an ihrem Nacken saugten, kam sie zu sich und wehrte den inzwischen bis zum Wahnsinn erregten Mann ab. Ein anderes Mal kniete er vor ihr nieder, um juwelengeschmückte Fußkettchen um ihre Fesseln zu winden. Beatriz wandte sich peinlich berührt ab, sie konnte den Anblick des lüsternen Greises nicht ertragen, der zu ihren Füßen lag und mit beschwörenden Worten von ihrer Schönheit sprach. Aber sie konnte sich auch nicht dem Reiz der Berührung entziehen, dem schwerelosen Kreisen seiner Finger um ihre Fußgelenke, ihren Rist … dem federleichten Streicheln ihrer Schenkel, das ihre Haut prickelnd erregte. Winzige Schauer, die sich fortsetzten bis zu ihrer Pforte der Lust, die Wärme und Feuchtigkeit freisetzten. Beatriz hätte beinahe aufgestöhnt, aber dann sah der alte Mann auf, sie erblickte seine trockene Haut und die feuchten Lippen, die sich jetzt mit triumphierendem Lächeln auf ihre Schenkel senkten … Beatriz konnte es nicht ertragen. Mit einem Aufschrei hob sie das Bein und stieß ihn weg.

»Wie kannst du mir das antun?« Mammar lag vor ihr, seine Erektion so deutlich sichtbar, dass es Beatriz die Röte in die Wangen trieb. »Hast du kein Mitleid? Du bringst mich in den Vorhof des Himmels und stößt mich von dort aus in die Hölle zurück …« Mammar stöhnte auf und versuchte, noch einmal nach ihr zu greifen. Beatriz zog sich zurück.

»Ich habe dich nicht an die Gestade der Lust geführt, du hast mich hingeschleift!«, erwiderte sie kalt. »Ich war und bleibe die Braut Diego de Cientos, ich lasse mich nicht kaufen. Nicht für Geld und nicht für Gold!«

Das Mädchen trommelte gegen die Türen des Gemachs, bis der Eunuch davor auf sie aufmerksam wurde. Fragend sah er seinen Herrn an, der sich zitternd und um Beherrschung ringend auf den Diwan geschleppt hatte.

»Nimm sie …«, keuchte Mammar, »nimm sie mit … und bring mir Ambar …«

Von Tag zu Tag wurde Mammar drängender und Beatriz gereizter. Warum gab der Mann nicht auf? Er sah doch, dass er sie nicht bezwingen konnte? Inzwischen war sie vor jeder Berührung auf der Hut – nur im Bad oder auf dem Bett in ihren Gemächern spürte sie der Lust nach, die der alte Mann so kundig zu erwecken verstand. In ihren Träumen war es Diego, der sie mit kleinen, federleichten Strichen auf der zarten Haut zur Ekstase führte, dessen Mund sie gern ihre Schenkel bot und dessen Geschlecht sie ihren Venushügel hungrig und willig entgegenstreckte. War es Diego? Beatriz vertrieb angestrengt das Bild ihres maurischen Entführers aus ihren Tagträumen. Aber an wem auch immer sie dachte, er ließ ein Lächeln um ihr Gesicht spielen, ließ ihre Züge aufleuchten, ihren Körper erblühen in dem Wunsch, sich zu verschenken.

Mammar al Khadiz beobachtete das mit brennenden Augen und schwellendem Geschlecht, weidete sich an ihrer nackten Gestalt im Bad und zwischen den Kissen. Er sehnte sich nach diesem Mädchen und dem Liebesspiel mit ihr in seinen Gemächern, wünschte sich nichts mehr, als diesen Ausdruck der völligen Gelöstheit und Wonne auf ihre Züge zu zaubern. Aber wenn er sie in seine Räume rief, erschien nur ein abwehrendes, wütendes Geschöpf mit kalten, dunklen Augen. Bildschön unter den Schleiern, aber unwillig, ohne Kampf auch nur einen einzigen davon abzulegen. Gut, manchmal gelang es ihm, sie sekundenlang zu überlisten, ihr ein Zeichen der Erregung abzuringen, wenn er goldbesetzte Gürtel um ihre zarte Taille wand oder Juwelen in ihr Haar knüpfte. Ihr ganzer Körper schrie ja danach, erweckt zu werden – nur ihre Seele war kühl und unnahbar. Was aber nützte es, wenn er sie einen Herzschlag lang weich und sinnlich werden sah, wenn sein Geschlecht sich ihr mit lange nicht mehr gespürter Macht entgegenreckte – nur um dann unter

Schmerzen verkümmern zu müssen, weil sie ihn mit einer Wut abwehrte, die nicht ihresgleichen hatte. Beatriz raubte Mammar seine Kraft und seinen Schlaf. Seit Tagen hatte er sich nicht mehr aufraffen können, im Palast seiner Arbeit nachzugehen, Geschäftspartner und Freunde zu empfangen oder die politischen Ränke zu schmieden, für die der Wesir bekannt war. Mammar erwachte mit dem Gedanken an Beatriz und verlor in der Nacht mit ihrem Namen auf den Lippen die Besinnung – mitunter in den kundigen Armen einer erfahrenen Odaliske, deren Bemühungen um seine Lust ihn zu Tode erschöpft hatten. Öfter über dem zitternden Körper der kleinen Ambar, das Gesicht verborgen in ihrem rotblonden Haar.

Als Beatriz vier Wochen in Mammars Harem lebte, bat sie eine kleine Abordnung der anderen Sklavinnen um eine Unterredung. Beatriz wusste inzwischen, was sich gehörte. Sie hieß Susanna, sie schicklich anzukleiden, wies die Eunuchen an, Getränke und Gebäck zu bringen, und forderte die drei besorgt wirkenden, ebenfalls förmlich gekleideten Mädchen auf, auf den Kissen in ihrem Wohnraum Platz zu nehmen. Susanna gesellte sich als Übersetzerin zu ihnen, denn noch immer war Beatriz' Wortschatz des Arabischen äußerst beschränkt.

»Wir … kommen in einer etwas heiklen Angelegenheit«, begann Fatima, eine schöne, unzweifelhaft in allen Künsten des Harems bewanderte Odaliske in mittlerem Alter. »Es geht um dich und unseren Herrn.«

»Hat er euch geschickt?«, fuhr Beatriz auf. »Das ist doch wohl die Höhe! Der Mann lässt keine Peinlichkeit aus, wenn er schon andere Frauen zu meinen Zuhältern bestimmt.«

Fatima schüttelte sanft den Kopf. »So ist es nicht, Mädchen, uns hat niemand geschickt. Bitte, du musst uns anhören. So geht es nicht weiter. Beatriz – ein hübscher Name übrigens. Hat er eine Bedeutung? – Beatriz, du musst dich dem Herrn hingeben!« Fatima sah Beatriz beschwörend an.

»Ich muss gar nichts!« Beatriz warf stolz den Kopf zurück. »Euer Koran erlaubt mir, mich zurückzuhalten. Ich brauche niemandem gegen meinen Willen zu gehören!«

Fatima nickte. »Das ist richtig. Aber der Koran gebietet auch Barmherzigkeit. Und was du tust ... Beatriz, du machst ihn verrückt! Mammar ist nicht mehr Herr seiner selbst, du raubst ihm die Sinne. Und wir müssen es ausbaden ...«

»Ihr müsst es ausbaden?« Beatriz runzelte die Stirn. »Was habt ihr denn damit zu tun?«

Fatima schlug die Augen gen Himmel. »Mädchen, es kann dir doch nicht entgangen sein, dass der Herr bei einer anderen Befriedigung sucht, wenn du ihn immer wieder zurückstößt!«

»Na und?«, fragte Beatriz höhnisch und zuckte die Schultern. »Ich denke, es ist eine Ehre für euch, von ihm erwählt zu werden. Gibt es euch doch jedes Mal die Möglichkeit, mit eurem erlauchten Herrn ein Kind zu zeugen und damit womöglich zu seiner Gemahlin erhoben zu werden. So hat man es mir jedenfalls erzählt. Also freut euch, und lasst mich in Ruhe.«

Fatima zwang sich zur Geduld. »Es ist richtig, Beatriz, dass wir dem Herrn gern unsere Gunst gewähren. Es ist unser größtes Anliegen, ihn zufrieden zu stellen, und wenn Allah diese Verbindung dann noch mit einem Sohn segnet, sind wir reich beschenkt. Aber das ist es ja gerade: Seit Mammar nur noch Augen für dich hat, gelingt es keiner mehr, ihm Lust zu schenken! Die Einzige, bei der seine Flamme überhaupt noch auflodert, ist dieses Kind Ambar, das nur noch weinend und wund an den Rockzipfeln seiner Mutter hängt. Ambar ist zu jung, es zerstört sie. Wenn du deinem Stolz also nicht aus Barmherzigkeit gegenüber unserem Herrn entsagen kannst, so tu es für dieses Mädchen.«

»Woran man schon wieder sieht, welchem Ungeheuer ich da meine Jungfräulichkeit opfern soll!«, ereiferte sich Beatriz. »Euer hochedler Herr kann sein Spielzeug nicht haben, also nimmt er sich ein anderes und macht es kaputt! Erlaubt das Euer Koran? Und warum kann sich diese Ambar ihm nicht einfach auch verweigern?«

Darja, eins der anderen Mädchen, schüttelte den Kopf. »Ambar war eine Küchensklavin. Der Herr hat sie erhoben. Sie konnte sich nicht wehren. Du scheinst nicht zu begreifen, in welcher privilegierten Stellung du hier lebst. Eigene Räume, Bäder, Luxus – der Herr kann dir das alles nehmen, wenn er will, Beatriz. Noch spielt er dein Spiel mit, aber du kannst da enden, wo Ambar angefangen hat. Willst du Wasser tragen oder Gemüse putzen? Willst du Henna-Ranken auf die Füße der Odalisken zeichnen? Du hättest kein leichtes Leben, kleine Kastilierin. Noch wirst du beneidet und gefürchtet, aber von vielen auch schon gehasst. Wenn der Herr dich verstößt, wirst du in den untersten Rängen des Harems landen.«

»Ich bin nicht erpressbar! Wenn ich dienen muss, diene ich, wenn ich sterben soll, sterbe ich! Aber ich bleibe mir selbst und Diego treu. Was immer ihr sagt. Und was immer dieser Sklaventreiber tut, den ihr euren Herrn nennt.« Beatriz' Augen sprühten Funken der Entschlossenheit.

»Es gibt Schlimmeres als den Tod«, sagte Darja leise. »Ich wünsche es dir nicht, Beatriz.«

Mammar al Khadiz hatte es längst aufgegeben, Beatriz mit Leckereien zu umwerben. Konsequent hatte sie es bislang abgelehnt, sich von ihm auch nur zu Genüssen des Gaumens verführen zu lassen.

»Ich tafele nicht mit einem Mann, der sich mein Gebieter nennt!«, erklärte sie. »Ich bin kein Pferd, das Ihr füttert, kein Hündchen, das sich vor Euch zu Boden wirft, nur weil Ihr mit einem Knochen wedelt. Ich bin nicht käuflich, *Herr*!«

Als Beatriz diesmal jedoch in Mammars Gemächer geführt wurde, stand eine edle Glaskaraffe auf dem Tisch, daneben zwei funkelnde Pokale.

»Meine Schöne, ich kann und will dich nicht zurück nach Kastilien lassen. Aber heute habe ich ein Stück Kastilien für dich hergeschafft. Lass dir ein wenig vom Wein deines Landes kredenzen. Eingefangene Sonne aus den Weingütern deines Vaters.«

Mammar lächelte Beatriz einladend zu und ließ goldgelben Wein in einen der Pokale fließen. Beatriz konnte sich nicht bezähmen. Im Harem wurden zwar die erlesensten Speisen gereicht, aber der Genuss von Alkohol war gläubigen Muslimen verboten. Die einzigen berauschenden Getränke, die den Mädchen zugänglich waren, bestanden in einem Opiumtrank, der schwer war und einem die Sinne raubte, sowie einem leichten Dattellikör. Der fiel streng genommen zwar auch unter das Alkoholverbot, aber hier schien der Islam ein Auge zuzudrücken. Beatriz hatte beide Getränke bislang abgelehnt. Sie fürchtete den Opiumrausch, und sie mochte den widerlich süßen Geschmack des Likörs nicht auf der Zunge.

Aber dies hier – Wein! Die Augen schließen und die Ländereien ihres Vaters wieder vor sich sehen. Eine winzige Flucht ... Beatriz griff nach dem Pokal. Die Weinberge Kastiliens standen vor ihrem Auge, als sie langsam daran nippte und das flüssige Gold den Gaumen benetzte.

»Noch etwas?« Mammar al Khadiz hatte seinen Pokal

mit einem Zug geleert, glücklich, endlich etwas gefunden zu haben, das Beatriz' ablehnende Haltung lockerte.

Beatriz schüttelte den Kopf. Sie hatte erst einen Schluck genossen, und sie wollte auf keinen Fall in einen Rausch geraten. Langsam führte sie den Kelch noch einmal an die Lippen.

Wann hatte sie das letzte Mal Wein genossen? O ja, am Vorabend der Jagd, als sie mit Diego de Ciento tafelten. Sie hatte mit ihrem Geliebten den Teller geteilt, und er hatte ihr Wein von seinen Gütern kredenzt.

»So süß, meine Geliebte, so golden. Aber nicht so süß wie deine Lippen, nicht so golden wie dein Haar …«

Beatriz seufzte. In ihrem Traum ließ sie zu, dass Mammar ihre Schultern umfasste, ihren Nacken liebkoste und den Schleier vor ihrem Gesicht löste.

»So ist es bequemer, mein Glück. Nimm noch einen Schluck, der Wein wird dich entspannen.« Mammar betrachtete das gelöste Gesicht des Mädchens, das leichte Lächeln auf den Lippen. Heute würde er sie nehmen, heute gab sie endlich nach … Nervös füllte der Maure noch einmal sein Glas. Allah würde ihm verzeihen. Auch Mohammed der Prophet hatte die Frauen geliebt.

»Erzähl mir von deinem Land, meine Schöne …« Mammar kämpfte um Geduld. Er dürfte nichts übereilen, sie nicht zwingen oder ängstigen.

Beatriz trank genüsslich und versank tiefer in ihren Traum. »Die Güter meines Vaters grenzen an die meines Geliebten. Die Weinberge und Felder erstrecken sich über viele Meilen, es dauert Tage, bis alle Trauben gepflückt sind. Aber dann feiern wir ein Fest. Alle sind geladen, die Arbeiter und die Nachbarn, beim Weinfest tanzen wir alle miteinander, wir stampfen den Saft aus den Trauben … ich lache, ich renne, Diego umfängt mich …«

Mammars Kehle wurde trocken, er trank hastig seinen Wein und schob sich dann näher an Beatriz heran. Vorsichtig legte er die Arme um ihre Schultern, umfing sie zärtlich, rieb seinen Körper an dem ihren, fühlte das feste Fleisch ihrer Schenkel, ihre weichen Hüften, tastete nach ihren Brüsten.

»Wenn wir einander einst ganz gehören, werde ich mich ihm beim Weinfest schenken, reif und fruchtbar, ich werde seinen Atem trinken, seinen Samen empfangen ... wir halten einander, wir träumen ...«

Mammar knetete ihre Brüste mit sicheren, festen und doch sanften Bewegungen. Er fühlte, wie ihre Knospen sich regten, wie sie ihm erregt entgegenwuchsen. Knospen der Lust ... Mammar presste sich an sie.

»Diego ...«

»Vergiss ihn endlich!« Mammar konnte sich nicht bezähmen. Er wollte Teil ihres Traumes sein, aber diesen Namen musste er aus ihrem Herzen reißen. »Gib endlich zu, dass er dich nie zu solchen Höhen der Lust treiben konnte, wie du sie jetzt schon widerstrebend erreichst. Werde mein, Geliebte. Dein Körper dürstet danach zu lieben. Warum willst du mir nicht dein Herz öffnen? Dein Herz, deinen Hafen der Liebe, sieh, du fließt doch über vor Sehnsucht ...«

Beatriz taumelte aus ihren Träumen. Nein, das war nicht Diego, der sie umfangen hielt, auch der Wein konnte sie nicht aus der Wirklichkeit befreien. Wild stieß sie Mammar zurück.

»Ihr könnt machen, was Ihr wollt! Ich werde Euch niemals lieben!« Beatriz zog sich in eine Ecke des Prunkgemachs zurück und versuchte, den Schleier wieder über ihr Gesicht zu ziehen. Undenkbar, dass sie sich noch vor wenigen Wochen gewehrt hatte, ihn zu tragen. Heute empfand sie ihn als ihren einzigen Schutz vor Mammars

Gier und oft auch vor ihrem verräterischen Körper, der so leicht zu erregen war.

Doch diesmal gab Mammar nicht auf. Die drei Gläser des schweren Weines hatten ihm die Sinne noch mehr verwirrt. Sie hatte ihn doch gewollt. Warum sollte es jetzt nicht mehr so sein? Sie spielte mit ihm ... und bei Allah, er würde nicht mehr mit sich spielen lassen ...

Mammar näherte sich Beatriz mit schweren Schritten.

»Oh, doch, du wirst mich lieben! Du gehörst mir ... dein Körper ... deine Seele! All deine Schönheit! Beatriz ... Beatriz ...«

Der alte Mann vergaß alle Liebeskünste. Ungeschickt versuchte er, das Mädchen in seine Arme zu ziehen und zu küssen. Beatriz drehte den Kopf weg. Mammar riss ihr den Schleier vom Gesicht.

Beatriz verspürte nackte Angst. Das hatte er bisher noch nie getan. Und wieder näherte er sich. Sie roch den Wein in seinem Atem ... Wein konnte Träume wecken ... Aber zuviel davon ließ in manchen Männern das Tier erwachen. Beatriz hatte davon gehört, hatte die Arbeiter beim Weinfest auch schon mal dabei beobachtet, wie sie drallen Mädchen Küsse raubten. Aber die hatten dabei immer gelacht. Mammar lachte nicht. Sein Gesicht glühte, und seine Miene war todernst.

»Du gehörst mir, meine Schöne, mir allein!«

Beatriz versuchte ihre Hände zu befreien, um den Mann abwehren zu können, aber Mammar war stärker. Sie hätte nicht gedacht, dass in seinem schmächtigen Greisenkörper noch so viel Kraft steckte, aber er überwältigte sie mühelos. Ein schneller Griff ließ ihre Schleier sinken, das Untergewand aus Chiffon verhüllte fast nichts. Mammar atmete schwer, als er sie darin erblickte, ließ sie ganz kurz los, aber ergriff sie wieder, bevor sie fliehen konnte. Brutal riss er ihr das Gewand vom Leib, hielt ihre Hände fest und presste die Lippen auf ihre jetzt völlig entblößten Brüste.

Beatriz wollte schreien, versuchte zu treten, aber Mammar schob sie erbarmungslos auf das Bett in der Mitte der Kammer.

»Wehr dich nicht länger ... liebe mich ... Liebe mich!« Mammar küsste sie heftiger, er hielt sie mit Knien und Armen nieder, und seine Lippen liebkosten ihren Leib, der sich unter ihm aufbäumte. Beatriz wollte kämpfen, aber wieder merkte sie zu ihrer Scham und Schande, dass ihr Körper sie im Stich ließ. Ihr Fleisch reagierte auf sein Drängen, sie fühlte, wie sie feucht wurde, wie aus dem verzweifelten Aufbäumen ein wildes Begehren wurde. Schließlich gab sie es auf, überließ sich seinen forschenden Lippen – und dann auch seinen Händen, die streichelnd über ihre Haut fuhren, kleine Kreise um ihre Brustwarzen malten, sich ihrer Scham entgegentasteten ...

»Lasst mich ...« Beatriz versuchte zu schreien, doch der Atem verließ sie. Sie kämpfte um ihre Fassung, trat nach ihrem Peiniger, aber Mammar nahm das nur zum Anlass, nun auch die Innenseite ihrer Schenkel zu küssen und zu berühren. Seine Hände konnten zart und sanft sein – aber auch eisenhart werden, wenn sie sich erneut widersetzte. Als er schließlich in sie eindrang, schluchzte Beatriz all ihren Schmerz über die Schande der Unterwerfung hinaus. Sie wandte heftig den Kopf ab, als Mammar sie küssen wollte, versuchte nochmals, ihn abzuwerfen, aber folgte ihm dann doch durch den wilden Wirbel der Vereinigung.

»War es so schlimm?«, fragte Mammar vorsichtig lächelnd, als sie sich schließlich, erschöpft und leise weinend, in einer Ecke des Bettes zusammenkrümmte. Seine farblosen Augen umfassten sie in einer Mischung aus

Liebe und Triumph. Der Blick eines Siegers. »Ich hatte den Eindruck, es hat dir gefallen. Konntest du mich zum Schluss nicht doch ein bisschen lieben?« Mammar griff erneut nach ihren Schenkeln.

Beatriz stieß ihn weg, richtete sich auf und funkelte ihn an. »Ich hasse Euch, Mammar von Khadiz, ich hasse Euch!«

Mammar erwachte mit rasenden Kopfschmerzen. Sie wurden noch schlimmer, als die Erinnerung an die Nacht zuvor Besitz von ihm ergriff. Was hatte er getan? Gut, der Wein war eine lässliche Sünde. Aber wie hatte er sich so weit gehen lassen können, Beatriz mit Gewalt zu nehmen? Beatriz, die einzige Frau, nach deren Liebe er sich mit allen Fasern seines Herzens gesehnt hatte … Jetzt hockte sie, die zerfetzten Reste ihrer Kleidung wie zum Schutz an ihren Körper gepresst, am Rand des Bettes. Ihr Blick schnitt stahlblau und kalt wie das Nordmeer in sein Herz.

»Guten Morgen, mein Herr …« Sie spuckte ihm die Worte entgegen. »Habt Ihr die Wonnen der Nacht genossen? Soll ich Euch gleich wieder angehören? Oder wollt Ihr, dass ich erneut angekleidet werde, damit Ihr nochmals die Freude habt, mir die Schleier vom Leib zu reißen?«

Mammar rieb sich die Schläfen.

»Verzeih mir …«

»Oh, es gibt nichts zu verzeihen. Ihr habt nur genommen, was Euch gehörte. Wein gegen den Durst, Fleisch gegen den Hunger … ich hoffe, Ihr seid gesättigt, mein *Herr*.«

»Beatriz, ich wollte nicht …«

Beatriz schnaubte. »Und ob Ihr es wolltet! Entschuldigt Euch nicht, eine Hure bittet man nicht um Verzeihung, eine Sklavin erst recht nicht.«

»Beatriz …« Mammar näherte sich ihr und wartete darauf, dass sie zurückschreckte, aber Beatriz rührte sich nicht. Kalt wie Eis blieb sie sitzen, ließ zu, dass er mit zitternden Fingern ihre Wange berührte. »Beatriz, ich liebe dich!«

»Liebt mich oder hasst mich, mir ist es gleich. Ihr könnt meinen Körper haben. Offensichtlich kann ich Euch ja nicht daran hindern. Aber meine Seele werdet Ihr nie besitzen. Meine Seele wird weit weg sein. Also, bringen wir es hinter uns. Ist es so recht?«

Beatriz legte gelassen ihre Kleider zur Seite und drapierte sich auf dem Bett, die Arme neben sich ausgestreckt, die Augen geschlossen.

Mammar al Khadiz sah ihren vollkommenen Körper, die weiße Haut, die runden Schultern, die schwellenden Brüste und festen Schenkel. Die Spalte der Verheißung zwischen ihren Beinen.

Er konnte sie haben. Sie würde sich nicht wehren. Er war am Ziel.

Der Greis wartete darauf, dass sich sein Geschlecht regte. Aber er fühlte nichts mehr als ein vages Bedauern. Ihre Wildheit, ihre Kraft – alles, was er an ihr liebte, hatte er in der letzten Nacht getötet.

Mammar al Khadiz stöhnte auf.

»Was ist jetzt, mein Herr?«, fragte Beatriz höhnisch. »Wollt Ihr nicht oder könnt Ihr nicht? War die letzte Nacht zu viel für Euch?«

Mammar wandte sich ab.

»Du kannst gehen«, sagte er leise. »Ich werde dich nie mehr anrühren.«

Beatriz meinte ein Schluchzen zu hören, als sie den Raum hocherhobenen Hauptes verließ. Sie mochte ihre Unschuld verloren haben, aber nicht ihre Ehre.

Tatsächlich ließ Mammar al Khadiz sie nie wieder rufen. Ebenso wenig wie die kleine Ambar. Die Wochen nach der Nacht mit Beatriz verbrachte er in Enthaltsamkeit, reuend und fastend. Die Dienerschaft munkelte, dass er fast nie seine Räume verließ. Später rief er gelegentlich erfahrene Frauen wie Fatima oder Darja zu sich. Beatriz erfuhr nicht, ob es ihnen gelang, ihn zu erregen. Die älteren Odalisken klatschten nicht, sondern bewiesen Diskretion.

Beatriz selbst hatte die Nacht mit Mammar unerwartete Sympathien der anderen Haremsmädchen eingebracht. Man betrachtete sie nicht mehr als Außenseiterin, sondern als vollwertiges Mitglied der Frauengemeinschaft. Dabei gingen die Frauen natürlich davon aus, dass Beatriz über die Worte Fatimas und Darjas nachgedacht und sich Mammar aus Mitleid mit Ambar hingegeben hatte. Dass sie den Herrn nur eine Nacht zu fesseln wusste, nahm man schulterzuckend hin. Viele der Mädchen, die ohne größere Ausbildung in den Künsten der Liebe in Mammars Harem gekommen waren, hatten sein Bett nur eine Nacht geteilt. Dies war das Schicksal vieler Jungfrauen im Harem alternder Männer, man dachte nicht großartig darüber nach.

Umso mehr Gedanken machten die Mädchen sich darüber, wie der endlos lange Tag in den Frauengemächern zu füllen war. Arbeit gab es nicht für die Odalisken. Zofen und Eunuchen lasen ihnen jeden Wunsch von den Augen ab. Viele Stunden füllten die Mädchen folglich mit Schönheitspflege. Sie verdrängten das Wissen, dass der Herr ihre Bemühungen nie anerkennen würde. Auch das Essen hatte einen großen Stellenwert. Praktisch überall wurden Leckereien serviert, auch Beatriz merkte zusehends, wie sich ihr Körper rundete. Bedauernd sah sie ihre zarte

Taille schwinden, aber im Harem galt eine gewisse Körperfülle als erstrebenswert. Die anderen Mädchen neckten sie gutmütig und fütterten sie nur noch mehr.

Ansonsten konnten die Odalisken lesen oder musizieren. Viele von ihnen brachten es zu beachtlichen Leistungen auf der Laute oder der Gitarre. Ein paar hatten schöne Singstimmen, und Beatriz beobachtete fasziniert, dass auch sie gezielt geschult wurden. Fatima, ursprünglich eine Schülerin der sagenhaften Khalida, unterrichtete die Mädchen in Stimmbildung und Atemtechnik. Andere Frauen waren gute Tänzerinnen und gaben ihr Wissen weiter. Besonders beim Schönheitstanz wurde viel gelacht. Kichernd verriet Darja Beatriz, dass die raschen, rotierenden Bewegungen der Körpermitte auch dazu dienen konnten, potenzschwachen, fülligen alten Herren bei der Einführung ihrer Lanze in den Mädchenkörper behilflich zu sein. Beatriz fand die Vorstellung abstoßend, aber es erfüllte sie mit Stolz, dass sie Darjas Erklärung dazu verstand. Ihr Arabisch machte in diesen Wochen rasche Fortschritte. Kein Wunder, hatte sie doch Dutzende freundliche, geduldige Lehrerinnen, die sich bemühten, sie zu verstehen und von ihr verstanden zu werden. Niemand war ungeduldig im Harem, niemand war in Eile. Wenn etwas im Übermaß vorhanden war, so war es Zeit.

Selbst Soraya, Al Khadiz' Erste Gemahlin, schien sich inzwischen mit Beatriz' Anwesenheit im Harem abzufinden. Wenn sich die Frauen zufällig in den Bädern trafen, grüßten sie einander kühl. Beatriz selbst bereute inzwischen ihre auffahrenden, unhöflichen Bemerkungen gegenüber der älteren Frau. Sie verstand die Denk- und Verhaltensweisen der Frauen im Harem inzwischen besser und wusste, wie albern sie sich aufgeführt hatte. Im Prinzip hätte sie sich gern bei Soraya entschuldigt, wagte es aber nicht, sie um ein direktes Gespräch zu bitten.

Stattdessen bemühte sie sich um kleine Gesten der Verständigung; sie ließ zum Beispiel spezielle kastilianische Gerichte und Süßspeisen zubereiten und sandte Soraya eine Kostprobe. Die Köchin kam diesen Wünschen gern nach. Sie war Beatriz immer noch dankbar für die Erhöhung ihrer Tochter in den Stand einer Odaliske. Ambar selbst teilte diese Dankbarkeit aber offensichtlich nicht. Sie war die Einzige, die sich Beatriz gegenüber noch offen unfreundlich verhielt. Beatriz ging ihr am liebsten aus dem Weg, aber nicht immer ließ sich das machen. Zumal sie dem Mädchen gegenüber auch keine Schwäche zeigen wollte. So ließ sie sich denn auch zähneknirschend mit beiläufigem Gruß ins Becken gleiten, als sie Ambar eines Tages, drei Monate nach der Nacht mit Mammar, im großen Kaltwasserbecken schwimmen sah.

Im Stillen bewunderte sie die schlanke Figur des Mädchens, das allen Leckereien zum Trotz zierlich blieb. Ambar schien Beatriz' Blick auf ihre Taille aufgefallen zu sein. Sie gab ihn frech zurück und lächelte anzüglich.

»Das Leben im Harem bekommt dir. Dein Bauch schwillt an. Bald hast du die richtigen Maße, um beim Schönheitstanz zu brillieren.«

Beschämt sah Beatriz an sich herunter. Das Mädchen hatte Recht. Nicht nur ihre Taille, auch ihr Leib hatte sich gerundet. Und nun war er natürlich der Blickpunkt für alle Frauen im Becken. Beatriz errötete, als Fatima sie forschend ansah. Mit schamhaft gesenktem Blick zog sie sich in ein kleineres Becken zurück.

Kurz darauf sah sie Fatima im Gespräch mit Susanna. Beide warfen ihr abschätzende Blicke zu. Beatriz dachte daran, sie zur Rede zu stellen. Aber dann brachte Susanna ganz von selbst behutsam die Sprache auf das Thema.

»Herrin, ich will nicht indiskret sein. Aber könnt Ihr Euch daran erinnern, wann Ihr das letzte Mal geblutet habt? Im letzten Monat habe ich keine beschmutzten Kleidungsstücke bei Euch gesehen.«

Beatriz überlegte. Sie hatte ihrer Monatsblutung nie besondere Aufmerksamkeit geschenkt, aber wenn sie es jetzt recht bedachte, war sie in den letzten Wochen tatsächlich ausgeblieben.

»Eine kleine Störung«, beschied sie Susanna. »Es sieht aus, als wäre mein Monatsfluss in Unordnung. Sicher eine Folge all der Aufregungen in den letzten Wochen …«

Susanna biss sich auf die Lippen. »Herrin, Ihr wisst, was es bedeuten kann, wenn die Monatsblutung ausbleibt …? Ihr … seid keine Jungfrau mehr …«

Beatriz wurde glühend rot.

»Susanna … das eine Mal …«

Susanna zuckte die Schultern. »Mitunter trifft der erste Pfeil. Habt Ihr nach der Nacht mit dem Herrn überhaupt noch einmal geblutet?«

Beatriz versuchte fieberhaft, sich zu erinnern – und die Panik niederzukämpfen, die in ihr aufstieg. Das durfte nicht sein! Es durfte nicht sein, dass der alte Mann sie geschwängert hatte! Wenn sie erst ein Kind hätte, würde sie nie hier heraus kommen. Sie spürte, wie Übelkeit in ihr aufstieg. Und erinnerte sich daran, dass sie sich auch in den letzten Tagen mehrmals übergeben hatte. Sie hatte sich nichts dabei gedacht, es auf die Tanzübungen oder zu fette Speisen geschoben. Aber jetzt …

»Oh, mein Gott, Susanna, das darf nicht sein! Was kann ich nur tun? Ich will kein Kind! Nicht von diesem alten Lustmolch!«

Beatriz rang die Hände.

Susanna lächelte und legte tröstend den Arm um sie. »Ihr werdet nicht gefragt werden. Wenn da tatsächlich Leben in Euch heranwächst, müsst Ihr es willkommen heißen. Beruhigt Euch jetzt erst mal, dann werdet Ihr es bald auch als Glück begreifen! Ihr seid gesegnet, Beatriz, Ihr geht glanzvollen Zeiten entgegen! Wisst Ihr, dass unser Herr Mammar bislang nur einen einzigen Sohn hat? Der Junge ist erwachsen, er dient bei Hofe. Und er ist Sorayas Kind, gezeugt, als ihre Ehe noch jung war. Keine seine Konkubinen hat Al Khadiz seither je schwängern können! Wisst Ihr, was es bedeutet, wenn Ihr ihm jetzt einen weiteren Sohn schenkt? Selbst für eine Tochter wird er Euch auf Händen tragen!«

Beatriz sah nicht aus, als fände sie das erstrebenswert.

»Ich bin eigentlich ganz froh, dass er seine Aufmerksamkeit endlich von mir abgezogen hat«, meinte sie bitter. »Und nun soll das von vorn beginnen? Ich kann den Gedanken nicht ertragen, dass da ein kleiner Bankert in mir wächst!«

Sie schlug halbherzig die Faust auf ihren Bauch. Susanna hielt sie fest.

»Es wird kein Bankert, Al Khadiz wird das Kind gern und freudig als Erben einsetzen. Aber nun wartet erst einmal ab, Herrin. Vielleicht setzt Euer Monatsfluss morgen ein. Lassen wir noch ein paar Wochen verstreichen, bevor wir dem Herrn und der Herrin Soraya berichten.«

Beatriz schlug die Hände vors Gesicht. Auch das noch. Soraya würde es erfahren müssen. Und sie wäre bestimmt nicht begeistert von einem weiteren Sohn für ihren Herrn, egal wie Mammar selbst das sehen würde.

Siebtes Kapitel

Beatriz' Monatsfluss setzte nicht wieder ein. Stattdessen rundete sich ihr Leib weiterhin, neugierig beäugt von allen anderen Mädchen und Frauen im Harem. Das Gerücht, die Kastilierin sei möglicherweise schwanger, hatte blitzschnell die Runde gemacht. Schließlich erschien auch Soraya eines Tages im Bad, als Beatriz sich im warmen Wasser aalte. Ihr unverhüllter Blick auf Beatriz' Bauch sagte dem Mädchen, dass dies kein Zufall war.

»Es ist also wahr. Du trägst das Kind meines Herrn. Warum weiß ich davon noch nichts?«, fragte Soraya scharf.

Beatriz tauchte tiefer ins Wasser und versuchte, ihre Fülle zu verbergen.

»Es ist noch keineswegs sicher, Herrin«, bemerkte sie.

Soraya schüttelte den Kopf. »Ach, rede keinen Unsinn! Dein Monatsfluss hat schon vier Monde ausgesetzt, wie man mir berichtete.«

»Haremsklatsch«, erwiderte Beatriz kühl.

Soraya schüttelte den Kopf. »O nein, mein Kind, der Bericht deiner Kammerzofe. Meinst du, ich bin auf das Gerede der Mädchen angewiesen, wenn ich wissen will, was sich in deinen Gemächern tut?«

»Du spionierst mir nach?« Beatriz fuhr auf.

»Es ist mein Vorrecht, über die Vorgänge im Harem informiert zu sein«, meinte Soraya gelassen. »Willst du es deinem Herrn selbst sagen, oder soll ich ihm die freudige Nachricht überbringen?«

Beatrix überlief es kalt.

»Für mich ist es keine freudige Nachricht!«, brach es aus ihr heraus. »Ich will kein Kind von deinem Mann.«

»Das hättest du dir überlegen müssen, bevor du seinem Drängen nachgabst«, spottete Soraya. »Aber du hast deine Schwüre ja schnell vergessen. Nun, wie ich hörte, vermochtest du Mammar ohnehin nicht lange zu fesseln. Nichtsdestotrotz ist dein Kind willkommen. Geh mir jetzt aus den Augen!«

Zitternd vor Scham und Wut suchte Beatriz Kühlung im hintersten Winkel des großen Badebeckens. Fatima schwamm auf sie zu. Die erfahrene Odaliske hatte den Auftritt Sorayas miterlebt.

»Du musst dir das nicht bieten lassen«, sagte sie ruhig. »Du bist jetzt eine Macht hier im Harem. Du trägst das Kind des Herrn, man hat dir mit Ehrerbietung zu begegnen. Jeder und jede. Wenn Soraya das nicht begreift, wird Mammar es ihr klar machen.«

Beatriz schluchzte. »Ich will keine Machtposition im Harem. Ich will nach Hause. Ich will, dass all dies nicht passiert ist …«

»Allahs Wille geht seltsame Wege. Du solltest den Koran lesen, Beatriz. Es mag sein, dass man dich bald auffordert, den Islam zu nehmen …«

Beatriz verstand die Anspielung. Im Harem spielte die Religion der Mädchen keine Rolle. Niemand versuchte zu missionieren. Aber wenn eine Frau in den Rang der Ehefrau erhoben werden wollte, musste sie sich zur Religion ihres Gatten bekennen. Sie wusste, dass sie sich darüber freuen sollte. Aber sie weinte sich ein weiteres Mal in den Schlaf.

In dieser Nacht bekam Mammar al Khadiz die Absolution, um die er seit der Nacht der Vergewaltigung betete. Allah hatte seine Vereinigung mit Beatriz mit einem Kind gesegnet. Damit war alles vergeben. Der Wesir fiel dankbar auf die Knie, nachdem er Sorayas Räume verlassen hatte. Seine Gattin hatte ihm kühl und geschäftsmäßig von Beatriz' Schwangerschaft berichtet. Mit eiserner

Selbstbeherrschung hatte er die Nachricht aufgenommen und Freude bekundet, aber nichts von den überbordenden, erneut auflodernden Gefühlen verraten, die er für Beatriz Aguirre empfand.

Beatriz … Wenn sie ihm einen Sohn schenkte, musste sie ihm verzeihen. Sie würde das Kind lieben und sich mit ihrem Schicksal abfinden. Er konnte noch einmal von vorn anfangen. Noch einmal um sie werben. Auf ehrenhafte Weise, wenn es sein musste in der Art der spanischen Granden, die sie gewohnt war. Er würde sie förmlich um ihre Hand bitten. Würde sie zur Frau nehmen, und sie würden glücklich sein … Gleich am Morgen würde er mit der Werbung beginnen. Er würde ihr ein kostbares Collier schicken. Nein, lieber einen Ring …

Als Beatriz am Morgen erwachte, lag ein schwerer, goldener Ring neben ihrem Bett, ein riesiger Türkis, umgeben von winzigen Diamanten.

»Als Zeichen meiner Wertschätzung. Mögen deine Augen auch einmal so strahlen, wenn sie die meinen erblicken.«, buchstabierte Beatriz den beiliegenden Brief.

Trotzig warf sie ihn beiseite. Mammar al Khadiz würde ihre Augen niemals zum Strahlen bringen. Aber den Ring fügte sie ihrer Schmucksammlung hinzu. Vielleicht konnte sie Mammar dieses vermaledeite Kind überlassen und sich frei kaufen.

Susanna schüttelte den Kopf, als sie ihr diesen Gedanken anvertraute.

»Wenn das Kind erst da ist, werdet Ihr es lieben«, sagte sie sanft. »Es zu verlassen würde Euch das Herz aus dem Leib reißen.«

Fatima fand deutlichere Worte. »Träumst du immer noch von Kastilien? Wach auf, du Dummchen, stell dich endlich der Wirklichkeit! In Kastilien erwartet dich keiner! Dein Geliebter ist tot. Dein Vater hat keine Anstalten gemacht, dich freizukaufen. Nicht einmal, als du noch Jungfrau warst. Schon der Verdacht, man hätte dich entehrt, hat dich wertlos für ihn gemacht. Als was willst du jetzt heimkehren in dein geliebtes Kastilien? Als geschändete Frau? Als Mutter eines Haremsbankert? Natürlich würde dein Vater dich aufnehmen, aber das einzige Interesse, das deine Leute noch an dir hätten, gleicht dem für ein Kalb mit zwei Köpfen. Man würde über dich reden, aber bald nicht mehr mit dir. Dein Vater würde dich schamhaft verstecken, und du würdest ein Leben zwischen Korsett und Stickrahmen führen. Dein Leben in Kastilien ist vorbei, Beatriz. Es wird Zeit für einen Neubeginn. Auch für einen neuen Namen. Lies den Koran, Beatriz, nimm den Islam, entscheide dich für einen arabischen Namen und erzieh dein Kind im Sinne Allahs. Dein Stern hier ist im Steigen. In Kastilien bist du längst begraben.«

Beatriz mochte nicht hinhören, aber in stillen Stunden musste sie vor sich selbst zugeben, dass Fatima nicht Unrecht hatte. Es gab keinen gesellschaftlichen Rang an einem spanischen Hof, den die ehemalige Konkubine eines Mauren einnehmen konnte. Widerstrebend intensivierte sie ihre Leseübungen. Wenn es nur nicht Mammar wäre … wenn sie in einem anderen Harem gelandet wäre … vielleicht dem ihres Entführers … Sie versuchte, das Bild zu verdrängen, aber immer wieder schoben sich dunkle, sprühende Augen, mal mutwillig, mal mitleidig und sanft, vor das Horrorszenario einer Ehe mit Al Khadiz.

Amir ibn Abdallah hatte inzwischen andere Sorgen als die Suche nach einem Mädchen. Sein Vater war schwer erkrankt; es sah aus, als würde die Regierungsverantwortung bald auf seinen Schultern lasten. Dazu gab es immer wieder Unruhen an der Grenze mit Kastilien. Amir führte seine Streitmacht gern selbst, aber die ständigen Wechsel zwischen der Front und den Regierungsgeschäften in Granada zermürbten ihn. Immerhin hatte ihm Allah in Mammar al Khadiz einen tüchtigen Wesir zur Seite gestellt. Sowohl Amir als auch sein Vater vertrauten dem alten Mann völlig, der die Regierungsgeschäfte klug und überaus geschickt führte. Auch das Volk mochte den ersten Berater des Herrscherhauses, während es der Politik des Emirs mitunter skeptisch gegenüber stand. Besonders die Menschen in den Ostprovinzen forderten ein härteres Vorgehen gegen Kastilien, wohingegen der Emir auf Friedensverhandlungen setzte. Der Wesir hatte sich in dieser Frage niemals festgelegt. Er fügte sich den Wünschen des Herrschers, hielt sich mit eigenen Meinungen jedoch zurück.

Umso wichtiger war Amirs ständige Präsenz in der Gegend von Al Mariya. Trotz allem hatte der Prinz die kastilianische Schönheit nicht vergessen, die er vor wenigen Monden nach Granada verpflanzt hatte. Nach wie vor suchte er Beatriz, doch der Käufer blieb verschollen. Niemand hatte die Reise einer Sayyida in die Ostprovinzen beobachtet, und auch diskrete Nachforschungen in den Harems granadinischer Würdenträger hatten nichts ergeben. Niemand an der Levanteküste besaß eine goldhaarige kastilianische Sklavin, zumindest keine, die er gerade erst erworben hatte.

Beatriz Aguirre war wie vom Erdboden verschluckt, und in seinen dunkelsten Stunden befürchtete Amir das Schlimmste. Sie war so stolz und so verzweifelt gewesen. Womöglich hatte sie ihrem Leben ja selbst ein Ende gesetzt.

Beatriz hasste jeden Augenblick ihrer Schwangerschaft, obwohl der gesamte Harem sie umwarb und umsorgte. Sie weinte um ihre schlanken Fesseln, die jetzt geschwollen und plump waren, trauerte ihrer biegsamen Taille nach und ihrem flachen Bauch. Sie verabscheute ihre trägen Bewegungen – war sie wirklich noch vor wenigen Monaten mit fliegendem Haar über sonnendurchflutete Wege galoppiert?

Und sie hasste dieses kleine Wesen, das sich ungerufen in ihren Leib geschlichen hatte und nun ihr ganzes Dasein bestimmte. Niemand mehr interessierte sich für Beatriz als Mensch und als Frau. Sie war nur noch die Mutter dieses kostbaren Kleinods, das da in ihrem Bauch heranwuchs.

Um sich die Zeit zu vertreiben, studierte Beatriz die arabische Schrift und übte sich im Lautespiel. Sie hatte immer eine musikalische Begabung gehabt. Im Gegensatz zum Lesen, dem sie nie viel abgewinnen konnte, erfreute sie das Instrument. Dazu fanden sich hier weitaus kundigere Lehrer als im Haus ihres Vaters in Kastilien. Die Musikerinnen im Harem hatten ihre Kunst in vielen Jahren der Übung vervollkommnet, bevor man sie als Harfenistinnen oder Lautenspielerinnen teuer verkaufte. Bereitwillig gaben sie ihre Kenntnisse weiter – und Zeit zum Üben gab es reichlich.

»Du bist bald gut genug, um bei Hofe zu spielen!«, sagte Darja, ihre liebste Lehrerin. »Lass mich jetzt hören, wie deine Stimme klingt. Vielleicht kannst du den Herrn ja auch als Sängerin erfreuen.«

Beatriz hatte sich nie viel auf ihre Stimme eingebildet, aber nach einer kurzen Einweisung von Darja fand sie heraus, wie voll und wohlklingend sie sein konnte. Bald mischten sich kastilianische Balladen in die arabeskenhaften Tonfolgen der arabischen Musik, die das Leben im

Harem bislang untermalte. Susanna weinte vor Freude, die Lieder ihrer Kindheit wieder zu hören. Beatriz aber vergaß die Außenwelt; in ihren Träumen sah sie die weite Landschaft Kastiliens, doch ihre Welt war der Harem mit seinen Liedern, seinem Klatsch und seinen schwülen Geschichten.

Aber dann geschah etwas, das selbst im Harem für Aufregung sorgte. Der alte Emir starb, und kurze Zeit war es umstritten, ob die Macht wirklich in die Hände des jungen Prinzen Amir übergehen sollte oder ob ein entfernter Verwandter die Herrschaft übernehmen würde.

Moussa Ahmed, der zweite Thronanwärter, war mit einer Frau aus der mächtigen Familie der Zegris vermählt und machte entschieden Kurs gegen die Beschwichtigungspolitik des bisherigen Herrschers.

»Ihr meint, Frieden mit Kastilien brächte uns Wohlstand«, erklärte er in einer flammenden Rede vor dem Albaicin, dem zweiten großen Palast Granadas. »Aber dieser Friede und dieser Wohlstand sind teuer erkauft. Es wäre besser, zum Angriff zu blasen, uns Wohlstand durch Eroberung zu schaffen, Granada auszudehnen, statt vor den Christen zu kuschen.«

Amir konterte mit einem Hinweis auf die Größe Kastiliens, das im Notfall auch sicher Hilfe von den anderen christlichen Königreichen auf der Iberischen Halbinsel erhalten würde. Granada war dagegen winzig. In einem Krieg hätte es keine Chance gehabt, gegen Spanien zu bestehen. Tatsächlich zahlte das Emirat sogar Tribute an den Herrscher des nachbarlichen Kastilien, um den Frieden zu wahren, aber das hielt Amir besser geheim. Nicht auszudenken, was Moussa Ahmed mit dieser Information anfangen würde! Das Volk würde unzweifelhaft toben, wenn es von dieser Verwendung der Steuergelder erfuhr.

Schließlich kam es zu einem kleinen Scharmützel zwischen den verfeindeten Parteien. Amir besetzte die Alhambra und rief sich zum Emir aus. Unterstützt von der Familie der Abenzera – aus der seine Gemahlin Zarah stammte –, trat er vor das Volk von Granada, und es jubelte ihm zu. Moussa Ahmed gab sich geschlagen.

Im Harem klatschte man über die schöne Gestalt des neuen Emirs, seine Gewandtheit zu Pferde und seine einschmeichelnde Stimme. So manches Mädchen in den Frauengemächern des Hauses Al Khadiz träumte sich in den Harem des Jünglings, alle lauschten gebannt den Erzählungen der Musikerinnen, die hinter einem Wandschirm aufspielten, als Mammar den neuen Emir zum Bankett in sein Haus einlud. Auch Soraya, Fatima und die anderen erwachsenen, mächtigen Frauen im Harem erhaschten einen Blick auf den Emir. Es gab vergitterte Emporen in den Empfangsräumen des Herrn, von denen aus die Frauen dem Geschehen beiwohnen konnten. Beatriz wäre zweifellos auch dazu eingeladen worden, aber sie fühlte sich längst zu schwerfällig, um sich die Stiegen hinaufzuschleppen. Die letzten Monate der Schwangerschaft machten ihr zu schaffen. Sie war unförmig und fühlte sich krank, weinte oft und verkroch sich tagelang in ihren Gemächern. Von ihrem Entführer oder gar von Diego träumte sie nicht mehr. Sie hätte sich ja geschämt, ihnen vor Augen zu treten, aufgedunsen und fett wie sie war.

An einem glühendheißen Julitag wurde das Kind geboren. Beatriz erwachte von einem ziehenden Schmerz, und die nächsten Stunden wurden zu einem Albtraum aus Schweiß und Angst, aus rasenden Schmerzen und wilden Visionen von einer längst verlorenen Freiheit. In den schlimmsten Augenblicken fühlte Beatriz, wie sich ihr

Geist vom Körper trennte. Er floh in den Himmel über Kastilien, erging sich in rasenden Ritten über traumhafte Landschaften, während der Schmerz in ihr tobte und sich unaufhaltsam ein winziges Leben ans Licht schob. Der letzte Schmerz schien Beatriz zerreißen zu wollen, aber dann ebbte er plötzlich ab, etwas Feuchtes, Zappelndes rutschte zwischen ihre Beine …

»Ein Sohn, Beatriz, Ihr habt einen Sohn!«, Susannas glücklicher Aufschrei durchbrach die halbe Ohnmacht der Erleichterung, in die Beatriz nach dem Ausstoßen des Kindes zu sinken drohte.

»Wartet, hier … hier ist er …«

Beatriz wollte abwehren, aber da drückte ihr die Dienerin auch schon ein winziges, in weiße Tücher gewickeltes Ding in den Arm. Sie zwang sich dazu, sich leicht aufzurichten und das kleine Wesen anzusehen, das ihr so viel Kummer und Schmerz bereitet hatte. Beatriz machte sich bereit, es zu hassen.

Aber dann sah sie ein rundes, rotes Gesicht, noch erschöpft von der Anstrengung der Geburt. Ein zartes, knopfartiges Näschen, unglaublich lange Wimpern, ein fein geschwungener Mund, der sich jetzt zu einem Gähnen öffnete. Schließlich blinzelte das Kind und schlug endgültig die Augen auf. Beatriz sah in blaue, noch etwas umflorte Augen. Später würden sie die Farbe des Meeres spiegeln. Der Kleine schien den Blick seiner Mutter zu suchen.

Beatriz streichelte über seine weiche Wange.

»Ja, schau mich nur an, Kleiner!« Sie war unendlich erleichtert, dass ihr Sohn einen klaren, blauen Blick haben würde, nicht die kalten, farblosen Fischaugen seines Vaters.

Das Kind verzog den Mund, und es wirkte fast wie ein Lächeln.

Beatriz erwiderte es strahlend. »Sieh mich gut an, ich bin deine Mami!«

Susanna lächelte triumphierend, als Beatriz das Kind küsste.

»Hab ich's nicht gesagt?«, murmelte sie.

Und dann überließ sie Mutter und Kind kurze Zeit der Obhut der Zofen, während sie herausging, um es Soraya und dem Rest des Harems zu verkünden.

Die Sklavin Beatriz hatte ihrem Herrn einen Sohn geboren.

Beatriz konnte den Besuch ihres Herrn nicht verbieten, so gern sie es auch getan hätte. Noch immer wurde sie von Hass und Ekel geschüttelt, wenn sie an die weichen, feuchten Lippen des alten Mannes auf ihren Brüsten dachte, sein drängendes Geschlecht und sein schlaffes Fleisch. Immerhin würde er sie diesmal sicher nicht anrühren. Wie ein Schutzschild hielt sie ihren kleinen Sohn vor die Brust, als Mammar am dritten Tag nach der Geburt ihr Gemach betrat. Er kam nicht mit leeren Händen. Seit der Geburt des Kindes ließ er Beatriz fast stündlich Geschenke bringen. Sie besaß inzwischen Schmuck von fast unschätzbarem Wert.

Der alte Mann kam langsam herein und verneigte sich achtungsvoll. Beatriz gab ein Nicken zurück.

»Ich danke dir von ganzem Herzen für dieses kostbarste aller Geschenke«, sagte Mammar förmlich. »Allah hat uns beide gesegnet. Bitte, gestatte mir einen Blick auf meinen Sohn.«

Beatriz schlug die goldbestickten Tücher zurück, in die das Baby gewickelt war. Ihr kleiner Sohn half ihr tatkräftig dabei, indem er sich freistrampelte. Dabei zwinkerte er. Das Blau seiner Augen war in den Tagen nach seiner Geburt noch intensiver geworden.

»Jedes Mal, wenn ich in die Augen meines Sohnes blicke, wird mir der Widerschein deiner Schönheit entgegenstrahlen«, bemerkte Mammar al Khadiz. Zärtlich streichelte er über die Wange des Kindes.

Beatriz schnaubte. »Ja, er trägt das Kainsmal seiner Herkunft im Gesicht. Jeder wird auf den ersten Blick erkennen, dass er kein Maure ist. Ein Bastard, gezeugt in Schande.«

Der alte Mann seufzte ergeben. Aber dann straffte er sich.

»Die Umstände seiner Zeugung gereichen mir nicht zur Ehre«, bekannte er. »Aber das Kind wird nicht darunter zu leiden haben. Es gibt viele hellhäutige Menschen in Granada. Vor Allah sind alle gleich, solange sie sich nur zum Islam bekennen. Zudem ist dein Sohn kein Bastard. Ich erkenne ihn hiermit an. Ali ibn Mammar al Khadiz. Allah möge dich und deine Nachkommen segnen.«

»Ali?«, fragte Beatriz spitz. »Über seinen Namen habt Ihr also auch schon bestimmt.«

»Es ist das Vorrecht des Vaters, seinen Sohn zu benennen«, erklärte Mammar. »Und Ali ist ein schöner, altehrwürdiger Name. Der Erste der Kalifen. Vielleicht wird ja auch unser Sohn einmal Begründer einer Dynastie werden.«

Vorerst angelte der kleine Ali noch vergnügt nach dem Finger seines Vaters. Mammar war entzückt, als das Baby ihn mit seinem Mündchen umfasste und zu saugen begann.

»Der Sohn einer Sklavin!«, höhnte Beatriz.

Mammar wandte seine Aufmerksamkeit von dem Kind ab und sah sie offen an. Wie schön sie war! Ihr waches Gesicht, immer noch voller Argwohn und Anspannung, aber von innen heraus leuchtend, wenn sie ihr Kind betrachtete. Die vollen, milchschweren Brüste, die sich unter ihrem dünnen Gewand abzeichneten, ihr wieder flacher, aber noch üppiger Leib, die weißen Arme, die das Kind so liebevoll hielten ... Mammar fühlte, wie sich neues, jetzt reiferes Verlangen in ihm regte. Aber diesmal würde er es nicht mit Gewalt und Ungeduld stillen, diesmal würde er ihr Zeit geben. Über die Mutterschaft würde sie zu ihm finden ... sie musste einfach ...

Mammar schluckte.

»Beatriz, du solltest nie eine Sklavin sein. Ja, ich will dich besitzen, aber es sollte nie zu ... einem solchen Vorfall kommen wie bei unserer letzten Begegnung. Ich bereue zutiefst, dass ich dich mit Gewalt genommen habe. Aber Gott hat uns vergeben, er hat uns mit diesem Kind gesegnet. Beatriz, nimm das doch als ein Zeichen! Dies hier ist dein Schicksal, Allah hat es so gewollt. Sobald du dich zu ihm bekehrst, sobald du den Islam nimmst, will ich dich freilassen und zu meiner Gattin erheben. Du wirst eine der mächtigsten Frauen in diesem Harem sein, ja, eine der mächtigsten Frauen in ganz Granada!«

Mammar al Khadiz hob flehend die Hände. Er wäre bereit gewesen, vor ihr niederzuknien, wenn sie ihm nur gestattet hätte, ihren neuen Bund durch einen Kuss zu besiegeln.

Beatriz unterdrückte eine scharfe Entgegnung. Dies sollte ihr Schicksal sein? Ein Leben im Harem an der Seite eines Greises? Wenn Allah das wirklich gewollt hätte, würde sie sich niemals zu diesem grausamen Gott bekennen! Aber ihr Instinkt riet ihr zu schweigen. Bislang war es einfach gewesen, sich zu sperren, setzte sie doch nur ihr eigenes Leben aufs Spiel, und was war das wert, nachdem man ihr Heimat und Familie geraubt hatte?

Aber jetzt gab es dieses Kind – das Mammar nach einem heidnischen Kalifen benennen wollte. Was würde aus ihm werden, wenn seine Mutter in den Stand einer Küchensklavin versetzt wurde? Schlimmer noch, wenn man sie tötete oder in einen anderen Harem verkaufte? Was wäre, wenn sie sich weigerte, den Islam zu nehmen? Mammar wollte sicher, dass das Kind in seinem Glauben erzogen wurde. Es war besser, ihn vorerst hinzuhalten.

»Ich werde darüber nachdenken«, beschied Beatriz würdevoll. »Doch nun geht, ich bin müde ...«

Sie packte das Kind wieder in seine Tücher, während Mammar sich unter Verbeugungen entfernte. Er hatte kein Wort des Widerspruchs gewagt.

Susanna, welche die Unterredung von einem Nebenraum aus verfolgt hatte, fasste es später in Worte: »Kind, er ist Wachs in Euren Händen.«

In den nächsten Wochen wuchs der neue Keim der Begierde Mammars zu einem üppigen Spross. Wieder besuchte der alte Mann heimlich den Harem. Wieder beobachtete er Beatriz, im Bad, beim Ankleiden, beim Stillen ihres Sohnes. Mammar konnte sich am Anblick der jungen Mutter nicht satt sehen. Wie üppig und einladend sich die Brüste dem Kind entgegen wölbten, die blauen Adern unter der feinen, weißen Haut, die vollen, rosa Knospen ... so entspannt und weich unter den Lippen des Kindes waren sie fast noch begehrenswerter als prall, dunkel und hart im Taumel der Lust.

Nach der Geburt war Beatriz Körper fraulicher geworden. Mammar träumte davon, ihren weichen, duftenden Leib zu erkunden, sich in ihrem üppigen Fleisch zu verlieren, ihre Schenkel sich öffnen und die rosa Blume dazwischen feucht und prall erwachen zu sehen.

Beatriz sah dieses Verlangen in seinen Augen, wenn er sie besuchte – vorgeblich um das Kind zu sehen, aber tatsächlich, um sie immer wieder zu bedrängen. Wenn sie nur ihre Studien beschleunigen könnte, wenn sie sich endlich entscheiden könnte, ihrem falschen Gott abzuschwören und den Islam anzunehmen … Wenn sie seine Werbung nur endlich erhören würde …

Beatriz blieb jedoch hart. Immer wieder wies sie darauf hin, dass der Koran ein dickes, schwer zu studierendes Buch sei, ihr Arabisch noch unvollkommen, ihre Studien langwierig. Ihre Macht über Mammar wurde ihr dabei mehr und mehr bewusst, sie entwickelte eine fast sardonische Freude daran, den alten Mann hinzuhalten. Dabei dachte sie gar nicht an weitere Geschenke, die ihr vielleicht eines Tages die Freiheit bringen mochten, sondern genoss es einfach, ihren Peiniger leiden zu sehen. Mammar bettelte und flehte, drohte und erniedrigte sich in seinem ungestillten Verlangen. Und Beatriz war nicht mehr die schüchterne Jungfer, die beim lüsternen Blick eines Mannes züchtig die Lider senkte. Die Monate im Harem hatten sie gelehrt, Männer mit einem Blick oder einer Geste zum Wahnsinn zu bringen. Ein beiläufiges Streicheln ihrer Schenkel, ein Heben ihrer Brust mit hennageschmückten Händen, ein versehentliches Verrutschen des Schleiers, der sinnliche Gang der Odaliske mit hoch erhobenem Haupt und schwingenden Hüften … Mammar stöhnte auf, wenn sie sich vor ihm präsentierte, aber niemals auch nur den Hauch einer Berührung erlaubte.

Wieder raubte Beatriz ihm den Schlaf, wieder musste er sich zwingen, am Morgen das Haus zu verlassen, um sich im Palast den Belangen des jungen Emirs zu widmen.

Amir bemerkte, dass sein Wesir immer bleicher und magerer wurde.

»Was ist los, Mammar al Khadiz? Beanspruchen die Regierungsgeschäfte Euch so sehr, dass Ihr keinen Schlaf mehr bekommt?«, fragte er schließlich, als Mammar eines seiner Anliegen schon zum dritten Mal unbearbeitet ließ.

Mammar suchte gequält nach einer Antwort, aber der junge Hammad, inzwischen Amirs oberster Heerführer, nahm sie lachend vorweg.

»O nein, man hört anderes. Dein Wesir, so sagt man, habe eine neue Sklavin, ein feuriges Kätzchen. Hat sie Euch nicht kürzlich einen Sohn geboren, Mammar?«

Mammar nickte – hin und her gerissen zwischen Stolz und Verzweiflung. Hier wusste man also auch schon um seine völlige Hingabe an eine Frau. Wenn er sich nicht eisern beherrschte, würde man auch bald herausfinden, um welche Frau es sich handelte. Mammar zerbiss sich die Lippen. Die Sache mit Amirs Liebesleid war eine weitere Lanze der Angst in seinem Herzen. Nach wie vor trauerte der Emir um ein Mädchen, das ihm schon so nah erschienen war – und das ihm das Schicksal dann doch entrissen hatte. Ein Mädchen aus Kastilien. Ein Mädchen mit rotblondem Haar. Eine Sklavin, verkauft von Ibn Saul an einen Kaufmann aus dem Osten.

Was würde geschehen, wenn der Emir sie im Harem seines Wesirs entdeckte?

»Respekt, Mammar! Dieses Kind wird das Licht Eures Alters sein. Und nun bemüht Ihr Euch, dem Mädchen gleich das nächste zu zeugen?«, scherzte Amir angestrengt. »Recht so, Mammar. Aber gelegentlich solltet Ihr Euch auch einmal Ruhe gönnen. Ihr seid nicht mehr der Jüngste!«

Der Wesir hörte die Mahnung hinter den freundlichen Worten. Amir brauchte einen Verwalter, auf den er sich verlassen konnte. Der Harem sollte der Entspannung des Herrn dienen, Obsession galt als Schwäche.

Auch Soraya blieb das neu erwachte Interesse ihres Gatten an der kastilianischen Sklavin nicht verborgen. Sie machte sich Sorgen um seinen Ruf und seine Stellung.

Auf die Dauer würde ganz Granada wissen, dass sich der Wesir für eine hübsche Larve zum Narren machte. Aber auch ihre eigene Stellung war in Gefahr – und schlimmer noch die ihres Sohnes. Soraya konnte sich nicht erinnern, dass Mammar bei der Geburt ihres eigenen Kindes, Achmed, so bemüht und engagiert gewesen war. Sicher, auch sie hatte kostbare Geschenke erhalten und war hoch geehrt worden. Aber damals hatte es noch ausgesehen, als wäre Achmed lediglich der Erste in einer langen Reihe von Stammhaltern, die Al Khadiz zu zeugen gedachte.

Den kleinen Ali dagegen, den Nachkömmling, begriff Mammar als besonderes Geschenk Gottes. Er besuchte das Kind jeden Tag, kaufte goldene Rasseln und bunte Spielzeuge, für die Ali im Grunde noch viel zu klein war. Er schwärmte von Alis Klugheit, seiner schönen Gestalt, seinem aufmerksamen Wesen – dabei war das Kind gerade einen Monat alt. Es war nur eine Frage der Zeit, bis Mammar seinen zweiten Sohn nicht nur anerkennen, sondern Achmed auch rechtlich gleichstellen würde. Und wer weiß, womöglich würde er ihn ihrem Sohn sogar vorziehen!

Soraya sah jetzt schon, wie ihr Einfluss im Harem schwand. Die blonde Sklavin hatte die Zeit der Schwangerschaft genutzt, sie lernte! Und zurzeit spielte sie mit Mammar in der Manier einer erfahrenen Odaliske. Wenn Beatriz wollte, konnte sie alles erreichen – und Soraya fand einfach nicht heraus, was es war, das sie wollte! Eine Erhebung in den Stand der Zweiten Gemahlin. Das auf jeden Fall, aber das hatte Mammar ihr doch längst versprochen. Warum also nahm sie nicht endlich den Islam, heiratete und befreite Mammar von den Fesseln seiner Lust? Machte es ihr Spaß, mit ihm zu spielen? Gehörte sie zu den Frauen, die Freude daran fanden, Männer zu quälen? Oder wollte sie Macht? Soraya spürte fast körperlich, wie Beatriz' Einfluss wuchs und ihr eigener abnahm. Die Kastilierin war ständig von Zofen und Freundinnen umgeben, ein Wort von ihr ließ die Mädchen springen – während man sich neuerdings Zeit ließ, Sorayas Befehle zu befolgen.

Sorayas Nerven waren zum Äußersten gespannt, und als Achmed ihr schließlich sein Leid klagte, fasste sie einen schweren Entschluss.

»Ich weiß nicht, was mit Vater los ist, aber nichts kann ich ihm recht machen!«

Soraya empfing ihren Sohn in ihren Gemächern. Es machte ihr Freude, ihn ab und zu hier zu haben und mit den Leckereien seiner Kindheit verwöhnen zu dürfen. Der junge Mann, ein dunkelhaariger, schmaler Jüngling mit den klugen braunen Augen seiner Mutter, stopfte frustriert ein Stück Honigkuchen in den Mund. Soraya lächelte. Genau so hatte er es mit vier Jahren auch schon gehalten, wenn die Welt für ihn zu schwierig war.

»Ich bemühe mich wirklich, den Marstall in Ordnung zu halten, ich beaufsichtige das Füttern der Pferde, ihre Ausbildung – ich kaufe die erlesensten Tiere für die Garde des Emir. Aber Vater ist nie zufrieden. Hier gebe ich zu viel Geld aus, da habe ich einen günstigen Kauf verpasst, hier tanzt ein Pferd bei einer Übung aus der Reihe, und schon macht er mich dafür verantwortlich. Warum ist er so gereizt, Mutter?« Achmed leitete den Marstall der Alhambra, für einen so jungen Mann eine äußerst ehren- und anspruchsvolle Aufgabe. Nach allgemeiner Ansicht wurde er den Ansprüchen dabei sehr gut gerecht, der Emir selbst ließ seine Pferde von ihm reiten, wenn er keine Zeit hatte, die Tiere zu trainieren. Auch Mammar hatte bis vor kurzem ausschließlich lobend über ihn gesprochen. Aber jetzt hatte Mammar nur noch Beatriz im Kopf. Und Ali. Die Brücke zur Mutter führte über das Kind …

Soraya hatte nicht die Absicht, ihren Sohn in die Probleme des Harems einzuweihen. Aber sie musste etwas tun.

Tröstend strich sie ihrem erwachsenen Sohn über das volle, dunkle Haar.

»Eine kleine Missstimmung. Dein Vater ist zurzeit etwas überarbeitet. Mach dir auf keinen Fall Sorgen, Achmed. Ich werde das regeln.«

Achtes Kapitel

Es kam selten vor, dass eine Frau den Harem verließ, aber freien Frauen wie Soraya war es auch nicht verboten. Insofern sorgte es zwar für etwas Aufregung und Irritation unter den Eunuchen, als Soraya einige Tage später nach einer Sänfte verlangte, aber niemand sah einen Anlass, ihr die Bitte zu verweigern.

»Wünscht Ihr vier oder sechs Träger, Sayyida?«, fragte der oberste Eunuch nur mit unterwürfiger Verbeugung.

»Um Allahs willen, höchstens vier! Es soll keine große Sache werden, ich will nur ... eine Freundin besuchen. Diskretion ist mir dabei wichtiger als repräsentatives Auftreten. Also nimm eine unauffällige Sänfte und ein paar zuverlässige Diener.« Soraya wählte sorgfältig ihre Kleidung aus und musterte ihre Auswahl an Tschadors.

»Ihr werdet allein reisen?«

Soraya nickte. »Ja, aber es wird keine ›Reise‹. Meine Freundin wohnt nur am anderen Ende der Stadt. Ich werde zurück sein, lange bevor die Sonne untergeht.«

Mit klopfendem Herzen zog sie den Tschador vors Gesicht, bevor der Eunuch womöglich die Aufregung und Sorge bemerkte, die sie mühsam unter ihrem herrischen Auftreten zu verbergen trachtete. Es war sehr wichtig, vor dem Sonnenuntergang zurück zu sein, genauer gesagt vor der Heimkehr ihres Herrn. Das Gelingen ihrer Unternehmung hing stark davon ab, wie unauffällig sie ihren Ausflug gestalten konnte. Es dürfte nicht im Harem herumgehen, niemand sollte neugierige Fragen stellen.

Natürlich würde Soraya Antworten bei der Hand haben, wenn es doch geschah. Eine ihrer Kusinen lebte in einem Harem in der Nähe ihres Ziels, sie konnte angeben, Amira sei erkrankt und sie habe nach ihr sehen wollen. Aber die Welt des Harems war klatschversessen und keineswegs so abgeschlossen, wie Außenstehende meinten. Eine gute Geschichte überwand jedes Gatter, und wenn die anderen Frauen erst mal anfingen, sich dafür zu interessieren, würden sie schnell herausfinden, dass Amira sich bester Gesundheit erfreute.

Zum Glück hatten Sorayas Gemächer ihren eigenen Eingang zur Außenwelt. Der erste Eunuch schloss ihn fraglos für sie auf, und die Sänfte wartete davor. Unauffällig bemannt, wie gewünscht. Vorn gab es nur einen Träger, einen überaus starken, aber etwas einfältigen jungen Nubier, hinten teilten sich zwei noch relativ neue Eunuchen die Arbeit. Die beiden waren erst vor wenigen Wochen aus Marokko importiert worden. Unmöglich, dass sie das Ziel des Ausflugs kannten und ausplauderten.

Soraya schloss die dicken Brokatvorhänge der Sänfte und lehnte sich in die weichen Kissen. Entspannen konnte sie sich jedoch nicht, dafür war ihre Aufgabe zu heikel und auch zu gefährlich. Ehefrau oder Konkubine, auf das, was Soraya hier plante, stand der Tod. Und das Gesetz wurde unnachgiebig eingehalten. Kein Haremsherr duldete Intrigen und Giftmischereien unter seinen Frauen. Bis vor wenigen Wochen hätte auch Soraya dies noch vehement abgelehnt. Als gläubige Muslimin war sie vom Gesetz der Sharia überzeugt. Aber dies war eine andere Situation. Sie hasste Beatriz nicht, aber sie war der festen Überzeugung, dass der Harem von ihr befreit werden musste. Das Kind … nein, dem kleinen Ali würde sie nichts antun, aber er musste dringend in die Obhut einer gefestigten, gemäßigten Person, die ihn im Sinne des Islam erzog und seinem Vater dabei nur so viel Einfluss einräumte, wie es dem Kind und seinem Erzeuger gut tat. Soraya plante, die Erziehung des Kleinen selbst zu übernehmen. Sie hatte zwar wenig Lust dazu, hielt das aber für das Beste. Mammars Interesse, davon war sie überzeugt, würde abflauen, sobald sein Blick au Jungen nicht mehr von Beatriz wippenden Brüsten lenkt wurde.

Charis, die Giftmischerin, lebte in einer Seitengasse der Straße der Apotheker. Sie war einst die Gattin eines solchen gewesen, aber ihr Mann war verstorben. Offiziell hielt sich die Witwe nun mit ein wenig Kräuterkunde über Wasser. Besonders Frauen suchten sie gern auf, um Hilfe in den Belangen des Frauseins zu erfahren. Zu üppiger Blutfluss, zu große Schmerzen während der Regel, Schwierigkeiten in der Schwangerschaft ... aber auch unglückliche Liebe, die vielleicht durch einen Zauber beeinflusst werden konnte, oder, in seltenen Fällen, indem man eine Rivalin diskret beiseite schaffte.

Charis half im letzteren Fall nur ungern und nie, ohne vorher ihre Kristallkugel zu befragen. Sie erklärte, dass sie das Schicksal nicht bestimme, sie helfe ihm nur gelegentlich nach. Und natürlich war sie ebenso verschwiegen wie geschickt. Schließlich hing ihr eigenes Leben ebenso vom Erfolg der Maßnahme ab wie das der Kundin.

Nun empfing sie Soraya in einem nachtdunklen, langen Gewand, den Schleier vor dem Gesicht drapiert. Stechende dunkle Augen musterten die Besucherin hinter der schwarzen Spitze. Dann wurde der prüfende Blick zu einem Lächeln. Die Frauen kannten sich. In den ersten Jahren ihrer Ehe hatte Soraya die Zauberin ein paar Mal aufgesucht, weil sich nach Achmed keine weiteren Kinder einstellen wollten. Charis hatte sie damals behandelt, eigentlich überzeugt, dass Mammar al Khadiz noch mindestens ein Sohn beschert werden sollte. Nach intensiver Befragung der Kristallkugel hatte sie die junge Frau dann aber doch nach Hause geschickt.

»Finde dich damit ab. Dir ist kein weiteres Kind bestimmt, Soraya«, hatte sie gesagt und alle Fragen nach dem Sohn, den sie vorher vorausgesagt hatte, entschieden abgelehnt.

Jetzt, viele Jahre später, wusste Soraya, warum die alte Frau ihr das Wissen hatte ersparen wollen.

»Salam, Umm Achmed. Ich hörte, deinem Gatten wurde ein Sohn geboren. Es tut mir Leid, dass dies für dich mit schlimmerem Schmerz verbunden ist als dem der Geburt.«

Mit einer Handbewegung bat Charis ihre Kundin herein. Dankbar registrierte Soraya den alten Ehrentitel für die Mutter eines Sohnes, mit dem Charis sie begrüßte. Ein kleiner Trost, die Zauberin wusste immer, was den Frauen gut tat.

Charis bot Tee an und Soraya nippte dankbar an dem süßen Getränk. Nun, da sie ihr Anliegen äußern sollte, war sie plötzlich von Angst und Zweifeln erfüllt.

»Ich warte«, sagte die Zauberin schließlich. »Du kannst mir dein Herz ausschütten, du kannst dein Begehren äußern – du kannst es aber auch einfach auf sich beruhen lassen. Es ist deine Entscheidung, Umm Achmed. Und du hast damit Zeit, bis du den verhängnisvollen Zauber in den Fruchtsaft deiner Feindin gerührt hast.«

Erschrocken sah Soraya auf. Stand ihr das schändliche Anersinnen wirklich so klar auf der Stirn geschrieben?

Charis lächelte. »Keine Sorge. Einen solchen Entschluss fasst niemand aus einer Laune heraus. Ich habe schon zu viele Frauen mit deinen Gedanken und Ängsten vor mir sitzen sehen. Ich erkenne die Verzweiflung in deinen Augen. Also sprich. Und dann wollen wir die Kugel befragen und herausfinden, ob Gottes unerschöpflicher Wille dich leitet oder ob du Gefahr läufst, den Himmel zu erzürnen ...«

Soraya holte tief Luft. Aber dann begann sie, von Beatriz zu erzählen. Von ihrer Schönheit, ihrer Unbeugsamkeit und ihrem plötzlichen Wandel. Von ihrem Kind und ihrem Spiel mit Mammar, von ihrem Griff nach der Macht im Harem.

»Die Bediensteten nennen sie nur noch ›Umm Ali‹«, klagte sie der Zauberin. »Die Frauen im Harem machen ein großes Wesen um sie, und wenn mein Herr ins Haus kommt, ist sie die Erste, nach der er fragt. Ich sehe das Verlangen in seinen Augen, aber es ist nicht gestillt, wenn er ihre Gemächer verlässt, sondern es brennt noch quälender. Sie lacht über ihn, trägt den Kopf hoch und hat den Ausdruck des Triumphes in den Augen, aber dahinter schwelen Wut und Hass auf alles, was mir heilig ist. Auch sie selbst ist nicht glücklich, Charis. Aber ich kann ihr doch nicht erlauben, alles um sich herum zu zerstören, nur weil sie selbst verletzt worden ist!«

Charis nickte. »Wir werden sehen.«

Langsam zog sie das schwarze Tuch zur Seite, unter dem sie die Kristallkugel vor neugierigen Blicken verbarg.

»Beschreib mir das Mädchen. Denk an sie!«, forderte sie ihre Kundin auf.

Soraya beschwor Beatriz' rotgoldenes Haar herauf, ihre meerblauen Augen, ihre schwellenden Brüste und schlanken Fesseln. Schließlich auch ihr wildes, rücksichtsloses Wesen, ihre schnell zu entflammende Wut und ihre Sinnlichkeit.

Die Zauberin lauschte mit gerunzelter Stirn. Mit voller Konzentration studierte sie die Bilder in der schimmernden Kugel, in der Soraya selbst nicht mehr sah als ein paar tanzende Schatten.

»Ja ... o ja ...« Charis' Stimme wurde weich und dunkel, wie immer, wenn sie die Kugel las. »Das ist sie ... sie ist schön, sehr, sehr schön ... bestimmt, einen Mann zu einem ständigen Bewohner der Gestade der Lüste zu erhöhen. Nein, Soraya ... ein baldiger Tod ist ihr nicht bestimmt. Aber auch keine Ehe mit deinem Gatten. Da kannst du beruhigt sein ... obwohl ... viel Leid kommt über dich und dein Haus durch dieses Mädchen ... Dein Herr ... nun, das liegt hinter den Schleiern der Zukunft verborgen. Lassen wir es vorerst dort, es wird sich früh genug enthüllen.«

Charis schwieg und schien zu träumen. Sie brauchte immer ein paar Minuten der Trance, bevor sie aus der Welt der Kristallkugel zurück in die Wirklichkeit fand. Soraya wartete ungeduldig. Sie schwankte zwischen der Erleichterung, den Mord nun doch nicht ausführen zu müssen, und der Verzweiflung über ihre offenbar aussichtslose Lage.

»Du wirst mir also nicht helfen? Ich muss sie weiter in meinem Harem ertragen?«, fragte sie schließlich mit erstickter Stimme.

Charis schüttelte bedauernd den Kopf. »Nein, meine Tochter. Verzeih mir, aber es ist uns nicht bestimmt, diesem Mädchen den Weg ins Paradies zu ebnen. Der Platz für sie ist noch nicht bereitet.

Allerdings ...« Die Zauberin lächelte listig. »... gibt es noch andere Paradiese als den Garten Allahs. Und die mögen das Mädchen sogar ungeduldig erwarten. Nennt man nicht auch den Garten der Alhambra den ›Garten Edens‹?«

»Sprich nicht in Rätseln, Charis ...«, bat Soraya verstimmt.

Charis nahm tröstend und fast entschuldigend ihre Hand.

»Höre, Umm Achmed, du sagst, diese Beatriz sei vor etwa zehn Monaten aus Kastilien geraubt worden. Weißt du, von wem?«, fragte die Zauberin.

Soraya zuckte die Schultern. »Von irgendeinem Stoßtrupp. Sie hat es den anderen Frauen erzählt, aber ich habe nicht genau hingehört. Es sind doch immer die gleichen Geschichten. Ein Ghazu – als Antwort auf eine Cabalgada. Irgendwie ging es um ein Pferd …«

Charis nickte wissend. »Ja. Ja, das passt alles. Kein Wunder, dass der Friede in deinem Haus gestört ist. Ein unglücklicher Strang des Schicksals hat das Mädchen von dem Weg abgebracht, der ihm bestimmt war. Soraya, dieser Schrecken deines Harems muss das Mädchen sein, das der Emir seit Monaten sucht! Hast du nichts davon gehört?«

Soraya schüttelte den Kopf. Manchmal schien Charis zu vergessen, wie abgeschieden man im Harem lebte. Die Zauberin lächelte ihr zu und begann zu erzählen.

»Nun, Amir ibn Abdallah, unser Emir, damals noch Prinz, führte jenen Stoßtrupp an, der das Mädchen erbeutete. Dein Sohn leitet den Marstall, hat er dir nie von dem Hengst Touhami erzählt? Ein Lieblingspferd des Emir, das Licht seines Lebens. Obendrein unermesslich wertvoll. Der Verlobte dieser Beatriz machte den Fehler, das Pferd zu rauben. Amir ibn Abdallah nahm ihm dafür sein Leben – und verliebte sich unsterblich in das Mädchen, das ihm versprochen war …«

Aufgewühlt lauschte Soraya dem Bericht der Hexe. Anscheinend hatte der Emir Boten in die entlegensten Teile des Reiches gesandt, um Beatriz Aguirre wieder zu finden. Nur direkt vor seinen Augen, im Harem des Wesirs, vermutete sie natürlich keiner.

»Das heißt … man brauchte dem Emir nur einen Wink zu geben …«, meinte Soraya schließlich mit blitzenden Augen. »Aber was wird er mit Mammar machen, wenn er entdeckt, dass er das Mädchen vor ihm versteckt gehalten hat?«

Charis zuckte die Schultern. »Das wird vom Geschick deines Gatten abhängen. Wenn er seine Sinne auch nur einigermaßen bei sich hat, wird er Unwissen heucheln und dem Emir das Mädchen umgehend zum Geschenk machen ...«

»Aber sie hat einen Sohn«, gab Soraya zu bedenken.

»Da wird sich schon eine Lösung finden. Du hast dein Herz doch wohl nicht an den Kleinen gehängt, oder?«, fragte Charis spöttisch.

Soraya lächelte. Sie hatte plötzlich das Gefühl, als fielen Felsbrocken von ihrem Herzen. Gott hatte ihr einen unblutigen Weg gewiesen, der allen zum Vorteil gereichte. Mammar würde dem Emir einen Dienst erweisen und dafür unzweifelhaft belohnt werden. Beatriz würde in den Harem des Emir wechseln, und wenn er sie nicht mehr jeden Tag sah, würde Al Khadiz sie sicher auch bald vergessen. Soraya konnte sie loswerden, ohne sich zu versündigen, ohne Gefahr zu laufen, gefasst und getötet zu werden. Womöglich würde die Kastilierin sogar das Kind mitnehmen ... Ja, sie selbst würde sich dafür aussprechen. Schließlich war es ein Akt der Barmherzigkeit, man nahm einer Mutter keinen neugeborenen Säugling weg.

»Charis, ich danke dir! Du kannst nicht ermessen, wie sehr ich dir danke!« Soraya ließ eine schwere Goldmünze in die mit Tüchern verhängte Schale fallen, die Charis neben der Haustür aufgestellt hatte. Die Zauberin verlangte kein Geld für ihre Ratschläge, jede Frau gab soviel, wie sie erübrigen konnte.

Charis verbeugte sich leicht.

»Dankt nicht mir, dankt Allah! Und erweist einem Armen die Gunst, die Gott Euch erwiesen hat!« Charis küsste Soraya sanft auf beide Wangen und öffnete ihr die Tür ihrer Hütte. »Manchmal führen die Wege Allahs über verschlungene Pfade. Lasst Euch von Eurer Güte leiten, nicht von Eurem Hass.«

Soraya hätte lachen und tanzen können, als die Tür sich hinter ihr schloss.

»Nehmt den Weg durch die Sukhs!«, wies sie die Träger ihrer Sänfte ausgelassen an. »Wir haben es nicht eilig.«

Die Handelsviertel von Granada waren bunt und belebt und immer wieder eine Augenweide. Soraya fand, dass sie sich den Besuch der Märkte heute verdient hatte. Es war egal, ob sie vor oder nach ihrem Gatten nach Hause kam, und den Frauen im Harem konnte sie den Ausflug auch leicht mit Einkäufen erklären. Das war zwar ungewöhnlich, aber sollten sie ruhig darüber klatschen. Soraya hatte schließlich nichts Verbotenes getan!

Gehorsam trugen die Eunuchen die Sänfte durch die relativ ruhige Straße der Apotheker in die Gasse der Weber und über den Markt der Keramiker und Glasbläser. Diesmal schob Soraya die Vorhänge der Sänfte beiseite. Ihre schwere, dunkle Ausgehkleidung verdeckte sie ausreichend vor neugierigen Blicken. Dafür konnte sie herausspähen, das Angebot der Händler begutachten und auch ab und zu anhalten, um sich etwas zeigen zu lassen. Die Sayyida kaufte allerdings nichts direkt, sondern sprach nur Einladungen an die Händler aus, ihre Waren im Harem zu zeigen. In den nächsten Tagen würden die ausgewählten Tuchhändler und Kunsthandwerker in das Haus des Wesirs kommen, ihre Waren in einem der Höfe ausbreiten und damit allen Frauen den Einkauf ermöglichen. Die Mädchen im Harem würden entzückt sein. Soraya wusste, dass die hier getroffenen Arrangements ihren angeschlagenen Rangplatz in den Frauengemächern wieder deutlich heben würden.

Schließlich durchquerten die Sänftenträger den Sklavenmarkt. Soraya machte Anstalten, den Vorhang wieder vor die Sänfte zu ziehen. Der Sklavenmarkt, mit seinem Geruch von Schweiß, Angst und banger Erwartung, von enttäuschten Hoffnungen und neuen Möglichkeiten war kein schicklicher Aufenthaltsort für die Ehefrau eines Adligen.

Aber dann sah sie eine Szene, die ihre Aufmerksamkeit erregte.

Auf einem Podium kam es eben zur Versteigerung eines jungen Mannes – Soraya wusste nicht, warum er ihr auffiel, aber vielleicht war es sein weiches, braunes Haar, dessen Farbe sie an das ihres Sohnes erinnerte, oder sein verzweifelter Ausdruck, der wie ein fleischgewordener Hilfeschrei auf seinem Gesicht lag.

Der Jüngling war fast nackt. Mit gesenktem Blick, das Gesicht schamgerötet, hielt er die Hände vor das, was von seinem Geschlecht noch übrig war.

Ein Eunuch – und offensichtlich erst vor kurzem zu einem solchen gemacht. Bislang hatte der Körper des jungen Mannes noch nicht die für Kastraten typische, schwammig gedrungene Form angenommen. Man sah zwar bereits Ansätze zu weicheren Rundungen, aber noch konnte das als Zufall durchgehen. Schließlich waren auch die sanften Gesichtszüge, die vollen Lippen und langen Wimpern des Knaben etwas mädchenhaft.

Der Händler unterließ es nicht, seine Kunden augenzwinkernd darauf hinzuweisen.

»Eine seltene Gelegenheit! Eine außergewöhnliche ›Blume des Harems‹, fast zu schön, um nur den Odalisken zu Diensten zu sein. So mancher, der ungewöhnliche Genüsse liebt, mag sich vielleicht direkt an ihm erfreuen. Und man sagt …«, der Händler machte eine Gebärde, als verriete er ein Geheimnis, »… er sei durchaus erfahren in diesen Dingen …«

Der Junge auf dem Podium schien vor Scham im Boden versinken zu wollen. Bei den letzten Worten des Händlers erblasste er, seine Angst und Hoffnungslosigkeit war fast körperlich spürbar. Er fuhr wie mit Nadeln gestochen zurück, als ein feister Kaufinteressent mit lüsternem Blick seine Schenkel betastete.

»Ja, durchaus noch festes Fleisch!«, lachte der Händler. »Wenn Ihr probieren wollt ... und er vermag die Laute zu schlagen, er kann Gedichte rezitieren ... Los, Mustafa! Sprich ein paar Verse!«

Der junge Eunuch brachte sichtlich kein Wort heraus. Der Händler knallte mit der Peitsche.

»Das Feuer, die lachende Tänzerin,
Mit lodernden Ärmeln, verzückt.
Sie lacht ob dem Holze, dem schwarzen,
das sie tanzend verwandelt in Gold.«

Die Stimme des Jungen verriet, dass er nicht als Kind zum Eunuchen gemacht worden war. Sie war tief und melodisch.

Die Männer im Publikum pfiffen und lachten.

Soraya sah Tränen auf den Wangen des Jünglings.

»Erweist einem Armen die Gunst, die Allah Euch erwiesen ha...« Soraya hörte den Nachklang von Charis' Worten. Sollte das Schicksal sie nicht willkürlich hierher geführt haben? Vielleicht war es ihr bestimmt, dieses halbe Kind aus den Fängen von Lüstlingen und Sklaventreibern zu retten? Und vielleicht half ihr das sogar bei ihrem Vorhaben.

In Soraya keimte ein Plan. Sie klopfte an die Wand der Sänfte und rief den Ersten Träger zu sich. Die Träger stellten die Sänfte ab, und der Eunuch trat zu ihr und verbeugte sich. Soraya drückte ihm eine Börse in die Hand.

»Geh dorthin und ersteigere diesen jungen Eunuchen.

Der Preis ist egal. Und sag den anderen Trägern, sie möchten mich an einen etwas abgeschiedenen Platz bringen – dort drüben, der Garten am Rande des Marktes wäre ein guter Ort. Kauf dem Knaben ein paar einfache Kleider, damit er sich bedecken kann, und dann bring ihn zu mir.«

Der Nubier nickte.

Soraya sah noch, wie er sich der Gruppe der Interessenten zugesellte. Inzwischen gab es auch die ersten Gebote. Soraya hoffte, dass das Geld reichte. Aber der junge Eunuch war letztlich nur ein gewöhnlicher Sklave, keine Haremsschönheit, bei der man immer mit preislichen Überraschungen rechnen musste.

Tatsächlich kam der Nubier keine halbe Stunde später mit ihm in den kleinen Park, der um einen Springbrunnen herum angelegt war, um den Marktbesuchern Erfrischung zu bieten.

Der Junge trug nun weite, weiße Hosen und ein schlichtes, weißes Übergewand. Er wirkte benommen. Kein Wunder, hatte er sich doch schon fast damit abgefunden, in den feuchten Händen des widerlichen Lüstlings von eben zu landen. Nur zwei Männer hatten um ihn gesteigert, einer davon halbherzig, sicher hätte der feiste Kerl mit den wulstigen Lippen den Zuschlag bekommen. Und dann war dieser Nubier wie aus dem Nichts aufgetaucht, ein Leidensgenosse mit gefüllter Börse. Mustafa konnte sein Glück kaum fassen, war aber dennoch auf der Hut. Auch Eunuchen hatten mitunter seltsame Neigungen. Wenn der Nubier ihn für sich selbst ersteigert hatte, mochte es ihm kaum besser ergehen als im Bett des Lüstlings. Andererseits kauften Eunuchen selten Sklaven für einen eigenen Haushalt. Die weitaus meisten waren im Auftrag ihrer Herren unterwegs. Und auch das konnte wieder zweierlei bedeuten: Ein ruhiger Arbeitsplatz als

Haremssklave – oder ein verstecktes Leben als Lustknabe. Mustafa war auf alles gefasst und mehr als verwundert, als sich der Herr als Herrin entpuppte.

»Wie heißt du, mein Junge?«, fragte die Frau freundlich. Mustafa erkannte kluge, sorgfältig geschminkte braune Augen hinter dem Tschador.

»Léon … äh, nein … Mustafa, Herrin.« Der junge Eunuch machte Anstalten, sich vor ihr auf den Boden zu werfen.

Soraya schüttelte den Kopf.

»Höre, Mustafa, du wirst mir jetzt einen Dienst erweisen. Und das wird dich hoffentlich in eine Stellung führen, von deren Qualität du nie geträumt hättest. Kannst du dir eine Botschaft merken? Du sprichst doch unsere Sprache, nicht wahr?«

Der Sklave bejahte. »Ich wurde mit sechs Jahren nach Granada gebracht.« Noch jetzt war sein Ausdruck kindlich. Soraya fragte sich, wie alt er war, bei Eunuchen zeigte sich eine Schätzung immer schwierig, aber dieser Junge mochte nicht mehr als achtzehn, vielleicht nur sechzehn Lenze zählen.

»Gut. Dann begibst du dich jetzt in die Alhambra, in den Palast des Emirs. Und du verlangst, den Emir zu sprechen. Lass dich nicht abweisen, sag den Wachen, du hättest die Botschaft, nach der sich ihr Herr seit Monaten verzehrt. Er würde zweifellos jeden vierteilen lassen, der ihre Überbringung verzögert.«

Mustafa blickte fragend und verängstigt drein.

»Keine Angst, du tust nichts Verbotenes«, beruhigte ihn Soraya. »Lass ruhig zu, dass die Wachen dich durchsuchen, aber bestehe darauf, den Emir zu sprechen. Auf die Dauer werden sie dich durchlassen, das verspreche ich dir.« Der Junge nickte.

»Wenn du dann vor dem Emir stehst, übermittelst du

ihm folgende Botschaft: Die Frau, die er sucht, vervollkommnet ihr Lautespiel im Harem des Wesirs.«

»Das ist alles?« fragte Mustafa. »Mehr nicht? Was ist, wenn er Fragen stellt, Herrin?«

»Dann antwortest du ihm höflich und sagst alles, was du weißt.«

»Aber ich weiß doch nichts ...« Der Junge rieb unsicher sein Ohrläppchen.

Soraya lächelte über die kindliche Geste.

»Glaub mir, mein Junge, damit ist alles gesagt. Der Emir wird dich mit Dank überschütten, wenn sich die Wahrheit der Botschaft herausstellt.«

»Aber er wird wissen wollen, wer sie schickt.«

»Wie gesagt, sprich die Wahrheit ... Und nun viel Glück, Mustafa. Möge Allah deinen Weg von nun an leichter gestalten, als er bisher verlaufen ist.« Mit einer Handbewegung und einem Klopfen wies Soraya ihre Träger an, sich in Bewegung zu setzen.

Léon de Ruiz, dem es immer noch schwer fiel, unter dem Namen ›Mustafa‹ an sich selbst zu denken, blieb verwirrt zurück.

Eine geheimnisvolle Fremde, die ihn mit einer unverständlichen Botschaft zum Emir schickte. Wo war er da hineingeraten? War das vielleicht eine verschlüsselte Botschaft? Was würde er auslösen, wenn er dem Herrscher ihre Worte tatsächlich vermittelte?

Aber andererseits schien die Frau ihm nichts Böses zu wollen. Im Gegenteil, sie hatte ihn gerettet, ihn eingekleidet ...

Mustafa dachte nicht an Flucht. Er wusste längst, dass es für einen Sklaven wie ihn kein Entrinnen aus dem Land der Mauren gab, und wo hätte er auch hingehen sollen? Seine Mutter war am selben Tag gefangen genommen worden wie er. Sie weilte jetzt wahrscheinlich in irgendeinem Harem. Ob sein Vater noch lebte, wusste er nicht – und er würde sowieso nie wagen, ihm vor die Augen zu treten. Was sollte ein kastilianischer Ritter mit einem granadinischen Lustsklaven – noch dazu einem, dem man die Männlichkeit geraubt hatte? Léon traten erneut Tränen in die Augen. Noch zu kurz lag der schreckliche Tag zurück, als sein Herr ihn verächtlich angesehen hatte, nachdem er die üblichen Verse für ihn rezitiert hatte. Diesmal waren es sogar besonders saftige Verse gewesen – schwüle Poeme voll wüster Anspielungen, die von den fein geschwungenen Lippen eines scheuen Kindes mit engelsgleichen Zügen perlten. Eine Perfidie, aber der liebste Zeitvertreib für seinen Herrn – oder nein, eher ein Vorspiel auf seinen liebsten Zeitvertreib. Danach pflegte der Herr selbst Verse zu winden, schwülstige Lobpreisungen auf die Unschuld des Knaben, während er ihm eben diese aus dem Leib stieß. Léon war so oft Opfer dieses Spiels gewesen, dass er den Schmerz und die Demütigung kaum noch spürte. In den ersten Jahren, nachdem man den kleinen Pagen mit den langen, braunen Locken aus der Sicherheit seiner Burg geraubt und von der Hand seiner schönen Mutter weggerissen hatte, war er fast jede Nacht zu seinem Herrn gerufen worden. Damals hatte er noch keine Gedichte gekannt, sein Weinen hatte genügt, den Herrn zu erregen. Später hatte sich alles verfeinert, Léon hatte sich mit seinem Leben abgefunden. Bis zu jenem Tag, als seine Stimme gebrochen war, während er die Lieblingsverse seines Peinigers vortrug. Léon hatte sich rasch verbessert, aber das Kieksen des Stimmbruchs war nicht zu unterdrücken gewesen. Er entsann sich noch genau … und hörte, wie die Knaben lachten, die seinem Herrn während des Vortrags aufwarteten. Blutrot vor Scham setzte er ein weiteres Mal an, aber der Herr unterbrach ihn sogleich.

»Lass sein. Verschwinde. Du wirst zu alt.« Mit einer abwinkenden Handbewegung verwies ihn der Mann aus seinem Leben. Gereizt wandte er sich an seinen Majordomus. »Du hättest das merken müssen. Nun schaff ihn mir aus den Augen.«

Der Diener zuckte die Schultern. »Was soll mit ihm geschehen, Herr?«, fragte er unterwürfig. »Als Arbeitssklave ist er wohl wenig geeignet.«

Der Herr musterte Léon. Abschätzend schob er die Unterlippe vor.

»Nein«, sagte er schließlich mit einem anzüglichen Grinsen. »Das hieße auch Talente vergeuden. Lass ihn beschneiden und verkaufe ihn an einen Harem!«

Mechanisch machte sich Mustafa auf den Weg zur Alhambra. Er mochte nicht an die folgenden Tage denken, die Demütigung, den unerträglichen Schmerz, die Tage im Fieber. Immerhin hatte ihm der Majordomus ausreichend Zeit gegeben, gesund zu werden. Nicht aus Barmherzigkeit, sicherlich, sondern eher, um einen besseren Profit für den Herrn herauszuschlagen. Auch der Sklavenhändler hatte ihn noch etwas gepäppelt. Und die Mädchen in seinem Harem hatten regelrecht einen Narren an ihm gefressen. Dieser hübsche, junge Eunuch mit der sanften Stimme und dem guten Benehmen war schnell zu ihrem Liebling aufgestiegen. Ihre Freundlichkeit versöhnte Mustafa zumindest ein bisschen mit seinem Schicksal. Ein Leben im Harem mochte so schlimm nicht sein. Aber dann hatte dieser Händler ihn doch wieder als Lustobjekt für Perverse loszuschlagen versucht. Mustafa konnte nur hoffen, diesem Schicksal jetzt dank der geheimnisvollen Fremden entgangen zu sein. Und wenn nicht? Wenn die Botschaft den Emir nicht erfreuen, sondern erzürnen würde? Mustafa ergab sich in sein Schicksal. Sollte der Herrscher ihn töten. Léon gab sein Leben in Gottes Hand. Inshallah!

Es war nicht leicht, die Wächter der Alhambra zu überzeugen. Zunächst lachten sie nur über den verängstigten Sklaven, der schüchtern Einlass verlangte. Andererseits blieb der Junge fest in seinem Anersinnen, und er stellte keine Gefahr da. Möglicherweise würde sein Auftritt den Emir ja sogar erheitern. Amir war in düsterer Stimmung. Wieder gab es Unruhen an der Grenze zu Kastilien, und hier im Emirat machten Moussa Ahmed und die Partei der Zegri Stimmung gegen ihn.

Der junge Eunuch, den Hammad lachend mit großer Geste ankündigte, hatte ihm da gerade noch gefehlt.

»Wer bist du, und was willst du?«, herrschte er ihn an, als Mustafa eintrat und sich ihm sofort demütig zu Füßen warf. »Du kannst aufstehen. Rede mit mir, nicht mit dem Teppich.«

Mustafa erhob sich zögernd. Er hatte sich den Emir nicht so jung, so wach und aufbrausend vorgestellt. Aber nun gab es kein Zurück mehr. Mustafa sah gerade in die klaren, braunen Augen, in denen sich längst nicht mehr nur die Verwegenheit des unbesiegbaren Prinzen, sondern auch die Zerrissenheit und die Sorgen des umstrittenen Herrschers spiegelten.

»Mein Name ist Mustafa, und ich bringe Euch eine Botschaft:

Die Frau, die Ihr sucht, vervollkommnet ihr Lautespiel im Harem des Wesirs.«

Der Emir fuhr auf. »Was sagst du? Welche Frau?«

Mustafa zuckte die Schultern. Mit leiser Stimme berichtete er dem Emir von der seltsamen Sayyida in der Sänfte, die ihn gekauft und mit dieser Nachricht in den Palast gesandt hatte.

»Sie wollte unzweifelhaft inkognito bleiben«, endete er. »Es tut mir Leid, aber mehr kann ich nicht sagen.«

In Amirs Gesicht arbeitete es. Der Harem des Wesirs …

eine Sklavin, von der es hieß, dass sie Mammar al Khadiz zum Wahnsinn brachte. Ein Mädchen, erstanden von einem Kaufmann aus Al Mariya, das Granada aber offensichtlich nie verlassen hatte …

Die Stirn des Emirs umwölkte sich.

»Holt mir Mammar al Khadiz! Sofort! Auf der Stelle!«

Mustafa duckte sich wie unter einer Peitsche.

Der Emir erkannte das und nickte ihm fast entschuldigend zu.

»Du hast nichts zu befürchten. Ich glaube dir deine Geschichte. Vorerst. Sollte sie sich jedoch als Unsinn herausstellen, will ich dich nicht mehr sehen … ich fürchte, ich könnte mich dann nicht beherrschen. Du wirst in diesem Fall auch genauer befragt werden. Wenn diese Frau lügt, werde ich sie finden! Sollte die Botschaft jedoch wahr sein, so werde ich mich als dankbar erweisen.

Lass ihn wegbringen, Hammad, aber halte ihn zu meiner Verfügung. Er soll ehrenhaft behandelt werden. Vielleicht ist er der Bote des Glücks meines Lebens …«

Neuntes Kapitel

»Stell dir vor, Umm Ali, der Herr hat den Emir zum Bankett geladen! Und du sollst dabei die Laute spielen!« Fatima war außer sich vor Aufregung, Begeisterung und Stolz auf ihre Schülerin. Schließlich war sie es, mit deren Hilfe Beatriz ihr dilettantisches Lautenspiel so weit verbessert hatte, dass sie jetzt ihren ersten Auftritt als Musikerin erleben durfte.

Beatriz konnte die Freude nicht so unbeschränkt teilen. Bislang hatte Mammar sie nie aufspielen lassen. Und nun gleich vor dem Emir? Wer wusste, was der alte Mann wieder vorhatte? Dazu hatte sie sich immer noch nicht ganz an den neuen Namen gewöhnt, mit dem sie inzwischen alle Mädchen im Harem ansprachen. ›Umm Ali‹ – Mutter Alis. Als gäbe es keine Beatriz Aguirre mehr, als wäre ihr ganzes Selbst auf die unerhörte Ehre reduziert, dem Herrn des Harems einen Sohn geboren zu haben. Auch der maurische Name für das bezaubernde, blauäugige Kind schien ihr unpassend. Sie wollte nicht, dass ihr Sohn nach einem Kalifen hieß, und auch wenn ihr klar war, dass sie Alis Erziehung zum Muslim kaum unterbinden konnte, hätte sie doch gern einen vertrauten, christlichen Namen für ihn gehabt. Im Stillen nannte sie ihn nach ihrem Vater ›Alvaro‹.

»Was ist denn mit Mahtab? Warum wird sie nicht vor dem Emir spielen?« Mahtab war eine ausgebildete Musikerin. Sie spielte besser als Fatima und ganz sicher dreimal so gut wie Beatriz.

Fatima zuckte die Schultern. »Der Emir spricht sehr gut Spanisch. Vielleicht mag er es, wenn du ihn mit kastilianischen Weisen unterhältst. Es ist zumindest mal etwas anderes, und das dürfte der Herr anstreben. Er bemüht sich immer, dem Emir etwas Ausgefallenes zu bieten, wenn er ihn mit der Ehre eines Besuches bedenkt.«

Oder er will dem Emir seine künftige zweite Gattin vorstellen, dachte Beatriz. Und hofft, dass ich ihm vor dem Fürsten nicht widersprechen werde. Eigentlich wäre so etwas ja mehr eine kastilianische denn eine maurische List, die Araber hielten ihre Frauen selbst vor ihren besten Freunden verborgen. Aber konnte man es wissen? Beatriz traute Mammar nicht über den Weg. Und sie war nach wie vor unentschlossen. Alle ihre Freundinnen rieten ihr natürlich, den Wünschen des alten Mannes endlich zu entsprechen. Aber Beatriz suchte immer noch fieberhaft nach einem Ausweg.

Nun, vielleicht bot sich ja jetzt eine Möglichkeit im Wechsel von der Odaliske zur Musikerin. Womöglich konnte sie den Emir mit ihrem Gesang so bezaubern, dass er sie für seinen Harem kaufte und wie Ayesha nur zur Unterhaltung seiner Gäste hielt. Beatriz lächelte über sich selbst. Wunschträume! Wie dumm sie war. Sie sollte sich endlich mit ihrem Schicksal abfinden.

»Wozu der ganze Aufwand, der Emir wird uns doch sowieso gar nicht sehen.« Unwillig schüttelte Beatriz den Kopf, an dem Susanna und zwei andere Zofen jetzt schon seit über zwei Stunden herumfrisierten und schminkten. Langsam war sie des Stillsitzens müde. »Ich sollte lieber meinen Auftritt noch einmal üben.«

»Ach, tu nicht so, als könntest du die zwei Liedchen nicht im Schlaf!«, meinte Susanna. »Und natürlich wird der Emir dich sehen. Wenn auch nur durch einen Gaze-Vorhang, aber du musst auf jeden Fall auf alles vorbereitet sein. Nun halte still, wir sind ja gleich fertig.«

Beatriz und die anderen Musikerinnen wurden in edelste Kleider gehüllt und ihre Gesichter von hauchdünnen Schleiern gerade so weit verborgen, dass die Konturen ihrer Züge etwas weicher und sanfter wirkten. Spezielle Zofen verbrachten Stunden damit, Henna-Ranken auf ihre Hände und Füße zu malen. Als Susanna schließlich zufrieden war, präsentierten sie sich alle als vollkommene Schönheiten, aber Beatriz strahlte unter ihnen wie ›der leuchtende Mond unter lauter Sternen‹.

So jedenfalls drückte es Soraya aus, und sie wirkte dabei gar nicht missgünstig, sondern im Gegenteil gut gelaunt und freundlich. Beatriz verwunderte das, aber die Haltung der Ersten Frau ihr gegenüber hatte sich in den letzten Tagen sowieso gewandelt. Soraya war viel offener und wirkte nicht mehr so angespannt und von Neid zerfressen wie in der ersten Zeit nach Alis Geburt.

»Viel Glück, Umm Ali!«, sagte sie schließlich, was Beatriz völlig verblüffte. Mit diesem Titel hatte Soraya sie bislang noch nie bedacht.

Der Vorhang, hinter dem die Musikerinnen aufspielten, war tatsächlich aus sehr feinem Chiffon. Zumindest die Umrisse der Frauen und die Farben ihrer Kleider und ihres Haars waren mühelos dahinter zu erkennen. Auch für Beatriz und die anderen Mädchen bot sich durch den Schleier ein Blick auf den Wesir und seine Besucher. Der Emir erschien mit kleinem Gefolge. Nur sein Freund Hammad und zwei Leibwächter begleiteten ihn.

»Sieht er nicht unfassbar gut aus?«, raunte eines der Mädchen.

Der Emir war jung, viel jünger, als Beatriz es sich vorgestellt hatte. Irgendetwas an seinen Bewegungen kam ihr vage bekannt vor, aber da täuschte vermutlich der Vorhang. Ein wenig belustigt dachte sie, dass dies schließlich der erste intakte Mann außer Mammar war, dem sie seit Monaten begegnete. Kein Wunder, dass er die Erinnerung an andere junge Ritter weckte.

Die Mädchen waren angewiesen, zunächst nur etwas

unaufdringliche Hintergrundmusik zu spielen, während der Wesir und seine Besucher speisten. Mammar ließ reich gekleidete Diener die erlesensten Speisen aufgetragen. Ein Leckerbissen folgte dem anderen, aber die neugierig durch den Vorhang spähenden Mädchen stellten fest, dass ihnen keiner der Männer mit besonderem Appetit zusprach. Auch die Unterhaltung verlief nicht gerade flüssig, die Atmosphäre schien eher angespannt von banger Erwartung.

Schließlich reinigte der Emir seine Hände und beendete damit das Mahl. Mammar klatschte in die Hände, woraufhin Diener die kaum angerührten Speisen abtrugen.

Der Emir wandte sich dem Vorhang zu, hinter dem Beatriz und die anderen leise, melodische Weisen erklingen ließen. Der junge Mann wirkte erregt, fast lauernd. Beatriz wunderte sich. Nach maurischer Sitte galt es als äußerst unhöflich, Frauen anzustarren, erst recht, wenn sie dem Harem eines anderen angehörten. Dieser junge Mann konnte jedoch den Blick nicht von den schemenhaften Bildern der Mädchen hinter dem Vorhang abwenden, ja er schien sich kaum beherrschen zu können, die Gaze niederzureißen.

Schließlich richtete er sich auf.

»So lasst mich die Sklavin denn hören, die Ihr angeblich allein als Sängerin erworben habt, Mammar al Khalid«, gebot der Emir mit schneidender Stimme. »Sie muss ja etwas Wahrhaft Erlesenes darstellen. Oder unterhaltet Ihr inzwischen ein eigenes Orchester?«

»Sie wurde mir geschenkt, Herr«, gab der Wesir ausweichend Auskunft.

Feya, eine der besten Sängerinnen in Mammars Harem und ebenfalls das Geschenk eines Geschäftsfreundes, bezog die Frage auf sich. Lächelnd nickte sie den anderen

Mädchen zu und verbeugte sich auch vage in Richtung ihres Herrn. Dann begann sie zu singen, ein altes, trauriges arabisches Lied. Die Geschichte eines Mädchens, das sich im Harem eines Fürsten nach der Liebe eines Bettlers verzehrt.

Der Emir lauschte mit kaum verhohlener Ungeduld, seine Finger klopften erregt auf die Tischplatte.

»Mammar, ich warne Euch!«, stieß er schließlich hervor. »Wagt es nicht, mich hinters Licht zu führen. Das ist nicht das Mädchen, von dem der Eunuch gesprochen hat. Lasst die Kleine jetzt singen, oder ich reiße diesen Vorhang herunter und sehe selbst nach, ob sie sich unter Euren Frauen verbirgt oder nicht!«

»Entschuldigt, aber …«, Mammar wandte sich eilfertig den Musikerinnen zu. »Der Emir wünscht ein Lied auf Castiliano zu hören!«

Beatriz griff nach ihrer Laute. Ihr Herz schlug schneller. Was, um Himmels willen, ging da vor? Was wollte der Emir von ihr?

»Und lasst mich das Mädchen sehen! Es wird ja wohl eine Cobija tragen, sodass die Schicklichkeit gewahrt bleibt!« Die Stimme des Herrschers klang aufgewühlt – und wieder meinte Beatriz, diese klare, befehlsgewohnte Stimme zu kennen. Aber das war unmöglich.

»Herr …« Mammars Stimme klang flehend. Aber dann gab er dem Wunsch des Fürsten nach. »Tritt vor, Beatriz …« Es war kaum mehr als ein heiseres Flüstern.

Beatriz zog den Vorhang zurück und sah die Männer nun in aller Klarheit vor sich. Der Emir … diese Augen … Und wie er sie anstarrte, wie sein Blick ihr Haar streichelte, ihren Körper unter den Schleiern ausspähte, wie Flammen des Begehrens sein Gesicht zum Leuchten brachten …

Aber nein, das bildete sie sich ein! Dies hier war der

Emir, und sie war nur eine Sängerin. Außerdem erinnerte sie sich jetzt daran, dass ein Mädchen den Blick schüchtern zu senken hatte, wenn fremde Männer anwesend waren. Das galt in Kastilien ebenso wie in Granada. Also senkte sie die Lider und konzentrierte sich ganz auf ihre Laute und ihre Musik.

Mit klarer Stimme sang sie die Geschichte des Pagen Reynaldo, der die Tochter des Königs liebte und sie eines Nachts aus ihren Gemächern entführte. Beatriz liebte dieses Lied. Es war so leicht, sich in die Rolle der Prinzessin zu träumen und den Haremsmauern in den Armen seines Liebsten zu entkommen.

Der Emir hing wie gebannt an ihren Lippen. Sein Gesicht spiegelte seine Erregung wider.

Beatriz, sie war hier! Nach Monaten der Sorge und der Selbstanklage hatte er sie endlich gefunden. Und ihre Schönheit und seine Liebe zu ihr waren kein Trugbild einer überhitzten Phantasie nach dem Kampf, wie er sich tausendmal vorgebetet hatte, um endlich vergessen zu können. Nein, dieses Haar war tatsächlich so leuchtend wie rotglühendes Gold. Ihre Augen spiegelten wirklich die Tiefe des Meeres, und ihr Körper versprach die Süße und Weichheit einer reifen Frucht. Die Monate im Harem hatten ihre Reize voll erblühen lassen. Amir sehnte sich danach, von ihren Lippen zu trinken, ihren Körper zum Gefäß seiner Liebe zu erheben.

»Mammar …« Nein, so ging es nicht, er dürfte nicht flüstern, seine Stimme dürfte nicht beben. Amir straffte sich.

»Mammar al Khadiz. Ich bin hingerissen von dem Gesang und dem Körper dieser Sklavin. Ich wünsche, dass du sie mir zum Geschenk machst.« Der Emir sprach einen Wunsch aus, aber es klang wie ein Befehl.

Mammar zuckte zusammen, als hätte man ihn geschlagen.

Die Mädchen hinter dem Vorhang stießen Laute des Erstaunens aus.

Mit einem Missklang entfiel die Laute Beatriz' Händen.

Hatte sie richtig gehört? Tat sich ihr da wirklich die Freiheit von Mammars Harem auf? Aber nein, selbst wenn der Wesir die Bitte seines Herrn erhörte – für Beatriz bedeutete das nur den Wechsel von einem Gefängnis ins andere. Unzweifelhaft unterhielt der Emir ebenfalls einen Harem. Und die Mauern der Alhambra dürften noch weitaus schwerer zu überwinden sein als die Gitter an den Fenstern des Hauses Al Khadiz.

Mit einem Seufzer griff Beatriz erneut nach dem Instrument.

Amir hatte jedoch ihr Erschauern und das hoffnungsvolle Aufleuchten ihrer Augen bemerkt. War es möglich, dass sie seine Gefühle teilte? Hatte sie ihn vermisst, sehnte auch sie sich danach, von ihm geliebt zu werden? Gut, sie sah nicht gerade aus wie ein Mädchen, das sich nach seinem Liebsten verzehrte. Aber es konnte auch nicht sein, dass Mammar ihr Herz gewonnen hatte. Ein so alter Mann und eine derart sprühende Schönheit …

Bei Mammar sah das allerdings anders aus. Mit einem Blick erkannte Amir, dass der alte Mann Beatriz völlig verfallen war. Sein Gesicht war erblasst, als der Emir seine Bitte geäußert hatte, und er wirkte, als wäre etwas in ihm zerbrochen. War Beatriz also doch das Mädchen, das ihm seit Wochen den Schlaf raubte? Hatte er deshalb gelogen und sie vor Amir versteckt? Auf Amirs diesbezügliche Vorwürfe hatte Mammar mit phantasievollen Ausflüchten reagiert, aber so ganz hatte der Emir ihm das nicht glauben wollen. Eine kleine Sängerin, beiläufig hergeschenkt von einem Geschäftsfreund? Sollte Mammar wirklich nicht gewusst haben, wie viel Geld Beatriz' Versteigerung erbracht hatte?

Amirs schlimmste Befürchtungen bewahrheiteten sich, als der Wesir sich vor ihm zu Boden warf.

»Herr, nehmt mir all meine Ämter und all meinen Reichtum! Nehmt mir mein Augenlicht, wenn es Euch gefällt, aber lasst mir diese Frau. Ich habe Euch belogen, sie ist mehr als eine kleine Musikantin. Sie gehört mir bereits, sie hat mir einen Sohn geschenkt.«

Beatriz also war die Mutter von Mammars viel gerühmtem kleinem Nachkömmling. Amirs Herz krampfte sich zusammen, aber dann drängte er die Sache rasch beiseite. Ihm war schließlich klar gewesen, dass er Beatriz nicht als Jungfrau zurückbekommen konnte. Er würde dem Wesir anbieten, das Kind bei Hofe zu erziehen.

Eine große Ehre …

Zunächst gebot Amir dem alten Mann jedoch mit einer Handbewegung Schweigen.

»Mammar, redet nicht irre! Was soll ich mit Euren Augäpfeln, sie werden mein Bett nicht wärmen. Und was solltet Ihr in diesem Fall mit diesem Mädchen, dessen Schönheit Ihr doch nie mehr sehen könntet!«

Beatriz versuchte, sich auf ihre Musik zu konzentrieren, aber trotzdem wanderte ihr Blick immer wieder zu den nun heftig diskutierenden Männern. Je länger sie den Emir beobachtete, desto weniger konnte sie es leugnen: Sie kannte diesen großen, dunkelhaarigen Jüngling. Seine im Gespräch mutwillig aufblitzenden, dunklen Augen – schwarz, nein doch nicht schwarz, braun, mit tanzenden Funken darin. Die scharfen, klaren Züge … und kräftige Muskeln, die jetzt unter Brokatgewändern verborgen waren. Aber sie wusste, dass er Kraft hatte, sie meinte, seinen Griff um ihren Körper noch zu spüren. An den wilden schwarzen Haarschopf konnte sie sich nicht erinnern … Oder doch? Eine Hand, die sich die wirren Locken nach dem Kampf aus dem Gesicht strich …

Nachtwind im Haar eines wild galoppierenden Reiters … Sicher, tagsüber wurde das Gesicht damals von einem Kopfschutz den Blicken entzogen … sein Helm … ein lederner Brustpanzer … spöttisch glühende Augen über einem halb von einem Tuch verdeckten Gesicht …

Die Erkenntnis überfiel Beatriz wie ein Regen aus Feuer.

Eigentlich hätte es ihr gleich beim ersten Blick auf den Emir auffallen müssen. Aber wie hätte sie ahnen können, dass Granada einen Prinzen aussandte, um den Diebstahl eines Pferdes zu rächen? Wie hätte sie das rasche, kehlige Arabisch des Emirs mit dem klaren, sehr korrekt ausgesprochenen Spanisch ihres Entführers in Verbindung bringen sollen?

Beatriz' Herz klopfte heftig, Dies war der Mann, der sie gefangen hatte! Der sie geneckt und gepeinigt, aber doch ihre Vergewaltigung verhindert und ihr fast so etwas wie Hoffnung gemacht hatte. Nun, Letztere hatte sich dann ja als trügerisch erwiesen. Er hatte sie nicht freigekauft. Und der erzwungenen Liebe war sie auch nicht entkommen.

Entschlossen wandte Beatriz die Blicke ab. Nein, keine Träume mehr! Dieser Mann konnte und wollte ihr nicht helfen. Ob im Harem der Alhambra oder dem Hause des Wesirs, sie war und blieb gefangen.

Inzwischen mischte sich Hammad in die immer heftiger werdende Unterhaltung zwischen Mammar und seinem Emir. Dies hier musste ein Ende finden. Der Wesir redete sich um Kopf und Kragen. Und Amir brauchte seinen wichtigsten Berater. Nicht auszudenken, wenn die beiden sich wegen dieses Mädchens hoffnungslos entzweiten …

»Mammar, fasst Euch jetzt!«, gebot der junge Krieger dem alten Mann. »Ihr solltet Euch selbst hören, Ihr flennt wie ein Kind, dem man sein Spielzeug wegnehmen will.

Seht die Sache nüchtern. Euer Emir hat Euch um einen Gefallen gebeten, Ihr solltet Euch beeilen, ihn zu erfüllen. Und so wichtig kann Euch die Sklavin nicht sein, sonst hättet Ihr sie längst zu Eurer Gemahlin erhoben. Dann wäre sie unantastbar. Aber so … Sie ist nur eine Sklavin. Gebt sie heraus!«

Beatriz fuhr auf. In einem Herzschlag vergaß sie alles, was sie im Harem gelernt hatte, und war wieder die wilde, kastilianische Schönheit.

»Ich bin kein Püppchen, das man verschenkt!«, schleuderte sie in den Raum. »Ich allein bestimme, wen ich zum Mann nehme, und ich will keinen von euch. Nicht den alten, der mich geschändet hat, nicht den jungen, der seine Versprechen nicht hält. Der Mann, den ich liebte, ist tot. Und ich wünsche mir nichts sehnlicher, als ihm ins Paradies zu folgen. Auf jeden Fall soll mich kein anderer mehr anrühren!«

Beatriz Gesicht glühte, ihre Augen blitzten stahlblau. Das Glänzen eines Messers. Sie hatte die Laute beiseite geschleudert, der feine Chiffon ihrer Gewänder wogte um ihren angespannten Körper.

Mammar seufzte und warf ihr einen letzten Blick zu. Diese Frau würde ihn niemals lieben …

»Ihr könnt sie haben«, sagte er leise.

»Die Alhambra! Der Harem des Emir!« Susanna konnte sich kaum fassen vor Aufregung. »Und du willst wirklich, dass ich mitgehe? Du meinst das ernst? Und glaubst du, der Herr wird mich freigeben?« Mit zitternden Fingern löste die Sklavin die Perlen aus Beatriz' Haar.

»Ich mache das zur Bedingung«, sagte Beatriz gelassen. »Wenn sie mich nicht an den Haaren aus diesem Harem herausschleifen wollen, werden sie sich meinen Wünschen fügen müssen.«

»Und was ist mit dem Kind?«, fragte Fatima. »Der Herr wird seinen Sohn doch nicht aufgeben wollen.«

»Darüber haben sie endlos gestritten«, verriet Feja.

Beatriz hatte dem sehr raschen Wortwechsel zwischen Mammar, dem Emir und Hammad nicht vollständig folgen können und lauschte der Übersetzung des Mädchens jetzt genauso interessiert wie die anderen Frauen.

»Der Herr wollte das Kind hier behalten, es sei das Licht seines Alters, die Herrin Soraya könnte es erziehen. Aber der Emir wollte davon nichts wissen. Er meinte, du würdest dich nicht von deinem Sohn trennen wollen, Beatriz. Das Kind sollte mit in die Alhambra. Schließlich haben sie sich darauf geeinigt, dass Mammar es jeden Tag sehen kann, wenn er möchte, schließlich arbeitet er im Palast. Ein Diener wird es ihm zuführen, sobald er den Wunsch danach äußert.

Aber der Kleine bleibt bei dir, Umm Ali. Zumindest in den nächsten Jahren.«

Beatriz seufzte, wenn sie an Jahre im Harem dachte. Aber wer weiß, was noch geschehen mochte. Zunächst war sie nicht unglücklich darüber, Mammar al Khadiz verlassen zu dürfen. Sicher, der Emir würde ebenso fordernd an seine Stelle treten, aber ein Emir hatte viel zu tun. Vielleicht nahm Amir sich nicht die Zeit, eine widerspenstige Sklavin so zu bedrängen und zu umwerben wie der alte Mann. In seinem Harem gab es sicher hunderte williger Mädchen. Dazu sprach man immer wieder von Unruhen, in Granada wie an der Grenze zu Kastilien. Amir musste sie niederschlagen, musste ins Feld ziehen. Er konnte monatelang wegbleiben ... ja, er konnte sogar fallen.

Beatriz versuchte, diesen Gedanken in Hoffnung zu betten, aber es gelang ihr nicht. Sie mochte sich Amirs lebensprühende, dunkle Augen nicht gebrochen vorstellen, erinnerte sie sich doch noch zu gut an seinen forschenden, wachen Blick, der sie erregte, wütend machte, aber auch wärmte.

Während die anderen Mädchen plauderten und klatschten, schloss sie die Augen, überließ sich der hypnotischen Kraft der endlosen Bürstenstriche, mit denen Susanna jetzt ihr Haar verwöhnte, und träumte sich zurück in die Nacht, als sie so kopflos vor Amir geflohen war. Wieder spürte sie seinen festen Griff um ihre Taille, als er sie aufs Pferd hob, seinen herben Geruch nach Zimt und Pferden, den kräftigen Körper, an den gelehnt sie geschlafen hatte. Damals hatte er ihr Sicherheit gegeben – und am Tag danach hatte sie seinen trügerischen Versprechungen geglaubt. Beatriz kämpfte sich in die Wirklichkeit zurück. Nein, sie würde sich nie wieder Hoffnungen machen! Alles hier war Lug und Trug, auch die scheinbare Freundlichkeit des jungen Emirs. Wie reizend von ihm, ihr das Kind zu lassen! Alle Frauen waren begeistert von seiner Güte, aber Beatriz wusste es besser. Letztlich ging es nur darum, sie gefügig zu machen, und Dankbarkeit war hier der Königsweg.

Aber sie würde nicht dankbar sein, und sie musste es auch nicht! Der Mann hatte sie verschleppt, hatte zugelassen, dass sie versteigert worden war wie ein Stück Vieh! Nein, sie würde sich ihm ebenso wenig hingeben wie Mammar! Beatriz warf entschlossen den Kopf zurück, bis Susanna sie wieder ermahnte, still zu halten.

Und wenn er sich dann auch so verhielt wie Mammar? Wenn die Gier mit ihm durchging? Wenn er sie zwang?

Einen Herzschlag lang fühlte Beatriz wieder die kräftigen Hände des jungen Kriegers, spürte seinen harten, muskulösen Körper, seine Schenkel an den ihren, die Erektion, die er damals auf dem Pferd schamhaft vor ihr verborgen hatte.

Wenn er versuchen würde, sie mit Gewalt zu nehmen … Sie stellte sich vor, wie sie gegen den Ansturm seiner Lanze kämpfte, biss und kratzte, wie sie seinen Schweiß auf ihrer Haut spürte, aufbegehrte gegen die Kraft seiner stählernen Muskeln – und sich dann doch ergab … süßes Blut der Hingabe, geöffnet die Tore der Festung …

Beatriz verscheuchte energisch die Vorstellung. Törichte Träume einer Jungfrau! Als hätte man ihr die Unschuld und die Sehnsucht nicht längst geraubt.

Sie würde Amir ebenso wenig lieben, wie sie Al Khadiz geliebt hatte. Sie würde versuchen, ihn sich vom Leibe zu halten, und wenn sie sich ihm ergab, so nur unter Protest.

Aber was auch immer geschah: Alles war besser als Mammars lüsterner Blick, seine feuchten Lippen und seine zu geschickten Finger, die Genüsse versprachen, wo in Wahrheit nur noch welkes Fleisch und kraftlose Küsse auf sie wartete.

Beatriz wiegte ihr Kind in den Armen.

»Morgen, mein Kleiner, werden wir diesen Mauern entfliehen. Morgen erobern wir die Alhambra.«

Mustafa, der junge Eunuch, betrat mit klopfendem Herzen das Paradies. Zögernd und noch unsicher in der neuen, wertvollen Kleidung aus Seide und Brokat, die jedem Haremsdiener in der Alhambra angepasst wurde, folgte er dem Obereunuchen in die Frauengemächer des Palastes. Die kleine Geldschatulle, die der Emir ihm mit überschwänglichen Dankesworten hatte überreichen lassen, hielt er fest an sich gedrückt. Das war jedoch nicht alles, was er mit seiner seltsamen Mission bei Amir ibn Mustafa erreicht hatte. Hinzu kam eine Stellung im Palast des Emirs! Der junge Eunuch konnte sein Glück kaum fassen: Nichts anderes mehr zu tun und zu fürchten haben als die Verwöhnung und Unterhaltung der Odalisken. Ein leichter und begehrter Posten, bequeme Unterkünfte, eigene Bäder, paradiesische Anlagen. Mustafa waren schon die Wohnungen der Diener fürstlich erschienen. Die Gärten und Innenhöfe, die er jetzt durchschritt, ließen ihm schier den Atem stocken. Wasserspiele, exotische Pflanzen, verschwiegene Winkel, in die sich die Frauen zum Plaudern und Kaffeetrinken niederlassen konnten. Überall betörender Blumenduft und Wohlklang – eine Gruppe Musiker schien ständig aufzuspielen, um die Stimmung traumhafter Leichtigkeit zu unterstreichen, die der Architekt dieses Harems zweifellos gewünscht hatte.

Die Frauen und Mädchen begutachteten den neuen Eunuchen interessiert und freundlich – in einigen der schönen Augen sah Mustafa aber auch einen seltsamen Ausdruck, der ihm fast wie Mitleid erschien. Trauerten sie mit ihm um den Verlust seiner Manneskraft? Mustafa wunderte das, für die Frauen im Harem war es schließlich eine Selbstverständlichkeit, von Eunuchen umgeben zu sein. Dann drängte er den Gedanken jedoch beiseite und bemühte sich stattdessen, die Frauen nicht allzu schamlos anzustarren. Sicher, man hatte ihn seines Geschlechts beraubt; nie wieder würde er dieses betäubend süße Gefühl spüren, wenn sich das Blut in seinem Unterleib sammelte, um seinem Zauberstab blühendes Leben zu verleihen. Aber seine Augen hatte man ihm doch gelassen, und er war nicht blind für weibliche Schönheit. Dazu hatte sie sich ihm nie zuvor so unbefangen und unverschleiert gezeigt. Fast keines der Mädchen trug im Harem auch nur die Cobija. Stattdessen liefen sie unverschleiert und manchmal halb nackt herum; vor den Eunuchen kannten sie keine Scham. Atemlos blickte Mustafa auf pralle Brüste, die sich unter leichtestem Chiffon abzeichneten, Lippen in den Farben der Rose oder Bougainvillea.

Milchweiße, zartbraune bis tiefschwarze, makellose Haut, Augen in allen Farben zwischen kohlschwarz und einem fast durchsichtigen, filigranen Blau. Der Harem des Emirs beherbergte fast vierhundert Frauen aus aller Herren Länder, jede auf ihre Art eine Schönheit, jede perfekt gepflegt, erstklassig erzogen und oft hoch gebildet.

Der Obereunuch kannte sie alle mit Namen und begrüßte sie mit kleinen Schmeicheleien oder Scherzworten, erntete Antworten süßer und rauchiger, unschuldig glockenheller und dunkler, verheißungsvoller Stimmen. Alle behandelten ihn ehrerbietig und ließen keinen Zweifel an seiner Stellung. Hassan Felicidad war der wahre Herrscher dieses Harems.

»Du kommst ursprünglich aus Kastilien, nicht wahr?«, wandte er sich schließlich an Mustafa. »Kannst du die Sprache noch?«

Der junge Eunuch nickte, schaute aber schon wieder unsicher. »Ich wurde mit sechs Jahren geraubt. Seitdem habe ich kein Spanisch mehr gesprochen ...«

Aber doch in seiner Sprache sein Schicksal beklagt, in seiner Sprache geträumt ...

»Versuch es trotzdem. Soeben ist eine neue Sayyida eingetroffen. Sie kam erst kürzlich aus Kastilien. Ich würde sie gern in ihrer heimischen Sprache begrüßen. Der Emir hat uns aufgetragen, dass es ihr an nichts fehlen soll. Hier entlang, sie hat eine der schönsten Wohnungen. Unzweifelhaft eine neue Favoritin. Das ist sehr erfreulich. Unser Herr sucht viel zu selten Entspannung bei seinen Sklavinnen ...«

Hassan hielt hastig inne, als hätte er schon zuviel gesagt. Mustafa wunderte sich wieder. Diskretion war sicher wichtig, aber im Harem blieb es wohl keinem verborgen, wann der Herr kam und wen er besuchte oder zu sich rief. Und Hassans Rede hatte auch nicht geklungen, als ob er die Potenz seines Herrn anzweifelte ... Nun, auch darüber konnte er später nachdenken. Jetzt wappnete er sich erst mal für die ungewohnte Aufgabe als Übersetzer.

In den Räumen der neuen Odaliske lag noch das Unterste zuoberst. Eine ältere, energische Zofe wies ein paar Mädchen an, Kleider in die Truhen zu legen und Möbelstücke neu zu arrangieren. Eunuchen schleppten eine Wiege hinein, was Mustafa erneut vor neugierige Fragen stellte. Eine neue Favoritin, die mit einem Kleinkind anreiste?

Mitten in all diesem Wirbel und scheinbar unberührt von der Aufregung saß eine junge Frau auf einem Diwan und spielte die Laute. Mustafa, der eine schwarzhaarige Schönheit erwartet hatte, stockte der Atem. Hatte er jemals so schneeweiße, zarte Haut gesehen? Ein so königliches Antlitz, umrahmt von üppigem Haar in der Farbe rot glühenden Goldes?

Als Hassan sich vor ihr verneigte, sah die Frau mit meerblauen Augen auf. Mustafa war fasziniert von der Schönheit dieser in tausend Facetten blitzenden Iris, aber er sah auch Verletzung und Angst im Blick der jungen Frau, fühlte eine seltsame Ahnung von Verständnis und Verwandtschaft.

Hassan sprach ein paar Begrüßungsworte auf Arabisch.

Mustafa hätte sie nicht ganz korrekt in Spanisch wiedergeben können, aber andere, ebenso süße Worte in seiner alten Sprache perlten wie selbstverständlich von seinen Lippen.

»Wir, die wir in den Mauern dieses Harems leben, sind gesegnet. Gott gewährt uns einen Blick auf den Himmel Kastiliens und das Meer der Levante in den Augen eines Engels. Nie wieder wird es Winter werden, denn das Sonnenlicht von Al Andalus ist eingefangen in Eurem Haar.

Jedes Lächeln von Euch wird unsere Seelen erwärmen. Seid Willkommen, Herrin, es wird uns adeln, Euch zu dienen.«

Beatriz lächelte ob des Überschwangs seiner Rede. Hassan schaute zufrieden. Es hieß, diese Blume des Harems sei nicht leicht zum Erblühen zu bringen. Der Obereunuch hatte zwar kein Wort des Neuen verstanden, aber er schien die Kunst der schönen Rede zu verstehen. Anerkennend nickte er ihm zu, aber Mustafa hatte nur Augen für Beatriz.

»Du sprichst meine Sprache so geschliffen wie ein Edelmann«, sagte sie, und in ihrer Stimme schwang eine Frage mit.

Mustafa senkte den Blick und sprach mit leiser, brechender Stimme. »Ich wurde als Ritter geboren, Herrin, aber das Schicksal hat es anders bestimmt. Ich werde Gott bis ans Ende meines Lebens dafür danken, denn sonst hätte ich Eure Schönheit vielleicht nie zu Gesicht bekommen.«

In Beatriz' Augen stand jetzt tiefes Mitleid. So viel Schmerz, verborgen in einer derart süßen Rede. Sie spürte ein vages Schuldgefühl. Auch sie trauerte um ihre verlorene Heimat, aber sie lebte immerhin in Luxus, war begehrt und umworben. Was hatte man dagegen diesem Knaben angetan ...

»Ich würde mich freuen, mitunter mit dir über die Schönheit Kastiliens zu plaudern ...«, bemerkte sie freundlich und wandte sich dann an Hassan.

»Ich danke dir für die freundliche Begrüßung in den schönsten Worten meiner Sprache. Es würde mir gut tun, wenn dieser Junge mir öfter aufwarten würde. Wie ist sein Name?«

Hassan strahlte vor Stolz über seinen Einfall und die brauchbare Neuerwerbung, als die Mustafa sich soeben herausgestellt hatte.

»Wir nennen ihn Mustafa«, sagte er mit einer Verbeugung.

Die Augen des Jungen umwölkten sich.

»Wie heißt du richtig?«, fragte ihn Beatriz in seiner Heimatsprache.

Dankbar verlor sich sein sanfter, grüner Blick in den Tiefen ihrer Meeraugen.

»Léon.«

Zehntes Kapitel

Während Beatriz ruhte und ihr Kind stillte, begab sich Susanna auf einen ersten Ausflug durch die Gärten und Innenhöfe des Harems. Bei ihrer Rückkehr war sie des Lobes voll.

»Ihr müsst Euch das ansehen, Herrin! Diese Gärten, der Duft … die Wasserspiele sind ein Wunder. Manchmal meint man, an kühlen Bächen entlang zu wandern, die sich dann plötzlich zu Wasserfällen sammeln und mit unvergleichlichem Wohlklang über bunte Steine ergießen. Und Ihr sitzt hier herum und blast Trübsal! Man könnte meinen, Ihr trauert um Euren alten Herrn!«

Beatriz musste lachen.

»Das nun doch nicht, Susanna. Aber ich mache mir Sorgen wegen des neuen. Wann wird er kommen und Dienste einfordern, die ich nicht leisten will? Und wie würde er es aufnehmen, wenn ich hier gleich herumwandelte und mich heimisch fühlte? Ich möchte ihn auf keinen Fall ermuntern …«

»Ihr seid verrückt! Gut, bei dem alten Mammar war Euer Spiel vielleicht ganz erfolgreich. Aber dies ist der Emir! Noch höher könnt Ihr nicht steigen, es sei denn, er macht Euch dem König von Kastilien zum Geschenk, aber darauf würde ich nicht hoffen!

Und was das Ermuntern angeht – Seht doch mal in den Spiegel! Ihr müsstet Euch die Haut vom Gesicht reißen, wenn Ihr verhindern wolltet, dass ein Mann Euch begehrt!« Energisch legte Susanna ein meerblaues, weites Gewand für Beatriz bereit. »Los, zieht das an und seht Euch um. Danach seid Ihr vielleicht ein bisschen dankbar dafür, dass Euch der Emir erwählte!«

Beatriz bezweifelte das zwar, ließ sich aber willig das Kleid überstreifen und in hauchdünne, türkisblaue Hosen helfen. Susanna hatte Recht, es war kindisch, sich einzuschließen.

Neugierig verließ sie ihre luxuriösen Räume und wanderte durch die Flure und Gemächer des Harems. In den Aufenthaltsräumen beäugten die anderen Mädchen sie misstrauisch und neugierig, aber Beatriz hielt die Augen gesenkt. Sie wollte jetzt mit niemandem reden, sie brauchte Ruhe und frische Luft. Es war die Tageszeit, in der die Sommerhitze langsam abendliche Dämpfung erfährt, weit entfernt von Kühle; aber mit der sinkenden Sonne und den längeren Schatten verlor die brütende Schwüle des Augusttages in Granada doch an Kraft. Auch die Wasserspiele boten Erleichterung. Beatriz ließ die bevölkerten Teile des Harems schnell hinter sich und fand einen alten, mit großen, Schatten spendenden Bäumen und Blumenbüschen bewachsenen Garten. Ein langes Wasserbecken in der Mitte war ebenfalls von üppigem Grün überwuchert, Seerosen trieben träge im dunklen Nass, ein steinerner Springbrunnen speiste das Becken mit einem stetigen kleinen Rinnsal aus einer üppig überschwellenden Muschel aus Stein.

»Ich habe davon geträumt, Euch eben hier zum ersten Mal zu begegnen …«

Beatriz fuhr erschrocken herum. Am Eingang zu dem verschwiegenen Garten stand der Emir, die schlanke Gestalt in ein einfaches, weißes Gewand gehüllt.

»Bevor Ihr kamt, war dieser Ort umschattet, nur die Morgensonne überwindet die Hecken und Bäume. Aber der Glanz Eurer Schönheit lässt die Blumen zu mehr Leuchtkraft erwachen, als ein Stern es jemals könnte.«

Beatriz suchte nach einem Fluchtweg. Es war fahrlässig gewesen, allein in die Gärten zu laufen. Wenn er hier über sie herfiel, würde niemand sie hören. Andererseits würde ihr aber ohnehin niemand helfen. Dieser Schmeichler da war ihr Herr, ihr Besitzer … wo auch immer sie sich aufhielt, ihre Ehre war abhängig von seiner Gnade.

Sie versuchte, sich zu beherrschen, und blickte zu ihm auf. Vielleicht würde ihr eine harte Entgegnung einfallen, die ihn verletzte und abkühlte.

Aber in den Augen des Mannes spiegelte sich keine Gier, sondern nur Bewunderung und fast etwas Erbarmen.

»Beatriz, schau mich nicht an wie ein gehetztes Tier! Ich habe dich gesucht, ja, aber ich wollte dich hier nicht in die Ecke treiben …«

»Du hast mich gesucht?«, fragte sie mit schneidender Stimme. »Wo warst du denn, als man mich an einen alten Lüstling verschacherte? Ich höre noch deine schmeichelnde Stimme, als du mir sagtest, ich solle keine Angst haben, du würdest mich nicht allein lassen … Aber als es ernst wurde, hast du mir nur deinen Handlanger geschickt. Und ihm nicht mal genug Geld in die Hand gedrückt, um erfolgreich mitzusteigern. Für wie billig hast du mich eingeschätzt – *mein Emir*?« Beatriz spuckte die Worte förmlich aus.

Amir schüttelte betreten den Kopf. »Meine Morgensonne, ich hätte alles Geld der Welt für dich gegeben, mein Reich und mein Leben. Aber ich wusste nichts von dieser unseligen Versteigerung – ich dachte, ich hätte Zeit … und ich war außer Landes …«

»Um noch mehr von meinen Freunden und Verwandten abzuschlachten?«

Amir senkte den Blick. Was wusste sie von ihrem Vater?

»Beatriz …« Der junge Emir näherte sich ihr fast bittend, aber sie zog sich wie geschlagen zurück, als er nur ihre Schulter berührte. Amir seufzte und versuchte dann, all seine Liebe und Überzeugungskraft in seine nächsten

Worte zu legen. »Beatriz, entspann dich! Ich werde dir nichts tun. Wenn du es nicht willst, werde ich dich nicht einmal anrühren. Aber bitte, setz dich hierher und höre mich an!«

Der Emir wies auf ein paar Ruhebänke aus Stein, verborgen in einem Meer von Mimosen und Bougainvillea.

Beatriz fühlte sich plötzlich schwach. Nicht noch ein Kampf, nicht noch eine Verführung, der sie nicht entkommen konnte. Widerspruchslos ließ sie sich auf eine der Bänke sinken. Amir setzte sich ihr zu Füßen.

Mit sanften Worten schilderte er den Ruf seines Vaters, unterließ es allerdings, die Rolle Alvaro Aguirres in der Geschichte zu erwähnen. Er sprach von Heimlichkeiten und Intrigen – inzwischen hatte er herausgefunden, dass Ibn Saul die Versteigerung auf Wunsch höherer Mächte vorverlegt hatte. Er hatte den alten Emir im Verdacht, aber für Vorwürfe und Fragen war es jetzt zu spät. Wenn, dann hatte sein Vater ohnehin nur aus Liebe und Sorge um seinen Sohn und sein Land gehandelt. Er hatte ja nicht wissen können, wie glühend das Feuer war, das Amir verbrannte.

»Glaub mir, meine Morgensonne, als ich dich verlor, irrte ich im Dunkeln umher. Ich suchte dich in meinem ganzen Reich, ich fand keinen Schlaf vor Sorge um dich, und meine Schuld nagte an mir …«, endete er schließlich seine Erzählung. »Du musstest denken, ich hätte dich verraten. Für mich eine ständige Folter. Denn nichts ersehne ich mehr, als dass du in Liebe und Freundlichkeit an mich denkst.«

Amir tastete nach ihrer Hand, aber Beatriz zog sie brüsk zurück.

»Das kannst du in einem Tag haben«, antwortete sie kalt. »Schick mich und meinen Sohn zurück nach Kastilien. Dann wird dir vielleicht nicht meine Liebe, aber sicher meine Dankbarkeit bis ans Ende deiner Tage gewiss sein.«

Amir schüttelte den Kopf. »Wenn du das wirklich willst, dann werde ich es dir gewähren. Aber denke noch einmal darüber nach, Beatriz. Vor einem Jahr hättest du mir ein solches Vorgehen vielleicht gedankt. Heute würdest du mich nach wenigen Tagen verfluchen. Beantworte mir eine Frage, Beatriz, aber lass dir Zeit: Welche Zukunft hätte dein Sohn in Kastilien?«

Beatriz' Herz klopfte heftig. Wenn er das ernst meinte ... Sie konnte morgen schon auf dem Weg in ihre Heimat sein, ihren Vater übermorgen in die Arme schließen. Aber wie würde der sie willkommen heißen? Sie und ihr Bastard, denn so würde man Ali ... Alvaro nennen. Würde ihr Vater überhaupt wollen, dass man das Kind nach ihm nannte? Vielleicht könnte sie ja lügen und Ali als Diegos Sohn ausgeben. Aber auch dann bliebe er illegitim. Diego hatte Brüder, die jetzt sicher seine Stellung einnahmen. Sie würden den Platz nicht räumen für einen Bastard fragwürdiger Herkunft. Es war aussichtslos. Beatriz fühlte sich besiegt, sie spürte heiße Tränen in ihre Augen steigen, und jeder Versuch, ihr Überquellen zu unterdrücken, war vergebens. Amir wollte sie behutsam wegwischen, aber wieder schrak Beatriz vor ihm zurück.

Der junge Emir verhielt in der Bewegung.

»Ruhig, meine Sonne, ruhig, hast du nicht gehört, was ich versprochen habe? Meine Hand wird dich nicht berühren, bevor du es nicht willst. Aber beruhige dich. Sieh, dein Kummer bringt selbst die Pflanzen zum Welken.«

Amir brach einen Zweig von der Mimose ab, unter der sie saßen, und streichelte damit sanft über ihre Hand. Tatsächlich zogen sich die Blätter bei der Berührung mit ihrer Haut zusammen.

Beatriz lächelte unter Tränen. Aber Amir fuhr fort, sie

mit dem Blütenzweig zu streicheln. Er umspielte ihren Handrücken, schob den Ärmel ihres Gewandes hinauf, und Beatriz fühlte die zarte Ranke wie einen Hauch die blauen Äderchen ihres Unterarms entlang wandern. Ihre Haut reagierte, die hauchzarten Härchen an ihren Armen stellten sich auf, und Amir reizte sie mit den winzigen Blättern der Mimose. Das Blut in ihren Adern pulsierte, und Amir suchte den Takt des Pulsschlags, ließ den Zweig in seinem Rhythmus erzittern.

»Wie es die Blume an die Sonne drängt …«, flüsterte Amir, »so verlangt meine Seele nach dir.«

Geschickt schob er mit dem Zweig das Gewand an Beatriz' Hals beiseite und rieb die dünne Haut über ihrem Schlüsselbein, führte die Rispe über ihre Kehle und neckte sie damit, als sie schluckte.

Beatriz erbebte unter den kaum wahrnehmbaren Berührungen, ihre Haut fieberte ihnen entgegen, die zarte Ader an ihrem Hals pochte, und die Blätter der Mimose schienen sich unter der Wärme der Haut unter ihrem Kinn wieder aufzurichten.

»Sieh, wie du die Blume mit Leben erfüllst …«, raunte Amir. »Es verlangt sie nach Nahrung, du spendest sie im Übermaß …«

Der winzige Zauberstab legte Beatriz Brüste frei, die Blätter umspielten kühl ihre harten, aufragenden Knospen. Dunkelrot im Versprechen der Reife.

Amir pflückte eine Blüte der Bougainvillea und verteilte die Blätter auf Beatriz Leib und ihren Brüsten. Beatriz weißes Fleisch wand sich unter dem Rieseln der Blüten, kühle Blätter auf ihrer glühenden Haut – und dann wieder die intensive, jetzt zielstrebige Fahrt des Mimosenzweigs über ihren Leib. Er wischte die Blütenblätter fort, stellte das makellose Weiß ihrer Haut wieder her, und Beatriz stöhnte vor Lust.

Auch Amir atmete inzwischen heftiger. Aber er brach sein Versprechen nicht einmal, als er nun auch das Band ihrer Hose mit einem Schwung des Zweiges löste. Nur ein ersticktes Keuchen verriet seine Erregung beim Anblick ihres Leibes, der heißen Versprechung hinter dem jetzt so sorgsam enthaarten Hügel.

Beatriz zog sich instinktiv zurück, als er anfing, sie nun auch hier zu streicheln, aber schon das genügte als Signal, sich zurückzuziehen. Amir bettete die Rispe auf Beatriz' Leib wie ein Opfer auf einen Altar der Lust.

»Bitte, meine Morgensonne«, bat er heiser. »Lass mich eine Blüte von deiner Hand empfangen.«

Beatriz riss mit zitternden Fingern eine Bougainvillea-Blüte ab und ließ sie in seine gebräunte Hand gleiten. Hände, die sie sich bisher nur hart und heftig vorgestellt hatte und die nun so sanft und behutsam die Blüte umfassten. Amir führte die Blume an die Lippen, küsste die Blätter, die Beatriz zuvor berührt hatte, und begann dann, die Blüte mit der Zunge zu liebkosen, tastete sich mit zartem, behutsamen Spiel seiner Lippen zu ihrem Inneren vor, schien den Nektar trinken zu wollen.

Beatriz beobachtete ihn bebend. Sie meinte, seine Lippen und seine Zunge auf ihrer eigenen, rot leuchtenden geheimen Blume zu spüren, fühlte sie erblühen, feucht und schwer werden. Sie wurde von Schauern erfasst, als der Mann die Blüte schließlich noch einmal küsste und dann ganz vorsichtig, wie ein Windhauch, zu ihrer Scham führte. Beatriz schluchzte vor Lust, als er Blume an Blume legte. Nicht mehr als ein flüchtiger Kuss der roten Blätter, aber Beatriz bäumte sich im Höhepunkt auf, explodierte in einem Meer von roten Blüten, badete im Duft der Bougainvillea.

Amir sah ihr mit zärtlichem Lächeln zu. Nach wie vor verrieten nur sein schnelles Atmen, das heftige Pulsieren der Adern an seinem Hals und das Glühen seiner Augen seine Erregung. Als Beatriz wieder atmen und ihn anschauen konnte, hob er die Blüte noch einmal dankend zu den Lippen und deutete eine Verbeugung an.

»Es war mir eine Freude, Euch dienen zu dürfen«, sagte er galant. »Ich hoffe, ich habe Euch zu Gestaden führen können, die weit begehrenswerter sind als die Mauern eines Schlosses in Kastilien.«

Beatriz rang immer noch nach Luft, aber sie war weit davon entfernt, sich geschlagen zu geben.

»Und Ihr? Was macht Ihr nun, um Eure Erregung zu stillen? Wer ist die Auserwählte? Eine erfahrene Odaliske? Oder ein halbes Kind, an dessen Unschuld Ihr Euch weiden könnt?«

Amir schüttelte beleidigt den Kopf.

»Herrin, wenn am Morgen die Sonne nicht aufgeht, würde ich mich dann mit einem Öllämpchen bescheiden? Wenn es mich nach Wein dürstete, könnte Wasser das Verlangen stillen? Nein, da erwarte ich lieber einen Sommertag oder pflege meinen Weinberg.

Ich will dich, Beatriz. Erst wenn du mich erhörst, wird mein Schmerz gelindert werden. Solange ertrage ich ihn in Würde.«

Der Emir stand auf.

»Es wird dunkel, meine Sonne. Lass mich dir den Weg zurück ins Haus weisen. Ich hoffe, ich konnte ein paar deiner Ängste zerstreuen, du sollst dich sicher fühlen in deinen neuen Gemächern …«

Beatriz ordnete ihr Gewand. Noch immer klopfte ihr Herz wie rasend.

Ja, ein paar Ängste hatte er zerstreut, aber Wege zu neuen geöffnet. Diese schmeichelnden Worte, die List mit dem Mimosenzweig. Wie nah sie daran gewesen war, ihm nachzugeben. Aber das sollte nicht geschehen. Vielleicht konnte sie nicht nach Kastilien heimkehren, aber sie würde ihr Versprechen Diego gegenüber auch nicht brechen. Niemals würde sie einen anderen lieben. Dies hier war nicht mehr als Lust.

Amir beobachtete mit sanftem Lächeln, wie sie fast beiläufig die Bougainvillea-Blüte aufnahm und in ihrem Ärmel versteckte …

In Beatriz' Gemächern erwartete sie eine Überraschung. Ausgestreckt auf ihren Sitzkissen räkelte sich ihre Freundin Ayesha, knabberte Gebäck, plauderte mit Susanna und kitzelte den kleinen Alvaro, der vergnügt krähend zwischen den Frauen auf dem Boden lag.

Beatriz umarmte die Lautenspielerin mit echter Wiedersehensfreude. Obwohl fast etwas wie Eifersucht an ihr nagte. Ob Amir auch Ayesha im Garten verwöhnt hatte? Aber halt, war die Freundin nicht eigentlich für den Harem des alten Emir erworben worden?

»Gut siehst du aus … Umm Ali!!« Aus dem Mund der Odaliske klang der Ehrenname spöttisch. »Und, was habe ich gesagt? Letztlich bist auch du im Harem des Emirs gelandet!«

»Wie du«, gab Beatriz etwas patzig zurück. »Erst der Vater, dann der Sohn?«

Ayesha lachte. »Bist du eifersüchtig? Oh, Beatriz, das sieht ja aus, als würden sich die Sehnsüchte des Emirs bald erfüllen! Nein, keine Sorge, weder der alte noch der junge Emir zeigten Interesse an mir als Bettgenossin. Im letzteren Falle leider, obwohl …« Sie ließ den Satz unausgesprochen. »Auf jeden Fall schätzt man mich als Lautenspielerin. Der alte Emir, der junge, und auch die hochgeborene Herrscherin dieses Harems, Zarah Abenzera. Meine Stellung hier ist gesichert. In jeder Beziehung.«

Letzteres klang bedeutsam, aber Beatriz überhörte es. Sie war jedenfalls beruhigt.

»Mein Lautenspiel hat sich auch verbessert. Glaubst du nicht, man würde auch mich als Musikerin brauchen können? Wenn ich so meine Stellung sichern und mein Kind großziehen könnte …«

Ayesha verdrehte die Augen. »Nun lebst du schon fast ein Jahr im Harem und hast immer noch dumme Träume!«, tadelte sie die Freundin. »Glaubst du im Ernst, man erlaubte einer Lautenspielerin, im Harem des Emirs das Kind eines anderen großzuziehen? Davon abgesehen: Im Islam gehört das Kind der Mutter, bis es vier Jahre alt ist, danach kann der Vater es ihr abfordern. Was Mammar al Khadiz zweifellos tun wird. Wenn du das Kind länger behalten willst, pflegst du besser deine Beziehungen zum Emir!«

Beatriz seufzte.

Ayesha tätschelte sie tröstend. Dann wechselte sie das Thema.

»Und nun erzähl: Man hat den Emir vor einer Stunde in den Seerosenhof gehen sehen. Und dich kurz vorher. Was habt ihr gemacht? Blumen gepflückt?«

Beatriz musste lachen. Ayesha würde nie erraten, wie nah sie der Wahrheit kam. Schließlich erzählte sie eine verharmloste Version, konnte aber nicht umhin, stolz den Treueschwur des Emirs zu erwähnen.

Ayesha lachte wieder. »Ach, Kind, Kind, du glaubst ja immer noch den Versprechungen der Männer! Wie viele haben dich schon genarrt, meine Kleine?«

»Er meinte es ehrlich!«, trotzte Beatriz.

Ayesha nickte mit gespieltem Ernst. »Während sie die Worte aussprechen, meinen sie es immer ehrlich. Das ist der Trick. Und ansonsten: Es mag sein, dass unser geliebter Herr zurzeit wirklich an keiner anderer Konkubine interessiert ist als an dir.

Aber Zarah, unsere über alles geliebte Herrin, hat ihn eben zu sich befohlen. Und glaub mir: Die pflücken keine Blumen!«

Amir fühlte schon wieder nagende Schuldgefühle, weil er Beatriz nicht die ganze Wahrheit gesagt hatte. Ja, sie war die Einzige, nach der er sich seit Wochen verzehrte. Wenn er seine Sinne beisammen hatte, verspürte er keinen Anflug von Lust nach einer anderen Frau.

Aber Zarah war eine Frau, die einem Mann die Sinne verwirrte, mehr noch, die sein tiefstes Inneres an sich riss und ihn in ein rasendes, keuchendes Opfer der eigenen Begierde verwandelte. Amir hatte ihr noch nie widerstehen können, so sehr er sich danach sehnte, frei zu werden von ihrer dunklen Sinnlichkeit. Wenn Beatriz die Morgensonne war, so stellte Zarah die düstersten Schatten des Mondes in ihren Dienst. Schatten der Lust am Rand des Abgrunds.

Amir hätte sie nicht besuchen müssen, aber ihr Wunsch war Befehl. Wenn nicht, würde sie ihn beim nächsten Mal nur noch grausamer quälen – und obendrein Intrigen spinnen, die seine Stellung in Granada gefährdeten. Zarah war eine Tochter der Abenzera, einer der mächtigsten Familien im Emirat. Die Abenzera hatten Güter in ganz Granada, sie hielten ihre Bauern und Arbeiter in Angst und Abhängigkeit. Und sie verstanden die Kunst der Manipulation und Aufwiegelei. Ein Brief von Zarah an ihre Verwandten, und die Stimmung im Land konnte gefährlich umschlagen. Amir würde es sich gut überlegen, ihr zu trotzen – und hatte es doch schon getan, indem er dem Wesir die Sklavin Beatriz abgeschwatzt hatte.

Mit bangem Gefühl betrat er Zarahs Gemächer und tauchte in ein Reich voller Kissen, schwerer Düfte und dunkler Geheimnisse. Ebenholzkästchen verbargen Spielzeuge und Tinkturen, die einem Mann den Willen raubten, seine Lanze fast zerbrachen zwischen Sehnsucht und Erfüllung, berstender Süße und rasendem Schmerz … Gefährlich ruhig saß Zarah auf ihrem Diwan und sog an ihrer Opiumpfeife. Sie ließ Amir vor sich stehen wie einen Bittsteller.

»Sie ist also da?«, fragte sie gelassen. Ihre Stimme war dunkel, samtig, das Schnurren des Tigers.

»Ja, das ist sie, und ich versichere dir, dass sie deine Stellung nicht gefährden wird.« Amir hätte die Sache gern schnell geregelt und abgeschlossen, aber das war hoffnungslos. Zarah lehnte sich zurück und begann langsam und lasziv ihre Brüste zu streicheln. Sie trug ein blutrotes, weites Gewand, aber jetzt drückte sie es an ihren Körper, sodass ihre hohen, mächtigen Brüste sich abzeichneten. Ihre Spitzen stellten sich sofort auf und schienen den dünnen Stoff durchstoßen zu wollen.

Amir versuchte, nicht hinzusehen.

»Um eben dieses wollte ich dich heute bitten, mein Geliebter«, hauchte die Frau, voll gespielter Demut.

Zarah war nicht wirklich schön. Sie war eher grobknochig mit starken Hüften und säulenartigen, muskulösen Beinen. Ihre Brüste waren groß, aber fest, ihr Gesicht aristokratisch scharf geschnitten. Ihre Augen waren jedoch riesig und feucht – zumindest konnten sie es sein, wenn sie Liebe wollte. Wollte sie Krieg, so erkalteten die glühenden Kohlen in einem Herzschlag zu schwarzem Eis. Ihre sonst vollen Lippen wurden zu einem Strich und die wohl modulierte Rede der Prinzessin zum scharfen Grollen der Tigerin.

»Sieh, mein Gebieter, ich liege auf den Knien vor dir …« Zarah ließ sich vor Amir niedersinken und umfasste seine Beine. Zunächst fest, um ihn an der Flucht zu hindern, dann löste sie den Griff, streichelte, knetete, krallte sich in die Muskeln seiner Schenkel. Amir konnte nicht verhindern, dass Begehren in ihm aufwallte. Sie biss wie eine spielende Katze in den Stoff seiner dünnen Leinenhosen, zerriss sie …

»Oh … da werden wir gleich einen Eunuchen aussenden müssen, dir neue zu holen …«, kicherte sie. »Oder magst du in meinen parfümierten Beinkleidern um die Wohnung deiner kleinen Sklavin schleichen?«

»Zarah, nicht … Hör auf!«

Zarah schob ihren Kopf zwischen seine Beine, ihr dichtes, schwarzes Haar umschmeichelte sein Geschlecht, während sie seine Beine mit Küssen und kleinen Bissen bedeckte.

Amir fühlte, wie sein Glied sich versteifte, fasste in ihr Haar, versuchte, sie wegzustoßen, aber der Griff in ihre dicken Locken erregte ihn nur noch mehr. Dazu begann sie nun, ihre Wangen an seiner Hand zu reiben wie ein Kätzchen, saugte an seinem Finger, rieb sich dann weiter, an seinen Lenden, seinem Geschlecht …

Amir gab auf, sehnte sich nur noch danach, ihre Lippen zu spüren und seine Kraft in sie zu vergießen … oder nein, er sehnte sich nach anderen Lippen, weicheren, zärtlicheren. Er wollte Beatriz' Pfirsichduft einatmen und nicht betäubt werden von Zarahs schweren Rosen- und Moschusparfüms. Der Emir schloss die Augen und beschwor fließendes, rotgoldenes Haar, meerblaue Augen … setzte Beatriz im Traum an Zarahs Stelle. Vielleicht war es ja kein Verrat, wenn er auf den Höhen der Ekstase nach ihr rief, ihren Namen flüsterte …

Aber dann ließ Zarah ihn plötzlich frei. Statt ihm Erleichterung zu verschaffen, sank sie mit gespreizten Beinen auf die Kissen am Boden nieder und räkelte sich lasziv.

»Was sagtet Ihr, Herr? Ich sollte aufhören? Selbstverständlich, Euer Wunsch ist mir Befehl …«

Amir stöhnte auf, als sie mit provozierendem Lächeln begann, sich selbst zu streicheln. Er explodierte, als sie mit einem Stöhnen zum Höhepunkt kam. Blind vor Erregung warf er sich auf sie, versuchte sie niederzuzwingen, ignorierte ihren gespielten Widerstand. Er stieß wild in sie, während sie weiterhin biss und kratzte, an genau berechneten Stellen, die seine Leidenschaft in noch verwegenere Höhen trieb. Aber für Zarah war Liebe immer Krieg, und nur im Siegen fand sie Befriedigung.

So nutzte sie den Augenblick seiner Schwäche, als Amir schließlich über ihr zusammen brach. Sie zwang ihn auf den Rücken, setzte sich auf ihn, band seine Hände mit einem Seidenschal und begann sofort, ihn neu zu erregen. Amir überließ sich ihr hilflos, ließ zu, wie sie in seine Lenden biss und sie streichelte, Opiumtinkturen darauf strich und abschleckte, während Amir von ihrem Duft zum Wahnsinn getrieben wurde. Er bäumte sich unter ihr auf, als sein Geschlecht erneut anschwoll, aber sie kämpfte ihn nieder, hielt ihn endlos an der Schwelle zur Ekstase, bis er nach Erleichterung schrie.

»So, nun kannst du bitten, mein Herr? So sag, dass du mich liebst! Sag, dass ich die Einzige bin, dass du allen anderen abschwörst, für immer …«

Amir wollte sich weigern, wollte seine ganze Kraft einsetzen, um sie energisch abzuwerfen, aber sein Körper hatte sich längst ergeben. Während Wut und Abscheu in ihm tobten, hörte er sich Liebeschwüre flüstern, die für Beatriz Verrat bedeuten mussten, hörte sich betteln, fühlte jede Faser seines Körpers Zarahs Namen wimmern.

Schließlich erwies Zarah ihm Gnade. In einem triumphalen Akt erhob sie sich über ihn, ritt ihn wild und anhaltend mit dem irren Lachen der Siegerin auf feuchten, weit geöffneten Lippen.

Nein, Amir rief auf dem Scheitel der Ekstase nicht nach Beatriz, verlangte nicht nach ihrem weißen Körper. Zarah hatte ihn bezwungen, in dieser Nacht gehörte er ihr, ganz und gar, mit Geist und Körper.

Erst gegen Morgen wankte er, erschöpft, verstört und voller Schuldgefühle, zurück in seine eigenen Gemächer. Und in seinen Selbsthass mischte sich Angst. Zarah verstand sich nicht nur auf die dunkelsten Künste der Nacht. Wer immer sie geschult hatte, musste ihr noch anderes Wissen vermittelt haben. Amir zitterte vor Sorge um Beatriz. Wie konnte er Zarah von ihr fern halten? Wie konnte er sie hindern, ihr etwas anzutun? Oder vermochten die Kräfte der Hexe gar ausreichen, dieses Kind der Sonne zu sich über den Abgrund zu ziehen?

»Ist das jetzt nicht etwas übertrieben?«, fragte Beatriz in einer Mischung von Ärger und Verwunderung, als eine demütige kleine Dienerin darauf bestand, jeden Bissen ihrer Speisen vorzukosten.

Das Mädchen verbeugte sich tief. »Ein Befehl unseres Herrn. Er will Euch vor jeder Gefahr geschützt wissen.«

»Der Emir sollte lieber seine Versprechungen halten. Mit solchen Spielchen macht er auf mich keinen Eindruck! Wer sollte mich schon vergiften wollen?« Beatriz nahm eine der für sicher befundenen, kandierten Früchte.

»Nimm die Sache nicht zu leicht«, warnte dagegen Ayesha. Die Freundinnen hatten sich zum gemeinsamen Lautespiel in Beatriz' Räumen getroffen und erholten sich jetzt mit Erfrischungen von der Übungsstunde. Ayesha war eine weit strengere Lehrerin als Fatima, und Beatriz' Finger schmerzten. »Der Emir wird wissen, was er tut. Niemand weiß Genaueres, aber man hört hässliche Andeutungen über Zarah, seine erste Gemahlin. Ihre Mutter soll eine Hexe gewesen sein, die sie in alle Künste der Verführung, aber auch des Mordens und der Manipulation eingewiesen hat. Ich will das alles nicht wissen, und es geht mich ja auch nichts an. Aber so manches Mal, wenn ich bei Banketten des Emirs aufspielen musste und spät in der Nacht zurückkam, sah ich junge Mädchen oder auch Eunuchen wie geprügelte Hunde aus ihren Gemächern schleichen. Oder ich hörte Lachen und Schreien. Diese Zarah hat Geheimnisse, und wenn sie sich von dir bedroht fühlt …« Ayesha ließ den Satz unvollendet.

»Von mir droht ihr keine Gefahr. Ich will ihren Amir nicht. Sie scheint ihn ja fest im Griff zu haben, wenn er schon auf Zuruf zu ihr kriecht, gleich nachdem er mir die süßesten Worte zugeflüstert hat. Soll sie ihn behalten …« Beatriz sprach kühl, aber tatsachlich brodelte es in ihr. Eine Hexe, ausgebildet in den dunkelsten Künsten des Harems. Eine Frau, die Männer willenlos machen konnte. War Amirs gestriger Verrat vielleicht doch eine lässliche Sünde?

Und wenn sie, Beatriz, es wirklich darauf anlegte – würde sie die Zauberin schlagen?

In Beatriz' Meeraugen blitzte es mutwillig auf.

»Warum heiratet ein Emir eine Hexe?«, fragte sie betont beiläufig.

Ayesha lächelte. Beatriz hatte den Köder offensichtlich geschluckt.

»Eine dynastische Ehe. Die ersten Ehen granadinischer Adliger werden in aller Regel arrangiert, das habe ich dir doch schon einmal erklärt. Und in so einem Fall ist es schwierig, die Verbindungen wieder zu lösen, wenn sie den Mann nicht glücklich machen.«

»Macht sie ihn denn nicht glücklich? Ich denke, er vergeht in ihrem Bett vor Ekstase?«, bemerkte Beatriz spitz.

Ayesha seufzte. »Ach, Kleines, Ekstase ist nicht der Schlüssel zum Glück. Das meinst du nur, das hat man dir gepredigt, weil eine Frau bei euch Christen dem Mann alles geben soll: Liebe, Glück, Ekstase, Kinder … Hier bei uns sehen wir das anders. Mädchen wie ich werden zum Beispiel sorgfältig geschult, einen Mann an die Gestade der Wollust zu treiben. Aber das hat nichts mit Liebe zu tun. Es dient nur seinem körperlichen Wohlbefinden. Dazu lernen wir, ihn zu unterhalten, kluge Gespräche zu führen, Gedichte zu rezitieren, Lieder zu singen. Dies zu seinem seelischen Wohlbefinden. Am Ende soll immer ein zufriedener, ausgeglichener Herr stehen. Kommt dann noch persönliche Sympathie dazu, umso besser. Entspringt dem Akt ein Kind, so wird der Herr es lieben und die Mutter ehren. Entwickelt sich gar Liebe, so sind beide gesegnet. Wichtig ist jedoch nicht Ekstase, sondern Entspannung. Und nun sieh dir den Emir an, wenn er von seiner Zarah kommt: Er ist müde, schlecht gelaunt, seine Diener fürchten ihn, und die Verurteilten, die ihn an diesen Tagen um Gnade bitten, brauchen nicht zu hoffen, dass ihnen das Beil des Henkers erspart bleibt. Frauen wie Zarah halten ihre Herren in Anspannung und Angst. Du siehst selbst das Ergebnis: Nach der Nacht mit ihr lässt er deine Speisen vorkosten, und sicher steht vor deinen Gemächern ein Leibwächter, der jeden deiner Schritte überwacht. Der Emir fürchtet um dein Leben, Beatriz!«

»Aber warum verstößt er sie dann nicht einfach?«, hielt sie dagegen. »Das soll doch hier ganz leicht sein. Man sagt dreimal: ›Ich verstoße dich‹, und das war es dann mit der Liebe fürs Leben.« Sie schüttelte sich vor Abscheu, aber dies war schon ein bisschen gespielt. Ayesha meinte in ihren Augen zu lesen, dass sie sich Zarahs und am besten auch gleich noch der anderen dreihundert Frauen in diesem Harem nur zu gern entledigt hätte.

»Ihre Familie würde wie die Geier über ihn herfallen«,

meinte Ayesha. »Außerdem … eine Frau wie Zarah verstößt man nicht so leicht. Bevor er den Satz zum zweiten Mal ausgestoßen hätte, hätte sie ihn bis zum Wahnsinn erregt …«

Beatriz biss sich auf die Lippen. Ayesha sah, wie es in ihr arbeitete.

Die Treue zu einem Toten kämpfte mit der Herausforderung, einen Lebenden zu erobern. Gut, sollte sie nachdenken. Ayesha würde sie nicht weiter reizen. Sie hatte dabei sowieso nicht das beste Gewissen. Natürlich sähe sie ihre Freundin gern als Herrin dieses Harems, und sie hätte auch gern etwas für die Mädchen getan, die sich nachts weinend aus Zarahs Gemächern schleppten. Ayesha ahnte da mehr, als sie der noch so unschuldigen Beatriz verriet. Aber Zarah war eine gefährliche Gegnerin. Es war keineswegs sicher, dass Beatriz diesen Kampf gewann.

Amir wagte an diesem Tag nicht, Beatriz unter die Augen zu treten. Er war sich sicher, dass sie von seinem Besuch bei Zarah gehört hatte; ein Harem hatte hundert Augen. Stattdessen ließ er ihr Blumen und Geschenke bringen, und als die Erregung ihn am Nachmittag nicht zur Ruhe kommen ließ, übersetzte er ein Liebesgedicht in Spanisch und ließ es ihr zukommen.

Hatte Hassan nicht gesagt, der neue Eunuch verstehe sich aufs Rezitieren und habe obendrein einen guten Eindruck auf die Kastilierin gemacht? Amir ließ Mustafa kommen und übergab ihm das Schreiben.

»Geh zu der Herrin und lies es ihr vor. Sag ihr, dass ich mich vor Liebe zu ihr verzehre. Ich büße meine Sünden, indem ich mir ihren Anblick versage.«

Mustafa nickte und verneigte sich ehrerbietig. Natürlich würde er die Aufgabe mit Freuden erfüllen – für seinen Herrn, dem er zu tiefstem Dank verpflichtet war, aber auch für die Herrin. Beatriz Liebesschwüre vorzutragen musste der Himmel sein. Auch wenn er es im Auftrag eines anderen tat …

Zufrieden wanderte der Eunuch durch die Flure des Harems. Die Mädchen lächelten ihm zu, er wusste, dass sie über ihn tuschelten. Natürlich war ihm seine Stellung noch neu, aber die anderen Eunuchen im Harem hatten ihm schon klargemacht, dass sein Geschlecht ihn in den Augen der Frauen keineswegs völlig zum Neutrum machte. Die Mädchen im Harem waren ständig unbefriedigt, kein Herr der Welt konnte sie alle glücklich machen. Also suchten sie nach anderen sexuellen Zerstreuungen, verliebten sich ineinander oder auch in die entmannten Wächter des Harems. Zu Mustafas grenzenloser Verwunderung gehörte deshalb ein Vortrag zur sexuellen Enthaltsamkeit zu seiner Einführung in den Harem.

»Glaub nicht, dass sie dich nicht erregen können«, sagte Hassan streng. »Du ahnst nicht, welche Wonnen eine geschulte Odaliske auch Körpern wie den unseren bereiten kann. Vor allem aber sind wir in der Lage, diese Frauen an die Gestade der Lust zu tragen. Nicht auf unserem Schoß, aber doch auf unseren Händen, mit unseren Mündern … es gibt da so manchen Weg, und glaub mir, diese Mädchen kennen ihn. Also lass dich nicht von ihnen verführen. Auf die Liebe zu einer der Haremsblüten steht der Tod. Das Urteil wird unbarmherzig vollstreckt, vor den Augen der anderen Eunuchen und der Mädchen. Meist wird auch die Frau schwer bestraft; ob sie am Leben bleibt, hängt vom Wohlwollen des Herrn ab und mitunter auch ihrer Stellung im Harem. Einer Tänzerin wird man eher verzeihen als einer Favoritin des Herrn.«

»Und was ist mit Ehefrauen?«, fragte einer der anderen Eunuchen anzüglich. Wieder streiften Mustafa abschätzende und mitleidige Blicke.

Hassan erblasste. »Von einer Ehefrau erwartet man erst recht die absolute Treue; schon der Verdacht, sie zu verführen, ist tödlich. Haltet euch also fern von ihr … von ihr besonders …«

Mustafa meinte, ein Schnauben von einem der anderen Eunuchen zu hören, ein weiterer war bleich wie ein Leintuch.

Aber all das kümmerte ihn jetzt nicht. Er gedachte nicht, Beatriz zu verführen, wie sollte er auch? Aber Anbetung war nicht verboten, und als Bote des Herrn vor sie zu treten war eine Erhöhung.

Beatriz schien allerdings gar nicht so begeistert von Amirs Zuwendungen. Sie ließ die Blumen herausschaffen und warf das Geschenk, kostbare Ohrgehänge, achtlos in ihre Schmuckschatulle.

Erst Mustafas Vortrag schien ihr Interesse zu wecken.

Mustafa erfuhr tiefstes Glück, als es ihm tatsächlich gelang, ein Lächeln auf ihrem schönen Gesicht erblühen zu lassen.

»Das war wunderhübsch, Léon.« Beatriz übergab ihm ein Goldstück als Zeichen ihrer Wertschätzung. »Du hast eine so schöne Stimme, und du legst all deine Seele in deinen Vortrag. Hast du das hier gelernt oder in Kastilien?«

Beatriz genoss es, in ihrer Muttersprache mit dem Jungen zu plaudern. Léon war freundlich und höflich, seine Umgangsformen entsprachen denen, die sie in Kastilien gewöhnt war. Vor allem war dies endlich ein Mann, vor dem sie sich nicht in Acht nehmen musste. Und ausnahmsweise war es ihr egal, ob sie dies dem radikalen Eingriff des maurischen Wundarztes zu danken hatte oder der sorgfältigen Erziehung des spanischen Granden.

Léon seinerseits fand nach so vielen Jahren zurück in die Rolle des wohlerzogenen Pagen. Bei Beatriz brauchte er die Fallstricke maurischer Höflichkeit nicht zu fürchten, sondern konnte sich ganz so geben, wie es seine Mutter einst erfreut hatte.

Gemessen beantwortete er ihre Fragen, erzählte von seinem früheren Herrn, aber nicht von dessen nächtlichen Ausschreitungen. Beatriz sollte annehmen, er sei bei einem freundlichen Gönner aufgewachsen. Die Höflichkeit verbot ihr zu fragen, warum dieser Mann ihn schließlich entmannt und verstoßen hatte …

Léon war auch eine freundliche und unaufdringliche Begleitung, als Beatriz sich gegen Abend auf einen Spaziergang durch die Gärten begab. Wenn schon ein Leibwächter, dann dieser servile Jüngling. Vor den schweigenden, schwergewichtigen Nubiern, die Hassan sonst auf ihre Spuren setzte, hatte sie dagegen immer ein bisschen Angst. Sie würde dem Obereunuchen morgen bestellen lassen, dass sie Léon zu ihrem Leibdiener zu ernennen gedachte.

Mustafa folgte ihr glücklich durch die Gärten, pflückte ihr hier eine besonders wohlriechende Blüte und wies sie dort auf raffinierte Wasserspiele hin. Wenn sie mit anderen Frauen sprach, hielt er sich vornehm im Hintergrund oder holte beiden schnell eine Erfrischung.

»Er ist so süß!«, lachte Ayesha über Beatriz' Neuerwerbung. »Oh, dieses weiche, hellbraune Haar … und sein Fleisch muss noch fest sein, er hat sich den Freuden des Weines und der Süßigkeiten noch nicht ergeben, denen so viele unserer entmannten Freunde verfallen. Ach, ich wüsste mehr mit ihm anzufangen als einen Spaziergang durch die Gärten … Aber lass dir das ja nicht einfallen, Beatriz, der Emir ließe ihn vierteilen!«

Beatriz schüttelte voller Abscheu den Kopf. »Ayesha, das ist ein Kind! Ich käme niemals auf den Gedanken … eine Affäre mit einem Eunuchen … Das wäre … absurd!«

Ayesha lächelte, aber ihr Ausdruck hatte auch etwas Sorgenvolles.

»Dann wollen wir mal hoffen, dass andere das nicht gänzlich verschieden sehen …«, murmelte sie.

Mustafa wanderte an Beatriz' Seite durch das Paradies, aber er wusste noch nicht, wie bald er auch die Schlange darin kennen lernen sollte.

In seinem Glückstaumel dachte er sich nicht viel dabei, als Zarah, die Gemahlin des Emirs, ihn am Abend rufen ließ. Sie schickte dazu den jungen Eunuchen, der bei Hassans Vortrag neulich so tief erblasst war. Der Mann begleitete ihn zu Zarahs Gemächern, als wollte er ihn beschützen, aber dann ließ er ihn doch allein.

»Viel Glück, mein Freund«, sagte er leise.

Mustafa trat ein, als eine dunkle Stimme auf sein Klopfen antwortete.

Zarah saß auf ihrem Diwan, bekleidet mit einem Gewand aus schwarzer Gaze, das die Kurven ihres Körpers weicher machte und betonte, aber nicht das Geringste verborgen hielt. Sie hatte ihr Haar gelöst, und schwere Locken fielen über ihre Schultern. Ihr Empfangsraum war mit Samtvorhängen und weinroten Kissen ausgestattet, betäubende Düfte erfüllten die gesamte Wohnung. In einer Ecke hockte eine kleine Harfnerin und spielte langsame, betörende Tonfolgen. Das Mädchen wagte nicht einmal aufzusehen, als Mustafa eintrat.

»Ah, der junge Kastilier, den man seiner Manneskraft beraubt hat, aber nicht seiner Verführungskünste«, begrüßte ihn Zarah. »Wie ich vernommen habe, gebraucht dich mein Gatte als Liebesbote. Also lass hören, was er zu sagen hat.«

Mustafa errötete. Amirs Gedicht war für Beatriz bestimmt gewesen, für sie allein. Aber wie machte er das dieser Frau klar, die auf ihrem Diwan hockte wie eine Spinne in ihrem Netz?

In seiner Not begann er, ein anderes Gedicht zu rezitieren. Eine arabische Weise. Das Mädchen an der Harfe schlug den Takt dazu. Sie war unzweifelhaft eine begnadete Musikerin.

»Betrüg mich nicht!« Schneidend unterbrach Zarahs klare Stimme den Vortrag. »Das ist nicht der Text, den mein Gatte für die Sklavin auswählte. Ich warne dich – versuch nicht mich zu foppen!«

Mustafa fuhr zusammen und sah die Harfnerin Hilfe suchend an. Sie beachtete ihn nicht, sondern hielt den Blick auf ihr Instrument gerichtet, als hinge ihr Leben davon ab.

»Ich schwör bei der Liebe derer, die mich verschmäht: Die Nacht des von Liebe Verzehrten hat kein Ende ...«, setzte Mustafa an. Er versuchte, die Verse ohne Betonung herunterzuleiern. Das Herz dieser Frau sollte vom Geschenk des Emirs nicht berührt werden.

Dafür bestand allerdings wenig Gefahr. Zarahs Herz war längst erkaltet.

»Das war besser. Aber du hältst dich nach wie vor mit deinen Künsten zurück. Sieht aus, als müsste ich da nachhelfen. Dir fehlt es an gesellschaftlichem Schliff. Gieß mir Likör ein!«

Zarah wies auf die Karaffe auf einem ihrer Tischchen.

Mit zitternden Fingern füllte Mustafa ein Glas, stellte es auf ein Tablett und kredenzte es der Herrin, wie er es gelernt hatte. Aber auf dem Weg zu ihr stolperte er, ein mit Hennaranken bemalter, kräftiger Frauenfuß brachte ihn zu Fall. Der Likör ergoss sich über den Rist. Mustafa warf sich zu Boden und stammelte eine Entschuldigung.

Zarahs Stimme klang zunächst gelassen, gewann dann aber immer mehr an Schärfe. »Ich sage ja, kein Schliff.

Nun mach mich sauber, mein kleiner, entmannter Freund …«

Mustafa suchte verzweifelt nach einem Tuch. Aber Zarahs Fuß stieß ihn zu Boden.

»Nimm dein eigenes Werkzeug. Oh ja, man raubte dir die Lanze, aber du hast doch noch die Zunge, nicht wahr? Die so schöne Verse sprechen kann, auch wenn sie es hier nicht zeigen mag. Mal sehen, ob wir sie anderweitig in Bewegung bringen!«

Tiefrot vor Scham beugte sich Mustafa über den Fuß der Herrin. Der Likör schmeckte süß, berauschend, aber auf Mustafas Zunge brannte nur die Qual seiner Schande.

Im weiteren Verlauf der Nacht sollte sie seinen ganzen Körper erfassen. Mustafa wurde von Scham und Angst zerrissen, während Zarah ihn in Besitz nahm. Am Ende war seine Seele befleckt, sein Körper mit Striemen und Blutergüssen übersät. Zarah gefiel es, ihre Sklaven zu strafen. Sie steigerte sich in einen Rausch von Gier und Wut, ließ allen Hass an dem Jüngling aus, der sie erregte, den sie Amir aber nur am Rande spüren lassen konnte. Was sie mit ihrem Gatten anstellte, war ein Spiel. Dies hier stillte ihr wahres Verlangen. Und zu all dem erklang die Harfe. Klar und süß, so schwierige Läufe, dass die kleine Harfnerin dabei nicht aufsehen konnte.

Ihr Gesicht war jedoch von Tränen überströmt, als Zarah die beiden endlich gehen ließ.

»Hab keine Angst, ich verrate dich nicht«, sagte das Mädchen, löste einen ihrer Schleier und tupfte dem Jüngling sanft Blut, Schweiß und Tränen vom Gesicht. Mustafa war im Gang niedergesunken, erleichtert, aber überwältigt von Schwäche und Scham.

»Ich weiß, dass du das nicht wolltest, niemand will es. Ich gehe da auch nicht freiwillig hin, aber was soll ich machen? Was solltest du machen? Versuch, es zu vergessen.«

Mustafa bemühte sich, einen Rest von Würde zu wahren, aber die Tränen strömten ihm über das Gesicht.

»Wie kann ich das vergessen?«, brach es aus ihm heraus. »Und was ist, wenn sie es wieder tut?«

Das Mädchen seufzte. »O ja, sie wird es wieder tun. Aber meistens bestellt sie nicht einen allein, sie ergötzt sich zu gern daran, anderen bei schamlosen Handlungen zuzusehen. Und wehe, du wehrst dich ... Sieh ...« Das Mädchen schob ihr Gewand herab und entblößte eine Schulter. Ihr Rücken war mit vernarbten Striemen bedeckt.

»Wenn ich es Hassan sage ...« Mustafa suchte verzweifelt nach einem Ausweg.

»Dann sagt sie, du lügst. Oder du wolltest sie verführen. Oder sie verrät die Mädchen, mit denen du es machen musst. Die Sache vor zwei Jahren ... Der Eunuch wurde getötet, das Mädchen verkauft. Das hat sie eingefädelt. Und ein paar Tage danach fiel das Mädchen auf dem Sklavenmarkt einem mysteriösen Unfall zum Opfer. Seitdem schweigen alle ...«

»Wie viele sind ›alle‹?«, stammelte Mustafa. »Willst du damit sagen, dass jeder es weiß?«

Das Mädchen schüttelte den Kopf. »Nein, Genaueres wissen nur deine Leidensgefährten. Zwei der Eunuchen, vier oder fünf Mädchen. Aber die anderen reden natürlich. Du weißt, wie es im Harem ist, viele Geheimnisse gibt es nicht ...«

»Aber die dunkelsten bleiben ungelüftet ...«, sagte Mustafa. »Gnade uns Gott.«

Beatriz fand ihren kleinen Freund am Morgen verändert, Léon wirkte verängstig, fahrig, über seiner rechten Augenbraue lag eine Platzwunde.

»Wo hast du dir denn das zugezogen?«, erkundigte sie

sich. Die Frage nach der Verletzung erschien ihr unverfänglich.

Mustafa murmelte etwas von einem Stolpern auf der Stiege zur Küche. Beatriz schüttelte den Kopf. Die Wunde sah aus wie ein Peitschenhieb. Aber wer konnte den Jungen geschlagen haben?

Beunruhigt grübelte sie darüber nach, während sie ihr Kind stillte. Der kleine Alvaro war nach wie vor ihre ganze Freude. Mit glücklich geschlossenen Augen gab sie sich der Lust hin, seine kleinen, rosigen Lippen an ihrer Brust zu spüren. Sie beachtete es nicht, als jemand fast lautlos die Tür öffnete. Wahrscheinlich Susanna …

»Wie glücklich wäre ich, könnte ich jetzt an Stelle Eures Sohnes sein …«

Die leise Stimme des Emirs.

Beatriz setzte sich so schnell auf, dass das Baby beinahe ihren Armen entglitten wäre. Sie wollte sich bedecken, aber Ali brüllte protestierend auf. Er war noch nicht satt, sie konnte ihm unmöglich die Milchquelle entziehen. Verlegen versuchte sie, Kind und Brust unter einem Schleier zu verbergen.

Die dunklen Augen des Emirs blickten sie bittend und verlangend an.

»Sei nicht so grausam, meine Sonne! Gönne mir den Blick auf die schönste Landschaft, die Granada zu bieten hat. Sanft geschwungene Hügel, ein süßes Tal, ein Kind, das sich an der Milch der Liebe labt. Nichts daran braucht Ihr schamhaft zu verbergen …«

»Ach, nein?«, fuhr Beatriz ihn an. »Wozu gewährt Ihr mir private Gemächer, wenn Ihr mir doch keine Ruhe darin gönnen wollt? Ist das Eure Vorstellung von Achtung und Diskretion? Sagtet Ihr nicht neulich noch, ich sollte mich in meinen Räumen sicher fühlen? Aber ich vergaß, Ihr brecht Eure Versprechen ja ständig …«

»Ich wollte ungestört sein, meine Morgensonne. Und ich wollte dich nicht zu mir befehlen lassen wie eine Sklavin. Aber sei gewiss, du bist hinter verschlossenen Türen genau so sicher vor mir wie überall sonst. Ich habe dir gesagt, dass ich dich nicht berühren werde ...«

»Du hast auch gesagt, du würdest keine Befriedigung in den Armen einer anderen suchen, bevor ich mich für oder gegen dich entschieden habe ...« Beatriz setzte das Baby an ihre andere Brust.

Schwindelig vor Begehren betrachtete Amir, wie es zielstrebig die Lippen um die einladend weiche Knospe schloss, wie seine winzigen Finger den rosafarbenen Hof liebkosten.

»Beatriz, das mit Zarah ... Das ist etwas anderes ...«, sagte er leise.

Beatriz schnaubte. »Ach ja? Weil sie deine Gattin ist? Und ich nur eine Konkubine?«

»Weil jeder Mann verloren ist, wenn sie nach ihm greift ...«

Amir schlug die Augen nieder.

Beatriz lachte bitter. »Was seid ihr doch für ein schwaches Geschlecht«, höhnte sie. »Und immer eine Entschuldigung parat: Diese Frau wollte nicht, also nahm ich eine andere. Es war gerade keine willige Frau da, also zwang ich ein Mädchen zur Liebe. Es gab keine Erwachsene, also nahm ich ein halbes Kind. Und da fühlt ihr euch auch gar nicht schuldig. Schließlich habt ihr ja ein Recht auf eure Befriedigung. Fragt jemand nach den Frauen?«

Amir hob den Blick, und Beatriz sah in ein blasses, gequältes Gesicht. Unter seinen ernsten, dunklen Augen lagen tiefe Schatten, seine klaren, falkenhaften Züge wirkten hart und erschöpft.

»Wirke ich so ungemein befriedigt?« fragte der Emir. »Sehe ich aus als trüge ich leicht an meiner Schuld? Beatriz, ich liebe dich. Nur du bist es, nach der ich mich verzehre, nur du. Zarah …«

»Was macht sie denn, die gute Zarah?«, erkundigte sich Beatriz spöttisch. »Fesselt sie dich mit Eisenketten?«

Das Kind hatte seine Mahlzeit inzwischen beendet und war an der Brust seiner Mutter eingeschlafen. Beatriz nahm es sanft ab und legte es vorsichtig in sein Bettchen.

»Es gibt kältere Ketten als Eisen …«, flüsterte Amir.

»Oder heißere!« Beatriz wollte ihr Gewand schließen, aber dann überlegte sie es sich anders. Sie griff nach einem Tiegelchen mit duftendem Öl, ließ etwas auf ihre Hand träufeln und verrieb es langsam auf ihren Brüsten.

Amirs Atem beschleunigte sich.

»Kettet das einen Mann?«, fragte Beatriz heiser und spielte mit ihrer Brustwarze. »Reicht das schon, um euch um den Verstand zu bringen?«

Amir antwortete nicht. Er kämpfte mit seiner Erregung und seiner Angst. Spielte sie mit ihm? War sie wie Zarah? Schamlos, gefühllos? Nein, in ihren Augen standen Angst und Bitterkeit – und eine seltsame Süße der Unschuld. Sie wusste nicht, was sie tat, wie sehr sie ihn reizte …

Der Duft des Pfirsichöls begann sich auszubreiten, Beatriz strich es auf ihren Bauch, ihre Finger wanderten tiefer …

Amir wusste nicht, wie lange er sich noch bezähmen könnte, sein Glied pulsierte, und er spürte hilflose Wut. Wenn sie so weiter machte, würde er über sie herfallen …

Aber dann hielt Beatriz inne. Fast etwas schuldbewusst bedeckte sie ihre Brust. Aber sie fuhr fort mit der Schönheitspflege. Lasziv zog sie den rechten Fuß hoch, stützte ihn auf den Rand des Diwans und erneuerte die Hennaranken, mit denen Fußrücken und -gelenk geschmückt waren. Geschmeidige Finger führten den winzigen Pinsel, malten Rispen auf ihren schlanken, makellosen und winzig klein erscheinenden Fuß, liebkosten ihn …

Vor Amirs Augen zog sich ein Vorhang der Erregung zusammen, rot wie Henna, rot wie Blut. Er tastete nach seiner Erektion, eine Lanze der Lust, die ihr Opfer suchte. War sie nicht selbst schuld, wenn sie sich aufführte wie Zarah? Wollte sie es nicht eigentlich auch?

Aber dann sah er den fragenden Ausdruck ihrer Augen, als sie verstohlen zu ihm aufsah. Sie spielte, sie lotete Grenzen aus. Wenn er sie jetzt mit Gewalt nahm, würde sie ihn hassen. Und er würde sich ebenfalls hassen. Befriedigung für seine Lust konnte er hier überall finden. Aber diese Frau sollte ein Gefäß für seine Liebe sein. Wenn er es aufriss, würde es zerbrechen. Amir kämpfte seine Wut und Erregung nieder. Er ließ nur noch die unendliche Liebe zu, die er diesem Mädchen entgegenbrachte. Beatriz mochte ein Kind geboren haben, aber Ali war im Zorn gezeugt worden. Im Grunde war sie noch eine Jungfrau, die mit dem Feuer spielte. Ihre Lippen bebten, als sei sie den Tränen nahe. Sie wollte etwas, tief in ihrem Herzen wollte sie ihn. Aber sie brauchte Zeit, sie brauchte Vertrauen, um sich zu verschenken.

Amir kniete vor dem Diwan nieder.

»Erlaube mir, meine Sonne, dass ich dir helfe …« Seine Stimme klang heiser, aber fest. Er hatte sich wieder in der Gewalt. Mit sanftem Lächeln nahm er ihr den Pinsel aus der Hand und tauchte ihn vorsichtig in das Töpfchen mit dem Henna. »Lass mich dich schmücken, meine Fee, lass mich deinen Brautschmuck malen.«

»Von Brautschmuck kann keine Rede sein!« Beatriz wollte ihm die Entgegnung laut und hart entgegen schleudern, aber sie schaffte nur ein schwaches Zischen.

Amir ließ sich davon nicht beirren. Er zeichnete die ersten Ranken um ihr Fußgelenk, arbeitete sich dann höher, malte kunstvolle Ornamente auf ihre weißen Schenkel.

»Was machst du?« fragte Beatriz mit letztem, nur noch mühsam gespielten Unmut.

»Ich schreibe Botschaften der Liebe auf deinen Leib ...«

Beatriz lehnte sich zurück und spürte das leise Kitzeln des winzigen Pinsels aus Rosshaar. Ihre Haut reagierte, die zarten, rotgoldenen Härchen auf ihren Schenkeln ragten dem Zeichner entgegen.

Amir verzierte ihr Knie mit einer Blume, Beatriz atmete schneller, ihr Herz raste. Es war heiß, so heiß ... Wie willkommen waren die winzigen, kühlen Pinselstriche auf ihrer glühenden Haut.

»Wäre ich doch ein Chiffonschleier, so dürfte ich dich umschmeicheln ...«, flüsterte Amir. »Wäre ich ein Tropfen Öl, so dürfte ich duftend darauf verweilen. Wäre ich dieser Pinsel, ich dürfte dich streicheln ...«

Inzwischen zeichnete der Pinsel zarteste Linien auf Beatriz' Hügel der Lust. Sie stöhnte. Amirs Bewegungen waren leicht wie der Flügelschlag eines Schmetterlings, und trotzdem trieb sein Spiel sie in die Raserei des Begehrens. Sie spürte, wie ihre Brustwarzen hart wurden, wie sie nur noch den Wunsch verspürte, sich ihm entgegenzuwölben.

»Lass mich Worte der Lust auf deinen Körper schreiben ...«, wisperte Amir. Er bewegte den Pinsel jetzt schneller, schrieb Buchstaben in der seltsam kunstvollen, verschlungenen arabischen Schrift.

»Ein Körper, noch verschlossen meiner Sehnsucht, doch geschützt von meiner Liebe ... Welche Geheimnisse birgst du hinter jenem Tor zum Paradies, eifersüchtig bewacht von meinem Engel? Würdest du es doch gemeinsam mit mir durchschreiten, meine Sonne. Könnten wir die Gärten doch gemeinsam durchforschen ...«

Beatriz zitterte. Sie wollte es, sie wollte ihn. Wäre da nicht Diegos Bild vor ihrem inneren Auge gewesen … Sein sprühender Blick, wenn sie ihm erlaubte, sie zu berühren. Seine Vorfreude auf diese eine Nacht am Tag ihrer Hochzeit, wenn seine Leidenschaft sie endlich ganz erfüllen dürfte. Amir hatte ihm das alles gestohlen. Er sollte nicht auch noch im Kampf um ihren Körper triumphieren. Nein, Amir irrte sich. Nicht Beatriz selbst, ihr verlorener Geliebter war jener Engel mit dem Flammenschwert, der ihre Pforte der Lust bewachte! Und für den Emir würde er sie niemals frei geben.

Beatriz richtete sich auf.

»Lass das. Was soll das? Was sollen die anderen Frauen sagen, wenn ich so in die Bäder gehe?«

Amir lächelte. »Sie werden dich glühend beneiden, weil dein Herr dich über alles liebt.«

»Das ist … das ist schamlos … kompromittierend … ich werde mich niemals mehr nackt zeigen können, solange dies nicht verblasst ist … wie konntest du nur …«

Inzwischen war ihr Ärger nicht mehr nur gespielt. Ein Körper, auf den Liebesgedichte geschrieben waren – Beatriz würde sich tatsächlich wochenlang nicht in die Bäder wagen!

Amir erhob sich langsam. Noch immer pulsierte sein Glied, er war beherrscht, aber nicht befriedigt. Wenn sie doch nur … wenn sie doch nur …

»Beatriz, meine Sonne, hat es dir denn gar nicht gefallen? War es nicht schön, mit Worten gestreichelt zu werden?«

Beatriz schäumte. »Wenn du das so schön findest, so lass mich doch meinerseits ein bisschen malen!«

Bevor er sich wehren konnte, drückte sie ihn in die Kissen und riss sein Gewand auf. Seine Brust war gebräunt, die bronzefarbene Haut makellos, straff gespannt über kräftigen, gestählten Muskeln. Es war fast zu schade, sie mit Farbe zu verunstalten, aber Beatriz war fest entschlossen. Mit vorsichtigen, leichten Bewegungen zeichnete sie ein paar Blütenranken. Sie gerieten nicht sehr sicher, Beatriz' Hand zitterte fast so sehr wie Amirs bebende Brust. Der junge Mann atmete heftig, seine Hand wanderte zu seinem Glied, versuchte das pulsierende Geschlecht ebenso schamhaft zu verbergen wie Beatriz vorhin ihre Brüste. Beatriz sah, dass er nach Erleichterung lechzte.

Und was war schon dabei …

Beatriz lächelte sardonisch und schob sein Beinkleid beiseite.

»Soll ich deine Lanze mit Blumen bekränzen?«, fragte sie schelmisch. »Soll ich mein Zeichen darauf setzen, damit deine Zarah weiß, dass dieser Schlüssel ein anderes Schloss, dieser Pfeil ein anderes Ziel suchte?«

»Ich bin dein!«, stieß Amir hervor. »Schreibe deinen Namen auf meinen Körper oder zeichne dein Wappen. Ich will beides in Ehre und Demut tragen.«

Die winzigen Rosshaarborsten streichelten sein Glied, umspielten den Schaft und kitzelten die Eichel – und dann versank Amir in einem Meer der Ekstase. Leuchtend in allen Farben der Augen seiner Liebsten. Azurblaue und aquamaringrüne Wogen schlugen über ihm zusammen, die Wellen kühlten und erhitzten ihn, trugen ihn und wiegten ihn, er lachte und weinte vor Lust. Schließlich brach er befriedigt zusammen, ein glückliches, erlöstes Lächeln auf den Lippen. Beatriz hatte ihn durch ein freundliches Gewässer geführt, nicht durch die Lava, in der er mit Zarah verbrannte.

Amir wollte sie umarmen, wollte ihr danken und noch einmal, gemeinsam mit ihr, die Tiefen dieses Ozeans der Lust erkunden. Aber als er sich aufsetzte, stand sie schon neben der Wiege ihres Kindes und ordnete ihre Kleider.

»Ihr müsst jetzt gehen, mein Herr«, sagte sie kühl. »Und macht mir diesmal keine Versprechungen …«

Amir war leicht enttäuscht. Aber gut, wenn sie das Spiel so weiterspielen wollte …

»Das brauche ich nicht«, scherzte er galant. »Habe ich sie Euch diesmal nicht schriftlich gegeben?«

Beatriz blieb mit klopfendem Herzen zurück, als er ging. Sie war längst nicht so ruhig und unbeteiligt, wie sie tat. Schließlich hatte auch sie ihm ihr Siegel aufgedrückt …

Elftes Kapitel

Die Alhambra und ihre himmlischen Gärten hatten sich für Mustafa in eine Hölle verwandelt.

Seit jener ersten Nacht in Zarahs Gemächern zitterte er vor Angst, erneut gerufen zu werden. Mustafa konnte den Mädchen des Harems nicht mehr unbefangen in die Augen sehen. Besonders die Jüngsten betrachtete er voller Sorge. Gehörte diese zarte, dunkelhäutige Schönheit ebenfalls zu Zarahs Opfern? Würde sie ihn zwingen, unkeusche Handlungen mit jenem hellblonden Kind zu begehen, das sich da lasziv im Dampfbad räkelte?

Wenn er der kleinen Harfnerin begegnete, wurde er rot vor Scham, obwohl sie nicht das kleinste Zeichen von Erkennen bekundete. Er flüchtete vor den beiden anderen Eunuchen, in denen er Zarahs erwählte Gespielen zu erkennen meinte, und auch sie wichen seinem Blick aus. Beatriz' Privatgemächer waren das einzige Refugium, in dem Mustafa sich noch sicher fühlte. Doch in seine unschuldige Bewunderung für die schöne Kastilierin mischte sich jetzt auch ein Anflug von Begierde und brennende Scham. Er könnte sie befriedigen, könnte sie an die dunklen Gestade der Lust führen, die Zarah ihm gezeigt hatte. Mustafa hatte nie eine Frau geliebt, bevor man ihm seine Manneskraft raubte. Er wusste nichts vom samtigen Schimmer ihrer Haut, wenn sie ihm erlaubte, sie liebevoll zu streicheln, hatte nie das Glück einer von beiden Seiten erwünschten und von allen Göttern gesegneten Vereinigung erfahren. Stattdessen hatten sich ihm Zarahs wollüstig gespreizte Schenkel eingeprägt, ihre spitzen Zähne, ihre Krallen und ihr irres Lachen beim Anblick seiner Schande. Mustafa errötete zutiefst, wenn er sich Beatriz in einer ähnlichen Situation vorstellte. Er wusste, dass sie sich dem Emir nach wie vor verweigerte, aber seine

Freude daran, den Liebesboten für ihn zu spielen, war verebbt.

Beatriz trug nach wie vor die hennaroten Spuren ihres Spiels mit Amir am Körper, weshalb sie die Bäder meist früh am Morgen aufsuchte, bevor die anderen Frauen sich erhoben. Natürlich gab es immer wieder Frühaufsteherinnen, und sicher wurde im Harem getuschelt. Beatriz gab sich nicht der Hoffnung hin, die Sache völlig geheim halten zu können. Aber sie mochte ihre Blöße doch nicht vor allen anderen zeigen. Es reichte, dass Susanna und Ayesha zwischen Bewunderung und Belustigung schwankten.

»Du hast ihn wirklich mit Henna bemalt? Den Emir? Die Brust des Emirs?« Ayesha wollte sich vor Lachen ausschütten.

»Nicht nur die Brust«, bemerkte Beatriz mit sardonischem Lächeln. »Er wird die Bäder sicher genau so lange meiden wie ich!«

Am dritten Morgen nach Beatriz' farbigem Liebesspiel mit Amir sehnte sich jedoch Zarah nach einer Reinigung. Lange, bevor der Muezzin zum Morgengebet rief, begab sie sich zu den Bädern. Sie liebte die wilden Spiele mit ihren Opfern, aber danach ekelte sie sich vor dem Geruch von Blut und Angst. Nun lag sie lange im Dampfbad, reinigte sich dann gründlich im warmen Wasser und betrat schließlich den Hof mit dem Schwimmbecken – nur um Beatriz genüsslich in einem Bassin voller Rosenwasser treiben zu sehen. Ihr langes Haar schwebte offen im Wasser und umgab ihr weißes Gesicht mit einer Wolke aus Gold, Rosenblätter trieben träge um ihre großen, weichen Brüste – und ihr Körper kündete von der Liebe ihres Herrn!

Zarah sog scharf die Luft ein. Flammen der Eifersucht loderten in ihr auf. Niemals hatte Amir so mit ihr gespielt – aber sie hätte es auch nie erlaubt. Zarah bestimmte die Spiele, sie war die Herrin hier …

»Bezeichnet man seine ungebärdigen Sklaven neuerdings mit einer Aufschrift aus Henna?«, fragte sie schneidend. »Du hast Glück, früher brannte man ihnen das Siegel auf.«

Beatriz öffnete erschrocken die Augen und versuchte, ihre Blöße zu bedecken. Doch das Wasser war zu klar. Selbst als sie untertauchte, umspielte das rosige Nass noch die Schrift auf ihrem Leib.

Beatriz entschloss sich zum Angriff als beste Verteidigung.

»Seltsam, ich dachte, maurische Mädchen lernten alle lesen!«, gab sie gelassen zurück und ließ ihren Blick etwas zu lange auf Zahras knochigen Hüften und säulenartigen Schenkeln verweilen. »Damit sie ihren Gebieter durch kluge Gespräche erfreuen können – wenn sie denn sonst schon keine nennenswerten Reize aufweisen. Du scheinst es nicht zu können, sonst würdest du erkennen, dass hier keine Schmähwörter geschrieben stehen. Aber du weißt Männer ja wohl auch wortlos zu fesseln …«

Zarah raste vor Wut. Dieses Mädchen wagte, über sie zu spotten! Ihr zu widersprechen! Dieses Mädchen zitterte nicht, wenn sie das Wort an sie richtete! Sie würde sie zermalmen, sie würde … Aber zunächst musste sie eine Entgegnung finden.

»Eine durchaus begehrte Kunst in diesem Lande«, erwiderte sie ruhig. »Aber wie man an dir sieht, wird sie wohl auch in Kastilien gelehrt. Mir ist allerdings neu, dass man sie dort Edelfrauen vermittelt; bisher hörte ich nur von gut geschulten Huren in den Freudenhäusern der Reichen.«

Beatriz fühlte ebenfalls Wut in sich aufsteigen, aber sie versuchte, sie niederzukämpfen. Ayesha hatte sie gewarnt; Zarah war nicht nur eine Meisterin der Liebe, sondern auch gewieft in den Künsten der Manipulation. Beatriz durfte sich nicht provozieren lassen.

»Tja, manche Leute müssen die Kunst eben mühsam erlernen, und andere werden von der Natur mit entsprechenden Talenten ausgestattet.« Beatriz gab den Versuch auf, die Schrift auf ihrem Leib zu verbergen und räkelte sich erneut in voller Schönheit im Becken. »Das ist wie mit einem schönen Körper …«, fügte sie fast heiter hinzu, wobei sie Zarahs groben Knochenbau mit einem weiteren, abschätzenden Blick bedachte. Ohne erlesene Kleidung, die ihre Formen umspielte und hier etwas weicher zeichnete, da etwas fülliger erscheinen ließ, war Zarahs Figur allenfalls durchschnittlich. »Die eine hat ihn, die andere muss lebenslang daran arbeiten. Ich mag dich nicht länger davon abhalten, Zarah, sicher willst du schwimmen!«

Mit der Haltung einer Königin erhob sich Beatriz und entstieg dem Becken. Zarah betrachtete ihre wiegenden Hüften, ihre festen Schenkel, die wohl gerundeten Brüste.

»Schönheit vergeht«, sagte sie hasserfüllt. »Und Henna verblasst. Wankelmütig ist die Liebe eines Fürsten.«

Beatriz wandte sich noch einmal um und setzte ihren letzten Pfeil.

»Dann sollte ich mein Siegel auf dem Körper deines Gatten oftmals erneuern. Bislang habe ich mich darauf beschränkt, seine Lanze mit Rosen zu umwinden. Wenn ich erst meinen Namen schreibe, ist er verloren.«

Zarah verließ die Bäder und verbrachte den Tag brütend vor Wut in ihren Gemächern. Am Abend brannte sie lichterloh, sie würde nicht ruhen, bevor jemand in diesem Feuer versengt worden war. Aber sie konnte Amir nicht zu sich rufen, nein, nicht, bevor die Wut erkaltet war. Rache ist ein Gericht, das man kalt genießt!

Doch Beatriz hatte ja noch einen anderen Bewunderer. Mustafa, dieser kleine Eunuch, schlich dauernd um sie herum. Und sie schien ihn zu hätscheln wie ein Schoßtier. Zarah lächelte kalt. Dieses Spielzeug würde sie heute Nacht zerbrechen.

Beatriz war nicht minder aufgewühlt, als sie die Bäder verließ.

Ruhelos wanderte sie durch die Gärten des Harems und ließ schließlich Mustafa kommen, um sich die Zeit mit ein paar Gedichten vertreiben zu lassen.

Der junge Eunuch schien jedoch ebenso wenig bei der Sache zu sein wie sie selbst. Er war bleich und wirkte fahrig, verschüttete schließlich Fruchtsaft über ihre Füße und schien darüber gänzlich in Panik zu geraten. Er warf sich zitternd, fast um Gnade wimmernd auf den Boden, schien Schläge zu erwarten und wagte nicht aufzusehen, bis Beatriz sich gereinigt hatte und beruhigend auf ihn einsprach.

»Léon, was hast du denn? Hat dir jemand etwas getan? Schlägt man euch? Ich kann mir das von Hassan gar nicht vorstellen. Oder ist es eine der Frauen? Quält dich jemand? Sag es mir einfach, Léon. Ich kann dich sicher davon befreien, ich brauche Hassan nur zu bitten, dich mir ganztags zur Verfügung zu stellen.«

Mustafa schüttelte den Kopf und krampfte sich noch mehr zusammen, als Beatriz ihm freundlich übers Haar streichen wollte.

»Es ist nichts, Herrin …«, flüsterte der Junge. Was sollte es ihm auch nützen, wenn Beatriz ihn tagsüber bei sich behielt? Zarah hatte ihn für den Abend zu sich befohlen. Er würde dem Ruf folgen …

Kalim, einer seiner Leidensgenossen, tat es an diesem Abend nicht. Zarah, die zwei Eunuchen und drei Mädchen zu sich bestellt hatte, tobte darüber vor Wut. Sie versuchte, Auskünfte über Kalims Verbleib aus Mustafa und den Mädchen herauszuprügeln, bewirkte aber nichts. Schließlich passte sie ihre Spiele der neuen Konstellation an. Mustafa und die Mädchen versanken in einem Strudel von Gier und Quälsucht, Schmerz, Scham und Angst.

Beatriz hörte ein Wimmern, als sie am Morgen – noch früher als bisher, um Zarah ja nicht zu treffen – zu den Bädern ging. Sie hatte ohnehin nicht schlafen können, irgendeine Form von Unruhe hielt sie wach. Wenn sie träumte, sah sie Léons Kindergesicht in einem Meer von Blut und hörte Diego nach sich rufen. Sie fühlte schmerzliches Verlangen, ihr Körper glühte, aber sie mochte sich nicht eingestehen, dass er nach Amirs schlankem, geschmeidigem Leib schrie. Schließlich stand sie schweißgebadet auf und suchte Kühlung in den Bädern. Aber woher kam dieses Weinen, dieses hohe Klagen, das sich zu einem Crescendo steigerte und dann plötzlich abbrach? Alarmiert wandte sich Beatriz in die Richtung der Schreie.

Sie meinte, sie hinter Zarahs Tür ausmachen zu können, aber als sie stehen blieb und horchte, war nur ein Lachen zu hören. Und Harfespiel, leises, klagendes Harfespiel. Beatriz dachte an Blodwen, das rothaarige Mädchen aus dem fernen Irland, das dieses Instrument so meisterhaft beherrschte. Als sie neulich mit Blodwen und Ayesha zusammen musiziert hatte, hatte sie von ihrer Heimat erzählt.

»Die Götter sprechen zu uns durch den Klang der Harfe. Die Harfe kündet von Geburt und Tod, sie kann den Krieg beschwören oder die Liebe, und manche Harfner statten die Götter mit der Gabe aus, durch ihren Klang Leben zu erschaffen und zu vernichten …«

Die Harfe, die dort drinnen gespielt wurde, wollte töten.

Beatriz drängte es auf einmal nicht mehr in die Bäder, sie sehnte sich nach frischer Luft, brauchte die Weite … Aber wo fand sich ein weiter Ausblick im Harem? Beatriz entdeckte eine Pforte am anderen Ende des Korridors. Seltsam, immer wenn sie bisher hier gegangen war, hatte dort ein Eunuch gestanden und sie bewacht. Es musste also ein Weg nach draußen sein … Aufgeregt betätigte Beatriz die Klinke.

Und tatsächlich – die Tür schwang auf. Atemlos trat das Mädchen in einen anderen Korridor. Es sah nicht aus, als lägen hier fürstliche Gemächer, die einfache Einrichtung sprach mehr dafür, dass in den angrenzenden Räumen Eunuchen oder die sonstige Dienerschaft untergebracht waren. Aber es gab eine Treppe nach oben. Beatriz stieg neugierig hinauf. Sie fühlte sich herrlich lebendig vor Unternehmungsgeist, in den sich aber auch etwas Angst mischte. Was würde passieren, wenn man sie hier erwischte? Aber bald spürte sie einen kühlen Lufthauch. Rasch brachte sie die letzten Stufen hinter sich und stand dann mit stockendem Herzen in einer Wunderwelt von Blumen und Wasserspielen. Offensichtlich war sie in einem Dachgarten gelandet. Rosenranken bildeten blühende Pforten, Orchideen versprühten sinnlichen Duft, Magnolien schienen sich ihr entgegenzuranken, Mimosen schamhaft zurückzuweichen. Und all diese Pracht umrahmte nur ein noch schöneres Bild: eine atemberaubende Aussicht auf die Stadt.

Granada lag blutrot im Licht der aufgehenden Sonne. Beatriz konnte sich nicht satt sehen. Aber es war gefährlich, sich diesem Rausch von Farben und Freiheit zu ergeben. Es musste gefährlich sein. Denn dies war sicher kein öffentlicher Park, angelegt, Eunuchen und Diener zu erfreuen! Das hier war ein Privatgarten. Und Gott allein wusste, wem er gehörte ... Gott allein? Wie töricht sie war. Beatriz erinnerte sich an die Worte Ayeshas: ›Jeder Harem hat einen Zugang zu den Gemächern des Herrn ...‹

Beatriz wirbelte herum, sie musste fliehen, sie ...

»Beatriz ...«, sagte eine warme, tiefe Stimme. »Beatriz, du bist zu mir gekommen!«

Der Emir stand, nur mit einem Lendenschurz bekleidet, am anderen Ende des Gartens. Wie die meisten maurischen Höfe öffnete sich wohl auch dieser zu den Wohnräumen. Womöglich zum Schlafzimmer des Herrschers ... Oder war es Amir genauso ergangen wie ihr? Hatte auch er nicht schlafen können in dieser schwülen, angstgeschwängerten Nacht?

»Nein, ich ... ich habe mich verlaufen ...« Beatriz wurde erschreckend bewusst, dass auch sie ziemlich leicht bekleidet war. Sie war unverschleiert, nur ein dünnes Nachtgewand verhüllte ihre Blöße für den Gang zu den Bädern. »Ich wollte zu den Bädern, ich ...«

»Dann hat Allah dich zu mir geführt ...« Amir kam auf sie zu, und Beatriz hatte nicht die Kraft, sich zum Gehen zu wenden. Wie hypnotisiert blieb sie stehen, ließ zu, dass er die Arme um sie legte.

»Beatriz, meine Morgensonne. Im ersten Licht des Tages sollst du mir gehören. So ist es uns bestimmt, wehr dich nicht länger ...«

Amir küsste ihre Stirn, ihre Augen, ihre Wangen, presste sie an seine harte Brust. Beatriz ließ es wie in Trance geschehen, fühlte sich seltsam schwerelos und schwebend in dieser heißen Nacht unter dem Sternenhimmel von Granada. Es war fast, als hätte sie sich von ihrem Körper, von ihren Ängsten und Bedenken gelöst, als wäre ihre Seele endlich frei und offen für eine neue Begegnung, als könnte die Liebe alles hinwegspülen, was bisher zwischen ihr und Amir gestanden hatte. Und doch pulste ihr Körper im

Rhythmus mit dem seinen, drängte zu ihm und wollte ihn mit sich ziehen auf diese höhere Ebene der Wahrnehmung, diesen fliegenden Teppich der Sehnsucht …

Schließlich fanden seine Lippen die ihren, öffneten sie hungrig. Er schmeckte nach Honig und Ingwer, seine Zunge streichelte, erkundete das rosa Fleisch um ihre kleinen, perlweißen Zähne, umspielte ihre Zunge mit zärtlichen Bewegungen.

Beatriz konnte nicht anders, als den Kuss zu erwidern. Sollte es nun also wirklich geschehen? Hier, im ersten Sonnenlicht, in einem Zaubergarten hoch über Granada? Ein Paradies, zu dem Diegos Todesengel keinen Zutritt hatte?

Der Emir drängte sie zu einer Bank an der Balustrade; sie hielten sich an den Händen und sahen Granadas Mauern aufleuchten, fanden sich zu einem erneuten Kuss, tranken die Lippen des anderen.

»Ich will dich sehen, meine Morgensonne, ich will dich ganz sehen.« Amir schob sie etwas von sich weg, öffnete ihr Gewand, wollte ihre Brüste umfassen. Beatriz spähte über seine Schulter in die Weite, sah unter sich die Gärten – und erkannte etwas eigenartig Verkrümmtes zu Füßen der Burgmauer.

»Amir … Amir hör auf … Amir, was ist das da?« Beatriz stieß den Emir beiseite, und der dringliche, ernüchterte Klang ihrer Stimme ließ ihn tatsächlich innehalten.

Gemeinsam warfen sie einen Blick über die Brüstung.

»Bei Allah, Beatriz, da liegt ein Mensch. Jemand muss sich von dieser Mauer heruntergestürzt haben …«

In Amirs Gesicht standen Schmerz und Bedauern, aber seine Vereinigung mit Beatriz würde warten müssen.

»Es tut mir Leid, meine Sonne. Ich hätte den Tag gern mit einer Reise in die höchsten Höhen des Lebens begonnen, aber wie es aussieht, ruft mich der Tod. Ich muss mich um diese Sache kümmern, wir müssen herausfinden, wer das dort unten ist und was hier vorgegangen ist.«

Widerstrebend löste Amir seine Hand aus Beatriz' Rechter.

»Wirst du da sein, wenn ich zurückkomme?«, fragte er zögernd.

Beatriz schüttelte den Kopf.

»Nein. Sicher nicht.«

Der Tote war schnell identifiziert. Es war Kalim, der Eunuch, der in dieser Nacht zum Wachdienst vor dem Zugang zu den Dienerunterkünften und letztlich zu den Gemächern des Herrn eingeteilt gewesen war. Es gab keine Anzeichen eines Kampfes oder einer anderen Art von Fremdeinwirkung. Wie es aussah, hatte Kalim sich aus freien Stücken in den Tod gestürzt.

Hassan, der Erste Eunuch, befragte halbherzig ein paar Frauen und Diener, schien die Sache dann aber nicht weiter verfolgen zu wollen. Natürlich war der Verlust des jungen Mannes schmerzlich, so beschied er den Emir, aber es sei wichtiger, dass der Harem zur Ruhe käme. Kalim nützte es jetzt schließlich nichts mehr, wenn man die Ursachen seiner Verzweiflungstat ermittelte.

Ayesha und ihre Freundinnen sahen das gänzlich anders. Überhaupt brodelte es im Harem. Beatriz, die Ayesha suchte, um ihr von dem nächtlichen Treffen mit dem Emir zu berichten, passierte lauter Gruppen von aufgeregten, teilweise wild diskutierenden oder hysterisch ängstlichen Frauen und Mädchen. Auch Ayesha und die anderen Musikerinnen sprachen über Kalim, als Beatriz zu ihnen stieß. Bereitwillig machten sie ihr Platz im Kreis.

»Was soll er schon für besondere Gründe gehabt haben? Er war ein Eunuch, ein Haremswächter. Das ist kein allzu erstrebenswertes Schicksal«, bemerkte Katiana, eine dunkelblonde Russin mit hinreißend schönen, schräg stehenden Augen. »Wahrscheinlich hatte er einfach genug davon, die Frauen anderer Männer zu hüten.«

Ein paar der Mädchen lachten halbherzig. Ayesha schüttelte dagegen ernst den Kopf. Anscheinend hatte sie den jungen Diener besser gekannt.

»Kalim wurde mit acht Jahren entmannt«, berichtete sie den anderen. »Nicht hier in Granada, sondern in einem christlichen Land, ich habe vergessen, in welchem. Jedenfalls hatte er einen wunderschönen Knabensopran, und den wollte irgendein gottgefälliger Herr für den Kirchenchor erhalten. Bei einem Piratenüberfall wurde der Junge dann geraubt und hierher nach Granada verkauft. Seitdem diente er im Harem, und wenn man seinen eigenen Angaben Glauben schenken darf, betrachtete er das als das Beste, was ihm je passiert war. Er hatte schon vor Jahren den Islam genommen und stand kurz davor, sich freizukaufen. Ich sehe da keinen Grund für einen Selbstmord.«

»Warum hat man ihn als Haremssklaven und nicht als Sänger verkauft?«, erkundigte sich ein anderes Mädchen. »Als Musiker hätte er doch viel mehr Geld eingebracht.«

Ayesha zuckte die Schultern. »Irgendetwas bei der Kastration ist wohl schief gegangen, seine Stimme wurde tiefer … und er sah ja auch nicht aus wie ein typischer Eunuch.«

»Also war er gar kein richtiger Kastrat!«, meinte Katiana aufgeregt. Sie hatte eine Vorliebe für romantische Geschichten. »Vielleicht also eine Liebesaffäre. Er war in ein Mädchen verliebt, das ihn nicht erhören wollte, und …«

Ayesha verdrehte die Augen. »Auch das kommt nicht infrage. Bei Allah, habt ihr denn keine Augen im Kopf? Kalim war nett zu Mädchen, aber er liebte Knaben!«

Beatriz fragte sich, woran sie das wohl hätte erkennen sollen. Aber wenn es um geschlechtliche Dinge ging, waren die Mädchen im Verhältnis zu Khalidas Meisterschülerin wohl alle etwas unbedarft.

Was sie selbst anging, so grübelte sie über andere Zusammenhänge nach. Nächtliche Schreie im Harem, die klagende Harfe, Mustafa, der wie ein verängstigtes Reh durch die Gänge schlich – und nun eine Leiche im Schlossgarten. Prüfend beobachtete sie Blodwen, die mit Untotenblassem Gesicht ein wenig abseits saß und der Unterhaltung offensichtlich nur mit halbem Ohr lauschte. Das Mädchen schien eigenen, dunklen Gedanken nachzuhängen und erst zu erwachen, als Beatriz ein paar vorsichtige Andeutungen bezüglich der Klagelaute auf dem Weg zu den Bädern einwarf. Alarmiert setzte Blodwen sich auf, und Beatriz sah den gehetzten, verängstigten Ausdruck in ihren klaren, grünen Augen. Ihr Gehör hatte also nicht getrogen – Blodwen musste die Harfe geschlagen haben.

Die anderen Mädchen reagierten ebenfalls seltsam auf Beatriz' Erzählung. Abgesehen von Katiana, die neu im Harem war und möglicherweise nie bei Nacht an Zarahs Räumen vorbeigegangen war, schienen alle peinlich berührt. Nächtliches Weinen und Schreien in diesem Teil des Harems war offensichtlich ein Thema, über das man nicht sprach. Einige der Mädchen blieben stumm, andere murmelten etwas von ›Einbildung‹ und ›Wind, der sich in den Haremsgittern fängt‹. Blodwen zerbiss sich die ohnehin schon geschwollenen und aufgeplatzten Lippen.

Als die Runde sich schließlich auflöste, fing Beatriz das Mädchen ab. Das war einfach, denn nur Blodwen wandte sich zu ihren Privaträumen, alle anderen wollten noch in die Bäder.

Beatriz stellte sie in einem leeren Korridor.

»Du wusstest von Kalim! Leugne es nicht, du hast seine Totenklage gespielt.«

Blodwen blickte sie an wie ein verängstigtes, in die Ecke gedrängtes Tier. Hektisch sah sie sich um.

»Du darfst niemandem davon erzählen. Du darfst niemandem sagen, was du gehört hast, das eben war schon zuviel. Beatriz, bitte ...«

Die kleine, elfenzarte Harfnerin blickte zitternd und flehend zu Beatriz auf. Ihr langes, flirrend lockiges rotes Haar fiel über ihr zartgrünes Kleid, das die Figur eines Kindes verbarg. Beatriz musste sich zur Härte zwingen.

»Das hängt davon ab, was du mir jetzt erzählst. Ich will es wissen, Blodwen! Was geht vor hinter dieser Tür?«

Blodwen schüttelte wild den Kopf. »Das kann ich nicht sagen! Eher ... eher folge ich Kalim ins Grab! Und du irrst dich auch. Bis heute morgen wusste ich nichts von seinem Tod. Ich ... ich betrauere ihn auch nicht, ich beneide ihn. Er ist ... er ist endlich frei.«

Das Mädchen schluchzte.

Beatriz wollte sie in den Arm nehmen, aber Blodwen schreckte vor jeder Berührung zurück, als wollte man sie verbrennen.

»Aber für wen hast du dann dieses Lied gespielt?«, versuchte Beatriz es noch einmal. »Um wen hat deine Harfe geweint in dieser Nacht? Und welche dunklen Götter wolltest du beschwören?«

Blodwen wischte sich die Tränen ab.

»Du hast ein scharfes Ohr, Kastilierin«, sagte sie leise. »Ein schärferes als die Götter, denn die blieben wieder stumm. Die Harfe, Beatriz, hat um mich geweint ...«

Aufgewühlt ging Beatriz zu ihren Räumen, wo Susanna gerade Mustafa zusammenstauchte.

»Meine Güte, Junge, was willst du denn noch alles fallen lassen? Und vielleicht beeilst du dich mal ein bisschen, die Sachen wieder aufzuheben! Du bist doch sonst nicht so ein Ungeschick!«

Beatriz sah den jungen Eunuchen mühsam die Scherben einer Kristallkaraffe zusammensuchen. Das Ding musste sündhaft teuer gewesen sein, und gewöhnlich waren die Diener gehalten, damit äußerst sorgsam umzugehen. Aber beim ersten Blick in Mustafas gequältes Gesicht vergaß sie das Glas. Der junge Eunuch schien um Jahre gealtert. Sein sonst eher rundes Gesicht wirkte eingefallen, die Augen tief umrandet und blutunterlaufen. Dazu waren seine Bewegungen eckig und unsicher. Seine Langsamkeit war keine Faulheit, offensichtlich schmerzte ihn jeder Schritt.

Beatriz dachte fieberhaft nach. Mustafas verängstigtes Verhalten am Tag zuvor ... Ein Mädchen, das die Hölle durchlebt hatte. Ein junger Eunuch, der in eine tödliche Freiheit entflohen war – hatte Mustafa als Ersatz gedient?

»Lass das jetzt, Léon!« Beatriz stieß die Scherben beiseite. »Und du, Susanna, lass uns bitte eine Zeitlang allein – Nein, nicht einfach ins Nebenzimmer, Susanna. Wo bleibt dein Sinn für Diskretion? Geh spazieren, Susanna, und nimm Alvaro mit, er braucht frische Luft.«

Beatriz wartete, bis die murrende Zofe mit dem Kind verschwunden war. Dann wandte sie sich an Mustafa, der teilnahmslos weiter mit Aufräumen beschäftigt war. Er schien Beatriz' Kommen gar nicht registriert zu haben.

Beatriz legte die Hand auf seine Schulter.

»Léon ...«

»Verzeih, Herrin ...« Der Junge fuhr zusammen wie mit der Peitsche geschlagen, aber er hatte offensichtlich nicht die Kraft, die üblichen Verbeugungen und rituellen Kniefälle zu absolvieren, mit denen die Diener im Harem um Vergebung für ein Missgeschick baten. Der Versuch endete mit einer Art Zusammenbruch. Mustafa kniete zwischen den Scherben der Karaffe und schien mit einem lautlosen Schluchzen zu kämpfen.

»Léon! Du wirst mir jetzt sagen, was passiert ist! Ich habe mit Blodwen gesprochen ...«

»Dazu hatte sie kein Recht! Sie durfte nicht ... O Gott, ich dachte, ich könnte nicht tiefer fallen, aber nun hat sie Euch von meiner Schande erzählt. Ich will sterben, Herrin ... hätte ich nur schon gestern den Mut aufgebracht, Kalim zu folgen.«

Mustafa schlug die Hände vors Gesicht und krümmte sich zusammen.

Beatriz erkannte entsetzt, dass sein Gewand am Rücken Blutflecken aufwies.

»Zieh dein Hemd aus!«, befahl sie ihm.

»Herrin, nein, bitte ... Herrin, quält mich nicht ...« Der Junge wich verzweifelt zurück, als könnte er sich vor Beatriz verstecken.

Beatriz verlor langsam die Geduld.

»Léon, es reicht jetzt! Du wirst es nicht glauben, aber ich habe schon nackte Männerkörper gesehen. Und ich habe auch schon die Spuren von Peitschenhieben gesehen. Denn danach sieht es doch aus, oder? Du willst mir nicht wieder erzählen, du seist auf der Treppe gefallen?«

Mustafa schüttelte zitternd den Kopf.

»Ihr werdet mich verachten!«

»Überlass mir doch bitte einmal selbst die Entscheidung darüber, wofür ich dich verurteilen soll. Bisher sehe ich nichts Verachtenswertes außer einer gewissen Feigheit. Du bist der Sohn eines kastilianischen Ritters, Léon! Benimm dich entsprechend!«

Léon sah sie nicht an, während er sprach. Leise, aber mit klarer Stimme, seltsam unpersönlich, als erzählte er hier die Geschichte eines anderen, berichtete er von der Hölle in Zarahs Gemächern.

Er schonte weder sich selbst noch die fassungslos lauschende Beatriz. Jede Perversion, jede Quälerei, jede hässliche, abartige Pose, die Zarah ihm und den anderen abverlangt hatte, breitete er vor ihr aus.

Beatriz schwieg entsetzt, als er schließlich endete.

»Ich wusste, Ihr würdet Euch vor mir ekeln …«, sagte Mustafa leise. »Ich verachte mich ja selbst.«

Beatriz nahm sich zusammen. Sie spürte kalte Wut auf diese Frau – und alle, die ihr nicht Einhalt geboten. Aber das musste ein Ende haben. Sie würde … Aber was würde sie? Sie musste darüber nachdenken, musste dieses Geheimnis mit jemand Erfahrenerem teilen. Aber das alles kam später. Jetzt musste sie sich zunächst dieses gebrochenen Kindes annehmen.

»Nicht du bist verachtenswert«, sagte sie sanft zu dem jungen Eunuchen, der leblos in seiner Ecke kauerte. »Und ich ekele mich auch nicht vor dir. Komm …«

Beatriz zog den Jüngling sanft in ihre Arme. Sein Kopf sank an ihre Brust, und sie streichelte tröstend über sein Haar.

»Alles wird gut, Léon, alles wird gut …«

Mustafas Körper bebte in ihrer Umarmung, seine Anspannung entlud sich in einem Schluchzen, aber diesmal konnte er weinen. Die Tränenflut wusch Selbsthass und Verzweiflung hinweg.

Der Jüngling war zu Tode erschöpft, aber gefasst, als er sich endlich von ihr löste.

»Was müsst Ihr von mir denken …«, murmelte er verlegen.

»Nicht schon wieder, Léon!«, gebot Beatriz. »Und nun hör mir zu! Du wirst hier bleiben, Susanna wird deine Wunden versorgen. Nein, fang nicht noch mal damit an.

Wir müssen ihr nicht alles sagen, aber dieses Schweigen muss auch ein Ende haben! Ich hole jetzt Ayesha. Sie wird wissen, was zu tun ist.«

Ayesha trennte sich sofort von ihren Freundinnen, als sie Beatriz entsetztes Gesicht sah und ihr verschmutztes Gewand bemerkte.

»Wie läufst du denn hier herum?« Geschickt nahm sie einen ihrer Schleier ab und drapierte ihn um die Tränenspuren auf Beatriz' Kleid. »Du musst dich unbedingt neu schminken, oder leg wenigstens die Cobija um. Du siehst aus, als hättest du ein Gespenst gesehen!«

»Ein Geschöpf der Hölle ist es ganz sicher, aber leider nicht körperlos«, gab Beatriz zurück. »Ayesha, ich weiß jetzt ...«

»Du weißt was?« fragte die andere scharf. »Hat Blodwen geplaudert?«

Beatriz schüttelte den Kopf. »Nein, Mustafa. Aber du ... Hast du es gewusst? Weißt du – wisst ihr womöglich alle, was da in Zarahs Gemächern vor sich geht?«

»Leise! Sprich um Allahs willen leise, du redest uns alle um Kopf und Kragen! Nein, ich weiß es nicht, und eigentlich will ich es auch gar nicht wissen. Beatriz ... kannst du mich nicht damit verschonen?«

Ayesha klang unwillig, aber nicht so verzweifelt und verängstigt wie Blodwen und Léon. Sie musste ihnen helfen.

»Ayesha, jemand muss etwas tun. Und du kennst dich in diesen Dingen aus. Komm wenigstens mit. Hör dir den Jungen wenigstens an!«

Ayesha seufzte, folgte ihr aber willig. Allerdings wehrte sie unterwegs jede Unterhaltung ab. Erst als sie Beatriz' Gemächer erreichte, ließ sie sich die Geschichte erzählen.

»Ja, so ungefähr hatte ich mir das gedacht«, sagte sie müde. »Solche Dinge kommen vor, Mustafa. Du darfst sie nicht persönlich nehmen. Versuche, sie an dir ablaufen zu lassen.«

»Er soll was?«, empörte sich Beatriz. »Die Sache nicht persönlich nehmen? Bist du von Sinnen?«

Ayesha zuckte die Schultern. »Menschen wie Zarah wollen andere zerstören. Man kann sich nur gegen sie wehren, indem man Körper und Seele trennt, sobald man ihre Folterkeller betritt.«

»Hast du das auch in der Schule gelernt?«, fuhr Beatriz sie an. »Hat man dir die Techniken bei deiner wundervollen Khalida gezeigt?«

Mustafa verbarg das Gesicht immer noch in seinen Händen.

Ayesha blieb ruhig. »Man hat mir gesagt, dass es so etwas gibt. Und wie man überlebt, wenn es einem widerfährt. Khalida verkauft keine Lustsklaven, aber wir alle können nur das Gesicht sehen, das uns ein Mensch am Tage zeigt. In der Nacht kann daraus die Fratze der Perversion werden. Und nicht nur hier, Beatriz. Auch ein keusches, christliches Mädchen in Kastilien kann in die Hände eines Lüstlings fallen. Obwohl ihr Vater das Beste wollte, als er ihn ihr als Gatten wählte. So ist die Welt nun einmal, Mädchen. Wir können sie nicht ändern.«

»Das werden wir noch sehen!«, trumpfte Beatriz auf. »Du willst nicht wirklich behaupten, Zarah habe das Recht dazu. Das kann euer Koran nicht erlauben!«

Ayesha schüttelte den Kopf. »Natürlich nicht. Auf das, was Zarah tut, steht der Tod. Aber wie willst du es beweisen?«

»Ich spreche mit Hassan …«

Die erfahrene Odaliske schenkte ihr ein müdes Lächeln. »Oh, Hassan weiß es. Du glaubst nicht wirklich, dass ihm in diesem Harem irgendetwas entgeht! Was meinst du, wer Kalim zum Dienst an dieser Pforte eingeteilt hatte?«

»Er weiß es? Und er tut nichts dagegen?« Das war Mustafa. Seine Stimme klang ungläubig.

»Was sollte er denn tun? Zarah darauf ansprechen? Sie würde ihn vierteilen lassen!«

»Er könnte den Emir alarmieren«, meinte Beatriz. »Oder weiß der es etwa auch?« Allein der Gedanke, Amir könnte so etwas dulden, riss ihr Herz entzwei.

»Nein, der Emir weiß es sicher nicht. Aber wenn er Zarah zur Rede stellte, stünde ihr Wort gegen das eines Eunuchen. Sie würde alles abstreiten. Und in diesem Fall ließe der Emir Hassan vierteilen.«

Ayesha sprach so gelassen, als ginge es um ein Gesellschaftsspiel.

»Es muss doch eine Lösung geben, ohne dass jemand gevierteilt wird!«, wütete Beatriz. »Was wäre, wenn der Emir Zarah mitten bei ihren Tun ertappte?«

Mustafa gab einen Schreckenston zwischen Aufschrei und Wimmern von sich.

»In diesem Fall würde nur geköpft«, bemerkte Ayesha nüchtern. »Und zwar alle Beteiligen. Vielleicht auch gesteinigt, zumindest die Mädchen. Beatriz, wach auf! Ob unter Zwang oder nicht: Dein kleiner Freund hier hat mit Haremsmädchen, ja sogar mit einer Ehefrau Unzucht begangen. Wenn ihm das nachgewiesen wird, ist es aus für ihn. Deshalb wird auch keiner der Beteiligten irgendwie in der Sache aussagen. Das ist ja das Teuflische an der ganzen Geschichte: Zarah macht ihre Opfer zu Mittätern. Blodwen und Mustafa, Kalim und alle anderen haben selbst das größte Interesse daran, dass nichts herauskommt.«

»Trotzdem. Der Emir muss davon erfahren. Verdammt noch mal, er ist der Emir! Er kann Leute begnadigen, er kann über Verfehlungen hinweg sehen. Er hat die absolute Macht …«

Und Zarah hatte Macht über ihn ... Beatriz brach ab, als sie an Amirs Gesicht bei ihrer letzten Begegnung dachte. Eine Frau, die Männer willenlos machte. Gequälte Züge, gebrochene Versprechungen ... Eine dunkle Macht hinter dem Thron von Granada. Beatriz zerriss Ayeshas Schleier in unruhigen Händen.

Ayesha sah sie herausfordernd an.

»Dann bitte ihn doch!«, sagte sie. »Wenn es jemand kann, wenn jemand über Zarahs Macht triumphieren kann, dann bist du es. Aber in dem Fall musst du aufhören, mit ihm zu spielen. Du wirst all deine Reize – all deine Liebe! – brauchen, um Amir aus ihrem Einfluss zu lösen. Du musst das warme Leuchten des Paradieses gegen die lodernde Glut der Hölle setzen. Wagst du es, Beatriz? Wagst du es?«

Beatriz schluckte. Aber dann traf sie ihre Entscheidung.

»Léon«, sagte sie leise. »Du wirst dich jetzt reinigen. Halte dich bis heute Abend versteckt, hier oder anderswo. Und heute Abend gehst du zu der Pforte zwischen dem Harem und den Privatgemächern des Herrn. Du sagst dem Eunuchen dort, Hassan habe den Wachdienst geändert, und löst ihn ab. Denk dir einen Grund aus oder lass ihn offen, das ist mir egal. Aber ich möchte dich an der Pforte treffen, zu der Stunde, in der die Sonne untergeht. Du wirst mich hinauslassen in die Gärten meines Herrn.«

Zwölftes Kapitel

Amir verfluchte seine Schwäche. Warum fürchtete er sich so vor dieser Begegnung? Warum kam er der ›Einladung‹ überhaupt nach? Er war der Emir – wenn es ihm gefiel, konnte er Regierungsgeschäfte vorschieben, er konnte ausreiten, ach, er konnte sogar ganz offen eine Konkubine zu sich bestellen und Zarah zeigen, dass er jede andere Gesellschaft der ihren vorzog. Mit verzweifeltem Sehnen dachte er an Beatriz' Körper in seinen Armen. Gestern war sie so nahe daran gewesen, seinem Flehen nachzugeben. Noch einmal beschwor er die verzauberte Stunde zwischen Nacht und Tag herauf, spürte ihre zarte Hand in der seinen und ihre Lippen, fühlte ihre vorsichtig tastende Zunge in seinem Mund. Ihr Haar war offen gewesen, ihr Gesicht ungeschminkt und das Geschenk ihrer Hingabe ohne Arg.

Was quälte sie nur? Warum konnte sie nicht endlich nachgeben? Ob sie diesen Diego de Ciento wirklich so geliebt hatte? Oder ob Treue einfach mehr als ein Wort für sie war?

Amir kleidete sich sorgfältig an. Feste Brokatgewänder. Nicht wie beim letzten Mal … Er musste über sich selbst lachen. Am besten zöge er eine Rüstung über, bevor er zu Zarah ging!

Wenn er es nur so leicht hätte nehmen können, wenn er dann vor ihr stand! Aber sobald sie Besitz von ihm ergriff, würde er ihren Düften und Zauberkünsten wieder erliegen. Amir wusste und fürchtete es, aber er sah keinen Ausweg.

Schließlich betrat der Emir den Dachgarten und warf einen letzten Blick auf die Stadt im Zwielicht. Die Sonne versank glühend hinter den Bergen und tauchte Granada in rötliche Schatten. Aber hier, weit über der Stadt, war noch ein Rest von Sonnenlicht vorhanden. Amir meinte, eine schlanke Gestalt darin erscheinen zu sehen. Rotgoldenes Haar, als hätte sie die Sonne eingefangen, ein weißes Kleid, weiche Rundungen, die sich im letzten Licht darunter abzeichneten …

Er musste träumen. Es war die Stunde, in der Wirklichkeit und Phantasie verschwammen.

»Mein Herr?«

Eine zarte, melodische Stimme. Er hatte fast vergessen, wie sanft und doch volltönend Beatriz klingen konnte, wenn sie nicht gerade mit ihm zankte.

»Geht meine Morgensonne mir am Abend auf?«, fragte er leise. In seinen Augen stand seine ganze Sehnsucht.

Das Mädchen trat auf ihn zu. »Mein Herr, ist die Tageszeit nicht nur ein Trugbild? Verfliegen die Stunden nicht schneller, wenn die Liebe uns umfangen hält, während sie sich endlos dehnen, falls Sehnsucht uns wach hält in heißen Nächten?«

Amir vergaß die Verabredung mit Zarah. Er vergaß seine Ängste, Sorgen, dunklen Befürchtungen. Hier war Beatriz. Sie war gekommen, um ihn zu lieben.

Sehr langsam zog er sie in seine Arme. Nie wieder würde er sie loslassen, nichts sollte sie jetzt mehr trennen. Aber er durfte sie nicht erschrecken. Sie hatten alle Zeit der Welt. Er rief sich ins Gedächtnis, dass sie eigentlich noch Jungfrau war. Dies war ihre Nacht! Amir drückte seine Lippen leicht auf die ihren, freute sich an ihrer offenen, glücklichen Erwiderung seines Kusses. Ihre Lippen und Zungen spielten miteinander, und ihre Körper hatten Zeit, sich an die Nähe zu gewöhnen. Ihre weichen Formen an seiner harten Brust, ihr schwellender Leib, der sich in erstem Begehren an dem seinen rieb.

Amir löste die Lippen von ihr und nahm ihre Hand.

Feierlich führte er sie zu seinen Gemächern, lächelte dann und hob sie einfach auf.

»Ist es nicht so bei euch Christen? Muss der Mann seine Gattin nicht ins Brautbett tragen?«

Beatriz lachte ebenfalls und schmiegte sich in seine Arme. Ihr Kopf passte genau in die Wölbung zwischen seinem Hals und seiner Schulter. Er vergrub sein Gesicht in ihrem Haar.

Vorsichtig bettete er sie auf ein paar Kissen, die den muschelartig gewölbten Raum am vorderen Ende des Gartens wohnlich machten. Er drapierte ihr goldenes Haar um sie und genoss ihren Anblick in den letzten Sekunden des Sonnenuntergangs.

»Soll ich eine Lampe entzünden?«, fragte er leise.

Sie schüttelte den Kopf. »Die Glut der Liebe wird uns ausreichend leuchten.«

Tatsächlich reichte das Licht noch gut, um seinen Körper zu erkennen, als er sich rasch das Brokatgewand vom Leibe riss. Beatriz bewunderte seine Muskeln, die unter brauner Haut fast tänzerisch spielten. Sie sehnte sich danach, sie zu berühren, aber zunächst erforschte Amir zum ersten Mal mit bloßen Händen ihren Körper. Er konnte nicht genug bekommen von ihrer weichen, samtigen Haut, fuhr die Kontur ihres Körpers mit beiden Händen nach und erregte sich an den klaren Linien, ihrem festen und doch geschmeidigen Fleisch. Beatriz' Brust hob und senkte sich hastig, als er nun auch seinen Mund zur Hilfe nahm, die harten Knospen ihrer Brüste mit Küssen umspielte. Er rieb seine Wange an ihr und legte das Ohr an ihre Brust, um ihrem Herzschlag zu lauschen.

»Könnte ich nie mehr andere Musik hören in meinem Leben als den Schlag deines Herzens, so wäre ich doch der glücklichste Mensch. Könnte ich nie wieder etwas schmecken als die Süße deiner Haut, so würde ich doch nicht hungern, denn deine Liebe nährt mich …«

Amir flüsterte zärtliche Worte, während er sie mit geschickten Händen entkleidete. Sie half ihm ihrerseits, aus seinen Beinkleidern zu schlüpfen, bewunderte seine Lenden, die kräftigen, starken Beine und dachte daran, wie selbstverständlich er damals das Pferd mit dem Druck seiner Schenkel beherrscht hatte. Sie wünschte sich, ihren Körper dazwischen zu drängen, selbst diese Härte zu spüren, sich leiten zu lassen zu den Inseln der Glückseligkeit.

Beatriz vergaß ihre Mission, vergaß, dass dies hier eigentlich ein Opfer für sie sein sollte. Zärtlich streichelte sie seine Lenden und sah sein Geschlecht aufragen. Sie wartete darauf, dass er sich über sie warf, und sie nahm, aber Amir ließ sich Zeit. Er legte nur ein Bein über sie, so dass sein hartes, pulsierendes Geschlecht auf ihrem Schenkel ein weiches Lager fand, und fuhr dann fort, ihren Leib zu erregen. Lächelnd las er die Liebesgedichte, die noch immer darauf geschrieben standen, zeichnete mit dem Finger Linien von jedem Wort zu der schwellenden Blüte zwischen ihren Beinen, suchte Eingang zu ihrer Pforte der Lust. Sie war längst feucht, er würde mühelos durch die Gewässer der Wollust gleiten können. Ihr Leib schob sich ihm einladend entgegen, ihre Schenkel schlossen sich um sein Bein und rieben sich an seiner geschärften Lanze.

»Komm!«, sagte sie zärtlich. »Komm jetzt, ich bin bereit für die Reise. Trage mich hinaus über die Mauern, lass mich auf Wellen der Liebe reiten, meine Pforte ist weit geöffnet …«

Amir richtete sich auf und ließ sich vorsichtig über ihren angespannten Leib gleiten. Sein Glied tanzte über ihrer Muschel, suchte spielerisch Einlass wie eine Biene, die die Blume umschwärmt, bevor ihr die Blüte ihren Nektar schenkt.

Beatriz wölbte sich ihm entgegen, ganz Erwartung, ganz Willkommen. Amir schob seinen Pfeil in die warme, feuchte Enge des Ganges zur Glückseligkeit. Sie erbebte unter ihm, schlang die Beine um ihn, und er begann sie in sanftem Rhythmus zu wiegen, fühlte, wie sie im Gleichklang mit ihm brannte, wie die Wellen der Lust am Strand der Ekstase brachen.

Gleich … gleich würde sie aufschreien, gleich würde er sie mit dem Meer seiner Liebe überschwemmen …

Doch dann unterbrach eine schüchterne, aber bestimmte Männerstimme ihre vollkommene Vereinigung.

»Amir … Herr … Verzeih mir!«

Amir und Beatriz schraken gleichermaßen auf.

Am Eingang zum Haus stand Hammad, offensichtlich im Zwiespalt zwischen Scham und Lüsternheit.

In Amirs Augen blitzte es gefährlich.

Hammad machte eine abwehrende Handbewegung. »Nein, lass mich nicht gleich vierteilen, Allah ist mein Zeuge, ich habe geklopft. Und es ist mir mehr als unangenehm, dich bei diesem löblichen Tun stören zu müssen.« Er streifte Beatriz mit einem anzüglichen Lächeln.

Amir richtete sich auf. Beatriz versuchte verschämt, ihre Blöße zu bedecken.

»Hammad, ich schwöre dir, und wenn du zehnmal mein Freund bist: Wenn du mir jetzt keinen sehr guten Grund für dein Kommen nennst, werde ich dich ohne Zögern dem Henker überantworten!«

Die Stimme des Emirs klang hart und drohend, während seine Erektion zu Beatriz' Bedauern langsam zusammen sank.

»Ein Heer aus Kastilien hat unsere Ostgrenze überschritten. Nein, keine kleine Cabalgada, diese Streitmacht hat der König gesammelt. Es reicht nicht, eine Garnison zu schicken, wir werden das Heer sammeln müssen. Unten steht ein Bote mit der Kriegserklärung. Du musst ihn empfangen. Reicht das als Grund?« Hammad verbeugte sich.

»Lass den Boten vierteilen!«, knurrte der Emir. »Er hat mich bei der Eroberung der wichtigsten Festung meines Lebens gestört! Das wird nicht ungestraft bleiben. Wir werden dieses Heer vernichten ...«

»Amir ...«, flüsterte Beatriz. Wie konnte er so von diesem Heer sprechen? Es waren Kastilier, ihre Leute ...

Amir wandte sich ihr zu. Seine Augen flehten.

»Meine Morgensonne! Wie kannst du mir verzeihen? Warum habe ich die Tür nicht verschlossen, sie mit Barrikaden versehen gegen die wirkliche Welt? Für uns sollte es heute eine Reise zum Scheitelpunkt der Lust geben, aber Piraten haben das Schiff gestürmt. Warte auf mich, Beatriz. Behalte deine Liebe, sag jetzt nicht noch einmal nein, schließ die Pforte nicht, brich die Brücke nicht ab!«

Amir hielt ihre Hand und bedeckte ihre Finger mit Küssen.

Beatriz entzog sich ihm brüsk.

»Es sieht so aus, mein Herr, als stünde der Tod ewig zwischen uns.«

Sie weinte, als er ging.

Am nächsten Tag beobachteten die Mädchen von den Zinnen des Frauenturmes den Auszug des granadinischen Heeres.

Amir ritt ihm stolz auf seiner rot glänzenden Stute voraus.

Beatriz war gegen ihren Willen beeindruckt von den lebhaften Pferden, den schimmernden Lanzen und Bannern, den lachenden, selbstsicheren Reitern. Amir sah zu den Haremsfenstern auf, aber sie versuchte nicht, ihm zuzuwinken.

Ayesha legte ihr tröstend die Hand auf die Schulter.

»Gräm dich nicht, er kommt wieder. Er tut jetzt natürlich schneidig, aber er wird keine großen Risiken eingehen. Wenn der Emir fällt, bevor er einen Sohn gezeugt hat, stürzt das Land ins Chaos. Das weiß er, und das weiß auch seine Leibgarde. Hammad und seine Leute werden ihn beschützen.«

»Vielleicht hat er ja gestern einen Sohn gezeugt!«, meinte Susanna neckisch und warf einen viel sagenden Blick auf Beatriz' Leib.

Beatriz schüttelte den Kopf. »Sicher nicht. Dazu sind wir gar nicht erst gekommen. Und ich hatte auch keine Zeit, mein sonstiges Anliegen vorzutragen. Das ist es, weshalb ich mich gräme, Ayesha. Ich habe Léon und die anderen enttäuscht …«

Ayesha zuckte die Achseln. »Inshallah … Wir können daran nichts ändern. Zarah hat eine Gnadenfrist. Aber du musst es wieder versuchen, wenn er zurückkehrt.«

Beatriz seufzte. »Ich glaube, das Schicksal ist gegen uns. Und eigentlich ist es ja auch richtig. Ich stehe an der Schwelle, einen Eid zu brechen. Offensichtlich will Gott nicht, dass ich diese Sünde begehe.«

Ayesha verdrehte die Augen. »Ach, Beatriz, so oft mischt Gott sich gar nicht ein. Und wenn doch, so wird er die Liebe immer höher bewerten als einen alten Eid. Und du liebst den Emir doch, oder?«

Beatriz errötete.

»Natürlich nicht!«, sagte sie brüsk. »Wie könnte ich ihn lieben! Er hat meinen Verlobten getötet, er zieht gerade gegen mein Volk in den Krieg. Er ist mein natürlicher Feind!«

Ayesha lachte.

»Dann wirst du ja gut schlafen in der nächsten Zeit und dich nicht um ihn sorgen!«, neckte sie die Freundin. »Und wenn ich dich doch blass mit Ringen unter den Augen durch den Harem schleichen sehe, dann nur, weil du nächtelang für den Sieg der Kastilier betest. Ach, Beatriz, was für eine Heuchlerin kannst du doch sein!

Zarah schäumte. Sie hatte Amir am Abend zuvor erwartet und sich nur widerstrebend davon überzeugen lassen, dass die Kriegserklärung der Kastilier den Emir fern hielt. Auf die Dauer blieb im Harem allerdings nichts verborgen. Schon am nächsten Tag erfuhr Zarah, dass der kastilianische Bote den Emir keineswegs bei der Vorbereitung auf sein Stelldichein gestört, sondern aus den Armen einer Odaliske gerissen hatte. Die Information stammte nicht aus dem Harem, sondern von außerhalb – Zarah hielt ständig Verbindung zu ihrer Familie. Insofern wusste sie nicht, mit wem sich Amir in seinen Privaträumen vergnügt hatte. Sie konnte es sich allerdings denken. Und auch die Nachrichten von außen klangen alarmierend. Amir hatte gegenüber seiner Leibgarde verlautbart, dass er eine seiner Sklavinnen zur Gattin zu erheben gedachte.

»Vielleicht«, so bemerkte er gut gelaunt, »schenkt sie mir ja bald einen Erben, dann könnt ihr endlich aufhören, in der Schlacht um mich herumzuwuseln wie eine Schar aufgeregter Hühner!«

»Sieh zu, dass du das verhinderst!«, zischte Zafira, eine unverheiratete Kusine, die Zarah regelmäßig besuchte und ihr die Nachrichten überbrachte. »Du bist an den Emir verheiratet worden, um den Abenzeras Einfluss und Thron zu sichern. Dein Vater ist schwer verärgert.«

Zarah zuckte die Schultern. »Was soll ich machen? Der Emir hat bisher kein Kind mit mir gezeugt, und auch mit keiner anderen in diesem Harem. Vielleicht ist sein Same schwach …«

»Willst du es darauf ankommen lassen?«, fragte Zafira scharf.

Zarah blitzte sie an. »Was wollt ihr?«, fragte sie genauso böse zurück. »Soll ich mich einem anderen Mann hingeben? Dann schickt mir einen, herzaubern kann ich ihn nicht. Natürlich werde ich mich des Mädchens entledigen. Aber auf die Dauer ist das keine Lösung. Er kann morgen eine andere schwängern und ihr Kind anerkennen.«

»Wir wollen die Macht«, sagte Zafira scharf. »Wenn nicht mit diesem Emir, dann mit einem anderen. Die Abenzeras sind bereit, sich zu erheben.«

»Ein Volksaufstand?« Zarah richtete sich auf. »Aber wie wollt ihr das bewerkstelligen? Ein Aufstand braucht einen Führer. Und was verleitet euch zu der Annahme, der neue Emir würde mich wieder an die Spitze seines Harems stellen?«

Zafira lächelte sardonisch. »Denk einmal nach …«, sagte sie ruhig. »Denk nach, wen der Emir in der letzten Zeit brüskiert hat. Und zu wem du dir leicht Zugang verschaffen kannst. Es ist deine Bestimmung zu herrschen, Zarah, also finde die Lösung. Sofern du keine Angst hast vor schlaffem Fleisch …«

Sie lachte, als sie herausging.

Mammar al Khadiz wartete auf seinen Sohn. Ursprünglich hatte er sich nur um Alis Erziehung bemüht, weil er hoffte, Beatriz dadurch nicht ganz aus den Augen zu verlieren. In der letzten Zeit fand er aber immer mehr Freude daran, den kleinen Jungen zu sehen, ihm Spielzeug mitzubringen und ihn im Arm zu halten und zu kitzeln. Ali war ein freundliches Kind, und er hatte die Augen und das Lächeln seiner Mutter. Wenn Mammar ihn liebkoste, standen ihm Beatriz' edle Züge vor Augen, im ersten Flaum auf dem Köpfchen des Kindes meinte er ihr rotgoldenes Haar wieder zu erkennen. Das Zusammensein mit Ali brachte ihm Trost, nährte aber auch seinen Kummer und seinen Zorn. Der Emir hatte kein Recht auf sie! Und sie hatte kein Recht, Amir zu gewähren, was sie ihm verweigert hatte! Mammar träumte nach wie vor von Beatriz, doch jetzt waren seine Träume dunkel und blutig. Er stellte sich vor, wie er sie zur Liebe zwingen, ihren Kampfgeist brechen, den Gedanken an ihren verlorenen Liebsten und auch an den Emir aus ihr herausstoßen würde.

»Wesir!« Eine dunkle, fast beschwörende Stimme riss ihn aus seinen Gedanken. »Ich bringe Euch Euren Sohn.«

Mammar al Khadiz hatte diese Frau noch nie gesehen. Im Allgemeinen war es Susanna, die ihm Ali brachte, manchmal auch ein Eunuch. Aber diese tief verschleierte, in dunkle Gewänder gehüllte Frau war ihm fremd.

Keine Dienerin, überlegte er. Dazu war ihr Auftreten zu königlich, ihre Kleidung zu kostbar. Ihr Gewand war nachtblau, aber wenn sie sich bewegte, schimmerten Silberfäden darin auf. Sie hielt das Kind in den Armen. Ali weinte.

Mammar nahm ihn entgegen und streifte dabei die Hand der Frau. Sie war warm, glutheiß, die Berührung schien mehr als zufällig.

Ali beruhigte sich sofort, als Mammar ihn wiegte.

In den dunklen Augen der Frau, das Einzige in ihrem Gesicht, das ihr Schleier nicht verhüllte, blitzte es spöttisch auf.

»Gefallt Ihr Euch als Kinderfrau, Mammar al Khadiz?«

Der Wesir fuhr auf. »Was ist das für eine Frage! Wer bist du, dass du es wagst, den Wesir von Granada zu brüskieren?«

Die Frau ließ sich lasziv auf einen Diwan sinken.

»Sagen wir, jemand, für den der Rang eines Wesirs nicht hoch genug ist … Ist er das für Euch, Mammar al Khadiz?«

Mammar war verwirrt. »Was soll das? Gib dich zu erkennen, oder ich rufe die Wache!«

Die Frau lachte. »Das würde Euch kompromittieren, Wesir. Mehr noch, es würde Euch den Kopf kosten. Auf meinen Anblick steht der Tod.«

Mammar dachte fieberhaft nach. »Du bist … du kannst nicht die Tochter der Abenzeras sein, die dem Emir vermählt wurde.«

»Kann ich nicht?« Zarah ließ den ersten ihrer Schleier effektvoll von ihrem schwarzen Haar gleiten. Sie hatte ihre erlesensten Perlen hineinflechten lassen. »Seht mich doch an. Jede meiner Ketten ist mehr wert als die kleine Sklavin, die der Emir Euch gestohlen hat.«

Mammar sah sich hektisch um. Sie musste verrückt sein. Die Gattin des Emirs, hier in seinen Arbeitsräumen. Aber sie hatte Recht. Wenn man ihn hier mit ihr ertappte, war er verloren.

»Weint Ihr der schönen Beatriz immer noch nach, Mammar?« Zarah ließ den zweiten Schleier sinken.

Mammar holte scharf Luft, als sie die aristokratischen Züge, die gerade Nase und die leicht schräg stehenden Augen der Abenzeras enthüllte.

»Was … was wollt Ihr, Herrin …?«

»Ihr stammelt wie ein alter Mann. Und dabei sagt man doch, Ihr habet die Manneskraft eines jungen …«

Zarah näherte sich dem Greis, der immer noch das Kind hielt. Sie streifte ihn wie beiläufig mit ihrer Hüfte. Mammar begann rascher zu atmen. War es Erregung oder doch nur Angst?

»Und man sagt auch, Ihr habet Überzeugungskraft. Das Volk liebe Euch …« Zarah trat hinter ihn und presste ihre Brüste an seinen Rücken. Ihre Arme legten sich wie Schlangen um seinen Körper, und ihre Hände begannen über seinem Leib zu kreisen.

»Herrin, der Emir ...«

»Ja ...« Zarah stöhnte. »Du hast Recht, ich sollte nur dem Emir gehören. Aber Amir ist weit. Und muss der Emir immer Amir heißen?«

Zarahs Hüften begannen zu kreisen, sie tanzte einen langsamen Tanz und rieb sich dabei an seinem Körper.

Mammars Hände zitterten. Entschlossen entwand er sich ihr und legte zumindest das Kind auf den Diwan. Ali gluckste verwundert.

Der Wesir wandte sich zu Zarah um. Sie erkannte die Erregung unter seinen Gewändern.

Zarah ließ sich zu Boden gleiten und warf dabei den dritten Schleier ab. Er enthüllte ein silberdurchwirktes Untergewand, das große, dunkle Brüste erkennen ließ. Sie kniete vor ihm, fasste nach seinem Geschlecht und fühlte seine Härte.

»Ja ... du kannst zustoßen, ich habe den richtigen erwählt. Aber warum lässt du dir so viel Zeit? Warum nimmst du dir nicht, was du willst?«

»Ich will ...«

»Du willst doch die Macht«, gurrte sie. »Du willst die Alhambra. Nimm sie dir. Jetzt!«

Mammars Gedanken rasten. Zarah sprach von einem Aufstand, die Abenzeras wollten den Emir stürzen, und offensichtlich gedachten sie ihn an seine Stelle zu setzen. Warum nur? War es möglich, dass diese Frau ihn begehrte?

»Mit allem ...« Zarah trennte sich von ihrem vierten Schleier, und er sah ihre kräftigen, schwingenden Hüften und den hennabemalten Hügel zwischen ihren Beinen. »Mit allem, was dazugehört ...«

Sie hob sein Gewand.

Mammar versuchte, ruhig zu bleiben. Das hier war eine ernste Angelegenheit, er dürfte ihr nicht im Rausch der

Sinne Zugeständnisse machen, er dürfte … Zarah zog ihn zu sich herab.

»Wer … wer steht hinter dir …?«, fragte er mit trockenem Hals. »Hätte ich … die Unterstützung der Abenzeras?«

Zarah erforschte seine Lanze, spielte daran herum, ließ sie durch geschicktes Massieren noch mehr anschwellen.

Mammar keuchte.

»Wäre ich sonst hier?«

Der Wesir schaffte es nicht mehr, sich zurückzuhalten. Er zog Zarah in die Arme, presste sich gegen ihren Leib, küsste ihre Brüste, die sich ihm reif und einladend entgegenwölbten. Seine Hände rissen die letzten Schleier weg, strichen über ihren Leib, der genauso glühend und verheißend unter ihm bebte, wie ihre erste, flüchtige Berührung versprochen hatte. Mammar inhalierte die schweren, berauschenden Düfte, die von ihr ausgingen. Er war von Sinnen. Sein Atem und sein Herz rasten, er wollte sich nur noch in diesem heißen Fleisch verlieren, wollte in sie eindringen, wollte sich willkommen fühlen und den Tanz der Begierde mit ihr vollenden …

Aber im letzten Augenblick schob Zarah ihn weg.

»Das dürfen wir nicht. Ich bin die Frau des Emirs …«, sagte sie heiser.

»Aber … aber …« Mammar lag zitternd neben ihr und beruhigte sich erst, als sie sein Geschlecht ergriff und ihre geschickten Finger ihn wieder dem Höhepunkt näher brachten.

»Du kannst …« Sie liebkoste die zarte Haut über seinen Hoden. »Du kannst mich erst ganz haben, wenn du an seine Stelle getreten bist. Glaub mir, ich sehne mich ebenso danach wie du.«

Im nächsten Augenblick umfassten ihre Hände sein

Geschlecht wie eine Muschel, streichelten es noch einmal und ließen ihn vor Lust aufschreien.

»Willst du mich?«, fragte sie, während er in ihrer Glut badete. »Willst du die Macht?« Sie presste ihre Krallen in sein Fleisch, und Mammar bäumte sich erneut auf.

»Ja! Ja!« Er wusste nicht, ob er schrie oder flüsterte, ob er frohlockte oder weinte. Die Macht, diese Frau, die Alhambra. Mammar wusste jetzt, warum man ihre Gärten das Paradies nannte.

Im Harem schwankten die Frauen zwischen Unruhe und gähnender Langeweile. Zwar ließ der Herr sich dort selten blicken, aber seine Anwesenheit im Palast hatte doch etwas Belebendes. Auch die noch so geringe Chance, in dieser Nacht von ihm erwählt zu werden, regte die Frauen zu Phantasien und immer neuen Bemühungen an, sich schöner und begehrenswerter darzustellen. War der Herr nicht im Hause, stagnierte das Leben. Die Frauen neigten zum Trübsalblasen, woraufhin allerdings die große Stunde von Hassan und den anderen Eunuchen schlug. Sie wurden von Dienern zu Unterhaltungskünstlern, ihre wichtigste Aufgabe bestand plötzlich darin, die Damen aufzuheitern.

Mustafa und Hassan versuchten das mit einem Ausflug zu Einkaufszwecken. Sie erstanden edelste Stoffe auf dem Markt von Granada und breiteten sie vor Beatriz und ihren Freundinnen aus. Auch der neueste Klatsch war dabei natürlich willkommen.

»In den Sukhs munkeln sie, es gäbe einen Aufstand …«, erklärte Mustafa. »Es heißt, der Emir sei schuld, dass wir jetzt an der Levante kämpfen. Er hätte die Wachtürme dort besser bestücken müssen, mehr Geld in die Verteidigung stecken als in seinen Harem. Und man hätte die Christen härter anfassen sollen, schon zu Zeiten des alten Emirs.«

Vorsichtig präsentierte er ein zartes Seidengespinst.

»Unsinn!«, meinte Ayesha brüsk. Politik interessierte die kluge, junge Frau mehr als Kleidung. »Jeder, der eine Karte lesen kann, erkennt Granadas Position im Verhältnis zu Kastilien. Wobei wir noch gar nicht vom Rest der Iberischen Halbinsel reden. Wenn sich da mal zwei spanische Könige zusammentäten, könnten sie uns ins Meer werfen!«

»Ayesha, wer kann denn eine Karte lesen?«, fragte Katiana belustigt und hielt sich das Stück Stoff prüfend wie einen Schleier vors Gesicht. »Im Volk ganz sicher niemand. Aber das wäre eine interessante Überlegung: Wir schicken ganz Granada in die Schule der göttlichen Khalida und überschwemmen die christlichen Lande mit in jeder Hinsicht hoch gebildeten Mädchen. Wetten, dass die Könige die Lust am Krieg verlören? Wenn sie nicht gerade im Bett zu tun hätten, müssten sie sich im Lesen von Landkarten üben.«

»Sie sagen …«, erzählte Mustafa weiter und erstickte den möglichen Streit damit im Keim. » … der Emir habe Tribute an Kastilien bezahlt, um eine Invasion zu verhindern. Könnt ihr das glauben?«

Ayesha blickte alarmiert. »Wer sagt das?«, fragte sie scharf.

»Das ist es ja! Auf dem Markt behaupten sie, der Wesir habe es selbst verraten. Er hätte bislang immer geschwiegen, aber nun brenne sein Gewissen. Unsere Männer sterben an der Grenze zu Kastilien, und das Geld, das für ihre Rüstungen bereitgestanden hätte, ist als Tribut an den Feind gegangen.«

»Das ist doch nicht wahr, oder?«, fragte Beatriz.

Ayesha lachte. »Schäfchen, natürlich ist es wahr. Aber ›Geld‹ ist ein zu harter Ausdruck, und ›Tribut‹ hat man es auch nie genannt. Meistens spricht man von ›Geschenken‹. Freilich solchen aus Gold. Manchmal auch Reliquien, die Christen machen sich viel aus toten Heiligen. Und natürlich Mädchen. Zwei meiner ältesten Freundinnen reisten als *Geschenke* nach Kastilien. Eine dient heute offiziell der Königin, die andere ...«, Ayesha lachte anzüglich, »... führt den Haushalt eines Bischofs.«

»Das ist unfassbar!«, erregte sich Beatriz.

»Das ist Politik. Und eine kluge obendrein. Sie sichert uns seit hundert Jahren den Frieden. Stellt sich die Frage, warum die Christen jetzt doch angreifen. Ich schätze mal, dass sich durch den Tod des alten Emirs die Zahlungen verzögert haben. Oder sie wollen mehr.« Ayesha hielt einen rot und orange schimmernden Stoff ins Licht.

»Den lässt du liegen! Das ist meine Farbe!«, bestimmte Katiana. Heute gelüstete es sie offensichtlich nach Streit.

Ayesha überließ ihn ihr bereitwillig. Sie fand die Diskussion über die Tribute ohnehin interessanter.

»Oder der Wesir steckt dahinter«, überlegte sie weiter. »Warum enthüllt er die Sache gerade jetzt vor versammeltem Volk?«

»Na, warum schon?«, warf Blodwen leise ein. »Er will den Emir stürzen. Die Gelegenheit ist günstig, jetzt, wo er im Feld ist.«

»Und du meinst, er habe diesen Krieg gezielt herbeigeführt, indem er die Tribute nicht abschickte, sondern einbehielt? Damit hätte er nicht nur den Emir vom Hals, sondern obendrein eine gefüllte Kriegskasse, um das Volk für sich zu gewinnen! Genial! Aber ehrlich gesagt, ich trau's dem alten Mammar schlichtweg nicht zu.«

Ayesha kannte Mammar nicht nur aus den Erzählungen von Beatriz. Sie hatte schon oft bei Festen und diplomatischen Anlässen aufgespielt, bei denen der Wesir zu Gast war.

»Dann war's vielleicht jemand anderes«, meinte Beatriz. »Aber es ist beängstigend. Können wir den Emir nicht warnen?«

Ayesha grinste. »Du machst dir doch wohl keine Sorgen um ihn?« spottete sie und drapierte einen Goldstoff um ihr nachtschwarzes Haar. Die anderen Mädchen kicherten.

Beatriz errötete leicht.

»Ich meine ja nur …«, versuchte sie abzuschwächen.

Ayesha legte lachend den Arm um sie.

»Ach, Schäfchen, wir sind nicht die Einzigen, denen an deinem Amir gelegen ist. Mit Sicherheit sind bereits Boten zu ihm unterwegs. Er wird sich um diesen verräterischen Wesir kümmern, um ihn und alle anderen, die dahinter stecken. Aber leicht wird es nicht werden. Ein Zweifrontenkrieg war niemals einfach.«

Beatriz wanderte durch die Gärten zurück in ihre Räume und bedachte das Gespräch mit den Mädchen.

Diese Ayesha! Aber hatte sie womöglich Recht? Machte Beatriz sich wirklich Sorgen um einen Mann, der es wagte, sich ihr ›Herr‹ und ihr ›Besitzer‹ zu nennen? Zum ersten Mal überlegte sie, was ein ernsthafter Krieg und ein Sieg der Kastilier für sie bedeuteten. Den Emir würde man in diesem Fall ins Exil nach Afrika schicken – sofern er die Niederlage überlebte. Und natürlich würde er seine engste Familie mitnehmen dürfen.

Ayesha und die anderen Konkubinen, die Eunuchen und Diener müssten allerdings mit einem erneuten Verkauf rechnen. Sie stellten für die Christen einen nicht unerheblichen Wert dar. Unwahrscheinlich, dass man sie alle dem Emir überließ.

Beatriz selbst, die geraubte und nach wie vor nicht konvertierte Christin, konnte dagegen mit Freilassung rechnen. Man würde sie zu ihrem Vater zurückschicken oder er würde kommen und sie holen. Wollte sie das? Als verfemte, geschändete Frau, ein vaterloses Kind im Arm, nach Hause zurückkehren? Sie sehnte sich mit jeder Faser ihres Herzens nach ihrem alten, freien Leben in Kastilien, aber wenn sie es nüchtern betrachtete, wusste sie, dass es vorbei war. So oder so.

Und Amir? War er wirklich nur noch ihr Entführer? Sie erinnerte sich an sein Lachen, seine Geduld mit ihren Launen und seine unglaublichen Einfälle. Natürlich war es schamlos gewesen, Liebesverse auf ihren Körper zu schreiben! Aber auch lustvoll – oh und wie lustvoll! Was mochte diesem Mann noch einfallen, wenn sie sich ihm wirklich öffnete, jeden Tag mit ihm das Lager teilte? Sie hatte sich nach Diego gesehnt, nach seinem starken, harten Geschlecht in ihrer Pforte der Lust. Diego war stürmisch gewesen, er hätte diese Pforte eingerannt, und unzweifelhaft hätte sie es genossen. Zumindest die ersten Male. Ob es dann allerdings noch aufregend gewesen wäre? Ob er sie auf Dauer hätte erregen können? Dagegen Amir mit seinem vorsichtigen Anklopfen, der endlosen Suche nach dem Schlüssel, dem sorgsamem Hineintasten, als lägen kostbarste Geheimnisse dahinter verborgen … Die Entdeckung dieser Schätze versprach endlose Wonnen. Sie konnte sich vorstellen, dass er jeden Tag einen anderen heben und damit immer neue Wege zu den Gestaden der Seligkeit öffnen würde.

Nachdenklich ließ Beatriz sich am Rand eines Wasserbeckens niedersinken und tauchte die Hand in das kühlende Nass, erspürte die Strömung und überließ sich dem Sog des künstlichen Bachlaufs. Diego war wie ein Wasserfall gewesen. Rein und wild und mitreißend. Aber Amir war wie dieser Bachlauf: spielerisch leicht dahinfließend, in immer wieder neuen Bahnen, mit überraschenden Wendungen, aufgehend in fröhlichen Kaskaden, sprudelnden Wirbeln und tiefen, ruhigen Seen.

Ja. Ja, sie fürchtete sich um das Leben des Emirs! Sie war ein Teil von ihm geworden, seine Augen beherrschten ihre Träume, sie spürte seine Hände noch auf ihrem Körper, und sie fühlte sich geborgen, wenn sie sich an ihn schmiegte. Aber sie wollte nicht seine Konkubine sein. Nicht eine unter vierhundert! Sie wollte sich abends mit ihm hinlegen und morgens in seinen Armen erwachen. Sie wollte, dass er seine Sorgen mit ihr teilte – vielleicht war es wirklich eine kluge Idee von Ayeshas Lehrmeisterin, Mädchen in Politik und Geografie, Philosophie und Dichtkunst zu unterrichten. Die Männer konnten sich dann ernsthaft mit ihnen unterhalten. Ganz sicher behandelte niemand Ayesha wie ein dummes Püppchen. Beatriz dagegen war für ihren Vater und Diego nicht viel mehr gewesen als ein Spielzeug – ein Hündchen oder Kätzchen, dessen Anblick und dessen possierliches Verhalten die Männer entzückte. Um Rat gefragt hätte man sie jedoch sicher nicht, Entscheidungen wären über ihren Kopf hinweg getroffen worden.

So dürfte es nicht sein zwischen ihr und Amir! Gleich morgen würde sie Ayesha bitten, dieses Kartenlesen mit ihr zu üben, und später vielleicht auch politische und philosophische Schriften mit ihr zu lesen. Man würde sehen. Aber bis dahin wollte sie sich noch ein paar süßen Träumen hingeben. Träumen von Amirs Rückkehr, Träumen von Wollust in seinen Armen …

Dreizehntes Kapitel

Amir fixierte seinen Gegner mit harten, schwarzen Augen. Der riesige Ritter in seiner schimmernden Rüstung, die Lanze zielsicher auf ihn gerichtet und den rasenden Streithengst mit starker Hand führend, war ein wahrhaft beängstigender Anblick. Allerdings auch nicht der erste seiner Art, dem der maurische Königssohn ins Auge blickte. Amir lächelte leicht, zog seinen Lederpanzer zurecht und ließ seine Stute mit einem leisen Schnalzen in den Galopp fallen. Sie schoss auf den Streithengst zu, aber sie war ebenso auf der Hut wie ihr Herr. Im letzten Augenblick, als der Gegner fest damit rechnete, auf Amir zu treffen, folgte sie einem raschen Andrücken seiner Schenkel und sprang seitwärts weg, Amir tauchte unter der feindlichen Lanze hindurch, nicht ohne den überraschten Ritter mit seiner eigenen anzustoßen. Es reichte nicht aus, ihn vom Pferd zu holen, aber es brachte ihn doch aus dem Konzept. Amir wendete seine Stute leicht auf der Hinterhand; es machte ihr regelrecht Spaß, den feindlichen Ritter zu verfolgen. Amir neckte ihn, indem er seinen Renner an ihm vorbeisetzen ließ, blitzschnell wieder wendete und sich dem nun völlig unvorbereiteten Christen erneut zum Schlagabtausch stellte. Bevor der Feind seine Waffen noch ordnen konnte, hob Amir ihn mit einem gekonnten Schwung aus dem Sattel. Der Mann landete auf dem Allerwertesten und lag in seiner schweren Rüstung im Sand wie eine Schildkröte auf dem Rücken. Amir kehrte zu ihm zurück und setzte ihm die Lanze auf die Brust.

»Ergebt Ihr Euch?«, fragte er auf Spanisch und lächelte schalkhaft. »Dann brauchte ich Euch nämlich nicht zu töten. Es käme mir ein bisschen – unehrenhaft – vor, Euch hier wie einen Krebs zu knacken.«

Der Spanier brummte empört, tastete nach seinem Schwert, ließ es dann aber doch lieber stecken. Stattdessen hob er sein Visier.

»Es würde Euch reuen, mich zu töten. Mein Name ist Miguel de Aguadulce, Conte de Avano. Der König hat mich als Unterhändler bestimmt, sollte Euer Emir Friedensverhandlungen erwägen.«

Amir lachte schallend.

»Ihr macht mir Spaß, Don Miguel! Liegt auf dem Rücken wie ein Hund, aber bietet mir huldvoll Kapitulationsverhandlungen an! Denn darum geht es doch wohl, oder?«

»Ich spreche nicht von Euch, sondern von Eurem Emir!«, gab der Spanier hochmütig zurück. »Es ist kaum wahrscheinlich, dass ein kleiner Krieger wie Ihr die hochkomplexen Verwicklungen versteht, die zu diesem Angriff führten, sowie mögliche Bedingungen zu seinem Abbruch.«

Amirs Gesicht wurde hart.

»Sieh an, ein Diplomat! Aber kein sehr erfahrener, wie ich sehe. Ihr würdet Euch sonst kaum an vorderster Front ins Gefecht stürzen, wo jeder kleine Krieger Euch ohne Wissen um Eure unglaubliche Wichtigkeit ins Jenseits befördern könnte. Die meisten kleinen Krieger in Granada beherrschen Euer Idiom nämlich nicht, und ich nehme nicht an, dass Ihr Euren hübschen Spruch auch in meiner Sprache aufsagen könnt.«

»Ich muss mich hier nicht rechtfertigen, ich muss …«

»Ich will Euch sagen, was Ihr tun müsst«, unterbrach ihn Amir mit scharfer Stimme. »Ihr müsst Euch nun in eine etwas würdigere Position begeben und dann so anmutig wie Euer Panzer es erlaubt das Knie beugen vor dem Emir von Granada!« Amir zog die Lanze zurück, ließ sein Pferd ein paar Schritte rückwärts gehen und gab dem Ritter Raum, auf die Füße zu taumeln.

Verlegen verbeugte sich der Conte und murmelte eine Entschuldigung.

»Ich habe nicht gewusst … Hört, Herr, wollen wir die Verhandlungen wirklich hier auf dem Schlachtfeld führen?«

Rund um die beiden Ritter tobten weitere Scharmützel. Allerdings war es Amir schon lange klar, dass die Christen ihren Angriff nicht sehr ernst meinten. Dies hier schien eher ein Schreckschuss des kastilianischen Herrschers zu sein als ein Feldzug im Rahmen der ›Reconquista‹, der ›Rückeroberung‹ Andalusiens von den maurischen ›Besetzern‹. Letztere waren dort zwar schon seit siebenhundert Jahren ansässig, also bevor das Königreich Kastilien überhaupt gegründet wurde, aber das störte die Christen nicht. Sie waren felsenfest davon überzeugt, ein Anrecht auf das Land der Mauren zu haben, und Amir machte sich keine Illusionen: Irgendwann würden sie es sich holen. Aber nicht jetzt. Nicht von ihm. Er würde diesen Don Miguel noch ein bisschen weiter ärgern und sich dann mit ihm treffen, um die Gründe für den Angriff auszuloten und diplomatisch aus der Welt zu schaffen.

Jetzt warf er jedenfalls erst mal stolz den Kopf zurück.

»Welche Verhandlungen? Gut, Don Miguel, Ihr liegt nicht mehr auf dem Rücken, aber in der Position für die Stellung von Ultimaten seid Ihr nun auch nicht. Bislang sehe ich keinen Grund, eine Auseinandersetzung, die Ihr auf dem Schlachtfeld angefangen habt, in die Salons zu verlegen. Meine Männer würden es mir übel nehmen, sie dürsten nach wie vor nach Blut. Wir warten auf die Entscheidungsschlacht, Herr Botschafter!«

Tatsächlich hatte es bislang keine echte Schlacht gegeben. Beide Heere lagen sich nur gegenüber. Und auch wenn es jeden Tag zu Kämpfen kam: Keine Seite hatte mehr Tote zu beklagen als bei sonstigen Ghazus und Cabalgadas.

»Wir könnten das Blutvergießen beenden ...«, versuchte Don Miguel es noch einmal.

Amir lächelte sardonisch. »Warum sollten wir? Von meiner Warte aus besteht da keine Notwendigkeit. Ihr, mein Freund, habt angefangen. Wann wir das hier beenden, bestimme ich.«

Der Emir sah sich um und erkannte ein paar Männer seiner Leibgarde, die ihre Kämpfe gerade beendet hatten. Ihre Gegner flohen, Hammad sammelte ihre Pferde ein.

»Hammad, Karim! Begleitet diesen Herrn doch bitte sicher zu den Zelten der Kastilier. Ihm darf nichts geschehen, der König könnte es uns übel nehmen. Und prägt euch seine Rüstung und sein Pferd gut ein, er ist sakrosankt, niemand darf ihn in Zukunft aus dem Sattel werfen. – Es war mir ein Vergnügen, Don Miguel!«

Amir verbeugte sich leicht und ritt lachend davon.

Die Verhandlungen mit diesem Mann dürften interessant werden. Amir liebte es, mit christlichen Botschaftern zu spielen. Wenn sie ihm nur nicht immer so aufgeblasene Dummköpfe schicken würden!

Leider erwarteten Amir keine guten Nachrichten, als er schließlich, staubig vom Kampf, aber zufrieden mit dem Verlauf des Tages, in sein Zelt zurückkehrte. Sein Diener hielt Wasser zum Waschen bereit, sah dabei aber etwas unglücklich drein.

»Herr, vorhin ist ein Bote aus Granada für Euch eingetroffen. Er meint, er wolle Euch sofort sehen. Ich sagte ihm, es reiche doch wohl, nachdem Ihr Euch gereinigt habt, aber er ...«

Alarmiert sah Amir auf. »So dringlich? Warum habt ihr mich nicht vom Schlachtfeld holen lassen? Aber jetzt lass den Mann auf der Stelle zu mir, das Wasser wird so schnell nicht verdunsten!«

Mit einem bedauernden Blick auf den dampfenden Bottich tauchte Amir nur rasch seine Arme in ein Gefäß mit kaltem Wasser und spritzte sich ein paar Tropfen ins Gesicht. Dann war er bereit, den Boten zu empfangen.

Der Mann war schmutzig und wirkte gehetzt. Auch er hatte sich nicht die Zeit genommen, sich zu reinigen, bevor er vor seinen Emir trat. Ein weiteres, gefährliches Zeichen.

»Herr, verzeiht meine Hast!« Der Bote warf sich zu Boden.

Amir erkannte den Jungen, einen Fähnrich der Palastwache, Mitglied einer Adelsfamilie, die dem Emir treu ergeben war. Außer bei seiner Einführung in den Heeresdienst hatte er nie vor dem Herrscher gestanden.

»Steh auf, Tarik, und überbringe deine Botschaft«, sagte Amir milde. »Wer schickt dich?«

»Der Hauptmann, Herr, der Hauptmann der Wache. Wir liegen in Kämpfen mit einer bewaffneten Truppe, angeworben von den Abenzeras, unterstützt vom Volk ...«

»Die Abenzeras? Unterstützt vom Volk? Du meinst, ein Bürgerkrieg?«

»Eine Art Aufstand, Herr. Der Hauptmann meint, das Volk wisse nicht, was es tut, aber der Wesir und die Männer der Abenzeras wiegeln es auf. Es geht um irgendwelche Tributzahlungen, ich habe das nicht ganz verstanden. Aber sie wollen Euch absetzen.«

Tarik sprach mit gesenktem Kopf. Er schien sich etwas zu fürchten, offensichtlich hatte er Geschichten von Herrschern gehört, die Überbringer schlechter Nachrichten zu köpfen pflegten.

»Und wer soll meinen Platz einnehmen?«, fragte Amir verblüfft. »Moussa Ahmed von den Zegris? Wohl kaum, wenn die Abenzeras diesen Aufstand finanzieren.«

»Wie es aussieht … wie es aussieht, der Wesir, Herr. Sie rufen seinen Namen vor den Toren der Alhambra. Und die Lage ist ernst, sagt der Hauptmann. Vielleicht können wir uns noch einen Tag halten, aber mit der schwachen Besetzung …«

»Allah verfluche sie!«, brach es aus Amir heraus. Der junge Bote fuhr wie geschlagen zusammen. Dabei war der Emir weit entfernt davon, ihm irgendwelche Vorwürfe zu machen, er gab sich eher selbst die Schuld an der unmöglichen Lage. Warum nur hatte er alle starken, erfahrenen Krieger mit auf diesen Feldzug genommen? Alte Männer wie der Hauptmann und halbe Kinder wie dieser Junge waren mit der Verteidigung der Alhambra entschieden überfordert. Verdammt, er hätte wissen sollen, dass es unter der Oberfläche des friedlichen Granadas brodelte!

Aber der Wesir! Auf Mammar ibn Khadiz' Loyalität hatte er fest vertraut. Hatte er immer vertrauen können. Bis zu der Sache mit Beatriz. Er sah noch das hasserfüllte Gesicht des alten Mannes vor sich, als er die Übergabe der Sklavin von ihm erzwungen hatte.

Beatriz. Sie war in der Alhambra. Und morgen würde dort womöglich Mammar als Herr einziehen! Das Mädchen würde ihm ausgeliefert sein. Amir erfasste ein Schauer, als er daran dachte. Sie verließ sich auf ihn! Und schon wieder konnte er sie nicht beschützen.

Amir bezwang den Drang, das Heer sofort zum Aufbruch zu rufen und noch heute Nacht nach Granada zu ziehen. Aber dann wären den Christen die Tore zum Emirat geöffnet. Wenn Miguel de Aguadulce nicht ganz dumm war, würde er Amir nachsetzen und sein Heer ins Herz Granadas führen. An die Plünderungen und die Forderungen bei den folgenden Friedensverhandlungen durfte er gar nicht denken …

Nein, es musste anders gehen.

»Ich danke dir, Tarik. Wenn wir wieder in der Alhambra sind, werde ich dich angemessen belohnen für den Dienst, den du mir geleistet hast. Geh nun und erfrische dich, ich sende augenblicklich einen Boten nach Granada und gebe deinem Hauptmann Anweisungen. Ich denke, wir können morgen reiten. – Und du, Ali …«, Amir wandte sich an seinen Diener, »suchst mir Hammad al Mutah. Er soll auf der Stelle ein weißes Tuch um seine Lanze binden und zu den Kastiliern reiten. Der Emir von Granada wünscht, den Botschafter des Königs, Miguel de Aguadulce, noch heute zu Friedensverhandlungen zu empfangen.«

Amir tauchte in das warme Wasser und aß schnell etwas Obst, während Ali sich mit seiner Botschaft auf den Weg machte. Die Trauben waren süß, aber Amir schmeckten sie bitter. Kein Spiel mit dem spanischen Botschafter. Aus seiner Unterredung mit Miguel de Aguadulce war tödlicher Ernst geworden.

Der Kastilier erschien kaum eine Stunde später. In seinem Gefolge waren zwei Männer als Leibgarde sowie der unvermeidliche Priester, den die Kastilier zu jeder halbwegs wichtigen Unterredung mitschleppten.

Auch Miguel de Aguadulce schien die Verhandlungen kaum abwarten zu können. In seinen feinen Kleidern, einem dunkelroten Wams mit blütenweißer, gestärkter Halskrause, den schwarzen Beinkleidern und roten Strümpfen wirkte er etwas stutzerhaft und deutlich kleiner als vorhin auf dem Schlachtfeld. Aber er war ein schöner Mann mit aristokratischen, stolzen Zügen und einem gepflegten Spitzbart. Allerdings bewegte er sich nicht sehr elegant. Als er sich vor dem Emir verneigte, verzog er schmerzhaft das Gesicht.

»Was macht Euer Hintern, Don Miguel?«, fragte ihn

Amir leicht belustigt. »Man fällt hart in diesen Rüstungen und von diesen großen Pferden.«

Don Miguel verzog den Mund. »Das sind nur kleine Blessuren, Herr. Aber nun sprecht. Ihr wolltet Verhandlungen. Also beantwortet zunächst meine Frage: Was habt Ihr Euch dabei gedacht, meinen König zu brüskieren?«

Amir runzelte die Stirn. »Inwiefern habe ich Euren König brüskiert? Umgekehrt trifft es wohl eher zu. Ihr seid in mein Land eingedrungen, allen Verträgen zum Trotz.«

»Die Verträge …«, Don Miguel wand sich ein wenig, »… sehen gewisse Geschenksendungen vor.« Der Unterhändler vollführte eine fahrige Bewegung mit den parfümierten, behandschuhten Händen.

Amir nickte zähneknirschend. »Ihr dürft ruhig ›Tribute‹ sagen, wir sind ja unter uns. Und was ist damit? Hat es Euch nicht gereicht?«

»Mein König hat keine Geschenksendung erhalten«, erklärte der Spanier.

»Was?« Amir fuhr auf. Der Emir hatte sich für diesen Anlass ebenfalls sorgfältig gekleidet. In einem golddurchwirkten Brokatgewand ragte er vor dem Unterhändler auf, der daraufhin erschrocken zurückwies.

»Ihr bezichtigt mich der Lüge? Des Nichteinhaltens eines Vertrages?«

Amirs dunkle Augen blitzten drohend.

»Ich berichte nur Tatsachen, Herr. In Kastilien sind keine Sendungen eingetroffen. Wir mussten annehmen …« Don Miguel schien immer kleiner zu werden.

Dafür mischte sich der Priester ein. »Dabei hatte man uns diesmal die Gebeine des heiligen Ambrosius versprochen. Eine heilige Reliquie. Es steht Euch nicht zu, sie uns vorzuenthalten!«, bemerkte er mit quäkender Stimme.

Amir wanderte unruhig im Zelt herum. Entweder log

dieser Christ, oder das Ausmaß der Verschwörung gegen ihn in Granada war weitaus größer als bislang befürchtet.

»Don Miguel, verzeiht meinen Ausbruch«, meinte er schließlich. »Ich kann Euch nur versichern, dass die Geschenke für Euren König vor beinahe zwei Monden abgesendet wurden. Einschließlich der Knochen des heiligen Ambrosius ...« Er nickte dem böse dreinblickenden Priester zu. Die Angelegenheit war höchst unerfreulich gewesen. Man hatte die Reliquie einer Christengemeinde in Alhama für viel Geld abhandeln müssen. »Mein eigener Schwager, Mohammed Abenzera, war mit der Begleitung der Sendung betraut. Seid versichert, dass die Sache untersucht werden wird. Es wird auch sofort eine neue Sendung zusammengestellt, die Kastilien binnen eines Mondes erreichen sollte ...«

»Aber die Gebeine des heiligen Ambrosius ...« quäkte der Priester.

Amir musste schwer an sich halten, um seine Würde zu wahren. Don Miguel schien es ähnlich zu gehen, er verdrehte die Augen.

»Priester, ich kann Euch nicht garantieren, dass ich die Überreste Eures teuren Verblichenen so schnell wieder finden werde. Aber vielleicht begnügt Ihr Euch mit dem Kopf des Verräters, der die Sendung unterschlagen hat ...«

Don Miguel lächelte.

»Um all das in die Wege zu leiten, muss ich jedoch schleunigst nach Granada zurückkehren. Kann ich mich darauf verlassen, dass Ihr Euer Heer morgen abzieht?« Der Emir sah dem Unterhändler fest in die Augen.

Don Miguel nickte. »Mein König will keinen Krieg.«

Amir atmete auf. »Dann sind Euer König und ich uns ja einig.

Ach ja ... und ich werde der Sendung ein Mädchen mitgeben, Don Miguel, als persönliche Gabe an Euch. Sie wird sich um Euren Hintern kümmern ...«

Der Emir entließ seine Gäste mit einer Handbewegung. Er sah, dass der Spanier mit dem Lachen kämpfte, während der Priester aufgeregt auf ihn einredete.

»Ihr hättet ihm das nicht durchgehen lassen dürfen! Ich kann doch nicht den Kopf von irgendeinem maurischen Gauner in den Sarg des heiligen Ambrosius legen ...«

Amir lächelte grimmig. Dann ließ er das Heer sammeln. Sie würden noch in dieser Stunde aufbrechen, um die Alhambra zu entsetzen.

Die Bewacher der Alhambra ergaben sich der Übermacht in den frühen Morgenstunden. Die Schlosswache hatte sich tapfer verteidigt, jetzt aber waren fast zwanzig Tote zu beklagen, und der Hauptmann war schwer verletzt. Sein Vertreter, ein blutjunger Leutnant, hatte dem Sturm der Söldner und des Pöbels in ihrem Gefolge nichts entgegen zu setzen.

»Gebt die Mauern auf, aber besetzt die Tore zum Harem«, befahl er seinen letzten Kämpfern. »Es ist undenkbar, dass der Pöbel die Frauengemächer stürmt. Verteidigt sie mit Eurem Leben. Der Emir würde ohnehin keinen von uns davonkommen lassen, wenn einer dieser Kerle seine Frauen schändet, solange noch ein Wächter am Leben ist.«

Die Übernahme des Palastes ging dann jedoch viel geordneter vor sich, als der junge Leutnant befürchtet hatte. Tatsächlich war die Eroberung gut geplant, Mohammed Abenzera befehligte persönlich die Söldner und hielt sie eisern kontrolliert, als die Tore geöffnet wurden. Mit zuvor ausgewählten Leuten bemannte er Schlüsselstellungen, und das Volk wurde umgehend ausgesperrt. Bevor es dessen noch wirklich gewahr wurde, ritt Mammar al

Khadiz, prächtig gekleidet und mit großem, ebenfalls schillernd ausgestattetem Gefolge auf den Palast zu. Das Volk hatte mit Hochrufen und Glückwünschen für den neuen Emir genug zu tun, es dachte nicht mehr daran, die Alhambra zu plündern.

Mohammed Abenzera war auch weit entfernt davon, Amirs Harem zu schänden. Man würde später entscheiden, was mit den Frauen geschehen sollte, sicher hatte da auch Zarah ihre Pläne.

Zufrieden sah und hörte er zu, wie Mammar der Erste – so gedachte er sich ab sofort zu nennen – von den Zinnen der Alhambra zum Volk sprach. Gut machte er das, aber er blieb natürlich ein selbstverliebter Greis. Man würde ihn leicht lenken können, ein paar Schmeicheleien hier, eine neue kleine Sklavin dort, und er würde alle Regierungsgeschäfte vergessen. Ein Problem war dagegen sein Sohn. Der schien dem Emir treu ergeben; als Leiter seines Marstalls befand er sich jetzt mit ihm an der Grenze. Man würde sehen, ob er überlief. Am besten, er blieb, wo er war, und ging mit dem alten Emir ins Exil. Sollte er aber doch Machtgelüste entwickeln … Im Umgang mit Pferden kam es schnell zu Unfällen, Mammar musste da gar nicht eingeweiht werden. Zudem hieß es, der neue Emir habe einen jüngeren Sohn, von einer Sklavin, die jetzt in der Alhambra wohne. Auch das passte gut, man konnte den Jungen als Thronfolger aufbauen, falls Zarah es nicht schaffte, sich von Mammar schwängern zu lassen.

Mammar der Erste nahm die Alhambra langsam und genüsslich in Besitz. Natürlich kannte er die prunkvollen Konferenzsäle und Beratungsräume. Die Privatgemächer des Emirs waren ihm bislang jedoch nicht zugänglich gewesen. Bewundernd betrachtete er den traumhaften

Dachgarten, atmete den betörenden Duft der Blumen und genoss die Aussicht auf die Stadt.

»Habe ich dir zu viel versprochen?«, hörte er plötzlich eine dunkle Stimme. »Das alles ist dein.«

Zarah Abenzera stand hinter ihm, in blutrote Gewänder gekleidet. Sie war nicht verschleiert; ihr Gesicht war sorgfältig geschminkt, und ihr Körper zeichnete sich deutlich unter dem fließenden, hauchdünnen Chiffon ab. Ihr Schmuck bestand diesmal nicht aus Perlen, sondern ausschließlich aus schweren Goldketten. Sie leuchteten auf ihrer dunklen Haut.

Mammar ging mit schweren Schritten auf sie zu.

»Das alles ist nichts gegen ein anderes Versprechen, das du mir gemacht hast«, flüsterte er. »Ich wollte die Alhambra, ich wollte die Macht. Doch in Wahrheit begehre ich dich.«

Zarah drückte sich an ihn und liebkoste seinen Nacken mit festen Fingern. Eine Katze, die mit dem Mäuschen spielt, ohne die Krallen auszufahren.

»Ich bin die Macht«, sagte sie beschwörend. »Und du bist hier, um mir zu dienen.«

Stunden später lag Mammar ermattet auf dem Diwan im Ruheraum des Emirs. Sein Körper schmerzte, aber es war der Schmerz der Lust; er hatte nie süßeren erlebt als in den Armen dieser dunklen Zauberin. Noch immer raste sein Herz, und noch immer wusste er nicht, was in diesem Rausch der Sinne, dieser rasenden Reise über glutrote Meere der Wollust mit ihm geschehen war. Was hatte er Zarah versprochen? Hatte er wirklich vor ihr gekniet, ihr gehuldigt wie einer Göttin, all sein Wesen vor ihr ausgebreitet und sich völlig in ihre Hand gegeben? Sein Herz brannte wie Feuer, er war reich beschenkt worden – und doch hatte er auch etwas verloren in dieser Nacht. Wenn er sich nur erinnern könnte ... aber eigentlich war es auch gleichgültig. Wichtig war nur, dass sie wiederkam. Dass sie ihn aufs Neue durch diese Glut der Wollust führte, schamlos die geheimsten Tiefen seines Körpers erkundete und ihm die ihren öffnete. Er hätte alles für sie getan, sie hatte Recht, er war hier, um ihr zu dienen.

Das Heer schob sich langsam, unerträglich langsam, auf Granada zu. Amir war noch in der Nacht aufgebrochen und gönnte den Männern seit Stunden keine Rast, aber ein Aufgebot von mehreren tausend Reitern und Fußsoldaten war nun einmal nicht schnell von einem Ort zum anderen zu führen.

Getrieben von Sorge und Unruhe ritt Amir die Reihen seiner Männer auf und ab und trieb sie unablässig an, aber im Grunde machte er sich keine Illusionen: Drei Tage würde der Marsch von der Grenze zur Hauptstadt mindestens in Anspruch nehmen. Und eine weitere Nacht konnte er die Männer auch nicht auf den Beinen halten, das Heer brauchte Ruhe. Schließlich traf er eine Entscheidung.

»Wir werden dem Heer vorausreiten, Hammad«, wandte er sich an seinen Vertrauten. »Stell einen kleinen Stoßtrupp zusammen. Vielleicht zwanzig Reiter, nicht mehr. Alle gut beritten, ich will Granada in wenigen Stunden erreichen. Wenn ich dort ankomme, bevor sie die Alhambra besetzen ...«

Hammad schüttelte den Kopf. »Das ist doch Wunschdenken, mein Freund! Der Bote sagte, die Wachmannschaft stünde kurz vor der Kapitulation. Warum sollten die Aufständischen auf uns warten?«

Amir spielte nervös mit den Zügeln seiner tänzelnden Stute.

»Ich weiß nicht. Aber es muss etwas geschehen. Wenn

die Alhambra gefallen ist, sind meine Frauen in der Hand meiner Feinde. Wer weiß, was sie mit ihnen anstellen.«

»Zarah ist eine Abenzera«, gab Hammad zu Bedenken. »Ihre eigene Familie würde ihr kaum etwas tun. Und auch sonst: Selbst wenn sie den Wesir zum Emir ernennen, wäre er niemals so verrückt und unkultiviert, deinen Harem zu schänden.«

»Ich sorge mich nicht um Zarah«, meinte Amir. »Ich sorge mich um Beatriz! Mammar al Khadiz hat sie immer begehrt. Und nun ist sie womöglich in seiner Hand. Zarah wird jedenfalls nichts tun, um sie zu schützen …«

»Aber was willst du denn tun? Du kannst die Alhambra nicht im Alleingang erobern. Selbst mit dem Heer im Rücken wird es Tage dauern. Wenn du mit so wenig Begleitschutz reitest, musst du außerdem damit rechnen, dass sie dich fangen und töten. Und dann sind Granada und deine Beatriz erst recht verloren!« Hammad zögerte nach wie vor, dem Befehl des Emirs nachzukommen.

Amir blitzte ihn an. »Ich weiß das alles, Hammad! Aber ich bin nicht feige, und ich will nach Granada! Ich muss nach Granada! Was ich dort tun kann, entscheide ich, wenn wir da sind. Aber wenn ich hier weiter vor mich hin schleichen muss, werde ich noch verrückt! Also stell bitte einen Trupp Männer zusammen. Ich will noch in dieser Stunde reiten.«

Es war Nacht in der Alhambra. Mammar al Khadiz hatte den Palast in Besitz genommen, er hatte Zarah gehabt, er hatte die Annehmlichkeiten der Bäder und Gärten ausgekostet und die Würdenträger des alten Emirs vorgeladen und geprüft. Ein paar hatte er auf sich einschwören können, andere traten von sich aus von ihren Ämtern zurück, wieder andere ließen ihn eiskalte Verachtung spüren. Sie schmorten jetzt in den Verliesen, während Mammar sich an der Aussicht auf die Stadt weidete. Granada lag in einem Lichtermeer. Die Abenzeras hatten dem Volk ein Fest spendiert. Man feierte auf den Straßen die Inthronisation des neuen Emirs.

Mammar lächelte. Überall dort unten erschollen jetzt Hochrufe auf seinen Namen. Die Macht stieg dem neuen Emir zu Kopf wie süßer Wein. Er hatte Granada, er hatte die Alhambra. Er konnte machen, was er wollte … und ihm gehörte der Harem des Emir.

Es war Zeit, alte Rechnungen zu begleichen.

Mammar rief nach einem Diener.

»Richtet den Eunuchen im Harem aus, dass ich eines der Mädchen zu mir befehle. Die rotblonde Kastilierin. Beatriz, Umm Ali.«

Unsicher trat der Diener von einem Bein aufs andere. Der neue Emir mochte schlechte Nachrichten unwirsch aufnehmen.

»Herr … äh … der Harem ist noch nicht besetzt. Die letzten Männer der Palastwache haben sich an den Ausgängen verschanzt. Ich fürchte, sie werden den Zugang verteidigen.«

»Sie haben was?«, brüllte Mammar. »Dieser Palast ist seit einem ganzen Tag in unserer Hand, und noch immer sind ganze Teile davon unbefriedet? Hol mir den Hauptmann der Garde. Dieses Nest muss unverzüglich ausgeräuchert werden.«

»Herr, der Herr Mohammed … der … äh … neue Wesir … äh, meint, wir sollten das friedlich beilegen.« Der Diener biss sich auf die Lippen.

Tatsächlich hatte Mohammed Abenzera befohlen, die Verteidiger des Harems einfach nicht zu beachten. Er mochte keine blutigen Kämpfe innerhalb der Alhambra, und die Männer auszuhungern war auch ziemlich hoffnungslos. Im Harem gab es reichlich zu essen, die Verteidiger würden für Wochen versorgt sein. Andererseits brauchte nach Mohammeds Meinung niemand den Harem des alten Emir zu betreten. Im Gegenteil, wenn Amirs Männer ihn bewachten, käme zumindest keiner der Söldner auf den Gedanken, die Frauen zu schänden. Sollten die Palastwächter also ausharren. Wenn erst Ruhe eingetreten war, konnte man mit ihnen verhandeln und die Neugestaltung des Harems angehen. Der neue Emir würde schließlich seine eigenen Frauen herholen wollen. Einige von Amirs Mädchen würden sicher mit ihm ins Exil gehen, andere würde man verkaufen; auch das war eine erfreuliche Überlegung, kam damit doch Geld in die Kasse.

Mammars Befehl, den Harem zu stürmen, kam Mohammed gänzlich ungelegen. Er verfluchte Zarah, die es versäumt hatte, den Emir ganz und ausschließlich auf sich einzuschwören.

Dennoch konnte er sich den Wünschen des neuen Herrn nicht widersetzen. Verärgert ließ er den Hauptmann der Söldner kommen.

»Säubert die letzten Widerstandsnester an den Eingängen zum Harem. Aber ich warne Euch: Kommt auch nur einer Eurer Kerle in die Nähe eines der Mädchen, wird auch nur eines geschändet, dann landet auch Euer Kopf aufgespießt an den Zinnen der Alhambra!«

Der Mann grinste anzüglich.

»Aber wenigstens könnten doch ein paar der Sängerinnen abends für uns aufspielen, oder? Ein paar Tänzerinnen könntet Ihr uns auch gönnen ... kommt, Herr, meine Männer haben ein bisschen Entspannung verdient.«

»Nicht eine!«, donnerte der Wesir. »Die Frauen bleiben ungeschoren!«

Bis auf das Mädchen, das der Emir in sein Bett zerren wird, dachte Mohammed. Aber das sollte nicht seine Sorge sein.

»Wie ich es gesagt habe: Alle Eingänge und Zinnen sind bemannt, und jeder Versuch, die Alhambra zu stürmen, wäre Selbstmord.«

Hammad war eben von einem Erkundungsritt rund um die Festung von Granada zurückgekehrt. Amir und die anderen warteten in einem Gästehaus. Sie hatten ihr Feuer in der äußersten Ecke des Hofes entzündet und hielten sich von den anderen Gästen fern. Die meisten Besucher waren ausgegangen und genossen die kostenlosen Annehmlichkeiten des Volksfestes. Es gab Garküchen und Getränkestände an allen Ecken der Stadt, dazu Musik und Tanz.

Insofern teilten Amir und seine Leute die Herberge nur mit ein paar jüdischen Kaufleuten, die unter sich blieben und ihnen keinerlei Aufmerksamkeit schenkten.

»Aber irgendeine Möglichkeit muss es geben!«, beharrte Amir. »Können wir nicht durch eine List eindringen? Oder durch geheime Gänge, Kücheneingänge ... Diskrete Haremspforten?«

Er erntete bitteres, aber dennoch dröhnendes Gelächter.

»Das wollen wir doch nicht hoffen, dass es geheime Eingänge zum Harem der Alhambra gibt!«, meinte Hammad belustigt. »Und falls einer von uns sie kennt, wird er es wohl auch kaum zugeben.

Versteckte Kücheneingänge mögen da sein. Aber hat einer von Euch hier als Küchenjunge gearbeitet und weiß folglich, wo sie zu finden sind?«

Die Ritter reagierten erneut erheitert. Sie kamen alle aus den edelsten Familien und hatten nur schemenhafte Vorstellungen davon, wo die Wirtschaftsgebäude der Alhambra überhaupt lagen.

»Herr, wenn Ihr die Gnade hättet, einen Vorschlag Eures unwürdigsten Dieners entgegenzunehmen ...« Ein junger Mann, bislang unauffällig in der Truppe verborgen, schob sich nach vorn, den Kopf demütig gesenkt.

Amir runzelte die Stirn. »Was soll das? Seit wann ist der Leiter meines Marstalls mein unwürdigster Diener? Hier kann jeder frei reden, also mach zu! Die Situation in der Alhambra kann jederzeit eskalieren.«

Der junge Ritter ließ sich trotzdem auf die Knie nieder, bevor er sein Anliegen anbrachte.

»Herr, gestern noch war ich der geachtete Vorsteher Eures Marstalles, aber heute bin ich nicht mehr als der Sohn eines Verräters. Erinnert Ihr Euch nicht? Mein Name ist Achmed ibn Mammar al Khadiz. Mein Vater ...«

Amir funkelte Hammad an. »Verstehe ich das richtig? Du hast diesen Stoßtrupp aus der Verwandtschaft der Verschwörer zusammengesetzt?«

Hammad zuckte die Schultern. »Du wolltest die besten Reiter, die tollkühnsten Kämpfer. Achmed ist einer von ihnen. Und bislang hatte ich keinen Grund, an seiner Treue zu zweifeln.«

Achmed al Khadiz warf sich flach vor Amir auf den Boden.

»Mein Emir! Ich verurteile die Taten meines Vaters zutiefst. Ich weiß nicht, was in ihn gefahren ist, aber seit er dieses Mädchen hatte, diese Sklavin, scheint er nicht mehr er selbst zu sein. Ich habe kein Recht, um Gnade für ihn zu bitten, aber ich kann etwas tun, den Schaden zu begrenzen. Bitte, hört mich an!«

Amir nickte. »Gut, Achmed, also sprich. Jede Lösung ist besser als gar keine.«

»Herr, wenn ich vor den Palast trete und Einlass verlange, wird mein Vater ihn mir nicht verwehren. Ich könnte behaupten, wir alle seien Abtrünnige, desertiert, als wir vom Machtwechsel hörten. Man wird mir glauben.«

»Und wenn wir erst drinnen sind, erstattest du deinem Papa Bericht, und wir alle landen im Kerker!«, höhnte Hammad.

Achmed zog wütend sein Schwert. »Wag es nicht noch einmal, mich einen Verräter zu nennen!«

Die Kaufleute am anderen Ende des Hofes schauten neugierig hinüber.

»Mäßigt euch, wir erregen Aufsehen!«, befahl Amir. »Der Plan ist gut. Tollkühn und voller Risiken, aber die nehme ich auf mich. Allerdings wird man uns kaum alle vor den Emir lassen. Man wird Achmed in seine Gemächer schicken und uns andere in die Mannschaftsunterkünfte. Das müssen wir verhindern. Wir werden nur zu dritt in die Alhambra reiten. Achmed, Hammad und ich. Achmed wird behaupten, wir anderen wären Hauptleute des Heeres. Angeblich erwägen wir einen Militärputsch und wollen das Heer dem neuen Emir unterstellen. Mit der Geschichte wird er uns empfangen. Zumindest wird man uns Unterkünfte im Palast zur Verfügung stellen. Von da aus können wir ganz anders operieren als aus den Kasernen.«

»Amir, dieser Plan ist Irrsinn!«, rief Hammad. »Selbst wenn Achmed ehrlich ist. Aber ein Stoßtrupp von drei Männern innerhalb eines Palastes! Selbst wenn es uns gelingt, Mammar al Khadiz zur Hölle zu schicken, der Rest der Meute würde uns zerfleischen.«

Amir suchte nach seinem Helm und band das Tuch fester um sein Gesicht.

»Wenn Allah mein Leben fordert, um die Ehre meiner Morgensonne zu bewahren, so soll es sein!«, sagte er fest. »Du brauchst das deine nicht einzusetzen, wenn du nicht willst, Hammad. Ist ein anderer von Euch bereit, für seinen Emir in den Tod zu gehen?«

Hammad machte eine Geste als wollte er sich an die

Stirn fassen, überlegte sich diese Unbotmäßigkeit jedoch im letzten Moment anders und zog auch seinerseits seinen Kopfschutz fest.

»Ich gehe selbstverständlich mit dir, mein Herr. Irgendjemand muss ja auf dich aufpassen!«

Die Scharmützel vor den Zugängen zum Harem zogen sich hin. Die letzten Palastwächter fochten todesmutig, die Söldner eher halbherzig. Was sollten sie einen Palast voller Frauen erobern, die sie dann nicht einmal haben konnten? Allerdings waren sie stark in der Überzahl. Als Mammar al Khadiz noch einmal ungeduldig nachfragte, waren bereits drei Ausgänge zum Harem zugänglich.

»Worauf wartest du also noch?«, herrschte Mammar seinen Diener an. »Lass mir endlich dieses Mädchen holen!«

Der Diener zitterte und lief rot an.

»Herr … die Eunuchen haben sich bewaffnet. Sie werden …«

»Jetzt reicht es mir aber!«, brüllte der Emir. »Schickt einen Trupp Söldner in die Frauengemächer. Sie sollen den ersten zwei Eunuchen die Köpfe abschlagen, dann wird der Rest schon spuren. Und sie sollen dieses Mädchen, wenn es sein muss, an den Haaren aus dem Harem schleifen. Ich bin der Emir! Und ich will sie!«

Die Frauen und Mädchen im Harem hatten sich größtenteils in ihren Wohnräumen verschanzt. Sie wussten, was vor sich ging, auch wenn sie den Sinn der Handlungen ebenso wenig einsahen wie der neue Wesir. Es kam vor, dass ein Harem aufgelöst wurde, weil der Herr entmachtet wurde oder starb. Die Frauen mochten das bedauern, aber Schändungen hatten sie nicht zu befürchten. Natürlich munkelte man, dass diesmal Söldner beteiligt waren, aber mit Amirs Wächtern vor ihren Gemächern hatten sich die Mädchen sicher und beschützt gefühlt. Warum jetzt Schreie und Kämpfe vor den Eingängen zu hören waren, warum Hassan mit dem Mut der Verzweiflung Schwerter an die Eunuchen ausgab, und warum plötzlich fünf bärtige, ungewaschene Männer mit dröhnendem Lachen in die Frauengemächer eindrangen, verstanden sie nicht. Aber dann wurde die Sache blutiger Ernst. Hassan, der sich den Männern voller Würde entgegenstellte, starb durch einen Streich des Anführers, ein anderer Eunuch wurde enthauptet. Entsetzt flohen die wenigen Neugierigen, die sich auf den Korridoren aufgehalten hatten, während die Männer die Köpfe der Toten auf ihre Lanzen spießten und triumphierend vor sich her trugen.

»Du!« Einer der Söldner hielt eine kleine Dienerin an. »Wo finden wir Beatriz, die Kastilierin?«

Das Mädchen warf sich erschrocken vor ihm zu Boden.

»Ich kenne keine Beatriz ...«

»Lüg mich nicht an!« Der Mann zerrte sie an den Haaren hoch und zog sie wollüstig an sich. »Oder soll ich dich stattdessen mitnehmen?«

»Er meint Umm Ali ...«, kam ihr ein anderes Mädchen zitternd zur Hilfe. »Die Blonde, Amira, die der Emir mit seiner Gunst beehrt.«

Die Männer lachten dröhnend.

»Ganz recht, sieht aus, als hätte die Kleine die Gunst des Herrn. Des alten und des neuen Herrn. Wo ist sie? Bring uns zu ihr. Und keine Hinterhältigkeiten!«

Beatriz und Susanna versteckten sich in der äußersten Ecke ihrer Wohnräume. Susanna hielt Alvaro in den Armen. Mustafa hatte Decken über die Frauen gelegt, ein hoffnungsloser Versuch, sie zu verbergen. Denn eins war Beatriz von der ersten Minute der Machtübernahme an klar gewesen: Wenn der neue Emir den Harem in Besitz nehmen wollte, dann täte er das nur ihretwegen.

Mustafa stand auf, als die Söldner die Tür ihres Gemachs eintraten.

»Was wollt Ihr? Hier ist niemand!« Todesmutig stellte sich der junge Eunuch vor die versteckten Frauen.

Ein lässiger Faustschlag des Anführers warf ihn zu Boden.

»Durchsucht die Räume. Hier irgendwo versteckt sie sich!«

Verschreckt durch die lauten Stimmen weinte der kleine Ali auf.

Susanna brachte das Kind schnell zu Ruhe, aber die Söldner hatten das Wimmern gehört.

Lachend riss der Anführer die Decken von ihrem Unterschlupf.

»Da haben wir sie ja. Die schöne Beatriz und den kleinen Prinzen. Und eine alte Vettel, die es nicht lohnt zu nageln.

Lasst die Alte ungeschoren, sie soll sich um den Sohn des Herrn kümmern! Und das Mädchen nehmt mit.«

»Rührt mich nicht an!«, donnerte Beatriz und formte die Finger zu Krallen. Ihre Wut machte sie furchtlos, sie erhob sich stolz vor den Soldaten und funkelte sie an. Bei Mammar und Amir hätte dieses Verhalten vielleicht Wirkung gezeigt, die Adligen wussten mutige Frauen zu schätzen. Die vierschrötigen Eindringlinge fanden Beatriz' stolze Haltung jedoch nur komisch.

»Huch! Das Kätzchen kratzt!« Der Anführer tat erschrocken. »In diesem Fall steckt man es bei uns in einen Sack und ersäuft es im nächsten Tümpel. Aber gut, machen wir hier eine Ausnahme. Atar, Malik – packt sie und bringt sie hinaus.«

Beatriz kämpfte verzweifelt, aber sie konnte die Männer nicht hindern, sie aus dem Zimmer zu schleifen. Auf den Korridoren sah sie Männer, die über die Dienerinnen herfielen. Sie glitt auf Hassans Blut aus und erblickte schaudernd seinen kopflosen Körper. Einen Herzschlag lang dachte sie aufatmend daran, dass wenigstens Mustafa keine Waffe gehabt hatte. Der Schlag von eben würde kaum ernsthafte Folgen haben, aber einen bewaffneten Kampf mit dem Hauptmann hätte er niemals überlebt.

Vierzehntes Kapitel

Die Männer zerrten die junge Frau an den Unterkünften der Bediensteten vorbei und die Treppen hinauf, die sie erst vor wenigen Tagen in banger, aber auch süßer Erwartung des Treffens mit Amir erklommen hatte. Jetzt wartete da oben ein alter Lustmolch. Mammar al Khadiz im Garten des Emir zu sehen, erschien ihr wie eine Perversion, eine grausame Laune des Schicksals. Wütend blitzte sie ihn an. Die Söldner warfen sie dem Emir vor die Füße.

Mammar warf einen entsetzten Blick auf das aufgelöste, unverschleierte Mädchen, in dessen Augen sich ungezügelter Hass spiegelte.

»Raus!«, brüllte er die Männer an. »Wie konntet ihr sie so behandeln! Ich befahl, sie mir vorzuführen, nicht, sie zu schänden! Verschwindet auf der Stelle!«

Die Männer entfernten sich fluchtartig. Der Emir wandte sich an seinen demütig an der Tür knienden Diener, der ihm die Männer gemeldet hatte.

»Veranlasse, dass die Kerle geköpft werden. Sie haben eine Blume des Harems, die künftige Gattin des Emirs, unverschleiert gesehen!«

Der Diener verschwand blitzschnell und ohne auch nur einen Seitenblick auf Beatriz zu werfen. Er wusste genau, wie schnell ihm das gleiche Urteil drohen konnte. In den nächsten Stunden würde er sich hüten, die Gemächer des Emirs zu betreten.

Mammar wollte Beatriz die Hand reichen, aber sie spuckte nach ihm.

»Lass deine Finger von mir, ich kann allein aufstehen!«

Während der Emir betreten zurückwich, rappelte sie sich auf und versuchte, ihre Kleider zu ordnen. Viel zu retten war da nicht. Der dünne Stoff war am Hals zerrissen und entblößte ihre rechte Brust. Mammar konnte die

Augen nicht von der weißen Fülle abwenden, die da hervorquoll. Beatriz war noch schöner geworden. Natürlich, sie hatte ein Kind geboren. Aus dem Mädchen war eine reife Frau geworden, womöglich erweckt durch die Liebe eines anderen.

Rasender Zorn erfasste den alten Mann. Er wollte sich Beatriz nähern, aber die war auf der Hut.

»Ich warne dich, ich zerkratze dir das Gesicht. Dann musst du mit den Spuren der Schande vor dein ach so geliebtes Volk treten!«

Gereift, aber immer noch eine Tigerin.

»Die Lage hat sich geändert, Beatriz. Du kannst mir nicht entkommen. Ich bin der Emir, und du bist vielleicht die Mutter des Thronfolgers …«

»Eher erwürge ich das Kind in der Wiege, als dass es dir auf deinen geraubten Thron folgt!«, schrie Beatriz ihn an. »Ich werde niemals deine Frau werden. Niemals. Du musst mich schon von deinen dreckigen Handlangern festhalten lassen, damit du deine Lust an mir stillen kannst!«

Mammar fühlte die Erregung in sich aufsteigen, seine Lanze erhob sich machtvoll. Wut und Wollust – er würde die Künste an ihr erproben, die Zarah ihn am Morgen gelehrt hatte. Er würde sie willenlos machen, sie sollte um seine Liebe betteln …

»Dich erobere ich gerade noch selbst, meine Blume!«, höhnte der Alte und packte sie. Beatriz kämpfte mit Zähnen und Klauen, aber sie wusste noch vom letzten Mal, dass sie auf verlorenem Posten stand. Mammar war alt, aber seine Körperkräfte hatten ihn noch nicht verlassen. Nach wie vor ritt er und übte sich im Schwertkampf. Ein Mädchen wie Beatriz zu überwältigen bereitete ihm keine Schwierigkeiten. Viel schneller als beim letzten Mal kämpfte er sie nieder. Beatriz keuchte und trat nach ihm, aber er zwang ihre Beine mühelos auseinander. Verzweifelte Angst überkam sie. Etwas war anders! Der Mammar von damals war ein gepeinigter Mensch gewesen, überwältigt von seiner Wollust. Er hatte Schuldbewusstsein gezeigt, Reue, auch Angst vor der Rache seines Gottes. Von dem Ungeheuer, das sich jetzt auf sie stürzte, war von all dem nichts mehr zu erwarten.

Beatriz spürte seine feuchten, schlaffen Lippen an ihrem Hals – und auch seine Zähne. Kleine Bisse marterten ihre Schultern und ihre Brüste. Sie spürte trotzdem, wie sich die Warzen aufrichteten, ihr Körper reagierte auf den Reiz, aber sie wurde nicht feucht. Wenn er in sie eindrang, würde es schmerzen.

Vorerst nahm er sie jedoch mit jeder Faser seines Körpers in Besitz, rieb seine unbehaarte, magere Brust an ihrem Busen, führte ihre Hände über seine Lenden und sein schlaffes Gesäß.

»Spürst du mich? Spürst du deinen Herrn?«

Er ritt sie, hielt sie mit seinem Körper nieder und versenkte sein pulsierendes, riesiges Geschlecht zwischen ihren Brüsten, arbeitete sich dann tiefer ... biss in ihre Schenkel, presste ein Bein dazwischen, leckte ihre geheime Blume, konnte sie jedoch nicht erregen.

Beatriz wappnete sich gegen den Schmerz, als er Anstalten machte, in sie zu stoßen. Sie schloss die Augen.

Zum ersten Mal verstand sie Mustafa ganz und gar. Selbst wenn sie den Schmerz und die Folter überlebte – sie würde später vor Scham sterben.

»Lass sie los, du Hund!«

Beatriz riss die Augen auf und erkannte einen geschmeidigen Hünen, der sich anschickte, Mammar von ihrem Körper zu reißen. Er erfasste den Greis wie eine Puppe und schleuderte ihn durch den Raum.

Ein Schwert blitzte auf. Beatriz hörte Mammar

schreien. Der Hieb hatte ihm die rechte Hand vom Arm getrennt.

»Dies dafür, dass du meine Frau berührt hast! Und dies …« Der Mann holte erneut aus, fixierte das immer noch erhobene Geschlecht ihres Peinigers.

Aber dann tauchte ein weiterer Kämpfer auf und hielt sein Handgelenk fest.

»Amir, hör auf, wir brauchen das Schwein lebend!«

»Aber nicht seine Manneskraft!« Amir wollte zuschlagen, aber Hammad hinderte ihn daran.

»Wenn du ihm die jetzt abschlägst, wird er verbluten. Außerdem: Wie würde das aussehen, wenn er als Eunuch vor den Kadi tritt und seine Verfehlungen gesteht? Beherrsch dich jetzt! Und du bedeck dich!« Hammad wandte sich an die schluchzende und zitternde Beatriz.

»In der Stimmung, in der mein Herr jetzt ist, lässt er mich sonst womöglich vierteilen, weil ich seine Morgensonne ohne Schleier gesehen habe.«

Der junge Mann grinste anzüglich, und Beatriz errötete. Bei der Auktion hatte Hammad weit mehr von ihr gesehen als ihr unverschleiertes Gesicht.

Dennoch griff sie gehorsam nach einer Decke und verbarg ihre Blöße. Sie konnte die Blicke der Männer jetzt nicht ertragen, wusste nicht, ob sie sie überhaupt jemals wieder würde ertragen können.

»Meine Morgensonne! Ist dir etwas geschehen?«

Amir wandte sich dem Mädchen zärtlich zu.

Er hätte sie gern umarmt, aber sie hatte jetzt sichtlich keinen Sinn für Zärtlichkeiten.

»Bleib hier, meine Geliebte, entspann dich. Wir lassen deine Zofe holen und deinen Diener.«

»Mustafa … ist er …?«

»Der kleine Eunuch? Der lebt. Aber Hassan haben sie erschlagen. Nun, sie werden ihre Strafe erhalten. Eine fürchterliche Strafe!« Amir warf einen vernichtenden Blick auf Mammar, der immer noch wie irre auf seinen Armstumpf starrte und dabei wimmerte wie ein Kind.

»Wir bringen dieses Stück Dreck ... ja, wohin, Hammad?«

Erst jetzt wurde Amir klar, dass der Palast noch keineswegs in seiner Hand war. Nach Achmeds Plan Einlass zu finden war ohne Schwierigkeiten gelungen. Tatsächlich hatte Mohammed Abenzera den vermeintlichen Würdenträgern des Heeres Privatunterkünfte im Palast angewiesen. Ihren Wunsch, sich zunächst zu reinigen und zu erfrischen, bevor sie mit dem Wesir sprachen – der Emir, so erklärte man ihnen, sei unabkömmlich – hatte man selbstverständlich respektiert.

Amir und Hassan hatten sich natürlich gleich aus ihren Räumen herausgeschlichen und dabei Kampflärm aus dem Harem gehört. Als sie den Geräuschen gefolgt waren, waren sie auf einen der noch umkämpften Eingänge gestoßen. Es war ein Leichtes gewesen, den Söldnern in den Rücken zu fallen und die Palastwächter zu entsetzen. Auch Achmed hatte sich inzwischen am Kampfplatz eingefunden und die Bewachung des Eingangs übernommen, während die Palastwächter ihren Freunden zu Hilfe gekommen und Amir und Hammad auf die Suche nach Beatriz gegangen waren. Susanna und der noch etwas angeschlagene Mustafa hatten ihnen dann den richtigen Weg gewiesen.

Hammad überlegte kurz. Dann grinste er. »Am besten bringen wir ihn in den Harem! Den wird kaum noch einer stürmen, nachdem der Wunsch des ›Emir‹ nun befriedigt ist. Die Söldner, die noch gekämpft haben, sind tot, zwei Ausgänge werden von unseren Leuten bewacht, die anderen dürfte der ›Wesir‹ bemannt haben. Und auf jedes Eindringen steht garantiert der Tod. Sicherer ist der Kerl nicht mal im Kerker. Und ich wette, es finden sich auch ein paar Frauen, die sich ›liebevoll‹ um seine Wunde kümmern.«

»Aber hier wird man ihn suchen«, gab Amir zu bedenken.

Beatriz raffte sich auf. »Ayesha soll mit den Musikanten und Tänzerinnen herkommen. Von außen muss es sich anhören, als feiere der Emir eine Orgie. Niemand wird es wagen, ihn zu stören.«

Mohammed Abenzera, der neue Wesir, schüttelte missbilligend den Kopf. Seit einigen Stunden fragte er sich, ob es wirklich so eine gute Idee gewesen war, Mammar al Khadiz in das Amt des Emirs zu erheben. Sicher, er hatte schon vorher von der Leidenschaft des Alten für die rotblonde Sklavin gehört. So etwas kam vor, ein zweiter Frühling war nichts Ungewöhnliches, und wenn sich ein Mädchen so spröde zeigte wie diese Beatriz, konnte ein Mann auch mal gänzlich den Kopf verlieren. Aber diese Wiedersehensfeier mit seinem Sohn Achmed unter Einbeziehung des halben Harems ... Mammar musste völlig verrückt geworden sein! Nun gut, sollte er sich vergnügen, aber morgen würde Mohammed ihm den Kopf waschen. Schließlich gab es dringende Dinge zu bedenken. Das Problem mit dem alten Emir und dem anrückenden Heer zum Beispiel. Mohammed hatte eben Kunde davon erhalten, dass Amir zurück nach Granada marschierte. Die Christen hatten ihn also doch nicht so lange aufgehalten, wie die Aufrührer gehofft hatten. Nun würden sie sich mit ihm auseinander setzen müssen, bevor noch alle Ämter neu besetzt und die Hauptstadt vollständig befriedet war. Denn auch, wenn alle gern mitfeierten und mit der neuen Herrschaft vollauf zufrieden schienen: Granada war nach wie vor ein Hexenkessel. Amir hatte seine

Anhänger; weniger im einfachen Volk, aber durchaus im Adel und in der wichtigen Welt der Geschäftsleute. Denen nutzte seine Politik des Friedens mit Kastilien, und ihr Handel mit aller Welt sicherte ihm die hohen Steuereinnahmen, welche wiederum die Tributzahlungen mühelos ermöglichten. Mohammed hatte eigentlich vorgehabt, die wichtigsten Handelshäuser in den nächsten Tagen aufzusuchen, die Herren zu beschwichtigen und auf seine Seite zu bringen. Stattdessen standen ihm jetzt Kämpfe bevor. Hoffentlich konnte er die Alhambra mit seiner Söldnertruppe überhaupt halten …

Aus den Privatgemächern des Emirs klang die wunderschöne Stimme Ayeshas mit einem Liebeslied. Mohammed seufzte. Dieser Mammar war von allen guten Geistern verlassen!

Susanna führte die zitternde Beatriz in die privaten Bäder des Emirs, während Ayesha die Laute schlug. Sie redete dabei tröstend auf sie ein und benutzte extra viele duftende Essenzen, um Mammars Geruch und Geschmack von ihr abzuwaschen. Erst jetzt, da der Schock abklang, konnte Beatriz weinen. Nach all den überstandenen Ängsten und der plötzlichen Befreiung lösten sich ihr Mut und ihre Selbstbeherrschung in nichts auf. Sie schlotterte und schluchzte und war nicht zu beruhigen.

»Kleines, nun ist doch alles gut!«, meinte die alte Zofe kopfschüttelnd und nahm Beatriz ungeschickt in den Arm. »Du bist in Sicherheit, dein Liebster ist wieder da, heute Abend wirst du in seinen Armen liegen und all das vergessen.«

»Ich werde in niemandes Armen liegen!«, weinte Beatriz. »Ich will von Männern nichts mehr hören und sehen. Es sind doch alles Tiere! Dieser Mammar! Vor ein paar Monden hast du mir noch erzählt, er sei ein guter Herr, er täte keiner Frau etwas an. Und jetzt das! Und diese Söldner! Du hättest sie sehen sollen, auf den Korridoren des Harems trieben sie Unzucht mit den Dienerinnen!«

»Söldner sind Söldner, Kind …«, murmelte Susanna. Zu Mammars Veränderung äußerte sie sich nicht. Davon war sie schließlich ebenso überrascht worden wie Beatriz. Susanna hatte viele Jahre im Harem Al Khadiz' gedient, und sie wusste, dass Mammar seiner Soraya immer eng verbunden gewesen war. Gut, mal eine Konkubine hier und da, und auch die übergroße Leidenschaft für Beatriz konnte Susanna noch nachvollziehen. Aber die Schändung eines Harems? Der Versuch, Beatriz brutal zu vergewaltigen? Das alles sah Mammar nicht ähnlich.

»Das sieht eher einer Hexe namens Zarah ähnlich«, meinte Mustafa düster, als Susanna ihm von ihrer Verwunderung erzählte. »Kann sie mit ihm zusammengetroffen sein? Nein, hör nicht auf mich, Susanna, das klingt zu verrückt. Ich leide schon unter Verfolgungswahn. Ist die Herrin Beatriz immer noch im Dampfbad? Dies ist nun ihr dritter Aufenthalt darin, wenn sie so weiter macht, wird sie nachher zu schwach sein, den Emir zu empfangen.«

»Wenn der Emir klug ist, lässt er sie heute Nacht ohnehin in Ruhe«, sagte Susanna. »Sonst haben wir nämlich gleich das nächste Problem. Sie ist fest entschlossen, nie wieder einen Mann anzuschauen.«

Amir ließ sich tatsächlich nicht blicken. Er verbrachte die Nacht in ausführlichen Beratungen mit seinen Freunden. Hammad hätte den Rest des Stoßtrupps gern gleich in die Alhambra geholt. Den Ausgang vom Harem aus kontrollierten zwar die Truppen der Aufrührer, aber die erwarteten natürlich keinen Ausfall von innen. Es würde einfach sein, sie niederzumachen. Trotzdem ordnete Amir das Risiko als zu hoch ein. Schließlich einigten sich die drei darauf, dass Achmed früh am Morgen ausreiten, die anderen Männer in Kenntnis setzen und dann zum Heer stoßen sollte. Amir und Hammad würden sich einen weiteren Tag lang in der Alhambra verbergen. Der Palast war riesig. Selbst wenn intensiv und alarmiert gesucht würde, war es kaum möglich, zwei junge Männer zu entdecken, die obendrein jeden Winkel kannten. Zudem würde niemand ernstlich suchen. Freilich dürfte Mohammed – Amir knirschte mit den Zähnen, wenn er an seinen verräterischen Schwager dachte – den ›Emir‹ am Morgen vermissen. Ob er aber gleich ein Attentat annahm oder gar noch einmal die Söldnertruppe auf den Harem losließ? Insbesondere Letzteres war unwahrscheinlich. Mohammed sollte inzwischen wissen, dass das Heer anrückte. Er müsste verrückt sein, wenn er seine Truppen schwächte, indem er ihnen vierhundert Mädchen zum Fraß vorwarf! Mammar al Khadiz würde er auch kaum im Harem vermuten. Hatte er doch gestern erst mit den Mädchen in seinen eigenen Räumen gefeiert. Vermutlich suchte er den neuen Emir eher in den Bädern oder den Ställen.

Als Achmed am Morgen davonritt, fühlte sich Amir zutiefst erschöpft. Er sehnte sich nach Ruhe, am besten in Beatriz' warmen Armen. Auch Hammad hatte eine Belohnung verdient. Amir erinnerte sich daran, wie sein Freund Ayeshas Stimme gestern geradezu mit Andacht gelauscht hatte. Die Lautenspielerin ... war sie nicht eine der Preziosen aus der Schule Khalidas? Amir grinste. Dann gab er einem der älteren Eunuchen ein paar Befehle.

»Der Emir bittet mich, ein paar Stunden lang seinen Freund Hammad zu unterhalten ...«

In Ayeshas Stimme mischten sich Freude und Missfallen. Einerseits hatte auch die dunkelhaarige Sängerin den schlanken, starken Hammad wohlgefällig betrachtet, als er gestern die Räume des Emirs noch einmal inspiziert hatte. Andererseits war eine Haremsschönheit ihres Ranges keine Hure, die man irgendwelchen Gästen zur Unterhaltung ins Bett legte. Amir hatte die Aufforderung wohlweislich als ›Bitte‹ formuliert.

»Na, dann geh doch, der Knabe sieht recht viel versprechend aus«, lachte Susanna. »Der hätte mir auch gefallen, als ich jung war.«

»Du meinst, du sollst ihm zu Willen sein?«, fragte Beatriz entsetzt. »Ayesha, wie kann er das fordern?«

Ayesha lächelte. »Er fordert nicht, er bittet, und eigentlich ist ja eben dies meine Bestimmung. Ich wurde schon zu lange nicht mehr gerufen, meinen Herrn glücklich zu machen.« Sie hatte sich inzwischen entschieden, dass ihre Freude überwog, und wurde fast übermütig. »Und ist es nicht gottgefällig, wenn man seine Arbeit gern tut? Aber vorher probiere ich auch noch einmal die privaten Bäder des Emirs. Das wird einem wohl nur einmal im Leben vergönnt. Machst du mir anschließend das Haar, Susanna?«

Ayesha rauschte hinaus, während Beatriz kopfschüttelnd zurückblieb.

Susanna putzte die Räume des Emirs, solange Ayesha badete. Sie mussten jetzt schleunigst hier heraus, bevor der ›Wesir‹ es als schicklich betrachtete, Mammar zu wecken.

Beatriz freute sich darauf, in ihren vertrauten Gemächern Zuflucht zu finden. Susanna fragte sich allerdings, wie lange ihre Gelassenheit anhalten würde. Amir hatte der Zofe gesagt, er werde sie in Beatriz' Räumen erwarten.

Mustafa und ein weiterer Eunuch führten die Frauen sicher über die Treppe und an den Dienerwohnungen vorbei zurück in den Harem. Dort waren inzwischen die Flure gesäubert, die Blutflecken weggewischt und die Leichen entfernt worden. Nur die fast unnatürliche Stille in den Räumen, wo sonst Mädchenlachen und Geplauder erklangen, erinnerte an die gestrigen Gräuel.

Susanna hatte Beatriz sorgfältig angekleidet. Sie trug ein dunkelblaues Gewand, durchwirkt mit Goldfäden. Die Zofe hatte aber keinen Grund gefunden, ihr auch noch das Haar zu schmücken. Schließlich wollte Beatriz nur in ihre Gemächer und schlafen. Tief schlafen und die ganzen, schrecklichen Ereignisse für ein paar Stunden vergessen. So hatte sie nur rasch einen blauen Schleier um ihr Haar gewunden und die Cobija vor ihr Gesicht gezogen. Sie nahm sie aufatmend ab, als sie ihr Schlafzimmer betrat.

Aber was war das? Beatriz hätte beinahe aufgeschrieen. In ihrem Bett lag bereits ein anderer Schläfer. Amir hatte hier auf sie warten wollen, in seiner Hand noch eine Rose, die er in den Gärten für sie gepflückt hatte. Aber dann musste er seiner Erschöpfung erlegen sein. Der junge Emir schlummerte wie ein Kind.

Beatriz bezähmte ihren Schrecken. Nur keinen Lärm machen! Nur den Eindringling nicht wecken! Andererseits kamen Eindringlinge mit Schwertern, nicht mit Rosen, und sie schliefen auch nicht mit unschuldig gelösten Zügen auf den Betten ihrer Opfer ein. Beatriz entspannte sich. Wider Willen saugte sich ihr Blick an ihrem Gast fest. Wie jung er noch war! Jetzt, da der Schlaf die Anspannung vom Gesicht des Herrschers genommen hatte, wirkten seine feinen Züge weicher. Sicher, sein Gesicht war scharf geschnitten, mit klaren Konturen, die Nase vielleicht etwas spitz, die Lippen schmal. Aber jetzt waren sie leicht geöffnet, ließen den Blick auf schneeweiße Zähne frei und verrieten Empfindsamkeit und Verletzlichkeit trotz aller Kraft. Seine Wimpern waren betörend lang, auch das gab diesem harten Männergesicht eine kindliche Note. Die Augenbrauen waren tief dunkel und klar abgesetzt; Beatriz ertappte sich dabei, dass sie gern darüber gestreichelt hätte. Und sein Haar fiel in dunkler Fülle über das Kissen, er trug es länger als die meisten Mauren, in der Mitte gescheitelt.

Beatriz' Blick wanderte hinunter zu seinem Hals, kräftig und sehnig, und zu seiner Brust. Sie war unbehaart, die meisten Mauren rasierten sich am Körper. Das ließ die enorme Muskulatur noch besser hervortreten. Beatriz hatte diese Muskeln schon oft gefühlt, aber nie so genau studieren können. Pakete der Kraft, erwachsen aus jahrelangen Übungen mit dem Schwert, beim Ringen und im Faustkampf. Seine Oberarme waren fest, Beatriz erinnerte sich an die sicheren Griffe seiner Hände … starke, trainierte Schwerthände, und doch waren seine Finger zart und beweglich genug, meisterhaft die Feder zu führen und Blumen über dem Körper einer schönen Frau tanzen zu lassen. Beatriz fühlte erneut die wohligen Schauer, die er mit seinem Mimosenzweig in ihr erweckt hatte, und überlegte, ob die Rose wohl für ähnliche Genüsse gedacht gewesen war.

Aber nein. Rosen trugen Dornen. Man neigte dazu, das zu vergessen, ebenso, wie man Männer für sanft, vertrauenswürdig und liebenswert halten konnte, und dann zerstörten sie diesen Traum in einem Augenblick. Beatriz wollte sich abwenden, aber sie brachte es nicht über sich.

Eine dünne, weiße Hose bedeckte Amirs Lenden, sein Geschlecht und seine muskulösen Beine. Beatriz mochte nicht starren, aber dann blieb ihr Blick doch fasziniert an Amirs schmalen Füßen hängen, gebräunt wie seine Hände, ein Mann, der viel barfuss lief. Sie sah lange Zehen, einen hohen Spann, feine Knochen und starke Sehnen, die sich unter der Haut abzeichneten. Es musste ihm ungeahnte Genüsse bereiten, wenn sie diese Füße liebkoste, sie zärtlich knetete und streichelte, wie die Mädchen im Harem es oft untereinander taten. Als Beatriz schwanger gewesen war, hatte ihr Susanna die Füße mit Eiswürfeln abgestrichen. Ob ihn das erregen würde? Oder nur entspannen nach einem langen Ritt ... sie träumte kurz davon, dass er nach einem Heerzug zu ihr nach Hause kam. Nicht zunächst in die Bäder, um sie dann formvollendet zu empfangen, sondern gleich in ihre Arme, schmutzig und verschwitzt, wie er war. Sein Schweiß hatte immer süß gerochen, sie mochte seinen Duft. Auch jetzt erfüllte ein schwacher Geruch von Ingwer, Zimt und Kardamom die Luft in ihrem Zimmer.

Aber nein, das alles war Unsinn! Wenn sie sich ihm hingab, würde sie eine unter vierhundert anderen Frauen sein, schlimmer noch, die zweite hinter Zarah. Aber hatte sie ihn nicht überreden wollen, Zarah zu verstoßen? Wie lange war es her, da sie voller Erwartung die Stufen zu seinen Gemächern hinaufgestiegen war?

»Könnte ich nur immer so erwachen, das Lächeln meiner Morgensonne auf meinem Gesicht.« Amir schlug die Augen auf, Beatriz schlug sie nieder. Hatte sie gelächelt?

Sie versuchte, seinem mutwillig sprühenden, fordernden Blick nicht zu verfallen.

»Ihr lebt in Al Andalus, mein Herr. Die Morgensonne dürfte Euch fast täglich wecken.«

Amir lachte.

»Die Sonne von Al Andalus kann sich an Schönheit nicht mit dir messen. Oh, Beatriz, ich habe so lange von dir geträumt. Im Feld, während der Kämpfe ... wir haben uns übrigens nicht ernsthaft mit deinen Leuten geschlagen, meine Liebste. Der Konflikt wurde gütlich beigelegt. Jeder Tag ohne dich war ein verlorener Tag. Nun komm. Was ist? Willst du mich nicht küssen?«

»Ich …« Beatriz wich zurück, als er sie in die Arme nehmen wollte.

»Du bist noch verletzt und verängstigt nach dieser hässlichen Sache mit dem Thronräuber, ja? Gut, du weißt, dass ich dich nicht anrühre, wenn du nicht möchtest. Also, lehn dich zurück, entspanne dich. Das wolltest du doch, nicht wahr? Susanna sagte mir, du seiest müde und wolltest nur schlafen. Nun komm, leg dich nieder …«

Amir machte ihr Platz, und widerstrebend ließ sie sich auf die Seidendecken gleiten, die ihr Bett bedeckten.

»So, und nun werden wir beide etwas träumen. Nein, keine Angst, ich fasse dich nicht an …« Amir hob langsam seine Hand und ließ sie über Beatriz' Körper schweben. Ganz zart öffnete er ihr Gewand und ließ es zur Seite herabfallen. Mit unendlich ruhigen Bewegungen näherte er sich ihr. Millimeterweit von ihrer Haut entfernt, streichelte er die Luft über ihrem Dekolletee und ihren Brüsten. Beatriz fühlte den Luftzug, meinte seine Berührung der winzigen blonden Härchen rund um ihre Brustwarzen zu spüren, die sich in Erwartung aufstellten. Amirs Hände tanzten darüber, schienen ihre jetzt glühende Haut jeden Moment entzünden zu wollen, aber er verwehrte sich jeden Kontakt. Beatriz fühlte Erregung aufwallen, empfand Aufregung, aber doch Enttäuschung, sie wollte ihn ganz, nicht nur dieses Spiel, diesen Traum … Seine Hände schwebten weiter herab über ihre Hüften, so nah, dass sie ihre Wärme spürte. Sie brauchte sich nur aufzubäumen, um sich an ihnen zu reiben, um ihm nahe zu sein, nicht mehr zu ahnen, sondern wirklich zu empfinden …

Und dann tat sie es, hob ihm den Leib entgegen, schmiegte sich in seine offenen Hände wie ein Kätzchen, das um Liebkosungen bettelt.

»Ich berühre dich nicht …«, flüsterte Amir. »Du bestimmst, wo wir anfangen und wo wir enden …«

Er lehnte sich zurück auf seine Seite des Bettes, und Beatriz begann mit all den Liebkosungen, von denen sie vorhin geträumt hatte. Sie streichelte seine Brauen, küsste die zarten Lider über den geschlossenen Augen, zeichnete die Umrisse seines Gesichts mit dem Finger nach. Ihre weichen Lippen fanden die Härte seiner Muskeln, sie ließ ihre Brüste darüber hängen, bis die Brustwarzen über seinem Körper pendelten, tupfte ihn spielerisch damit an, rieb ihre Hüften leicht an seinen.

Amir stöhnte auf. Sein Geschlecht erwachte zu großem, aufstrebendem Leben. Beatriz legte es frei, betrachtete es – und versuchte die in ihr aufsteigenden Bilder von Mammars grotesker Erektion vor seinem schlaffen Leib zu verdrängen.

Amir regte sich. Es war zu viel verlangt, all das ohne jede Bewegung über sich zu bringen, er wollte sie jetzt, die Zeit der Spiele musste vorbei sein.

»Darf ich ... darf ich dich jetzt küssen?« Er hauchte die Frage, aber sie hatte ihm schon die Lippen geöffnet, drängte sich an ihn; er spürte ihren süßen Atem und schmeckte Honig und Aprikosen.

Doch Beatriz kämpfte nach wie vor gegen die gewalttätigen Bilder vor ihrem inneren Auge. Eine Zunge, die sich brutal in ihren Mund schob, feuchte, fleischige Lippen. Sie versteifte sich, aber Amir war jetzt im Rausch der Sinne und bemerkte nichts mehr. Er küsste sie heftig, presste seinen Leib an den ihren, und seine Lanze suchte den Eingang zu ihrem geheimen Land der Erfüllung. Eben noch war sie feucht und bereit für ihn gewesen. Aber jetzt ... Mammars Stoßen fiel ihr ein, seine Beine zwischen den ihren, sein gewaltsames Eindringen ...

»Nein ... bitte, bitte nein ... ich kann nicht ...« In panischer Angst stieß Beatriz Amir von sich.

Amir ließ von ihr ab, erschrocken ... Eine Sekunde

lang sah Beatriz Wut in seinen Augen, aber dann wich sie Enttäuschung.

»Was ist, meine Sonne? War ich zu schnell? Wollen wir es noch mal versuchen?«

»Ich kann nicht!« Beatriz weinte. »Ich … bitte, bitte lass mich, ich wollte dich nicht narren. Aber ich … Ich glaube nicht, dass ich das jemals wieder ertrage …«

Amir streichelte zärtlich über ihr Haar.

»Du musst das Erlebnis mit Mammar vergessen …«

»Wie kann ich das?«, schluchzte Beatriz. »Er war … ein Tier, ein Monstrum … Das … das hier wird für mich immer mit seinem Angriff verbunden bleiben. Ich … sollte deinen Duft genießen, aber ich rieche den Atem der Bestie …«

Amirs Züge verfinsterten sich. Verletzt richtete er sich auf.

»Wenn ich es also nicht schaffe, dich diesen Lüstling vergessen zu lassen, so bin ich deiner wohl nicht würdig«, sagte er hart. »Rufe mich, wenn du meinst, mich ertragen zu können.«

Amir ging, und Beatriz blieb schluchzend zurück, ihr Körper erstarrt vor Angst, ihr Herz berstend vor Liebe.

Ayesha dagegen genoss ihre Stunden mit Hammad. Beide waren enttäuscht, als ein Eunuch sie schließlich bei ihrem Tun unterbrach, um die Ankunft des Heeres zu melden. Der junge Mann verabschiedete sich mit tausend Küssen.

»Ich weiß, dass es von der Gnade des Emirs abhängt, ob wir uns wieder sehen«, sagte er schließlich. »Aber wenn ich irgendeine Möglichkeit finde, ihn um diese Gnade zu bitten, so werden wir erneut vereint werden. Denke darüber nach, ob du nicht in meinen Harem wechseln möchtest.«

Ayesha streichelte ihn zärtlich.

»Ach Hammad, dein Harem … Woraus besteht er, aus ein paar Sklavinnen und deiner Mutter? Vielleicht noch einer kleinen, fast noch unschuldigen Ehefrau? Was soll ich da? Eine Lautenspielerin aus dem Harem des Emirs, die zur Unterhaltung einer Greisin und eines Mädchens aufspielt? Nein, Hammad, wenn du mir eine Gnade erweisen willst, so lässt du mich hier!«

Hammad schüttelte lächelnd den Kopf. »Ich möchte dich nicht als Sklavin in meinem Harem. Ich habe auch noch keine Ehefrau, und meine Mutter lebt nach wie vor im Harem meines Vaters. Dich begehre ich zudem nicht als Lautenspielerin. Wenn du in meinen Harem kommst, dann als meine Erste Gattin, die Herrin über mein Haus.«

Er ließ Ayesha halb betäubt zurück.

»Achmed und ein paar andere beschäftigen die Wachen an den Haupteingängen«, erklärte Amir seinem Freund den Plan zur Rückeroberung der Alhambra. Während Hammad von innen heraus strahlte, wirkte der junge Emir erschöpft, übernächtigt und geschwächt. Dennoch barst er, zumindest nach außen hin, vor Energie. »Wir sollten jetzt die Außenpforte des Harems frei kämpfen, die letzten Männer der Palastwache sind schon auf dem Weg. Die Frauen haben sich alle eingeschlossen. Es bleibt nicht aus, dass zwei oder drei Zugänge unbemannt bleiben, aber da haben sich die Eunuchen postiert. Gehen wir einfach mal davon aus, dass Mohammed und seine Söldner anderes zu tun haben, als sich lüstern den Frauengemächern zu nähern. Vor der Pforte warten fünfzig ausgewählte Männer. Wir greifen die Verteidiger von hinten an.«

Der Kampf um den Eingang war schnell entschieden. Mit einem Angriff vom innen hatte niemand gerechnet, dazu waren nur drei Männer mit der Bewachung der verschwiegenen, allgemein wenig bekannten Seitenpforte des Palastes betraut. Amir und Hammad schnitten zweien davon die Kehle durch, der andere versuchte zu fliehen und lief sofort dem Stoßtrupp in die Arme. Die Männer machten ihn lautlos nieder und strömten dann in den Palast.

Auf den Zinnen der Alhambra und auf der Straße davor war ein heftiger Disput im Gange. Mohammed Abenzera verhandelte mit Achmed al Khadiz, der die Rüstung des Emirs trug. Neben dem Heer hatten sich auch hunderte Bürger vor der Alhambra versammelt, um ja nichts von der Auseinandersetzung zu verpassen.

»Du sagst, du bist der Emir, aber du nimmst nicht einmal deinen Helm ab!«, höhnte Mohammed. »Vor lauter Angst, die Verteidiger der Alhambra könnten einen Pfeil abschießen, der dich ins Auge trifft. Nein, Amir ibn Abdallah, dein feiges Verhalten gegenüber Kastilien ist aufgedeckt. Das Volk hat sich einen anderen Emir erwählt.«

»Das Volk hat gewählt?«, erwiderte Achmed spöttisch. »Du hast es doch eher gekauft! Mit dem Geld aus den Tributzahlungen, die du entwendet hast. – Die Alhambra ist in den Händen von Verrätern!«, rief Achmed mit klingender Stimme. »Höre, Volk von Granada, eben wären wir beinahe in einen blutigen Krieg mit Kastilien verwickelt worden. Aber schuld daran war nicht der Emir, sondern dieser Mann, der seine Politik des Friedens unterwandert hat!«

»Die Tribute gehörten dem Volk!«, gab Mohammed zurück. Er fühlte sich wie auf glühenden Kohlen. Wo blieb Mammar? Er musste sich jetzt hier zeigen, musste das Volk mit seinen betörenden, starken Worten auf seine Seite bringen. »Der wahre Emir wird alles erklären. Dem Heer und dem Volk!«

Hinter ihm auf den Zinnen der Burg wurden Stimmen laut.

»Hier ist der Emir. Macht Platz für den Emir und seine Garde!«

Hammad und seine Männer eskortierten Amir auf die Plattform über den Wehrgängen.

»Das ist ... Verrat! Ergreift ihn!« Mohammed rief nach seinen Söldnern, aber das Trüppchen, das sich um ihn scharte, war bedenklich zusammengeschrumpft. Während Mohammed das Heer vermeintlich auf Abstand hielt, waren die Kämpfe in der Alhambra schon weitgehend ausgestanden. Wobei es für Amirs Truppe lächerlich einfach war, die Söldner zu überwältigen, gafften sie doch alle fasziniert auf die leuchtenden Rüstungen der Kavalleristen unter ihnen, die bunten Banner der Heerführer und die reiche Kleidung der Kaufleute, die sich ebenfalls vor der Alhambra versammelt hatten.

Auch jetzt machte Amir nur eine Handbewegung, und seine Männer stürzten sich auf Mohammed und die Söldner. Letztere ergaben sich sofort. Sie kämpften nicht gern für eine aussichtslose Sache, und die Wahrscheinlichkeit, dass die Abenzeras sie noch entlohnen würden, stuften sie als ziemlich gering ein. Hammad nahm Mohammed gefangen. Amir trat vor sein Volk.

»Meine Freunde – und damit meine ich euch alle. Das Heer, das mir in einem Gewaltmarsch gefolgt ist, um die Alhambra zu entsetzen, die Kaufmannschaft, die bereit ist, den Schaden wieder gutzumachen und das Geld für die Tribute ein erneutes Mal aufzubringen, alle treuen Bürger, aber auch alle die, die sich haben verführen lassen. Mammar al Khadiz ist eine goldene Zunge gegeben, und er appellierte an das Beste in euch, den Bärenmut, den wir Mauren seit jeher aufbringen, wenn es gilt, Al Andalus zu verteidigen. Aber es gibt eine Zeit zu kämpfen, und es gibt eine Zeit, Frieden zu halten. Ein kluger Herrscher weiß dies zu unterscheiden, und ich sage Euch, dass wir augenblicklich mit dem Frieden besser bedient sind. Auch wenn er teuer erkauft ist. Er ist immer noch billiger als das Blut unserer Männer und die Ehre unserer Frauen. Lasst uns den Tribut also zahlen und uns in Frieden erfreuen an unserem blühenden Land, unserer Handelsflotte, unseren Seidenmanufakturen und Goldminen. Und an den wunderschönen Frauen von Al Andalus!« Amir verneigte sich in Richtung seines Harems und hoffte, dass die Frauen, die aus ihren Gemächern spähten, ihn hören konnten. Nun, wenn nicht, dann würden ihnen die Eunuchen seine Rede Wort für Wort wiederholen.

Vor dem Palast brauste Beifall auf. Die Kaufleute begannen damit, das Heer übernahm die Hochrufe, und das einfache Volk dachte schon an das nächste Straßenfest, mit dem Amir die Rückeroberung der Stadt sicher feiern würde.

Amir atmete auf. Diese Episode war ausgestanden, und wie es aussah, auch seine unselige Abhängigkeit von der Familie Abenzera.

Er ließ sich noch ein wenig feiern, bevor er sich, nun endgültig todmüde, in seine Gemächer zurückzog.

Als er die Tür hinter sich schloss und sich in Richtung der Bäder wandte, um Blut und Schweiß des Kampfes abzuwaschen, begrüßte ihn eine dunkle Stimme.

»Mein Herr und Herrscher, mein Emir. Es beglückt mich, Euch wieder in den Mauern der Alhambra zu sehen. Die Taten meines Bruders sind unverzeihlich, ich bedauere sie zutiefst …«

Zarah trug ein weites Gewand in der Farbe dunkler, samtiger Rosen. Sie hatte die Schleier bereits gelöst, eine Bewegung ihres Herrn würde genügen, ihre Brüste zu entblößen.

»Erlaubt mir, Euch zumindest meine Ergebenheit zu zeigen ...«

Zarah kniete langsam nieder, wobei das Kleid über ihre Schulter herabglitt. »Ihr seid erschöpft. Folgt mir in die Bäder. Ich habe seltene Essenzen aus den geheimsten Drogerien des Orients. Sie werden Euch erquicken ...«

Amir zögerte. War Zarah wirklich loyal gewesen? Aber was auch immer geschehen war, sie war seine Frau. Und sie begehrte ihn, während Beatriz ... Ihre Zurückweisung nagte an Amir, und Trotz wallte in ihm auf. Hier war williges Fleisch, Zauber, die Vergessen schenkten. Beatriz dagegen wollte ihn nicht ...

Amir ging auf Zarah zu und reichte ihr die Hand.

»Ich bin Euer Diener.«

Fünfzehntes Kapitel

Mohammed Abenzera und Mammar al Khadiz lagen im Kerker und warteten auf ihren Prozess. Amir wollte sie nicht einfach köpfen lassen, sondern öffentlich vor den Kadi führen.

Mammar al Khadiz bekam von all dem nicht viel mit, er lag im Fieber und schien dem Tode näher als dem Leben. Der Arzt meinte jedoch, er werde die Sache überstehen. Der Armstumpf verheilte, und seiner Ansicht nach würde der frühere Wesir ohne weiteres auf eigenen Beinen zu seiner Hinrichtung schreiten können.

Amir ernannte einen neuen Wesir, einen weisen jüdischen Kaufmann. Tibbon al Taíf lag jede Machtbesessenheit fern, und schon sein Glaube machte es ihm unmöglich, nach dem Amt des Emirs zu streben. Außerdem wurde Hammad zum Oberbefehlshaber des Heeres befördert, ein Amt, das der Emir bislang selbst bekleidet hatte. Amir brauchte die Alhambra also nicht mehr zu verlassen, wenn es zu Problemen an der Grenze kam. Auch das begrenzte die Gefahr eines erneuten Staatsstreiches.

All diese Geschäfte hielten Amir den Tag über gefangen; er kam nicht dazu, an Beatriz und erst recht nicht an Zarah zu denken. Aber Abends war sie wieder da, sie bewegte sich ungeniert zwischen dem Harem und seinen Privaträumen, egal wie viele Männer Ali, der neue Erste Eunuch, vor der Pforte postierte.

Amir sah das nicht gern, aber er konnte Ali auch kaum dafür strafen. War ihm Zarah doch offensichtlich willkommen. Die Tochter der Abenzeras ließ seine Nächte zu glühenden Träumen werden, salbte ihn mit geheimnisvollen Essenzen und führte ihn unter ihrem Einfluss in die dunkelsten Winkel seiner Seele, erzeugte Lust durch seine schwärzesten Phantasien, ließ sein Bewusstsein in einem Taumel von glutheißer Lava und Blut explodieren.

Immer wieder versicherte sie ihn ihrer unbegrenzten Treue, berauschte sich in der Schilderung blutigster Strafen, denen man ihren Bruder und Mammar unterwerfen sollte. Mitunter graute es Amir vor sich selbst, wenn er ihr dabei folgte, sich von der Schilderung erregen ließ. Er dankte Allah, dass er mit der Festsetzung des Strafmaßes nichts zu tun hatte, das blieb dem Kadi überlassen. Amir selbst würde der Hinrichtung nur beiwohnen müssen, zum Glück nicht, wie bei den Christen üblich, im Beisein seiner Gattin. Zarah würde sein Blut dabei nicht zum Rauschen bringen. Amir begann wieder, erschöpft und zerquält auszusehen.

Sein Freund Hammad betrachtete das mit Sorge. Zarah tat Amir nicht gut, aber das Liebesleben des Emirs ging den Heerführer nun wirklich nichts an. Er selbst war überglücklich, zumal mit dem neuen Amt ein pompöser Dienstsitz verbunden war. Amir versprach, ihm das Haus des alten Wesirs zum Geschenk zu machen. Bislang wurde es zwar noch von Mammars Dienern und Frauen bewohnt, aber spätestens nach dessen Hinrichtung würde es geräumt und die Wertgegenstände als Ausgleich für die von Mammar verursachten Schäden verkauft werden. Der neue Wesir beanspruchte die Villa nicht, Al Taíf besaß ein prächtiges Anwesen im jüdischen Viertel.

Auch in Bezug auf Ayesha war der neue Heerführer guten Mutes. Er schrieb ihr offen Briefe in den Harem, und der Emir duldete das. Sicher würde er mit Ayeshas Übersiedlung in Hammads Harem einverstanden sein. Über die näheren Umstände musste allerdings noch verhandelt werden.

»Wenn Hammad mich wirklich heiraten will, kaufe ich

mich vorher frei!«, erklärte Ayesha stolz. »Dann ist es fast so, als ob er ein Mädchen aus guter Familie zur Gattin nähme, und nicht eine Sklavin.«

Beatriz hörte ihr nur mit halbem Ohr zu. Seit Amirs Rückkehr war sie in sich gekehrt und blass, erst recht, nachdem sie wusste, dass Amir seitdem jede Nacht in Zarahs Räumen verbrachte oder die Frau zu sich rufen ließ. Über diese neu entflammte Liebe zwischen dem Emir und seiner Gattin klatschte der ganze Harem, nur Mustafa, Blodwen und Zarahs andere Opfer schwiegen. Ein Ende ihrer Qualen war nicht in Sicht. Im Gegenteil: Blieb Amir Zarahs Bett doch eine Nacht lang fern, so feierte sie noch härtere und blutigere Orgien.

»Es ist, als hielte sie sich an uns schadlos für Demütigungen, die sie durch ihn erfährt …«, klagte Mustafa.

Die offensichtliche Pein des jungen Eunuchen hatte sogar Beatriz' Lethargie gebrochen. Sie befahl ihm, sich hinzulegen und seinen Rücken zu entblößen. Die Haut war blutig und aufgeplatzt von Peitschenhieben. Beatriz strich Salbe darauf und gab Mustafa den Tiegel mit. Ihr Taktgefühl verbot ihr, zu fragen, an welchen Körperteilen Zarah sich noch vergangen hatte, aber der breitbeinige, schwerfällige Gang des Jungen verriet es ihr.

»Aber der Emir verlangt von seinen Frauen keine Demütigungen.« Beatriz verteidigte Amir, und ihr Herz blutete beim Gedanken an seine zärtlichen Liebkosungen, seine Bewunderung und Achtung für die Frau in seinen Armen.

»Zarahs Stolz dürfte es schon beleidigen, wenn er auf ihr liegt oder gar ein freundliches Wort von ihr verlangt. Wenn sie ihn ihren Herrn nennen muss oder ihren Geliebten. Das ist es, was sie von uns verlangt. Anbetung, Liebesschwüre, und dann straft sie uns dafür oder erwartet, dass wir uns gegenseitig strafen. Es ist die Hölle – oder vielleicht ist es Magie. Sie saugt uns die Kraft aus, um ihn fesseln zu können ...« Mustafa stöhnte, als er sich aufrichtete.

»Es tut mir Leid, dass ich nichts für euch tun konnte«, sagte Beatriz leise. »Ich habe es versucht, wirklich. Aber der Krieg kam dazwischen. Und jetzt ... jetzt ist alles anders ...«

Hilflos sah Mustafa zu, wie sie weinte. Er hätte sie gern in den Arm genommen, aber er wagte es nicht. Es wäre ungeheuerlich gewesen, ihr seine Gefühle zu offenbaren. Sicher würde sie sich abgestoßen fühlen, vielleicht beleidigt, womöglich würde sie ihn hassen. Er war kein Mann mehr, der ihr seine Liebe andienen dürfte. Er konnte und dürfte nicht um sie werben, würde sie niemals glücklich machen können – und doch liebte er sie mit jeder Faser seines Herzens und verbrachte Stunden damit, von ihr zu träumen. In seiner Phantasie war er nicht Mustafa, der Eunuch, sondern Léon, der Ritter, der spanische Grande, der er hätte werden sollen. Er sah sich Kämpfe für sie ausfechten, stellte sich vor, wie sie ihm huldvoll ein Halstuch reichte, das er als Zeichen seiner Dame um seine Lanze wand. Wenn das Turnier dann gewonnen war, erbat er sich ihre Hand als einzigen Preis ... und dann ... nein, dann schob sich das Messer des Kurpfuschers vor sein Auge, das damals sein Leben als Mann beendet hatte.

Immerhin konnte Mustafa Beatriz jedoch Freund und Vertrauter sein, viel mehr als Ayesha und Susanna, die ihre verzweifelte Stimmung und ihre Haltung gegenüber Amir nicht verstehen konnten. Susanna war bei ihrem Raub selbst vergewaltigt worden. Sie plädierte dafür, das Ganze möglichst bald zu vergessen. Ayesha hatte man die Illusionen über die Liebe schon als Kind geraubt, sie hielt Beatriz vor, sie mache viel Lärm um nichts.

»Bei Allah, Beatriz, was wäre denn geworden, wenn

dein Amir nicht dazwischengegangen wäre? Wenn sie ihn getötet hätten und Mammar wäre Emir geblieben? Dann hätte er dich jede Nacht in sein Bett geholt und geschändet, bis er deiner überdrüssig geworden wäre. Glaub mir, du hättest es überlebt! Täglich überleben es tausende von Frauen, in allen Ländern dieser Erde. Wenn es dir nun erspart blieb, so solltest du dem Emir dafür die Füße küssen! Aber was machst du? Stößt ihn weg und brüskierst ihn und treibst ihn in die Arme dieser Hexe Zarah. Ich verstehe dich nicht, Beatriz!«

Beatriz verstand sich ja selbst nicht mehr. Aber etwas war in ihr zerbrochen, ihr Vertrauen in die Liebe war zerstört. Sie konnte den Bildern in ihrem Kopf nicht entfliehen. Nicht einmal, wenn sie selbst versuchte, ihre Muschel zu reiben und zu reizen, um die Blume der Lust zum Blühen zu bringen, erlangte sie Befriedigung. Bevor sie sich entspannen und dem Meer des Verlangens ausliefern konnte, stand Mammars Bild vor ihren Augen, das verzerrte Bild einer Bestie, die niemanden lieben konnte ...

Und zu all dem raubte es ihr den Schlaf, dass Amir jede Nacht in den Klauen Zarahs verbrachte. Sie hielt ihren triumphierenden Blick in den Bädern oder auf den Fluren des Harems kaum aus. Zarah schien die Begegnung mit ihr zu suchen, und wenn sich ihre umflorten dunklen Augen an Beatriz' Körper festsaugten, verstand sie die Ängste Léons und Blodwens. Es schien, als labte sich Zarah an der Lebenskraft ihrer Opfer. Beatriz fürchtete um Amir. Würde Zarah ihn zu dem gleichen Ungeheuer werden lassen wie Mammar? Nahm er sie vielleicht wirklich so brutal, dass sie ihren Widerwillen am nächsten Tag an Léon ausließ?

Ihre Ängste erhielten neue Nahrung, als ein paar Tage später die Kunde von den Urteilen gegen die Aufrührer im Harem die Runde machte. Der Kadi hatte bestimmt,

Mohammed Abenzera und Mammar al Khadiz zunächst Arme und Beine abzuschlagen und sie anschließend zu köpfen – für Beatriz ein unnötig grausames Urteil. Die oftmals geäußerte Drohung, jemanden zu vierteilen, hatte sie bislang für einen Scherz gehalten. Aber dies hier war ja noch viel schlimmer! Sie erwartete, dass der Emir das Urteil aufheben oder mildern würde, aber Amir nahm es kommentarlos hin und setzte einen Tag für die Vollstreckung fest. Für Beatriz bewahrheiteten sich damit ihre Befürchtungen: Amir, ihr zärtlicher Liebhaber, verrohte.

»Ach, Unsinn!«, bemerkte Susanna, als Beatriz ihre Sorgen bei ihr ablud. »Er ist der Emir, er muss grausame Urteile fällen, sonst nimmt man ihn bald nicht mehr ernst. Und glaub nur nicht, dass man in Kastilien sanfter mit Verrätern umgeht. Mit glühenden Zangen gezwickt und lebendig verbrannt zu werden ist auch kein Vergnügen.«

Beatriz verstand das alles, aber tief im Herzen vertrat sie eine andere Meinung. Die Macht des Emirs konnte sich auch darin offenbaren, Gnade zu erweisen. Natürlich mussten die Verräter sterben. Aber so …

Und dann meldete ihr Mustafa eines Tages, eine Woche vor den Hinrichtungen, einen seltsamen Besuch.

»Erinnert Ihr Euch an mich, Sayyida?«, fragte die schwarz gekleidete, tief verschleierte Frau mit leiser, aber klingender Stimme.

Beatriz wusste sie nicht gleich einzuordnen, aber die Frau sprach unmittelbar weiter.

»Ich bin Soraya al Khadiz, die Gattin des … des Verräters Mammar al Khadiz.«

Beatriz nickte. Sie erinnerte sich noch gut an Sorayas Verhalten, als sie damals mit Alvaro schwanger war.

»Und? Was führt Euch her?«, fragte sie hart.

»Beatriz, was ist das für ein Benehmen!«, tadelte Susanna. Sie hatte die Frau, immerhin ihre frühere Herrin, unter allen Anzeichen der Ehrerbietung in Beatriz' Räume geführt. »Willst du die Sayyida nicht auffordern, sich zu setzen, ihre Schleier abzulegen und eine Erfrischung zu nehmen?«

Beatriz machte eine müde Handbewegung in Richtung Diwan.

»Setzt Euch, wenn Ihr mögt.«

Soraya blieb stehen. »Herrin, Ihr braucht mir keinen Sitzplatz anzubieten. Es steht mir eher an, vor Euch auf den Knien zu liegen.«

Beatriz zuckte die Achseln. »Dann tut das nur, der Teppich ist auch recht bequem.«

Susanna schnappte nach Luft.

»Wolltest du nicht für Erfrischungen sorgen?«, fuhr Beatriz sie an. »Dann verzieh dich, und komm nicht wieder, ehe du den Tee nicht aus China geholt hast!«

Soraya machte Anstalten, sich niederzuwerfen, überlegte es sich aber im letzten Moment anders.

»Wie könnt Ihr so kalt sein?«, fragte sie verzweifelt.

»Waren wir jemals befreundet?«, erkundigte sich Beatriz. »Ich kenne Euch nur als einen der Wachhunde im Harem Eures Gatten, in den ich als Sklavin kam und den ich als Sklavin wieder verließ. Schulde ich Euch irgendetwas?«

Soraya schüttelte den Kopf. Dann legte sie den Tschador ab und enthüllte ein blasses, eingefallenes Gesicht und von Tränen gerötete Augen hinter einer zarten, grauen Cobija. Diesen letzten Schleier lüftete sie nicht.

»Nein, Ihr schuldet mir nichts. Nicht einmal Höflichkeit. Aber ich bitte Euch trotzdem um Gnade. Ich würde mich auch dem Emir zu Füßen werfen, aber er will mich nicht einmal anhören, und Zarah, seine erste Gemahlin …

Es heißt, sie habe großen Einfluss auf ihn, aber sie hat mich nur verlacht …«

Wieder traten Tränen in Sorayas immer noch schöne Augen. Beatriz sah sie zum ersten Mal ungeschminkt. Sie wirkte alt und erschöpft, aber ihre frühere Schönheit war doch immer noch zu erkennen. Als Mammar sie zur Frau genommen hatte, musste sie ein hinreißendes Mädchen gewesen sein.

»Also was wollt Ihr?«, fragte Beatriz. »Gefällt es Euch nicht, dass Ihr Euer schönes Haus verlassen und im Harem von Verwandten unterkriechen müsst? Daran kann ich nichts ändern, und wie ich hörte, habt Ihr auch noch großes Glück. Man hätte Euch auch versklaven und außer Landes schicken können. Ihr verdankt es nur der Loyalität Eures Sohnes, dass Ihr frei bleibt. Ob Ihr in Zukunft die Sklavinnen Eures Mannes oder die Frauen Eures Sohnes tyrannisiert, ob die Bäder Eures Harems blau oder grün gekachelt sind – im Wesentlichen verliert Ihr wohl nichts.«

»Oh, doch! Und ob ich etwas verliere, du herzloses Biest!« Soraya fuhr so wütend auf, dass Beatriz zusammenschrak. Auch Soraya selbst war entsetzt über ihren Ausbruch. Sie senkte den Blick und kniete nun wirklich vor dem Mädchen nieder. »Verzeiht mir, bitte verzeiht mir! Wie konnte ich mich so gehen lassen. Jetzt ist alles vorbei … jetzt wirst du niemals …«

»Was werde ich niemals?«, fragte Beatriz böse. »Sprich endlich, deine Beleidigungen treffen mich sowieso nicht. Vielleicht bin ich herzlos, aber wenn, dann hat dein Gatte mich dazu gemacht. Dein Gatte und der Emir, der meinen wahren Geliebten tötete und mich versklavte.«

Soraya hielt den Kopf gesenkt.

»Mein Gatte hat große Schuld auf sich geladen. Und es war ungerecht von mir, das alles auf dich zu schieben. Du hast nicht darum gebeten, dass er sich so hoffnungslos in dich verliebte. Er war ja wie von Sinnen … und ich … vielleicht haben wir alle Fehler gemacht. Aber er bleibt dennoch mein Gatte. Und das ist es, worum ich bitte, Sayyida: Nehmt mein Leben, nehmt all meine Güter. Schlagt mir auch die Hand ab und schickt uns beide als Bettler auf die Straße. Aber macht, dass mein Gatte am Leben bleibt!«

Beatriz sah eine alte Frau vor sich knien, aber dahinter sah sie auch ein anderes Bild: ein wunderschönes junges Mädchen, das man reich geschmückt, versehen mit den sieben Schleiern der Braut, auf einem kostbaren Maultier durch die Straßen Granadas führte. Die Soraya von damals hatte ihren Mammar noch nie gesehen, aber als man sie ihm zuführte, erkannte sie einen schlanken jungen Mann mit hellem Haar und Augen, in denen sich die Farbe ihrer Schleier widerspiegelte. Das Schicksal hatte ihr einen jungen Mann mit festem Körper und weichen, aber geschickten Händen geschenkt. Keinen Krieger, eher einen Gelehrten, aber das machte ihr nichts. In der ersten Nacht zitierte er ihr die Verse der großen Dichter, und er gewann ihr Herz für immer, egal, was später geschah.

»Aber Ihr liebt ihn ja!«, brach es aus Beatriz heraus. »Ihr könntet niemals so flehentlich bitten, wenn Ihr diesen Mann nicht liebtet. Wie könnt Ihr, Soraya? Wie könnt Ihr Euer Herz so gänzlich einem Mann schenken, der Euch im Harem einsperrt, den Ihr mit hundert weiteren Frauen teilen müsst und der sich im Alter zum Narren macht für ein Mädchen, das halb so alt ist wie Ihr?«

Sorayas Gesicht verzog sich zu einem schwachen Lächeln.

»Ist die Liebe nicht immer eine Fessel?«, fragte sie leise. »Seht Euch an: Noch nach Jahren bindet sie Euch an einen Toten und verwehrt Euch das Glück in den Armen eines Mannes, der Euch sein Königreich zu Füßen legen wollte. Denn eins ist sicher, meine schöne Beatriz: Dieser Krieg wurde um Euretwillen entfesselt! Der Emir wusste, welche Risiken er einging, als er seinen Wesir und die Familie seiner Ersten Gattin brüskierte. Mein Mann hätte sich niemals gegen seinen Herrscher gewandt, hätte Amir ihm nicht seine Liebe gestohlen.«

»Da sagt Ihr es selbst!«, rief Beatriz und versuchte, nicht an die weiteren Worte der Älteren zu denken. Ein Thronraub um ihretwillen? Hätte Amir den Aufstand wirklich verhindern können, indem er auf sie verzichtete? »Euer Gatte war willens, Euch mit mir zu betrügen. Ja, er hat es getan, er hat mich vergewaltigt und ein Kind gezeugt. Und jetzt müsst Ihr seinetwegen Eure Güter aufgeben und Euer Haus verlassen. Genügend Gründe, ihn zu hassen. Und trotzdem verteidigt Ihr ihn!«

Sorayas Hände krampften sich um ihren Schleier, und sie senkte den Blick. Trotzdem sah Beatriz die Tränen, die sich hinter dem hauchdünnen Gaze-Vorhang aus ihren Augen stahlen.

»Sind die Männer in Eurem Lande immer treu? Könnt Ihr sie halten, auch wenn Ihr altert wie ich? Hier kennen wir die andere – und wissen, ob sie ihm nur ihren Körper schenkt oder ob sie auch sein Herz begehrt. Für die Christinnen ist die Geliebte ein ständiges Schreckgespenst, das im Dunkeln lauert. Ja, ich liebe meinen Mann, Beatriz. Er war schwach, aber er ist nicht das Ungeheuer, zu dem Ihr ihn macht. Und ich flehe Euch an um sein Leben!«

Soraya sah Beatriz in die Augen, und Beatriz meinte, ihr Leben an der Seite ihres Gatten darin gespiegelt zu sehen. Der junge Mammar, der sie in Besitz nahm und stolz das Blut auf dem Laken betrachtete. Stolz, nicht voller

Scham wie damals, als er Beatriz die Unschuld geraubt hatte. Sie sah ehrliche Freude in seinem damals noch weicheren, offenen Gesicht, als Soraya ihm ihre Schwangerschaft offenbarte, meinte ihr Lachen zu hören, wenn er sie mit den besten Leckerbissen verwöhnte und so vorsichtig liebte, als könnte das Kind in ihr Schaden nehmen. Mammars glücklicher Ausdruck beim ersten Blick auf den kleinen Ali verband sich mit Sorayas Erinnerung daran, als man ihm Achmed in die Arme legte. Beatriz dachte an die Achtung, mit der Susanna damals von ihrem Herrn gesprochen hatte. An Ayeshas Aufregung, dem Wesir vorspielen zu dürfen. »Ein wahrer Kunstliebhaber, der auch selbst geschickt die Laute spielt ...«

All das schob sich vor die letzten Bilder des geifernden Ungeheuers über Beatriz' zartem Körper. Nein, keine Bestie. Ein verblendeter, schwacher alter Mann, der eher Mitleid als Hass verdiente.

Beatriz hatte das Gefühl, als ob eine felsengleiche Last von ihr abfiel. Mammar war kein Ungeheuer für Soraya. Amir würde nie eines für Beatriz sein. Jeder Mensch hatte gute wie schlechte Seiten, und irgendeine höhere Macht, mochte man sie Gott nennen oder Allah, hatte die Liebe geschaffen, um den Guten zum Sieg zu verhelfen.

Beatriz biss sich auf die Lippen. »Aber was kann ich tun, Soraya? Ich habe keine Macht über den Emir und seine Entscheidungen ...«

Soraya lachte bitter auf. »Wenn Ihr nur Euren Stolz besiegt, wenn Ihr nur wagt, Eure Liebe zu leben, dann habt Ihr alle Macht der Welt! Ein Wort von Euch, und der Emir wird meinem Mann das Leben schenken, eine Andeutung, und er wird die Schreckensherrschaft beenden, die Zarah in Eurem Harem ausübt – o ja, Beatriz, man redet auch in anderen Frauengemächern über ihre dunklen Künste. Wahrscheinlich offener als hier. Hört auf Euer

Herz, Beatriz! Es ist Euer Schicksal. Allahs Wege sind oft verschlungen, aber er weiß, wohin er uns führt.«

Beatriz atmete tief durch. »Ich danke Euch, Soraya al Khadiz. Ich weiß nicht, ob ich Euch helfen kann, aber ich will es versuchen.«

Sie klatschte in die Hände, und einer der Eunuchen führte Soraya hinaus.

Beatriz brauchte noch einige Momente, um sich zu fassen. Dann rief sie Mustafa zu sich. »Bitte, mein Freund, begib dich in die Gemächer des Emirs und sage ihm: Seine Morgensonne wünscht ihn zu sehen …«

Beatriz hatte mit Amirs Besuch gerechnet, aber der Emir empfing sie in seinen Gemächern. Sie wusste nicht, ob er sie damit demütigen wollte oder ob es einfach ein Versuch war, Zarah über sein Treffen mit der Rivalin im Unklaren zu halten. Das war natürlich vergebene Mühe. Schon als Soraya den Harem verlassen hatte, setzte der erste Klatsch ein.

Beatriz fürchtete sich vor der Begegnung, aber als Mustafa sie in das Schlafgemach des Emirs führte, war der eben dabei, Rosenblätter über das Bett zu streuen. Gelbe, zartrosa und weiße Rosen, fiel ihr auf, keine dunklen, voll erblühten.

»Es ist zu kühl, meine Geliebte, dich im Garten zu empfangen. Aber ich wollte den Blumen die Morgensonne nicht vorenthalten.«

Der Emir trat auf Beatriz zu und nahm ihre Hände. Sehr langsam küsste er die Hennaranken auf dem Handrücken, drückte kleine, zarte Küsse auf ihre Finger und liebkoste die Schwielen vom Lautespiel mit den Lippen.

»Du musst einmal wieder für mich spielen, meine Sonne. Ich habe deinen Gesang damals sehr genossen. Wie geht die Ballade aus, die du damals gesungen hast?«

Der Emir küsste jetzt die Innenseite ihrer Hand. Beatriz Atem ging rasch, aber sie fasste sich und erzählte die Geschichte des Pagen Reynaldo.

»Der König setzt ihm nach, denn auf den Raub seiner Tochter steht der Tod. Aber als er die Liebe in den Augen der Infantin sieht, lässt er die beiden ziehen, reich beschenkt.«

»Eine schöne Geschichte. Ein Sieg der Liebe. Ich hoffe so sehr, dass auch wir heute ungestört an die Gestade der Lust fliehen dürfen.«

Amir löste zärtlich den Schleier von Beatriz' Gesicht und küsste sie. Diesmal fordernder, heftiger, er hatte so lange gewartet ... und es war so beglückend zu erfahren, dass sie den Kuss endlich vorbehaltlos erwiderte.

»Ich möchte dich sehen, meine Sonne!«, flüsterte er und öffnete geschickt ihre Gewänder, ließ ihre weiten Hosen langsam an ihren endlos langen Beinen hinabgleiten. Schwer atmend, einen Ausdruck puren Entzückens im Gesicht, gab er sich dem Anblick hin.

»Ich möchte dich auch sehen, mein Geliebter ...« Beatriz' Finger zitterten, sie war nicht halb so sicher wie er, als sie jetzt ebenfalls seine Kleider öffnete, bis er in seiner vollen Schönheit und Männlichkeit vor ihr stand. Impulsiv ging sie auf ihn zu, presste sich an ihn ... und versteifte sich in dem Moment, in dem sie ihr Gesicht an seine Brust drückte. Seine Haut roch nach Moschus und dunklen Rosen ...

»Beatriz ...«

Amir wollte sie wieder an sich drücken, aber Beatriz machte sich frei. Dieser Geruch ... der gleiche, schwache Duft, der Mustafa angehaftet hatte, als sie neulich seine Wunden versorgt hatte.

»Nein, nein, ich will mich nicht wehren. Es ist nur ... du hast die Düfte Zarahs am Körper. Ich kann nicht ...«

Amir lächelte. »Du bist eifersüchtig. Und ich muss es gestehen: Ich bin der Nacht verfallen, weil die Sonne mich verstieß. Verzeih mir. Was meinst du, sollen wir die Sünde abwaschen?«

Ungezwungen ob seiner Nacktheit nahm Amir ihre Hand.

»Jetzt sind wir wie Adam und Eva im Paradies«, sagte er lachend, als er sie durch den blühenden Garten zu seinen privaten Bädern führte. Beatriz fröstelte und fühlte auch etwas Scham in sich aufsteigen, aber dann schalt sie sich. Nur der Mond war Zeuge ihrer Nacktheit, und Amir, ihr Mann.

Der Emir stieg als Erster in das warme, gekachelte Bad.

Beatriz folgte ihm in der Haltung der Mädchen, die sonst für ihre Bequemlichkeit sorgten. Sie wählte eine Seife mit dem Geruch von Birne und Zimt. Nur ja kein Blumenduft, nur ja kein Moschus …

Beatriz glitt hinter ihn ins Becken, hielt ihn auf ihrem Schoß und begann, die Seife in seine Haut einzureiben, den Geruch der anderen für immer zu vertreiben. Amir hatte das Gefühl, als würde sein Kopf leichter, während die würzigen Herbstdüfte aus dem Wasser und von seinem Körper aufstiegen.

»Kannst du mich jetzt küssen?«, fragte er.

Beatriz griff unter seinen Achseln hindurch und schäumte seine Brust ein, wanderte tiefer, stieß unversehens auf sein aufstrebendes Geschlecht und massierte es mit den kräftigen Fingern der Lautespielerin.

Amir bäumte sich auf, Beatriz küsste seine Schultern.

Er drehte sich um und wollte sie in die Arme nehmen.

»Nicht hier, ich werde ertrinken!«, wehrte sie sich lachend. »Dazu hast du noch keine Entspannung verdient. Erinnerst du dich nicht daran, dass du die Sünde abwaschen wolltest? Das tut man nicht mit Rosenwasser …«

»Aber du denkst jetzt auch nicht daran, mich in kochendes Wasser zu stoßen wie einen Hummer, oder?«, neckte er sie.

Beatriz runzelte die Stirn. »Das wäre angemessen«, sagte sie streng. »Aber ich habe mir sagen lassen, dass man in den Armen der Herrin Zarah schon genug Höllenglut erlebt. Insofern kühle ich dich lieber ab. Ins Eiswasser, mein Lieber!«

Amir bettelte lachend um Gnade, aber sie stieß ihn mitleidslos in das Becken, das eigentlich dem Abkühlen nach dem Dampfbad vorbehalten war. Doch Amir gab nicht kampflos auf. Schließlich landeten beide in der Kälte und schnappten nach Luft, während Beatriz mit sardonischem Lächeln beobachtete, wie seine Erektion wieder schwand.

»So, genug gelitten!«, bestimmte sie dann. »Ihr dürft mich in ein warmes Bett bringen, mein Herr!«

Amir schüttelte den Kopf. »Nichtsda! Jetzt will ich schwimmen. Komm, Eva, Adam wird dich im Licht des Mondes baden!«

Aus den Bädern des Emir konnte man in das Wasserbecken in seinem Garten hinausschwimmen. Es war flach, und Blütenblätter schwammen auf dem Wasser. Das Mondlicht ließ sie dunkel auf silbernem Wasser wirken. Amir glitt neben Beatriz durch das glitzernde Nass, zog sie in eine Grotte unter einem Mimosenbaum, dessen Zweige fast ins Wasser hingen.

»Hier, hier sind wir ungestört, hier beobachtet uns nicht einmal der Mond«, sagte er zärtlich.

Und diesmal wehrte sie sich nicht mehr, als er sie in die Arme nahm. Sie gab seinen Küssen nach und seinem Drängen, erweckte seine Lanze wieder zum Leben, indem sie einfach ihren warmen Körper an ihm rieb. Nein, diesmal stiegen keine schrecklichen Bilder vor ihr auf, als er in sie eindrang. Sein Leib war dem ihren längst vertraut, sein Geschlecht fand wie selbstverständlich den Eingang zu dem ihren, und sie stöhnte lustvoll auf, als er sich auf ihr zu wiegen begann. Als sie den Höhepunkt der Reise erreichten, lachten und weinten sie vor Lust. Sie fühlten sich wie die ersten Menschen, die diesen Gipfel je erreichten. Adam und Eva im Taumel der Wollust.

Schließlich entstiegen sie dem Teich, an beiden Körpern klebten noch Blütenblätter und es erregte sie erneut, als der jeweils andere sie abpflückte. Aber der Garten war kühl, und bevor sie in ihrer Lust auf den Steinbänken niedersanken, nahm Amir Beatriz in die Arme, trug sie in sein Schlafgemach und bettete sie auf das duftende Laken.

Diesmal schob sich Zarahs aufreizender Duft nicht zwischen sie, diesmal verschmolzen ihre beiden Körper zu einem Leib, einem zärtlichen, aus Liebe geschmiedeten Wesen. Schließlich lag Beatriz auf Amirs Körper, sein Glied noch in sich, aber schon entspannt und glücklich nach einem erneuten Ritt auf den Wellen der Ekstase.

Sie versuchte, ihn ganz und gar zu erspüren, jede Zelle ihres Körpers mit seiner zu verschmelzen.

Ihr Anliegen hatte sie längst vergessen. Zusammengerollt wie ein Kätzchen, ganz und gar eins mit seinem Körper, beschützt und sicher, schlief sie endlich ein.

Amir verspürte unendliche Dankbarkeit. Er wusste nicht, wem oder was er diese Veränderung seiner Geliebten zu verdanken hatte, aber er fühlte sich endlich am Ziel seiner Wünsche. Wie hatte er sich jemals Zarahs Wollust überlassen können, die an ihm zerrte und ihm Fesseln anlegte? Beatriz war Licht und Freiheit, ein Hauch des Windes über der Ebene vor Granada. Er würde ihr einen Duft aus Granatäpfeln mischen lassen. Sie sollte die Königin seiner Stadt sein, die Königin seines Herzens.

Beatriz erwachte in Amirs Armen und von seinen Küssen. Er konnte ihrem Körper nicht widerstehen und zog sie schon wieder an sich. Beatriz folgte ihm gern. Sie war noch verschlafen und langsam, räkelte sich wollüstig und passiver als in der vergangenen Nacht unter seinen Küssen und streichelnden Händen und hielt ihn dann unendlich lange vor den Ufern der Lust fest, erregte ihn in kleinen, langsamen Wellen, statt wie ein entfesselter Sturm an die Gestade des Glücks zu branden. Sie erreichten sie schließlich gemeinsam, strandeten miteinander verschmolzen auf wärmenden, leuchtenden Dünen der Seligkeit.

»Und nun sagst du mir, was gestern geschehen ist!«, forderte Amir Beatriz unvermittelt auf, als sie sich eben, noch widerstrebend nach den letzten Küssen, von ihm losmachen wollte.

»Du hattest einen Grund dafür zu kommen. Wie ich dich kenne, wolltest du etwas von mir. Wir haben es gestern vergessen, das ist gut so. Aber heute will ich es wissen. Was forderst du als Morgengabe?«

Aus Beatriz' schönem Gesicht wich jede Farbe.

»Das Leben des Mammar al Khadiz.«

»Was?« Amir fuhr auf. »Du setzt dich ein für diesen verräterischen Hund? Was soll das, Beatriz? Ich hätte eher gedacht, du würdest noch heute seinen Kopf fordern!«

»Er ist der Vater meines Sohnes«, sagte Beatriz widerstrebend. »Ich will nicht, dass Alvaro als das Kind eines Verbrechers aufwächst, den man auf dem Marktplatz gevierteilt hat!«

»Ach, komm, Beatriz, das ist doch Unsinn. Mammar ist ein Verräter, ein Thronräuber, das weiß jeder. Ob er nun gevierteilt wird oder nicht. Ali wird mit dem Erbe leben müssen. Aber das muss auch Achmed, und er ist ein ehrenwerter, geachteter Mann.« Amir stand auf und begann, sich anzukleiden.

»Achmeds Mutter flehte mich an, um Mammars Leben zu bitten. Sie sagt, sie will mit ihm ins Exil gehen, sie will als Bettlerin leben, wenn sie ihn nur behalten darf. Wer liebt, Amir, muss sie verstehen …« Beatriz setzte sich auf, und Amir sah ihre weißen Brüste, an denen rosa Blütenblätter klebten. Es sah rührend aus, ein Bild aus dem Paradies.

Amir konnte sich nicht daran satt sehen, aber zuerst musste diese Sache geregelt werden.

»Pass auf, Beatriz, ich mache dir einen Vorschlag. Ich begnadige den Kerl. Er wird nicht in Stücke geschnitten, nur geköpft. Das ist ein verhältnismäßig ehrenvoller Tod. Bei Euch Christen, so weit ich weiß, dem Adel vorbehalten.« Amir nahm die Rosenblätter von ihren Brüsten und spürte, wie sein Geschlecht sich schon wieder regte.

Beatriz zog ihn zu sich hinunter.

»Auch ein rascher Tod ist ein Tod und reißt den Mann von der Seite seiner Gattin. Er hat seine Hand verloren, seine rechte Hand. Ist das nicht genug?«

Amir konnte nicht anders als ihre Brüste zu küssen. Er war erneut bereit für die Liebe. Noch nie hatte eine Frau ihn so erregt.

»Ich verliere mein Gesicht, wenn ich ihn begnadige«, sagte er und atmete heftig.

»Du erweist deiner Dame Ehre, indem du deinen Stolz ihrem Wunsch unterordnest. Das edelste Ziel des Ritters.« Beatriz küsste seine Schultern und seine Brust.

»Vielleicht in Kastilien …«

»Haben wir nicht auch schöne Bräuche in Kastilien?«

Beatriz presste sich an ihn; es war ihr schon so vertraut, ihn in sich zu spüren, und doch war das Erlebnis jedes Mal anders. Diesmal nahm er sie schnell, fast trotzig, und lag hinterher schweißbedeckt und schwer atmend neben ihr.

Beatriz wischte ihm den Schweiß mit Blütenblättern von der Stirn.

»Was ist nun mit meiner Morgengabe?«, fragte sie leise. »Ich kann es dir nicht erklären, aber dies hier, all dies verdanken wir irgendwie auch Soraya. Sie sagt, dass die Liebe uns frei macht, alles zu tun, was wir wollen. Wahre Liebe soll das Gute in uns wecken ...«

Amir sah in ihr offenes, zärtliches Gesicht.

›Die Liebe soll das Gute in uns wecken ...‹ Welch ein Unterschied zu Zarahs dunklen Gelüsten, ihre Hingabe an der Schwelle zur Höllenglut! Amir atmete Beatriz' süßen Duft tief ein und fühlte sich reingewaschen durch ihre Freundlichkeit.

»Deine Bitte ist gewährt«, sagte er schließlich. »Morgen, sobald es hell genug ist, um einen dunklen von einem weißen Faden zu unterscheiden, wird man Mammar al Khadiz nackt und bloß auf die Straße werfen. Deine Soraya soll ihn sich holen, aber ihr ist nicht mehr gewährt als ein Eselskarren. Damit wird er Granada verlassen, bevor die Sonne gänzlich aufgegangen ist. Innerhalb einer Woche will ich die Bestätigung, dass der Verräter sich nach Afrika eingeschifft hat. Ist das nach deinen Wünschen?«

»Ich liebe dich«, sagte Beatriz.

Im Zwielicht des nächsten Morgens sahen Amir und Beatriz von ihrem Dachgarten aus zu, wie zwei Henkersknechte den früheren Wesir in die Gosse vor dem Palast schleiften. Der alte Mann half dabei kaum mit, aus der Entfernung war nicht zu erkennen, ob er tot oder lebendig war, erst als sein Armstumpf auf dem Boden schleifte, war eine schmerzliche Bewegung erkennbar. Soraya, die im Schatten gewartet hatte, brüllte die Männer an.

Beatriz beobachtete, wie sie sich besorgt über ihren Gatten beugte, seine Blöße bedeckte und ihm schließlich mühsam auf den Karren half, den sie mit Decken gepolstert hatte. Sie führte den Esel selbst, einen Diener hatte man ihr nicht zugestanden. Tapfer schritt die tief verschleierte Frau aus, ihre Füße waren das harte Pflaster sicher nicht gewöhnt, aber sie hielt sich aufrecht und bewegte sich mit der Anmut einer Prinzessin.

»Welches Schicksal erwartet sie in Afrika?«, fragte Beatriz beklommen. Sie konnte für Mammar kein wirkliches Mitleid empfinden, sah sich eher von einer Last befreit. Aber um Soraya sorgte sie sich.

Amir zuckte die Schultern. »Kein freundliches, stelle ich mir vor. Verräter sind nirgendwo gern gesehen, und Mammars Ruf wird ihm vorauseilen. Ein höheres Amt wird er niemals mehr bekleiden, und eine seiner Bildung gemäße Arbeit als Schreiber oder Bibliothekar kann er als Einarmiger auch nicht ausfüllen. Es wird an Soraya hängen bleiben. Vielleicht findet sie eine Stellung als Schreiberin. Auf jeden Fall wird sie auf ihre alten Tage noch lernen, ihr Wasser selbst vom Brunnen zur Küche zu tragen … Im Harem ihres Sohnes hätte sie es leichter gehabt. Ein schweres Opfer für eine Liebe.«

Beatriz schmiegte sich an ihn. »Kein Opfer ist zu groß für eine Liebe«, sagte sie sanft und musste lachen. »Es ist schon komisch: Ich bringe für dich das Opfer, im Harem zu leben, und Soraya wird es bitter, ihn zu verlassen. Das Leben spielt sonderbare Spiele mit uns.«

»Allahs Wege sind unerforschlich …« Amir legte den Arm um seine Geliebte und ließ die flache Hand über ihren Rücken kreisen. Er spürte, dass sie erschauerte, als er die Hand tiefer wandern ließ. »Aber ist es wirklich solch ein Opfer für dich, in meinen Frauengemächern geliebt und verwöhnt zu werden? Als meine Gattin wirst du hoch geehrt sein, alle anderen Mädchen sind dir untergeordnet. Ein Wort von dir, und du kannst haben, was du willst ...«

Beatriz seufzte und rieb sich an seiner Hand. »Nur nicht gehen, wohin ich will, meine Familie niemals wieder sehen ... Aber reden wir nicht mehr davon, ich habe Kastilien schon vergessen ... wenn du so weiter machst, werde ich mich gleich auch nicht mehr an meinen Namen erinnern ...«

Sie schafften es gerade noch, sich von den Zinnen des Gartens zurückzuziehen, bevor sie erneut, gebettet auf duftendes Zitronengras, übereinander herfielen. Diesmal liebten sie sich schnell, voller Hunger, um die Angst vor der Endlichkeit des Glücks niederzukämpfen. Beatriz vergaß Soraya und Mammar, Amir vergaß die bohrenden Zweifel, die sie eben in ihm erweckt hatte. Er wollte Beatriz glücklich sehen, aber sie empfand den Harem nach wie vor als goldenen Käfig. Noch immer träumte sie davon auszubrechen, und sie würde die Hoffnung darauf erst begraben, wenn sie ihm das Ja-Wort gegeben hatte. Er war dabei, die Sonne in ein Gefängnis zu sperren. ...

Sechzehntes Kapitel

Beatriz hatte die Privatgemächer des Emirs seit zwei Tagen und Nächten nicht verlassen. Sie fühlte sich hier glücklich und sicher, lebte fast ihren Traum von der ganz normalen Ehe mit einem ganz normalen Mann. Wenn Amir seinen Regierungsgeschäften nachging, vergnügte sie sich in seinen Bädern oder spielte im Garten die Laute. Kam der Emir zu ihr, so hatte sie ihm bereits ein Bad bereitet oder andere Vorkehrungen zu seiner Zerstreuung getroffen. Beide waren selig, aber Beatriz wusste natürlich, dass es auf Dauer nicht so bleiben konnte. Früher oder später – und wahrscheinlich eher früher, schließlich wollte sie auf keinen Fall warten, bis Amir sie hinauswarf! – musste sie in den Harem zurückkehren. Das aber bedeutete, dass sie Zarah gegenübertreten, ihre Wut und Eifersucht spüren musste.

Amir lachte, als sie ihm davon berichtete.

»Was soll sie dir denn tun, meine Sonne? Die Eunuchen haben den Auftrag, dich sorglich zu bewachen, jede deiner Speisen wird vorgekostet. Zudem wird sich Zarahs Eifersucht in Grenzen halten. Sie konnte nie damit rechnen, meine einzige Gemahlin zu bleiben, und sie wurde in diesem Wissen erzogen. Für eine Maurin ist es völlig normal, sich den Mann mit anderen zu teilen. Auf meine Konkubinen war sie doch auch nie eifersüchtig.«

Beatriz nahm die Sache nicht so leicht. Skeptisch runzelte sie die Stirn.

»Für eine Frau wird es niemals normal sein, ihren Mann zu teilen«, erklärte sie. »Das ist keine Frage der Erziehung, das ist eine Frage des Gefühls. Wer wirklich liebt, will den anderen für sich allein. Oder würdest du mich gern mit anderen Männern teilen?«

Amir zog sie zärtlich in die Arme. »Das ist etwas anderes, meine Sonne … Allein der Gedanke, ein anderer könnte auch nur einen Hauch deines Atems zu spüren bekommen, macht mich wahnsinnig! Komm, lass mich dich noch einmal lieben, lass mich mein Siegel auf dich drücken, meinen Samen in dich pflanzen. Ich wünsche mir nichts sehnlicher als ein Kind von dir!«

Und Zarah geht das wahrscheinlich genauso, dachte Beatriz, bevor sie in den Fluten der Leidenschaft ertrank. Und die ist dem Wahnsinn sowieso recht nahe …

Als sie am Abend in den Harem zurückkehrte, klopfte ihr Herz bis zum Hals. Aber es waren nur Susanna und Ayesha, die sie in ihren Räumen empfingen. Beide schmiedeten Heiratspläne, Ayesha für sich und Hammad, Susanna für ihre Herrin und Amir.

Sie waren ziemlich ernüchtert, als Beatriz ihr Geplapper mit der Frage nach Mustafa unterbrach.

»Vorhin habe ich ihn noch gesehen. Aber er wirkte ganz in sich gekehrt und traurig«, meinte Susanna. »Sicher vermisst er dich. Sollen wir ihn rufen lassen?«

Ayesha war leichter aus ihren Illusionen zu reißen. Sie schaute betroffen von den Stoffproben für ihr Hochzeitskleid auf.

»Bei Allah, wir hätten uns eher darum kümmern müssen. Wenn du ihn in die Gemächer des Emirs bestellt hättest, wäre er sicher gewesen. Aber so … Zarah wütet, fürchte ich! Blodwen läuft auch mit einem Ausdruck herum, als schwebte das Schwert des Henkers über ihr. Sie war gestern in Zarahs Gemächern, aber sie musste nur die Harfe spielen. Sie sagt, Zarah habe die ganze Nacht reglos auf dem Teppich gesessen, die Augen umwölkt, wie in Trance. Dazu habe sie das Licht abgedunkelt und seltsame Kräuter verbrannt. Es sei beängstigend gewesen. Blodwen meinte, ihr Kopf müsse platzen von der Hitze und den Gerüchen.«

»Du meinst, Zarah habe einen Zauber gewirkt?«, fragte Susanna sensationslüstern.

Beatriz lief ein kalter Schauer über den Rücken.

Ayesha zuckte die Achseln. »Ich habe gelernt, nicht an Zauber zu glauben. Drogen ja, die mögen Menschen willenlos machen. Auch Gifte natürlich, die Giftmischerei ist eine Kunst, in der man Zarah durchaus unterrichtet haben mag. Aber Zauber? Nein, das ist Aberglaube. Wenn sie sich darauf beschränkt, Geister zu beschwören und Beatriz durch die Kraft ihrer Gedanken zu bannen, ist sie keine Gefahr ...«

»Sehr tröstlich«, sagte Beatriz. »Aber wer gibt mir die Gewähr, dass sie sich darauf beschränken wird?«

Beatriz schlief wenig in dieser Nacht, sie schrak immer wieder aus wirren Träumen. Irgendwann hielt sie es nicht mehr aus und schlich sich auf den Korridor vor Zarahs Gemächern. Schreie waren diesmal nicht zu hören, nur die klagenden Laute der Harfe, die um Blodwen weinte. Und dann ein seltsam hoher, flehender Gesang, in einer Sprache, die sie nicht verstand. Schließlich gelang es ihr immerhin, sie zu identifizieren. Halb vergessenes Kirchenlatein, ein Choral, die verzweifelte Bitte einer Seele um Befreiung. Er brach ab, als ein Lachen erklang, Beatriz meinte, stoßweises Atmen und Schreie der Ekstase zu vernehmen, während sich die Musik zu einem unwirklichen Crescendo aufbäumte.

Beatriz hielt sich die Ohren zu und flüchtete zitternd.

Sie musste mit dem Emir reden. Diesem gespenstischen Treiben musste ein Ende gemacht werden!

Das Blut und der Schweiß ihrer Opfer löschten die glühende Wut, die Zarah lähmte. Ihre Schreie betäubten die Stimmen in ihrem Kopf. Am Morgen fühlte sie sich kalt und leer, ein Gefäß der Rache. Sie würde Amir nicht kampflos aus ihren Fängen lassen. Die Kastilierin musste sterben. Es würde jedoch nicht leicht sein. Der übliche Giftmord kam nicht infrage. Erstens ließ Amir Beatriz bewachen, zweitens würde die Spur zuerst zu ihr führen. Am besten wäre ein Unfall. Ob es ihr gelänge, Beatriz von den Zinnen des Frauenturms zu stoßen? Nein, sicher nicht. Die Kastilierin war jünger, mochte kräftiger sein. Zudem brauchte sie erst mal einen Vorwand, sie aufs Dach zu locken, und dann müsste sie auch noch mit ihr allein sein. Die Gefahr, entdeckt zu werden, war zu groß. Zarah überlegte lange, kam aber zu keinem Ergebnis. Das beunruhigte sie jedoch nicht. Rache ist ein Gericht, das man kalt genießt. Und Zarahs Herz war jetzt kalt wie Eis. Sie würde sich alle Zeit der Welt nehmen, Beatriz zu beobachten, ihren Tageslauf zu studieren und festzustellen, wann sie allein und verletzlich war. Am Ende würde sie triumphieren. Und wenn sie diesmal mit Amir fertig war, würde er vor ihr am Boden kriechen!

Mustafa erschien bleich wie ein Geist, Blodwen machte den Eindruck zu schwinden. Die ohnehin kleine Harfnerin, deren zarte Schönheit sich erst auf den zweiten Blick offenbarte, schien ganz mit ihrem Instrument zu verschmelzen. Sie sprach kaum mehr, nur die Harfe verriet ihre Qualen.

Beatriz war fest entschlossen, noch am selben Abend mit Amir zu reden, aber dann wurde der Emir abberufen. In Malaga war ein Gesandter aus Afrika eingetroffen, der nach Portugal weiterziehen und mit dem König über irgendwelche Handelsbeschränkungen beraten wollte. Der neue Wesir riet Amir dringend, den Mann in einem der örtlichen Paläste zu empfangen und fürstlich zu bewirten. Es war sinnvoll herauszufinden, wie seine Mission genau aussah und ob sie Chancen oder eher Gefahren für Granadas Handelsflotte zur Folge haben konnte. Dazu wurde der Statthalter von Almería in den nächsten Tagen mit einer Kusine des Emirs vermählt. Seine Anwesenheit bei der Feier wäre diplomatisch von Nutzen und würde Amirs Macht im Osten festigen.

Als Amir sich von ihr verabschiedete, wurde Beatriz wieder schmerzlich bewusst, wie sich das Leben in Granada von dem in Kastilien unterschied. In Spanien wäre die Gattin des Herrschers zweifellos mit ihm gereist, hätte sich in Prunkgewänder gehüllt und die Huldigungen des Volkes und der Würdenträger entgegengenommen. Hier dagegen reiste der Emir allein, Beatriz blieb eingeschlossen im Harem.

»Ich bin bald wieder da«, sagte Amir tröstend und schloss sie noch einmal in seine Arme. »Und dann planen wir unsere eigene Hochzeit. Ich kann es kaum erwarten, dich in die sieben Schleier der Braut gehüllt zu sehen.«

Beatriz lachte gezwungen. »Du wirst doch nichts Besseres zu tun haben, als sie mir möglichst schnell vom Leibe zu reißen. Warte, ich mache es dir leichter …«

Sie löste einen Gürtel, und ihr meerblaues Seidengewand floss an ihr herunter.

Amir sog scharf die Luft ein, als er sie nackt und strahlend in der Seide stehen sah, dem Meer entstiegen wie die schaumgeborene Aphrodite.

»Meine Sonne, ich muss gehen …«

»Du bist der Emir …«, lächelte Beatriz und kniete auf der Seide vor ihm nieder. Gespielt flehend hob sie die Hände und begann, seine Lenden und die Innenseite seiner Schenkel zu massieren. Sie wunderte sich nicht, als sein Geschlecht sich daraufhin regte. Lächelnd löste sie die Bänder, die seine Beinkleider hielten.

Augenblicke später lagen die beiden auf der kühlen

Seide und zerstörten genüsslich das Bild der jungfräulichen Göttin.

»Jetzt habe ich noch ein bisschen von dir in mir«, sagte Beatriz zufrieden, als er sich endlich erhob, seine Kleider ordnete und sich mit einem keuschen Kuss auf die Wange von ihr verabschiedete. Er wusste, dass er sie noch einmal geliebt hätte, wären seine Lippen mit den ihren verschmolzen.

»Du hast mich bald wieder, meine Sonne. Und solange tröste ich mich mit dem himmlischen Gestirn. Es ist nur ein schwacher Ersatz für deine Wärme, aber jedes Mal, wenn mich ein Sonnenstrahl trifft, nehme ich ihn als Liebkosung deiner Finger, und wenn die Mittagssonne mich wärmt, denke ich an die Glut deines Körpers.«

Beatriz sah ihm von den Zinnen seiner Gemächer aus nach, wie es auch einer kastilianischen Gattin vergönnt gewesen wäre. Vor dem Garten wartete jedoch schon der kräftige Eunuch, der zu ihrem Wächter bestellt war. Beschützer und doch auch Gefängniswärter. Aufseufzend begab sich Beatriz zurück in den Harem.

Für Zarah und ihre dunklen Pläne war die Abwesenheit des Emirs ein Glücksfall. Nun konnte die Rivalin sich nicht mehr in Amirs Privatgemächern verstecken. Sie konnte nicht Nacht um Nacht mit ihm verbringen und damit Zarahs Wut erneut aufglühen lassen. Die Maurin blieb kühl und gelassen – und fand schon am nächsten Tag einen gangbaren Weg, die Kastilierin zu beseitigen. Noch immer mochte Beatriz es nicht, die Bäder mit zu vielen anderen Mädchen zu teilen. Gut, sie hatte sich daran gewöhnt, aber der rege Betrieb, der tagsüber im Dampfbad und in den Schwimmbecken herrschte, der selbstverständliche Umgang der Mädchen mit ihrer Nacktheit und ihr unbeschwertes Spiel miteinander, das für die prüden Augen der Spanierin oft an Perversitäten grenzte, stieß sie ab. Insofern besuchte Beatriz die Bäder meist morgens, ganz früh, bevor sich noch eine andere Seele im Harem regte – außer den gequälten Geschöpfen in Zarahs Gemächern, die, von der Dämmerung endlich befreit, erschöpft und verstohlen in ihre eigenen Räume zurückwankten. In diesen Tagen verzichtete Zarah jedoch auf nächtliche Gesellschaft. Sie konzentrierte sich ganz auf den geplanten Mord, und sie brauchte sicher keine Zeugen.

In den Bädern war Beatriz also allein, und dort konnte leicht ein Unfall geschehen. Wie schade, dass die Spanierin das Schwimmen inzwischen erlernt hatte. Natürlich konnte sie trotzdem ertrinken. Ein plötzlicher Krampf … ein Ausrutschen am Beckenrand … Aber Zarah scheute den Kampf, der einem solchen Tod unweigerlich vorausgehen musste. Lieber wollte sie nicht selbst in Erscheinung treten …

Sie lehnte sich entspannt auf eine gekachelte Bank im Dampfbad und dachte nach, während wohlriechende Schwaden heißen Dampfes um ihren Körper strichen. Doch dann fuhr sie auf.

Das war es! Das Dampfbad! Es wurde früh morgens von Sklaven aufgeheizt und alle paar Stunden kontrolliert. Wenn Beatriz es nutzte, musste es gerade bereit sein, wahrscheinlich noch heißer als jetzt, mehr als einige Minuten hielt man kaum darin aus. Zarah lächelte. In ihr wuchs ein teuflischer Plan …

Beatriz liebte die Morgenstunden im Bad. Sie musste sich eingestehen, dass es in Kastilien kaum Genüsse gab, die der ausgeklügelten Badekultur der Mauren vergleichbar waren. Besonders das Dampfbad war ein raffinierter Einfall, den sie gerade jetzt, im Winter, zu schätzen wusste.

Freilich war Al Andalus auch in den Wintermonaten mit günstigem Klima gesegnet, aber Granada lag hoch in den Bergen. In den Nächten wurde es hier mitunter empfindlich kalt, und obwohl Kohlebecken für angenehme Temperaturen in den Räumen der Frauen sorgten, war das heiße Dampfbad am Morgen doch ein königlicher Luxus. Beatriz fröstelte, als sie ihre Kleider abwarf und sich in die anheimelnde, feuchte Wärme begab. Blaue, mit feinen Ornamenten bemalte Kacheln schmeichelten dem Auge, Düfte nach Orangen und Zimt oder auch Aufgüsse mit ätherischen Ölen wie Eukalyptus oder Kamille streichelten die Atemwege. Beatriz überließ sich ganz der Wärme und Feuchtigkeit, atmete tief ein und ließ die Düfte und winzigen Wasserpartikel in sich einströmen. Ihr Körper war gleich darauf schweißüberströmt, aber das war erwünscht; man sollte Gifte und Schlacken ausschwitzen, denn die Bäder zielten auf innere und äußere Reinheit. Beatriz träumte davon, ihren Schweiß in Amirs Armen zu verlieren. Sie konnte ihn langsam und genüsslich lieben, in warmen, großen Wellen dem Höhepunkt zufließen, aber sie konnte auch einen Sturm entfesseln, ihr Boot der Liebe den rasenden Wogen wilder See ausliefern, die sie schließlich fast gewaltsam an die Ufer der Wollust warf. Allein der Gedanke erregte Beatriz. Sie streichelte ihre Brüste, tastete sich zu ihrer Muschel und strich über die Innenseite ihrer Schenkel, bis sich die Wogen noch einmal aufbäumten, aber dann langsam abebbten. Es musste herrlich sein, jetzt in das eiskalte Wasser des Abkühlbeckens nebenan zu tauchen. Beatriz richtete sich träge auf und ging zur Tür.

Aber was war das? Die Pforte ließ sich nicht öffnen. Irgendetwas musste sich verklemmt haben. Also gut, ging sie eben durch den Ankleideraum in die anderen Bäder. Gelassen versuchte Beatriz die zweite Tür. Aber auch die gab nicht nach. Beatriz erschrak, aber sie war der Panik noch fern. Diese Tür musste aufgehen. Schließlich war sie eben noch durch sie eingetreten. Sie rüttelte daran, zerrte, ihr Atem ging schwer. Die feuchten Schwaden, bislang stets ein Genuss, legten sich nun schwer auf ihre Atemwege. In einem Dampfbad ruhte man, Belastung von Herz und Lunge war nicht vorgesehen. Beatriz musste das schnell erfahren. Der Versuch, gewaltsam die Tür zu öffnen, beschleunigte den Herzschlag, Beatriz kämpfte mit Atemnot. Trotzdem trommelte sie gegen die Tür und rief um Hilfe, bis sie vor Schwäche ins Taumeln kam. Sie durfte nicht ohnmächtig werden! Wenn sie hier die Kontrolle über ihre Sinne verlor, würde sie in den Tod hinüberdämmern. Beatriz versuchte, ruhiger zu atmen. Sie schleppte sich zurück auf die Ruhebank. Konnte sie vielleicht das Feuer löschen? Neben den Öfen standen große Bottiche mit Flüssigkeit für die Aufgüsse. Beatriz nahm den Schöpfeimer. Schnell goss sie drei Eimer Wasser über die glühenden Kohlen – aber dann brach sie hustend zusammen. Das Wasser verdunstete in rasender Geschwindigkeit, die Dampfschwaden wurden so dicht, dass Beatriz kaum die Hand vor Augen sehen konnte. Ihr Körper schwamm in Schweiß und Wasserdampf, sie fühlte sich fiebrig, ihr Herz raste …

Ausruhen, sie musste ausruhen … Die Ruhebank … jeder Atemzug war eine Qual, sie hatte das Gefühl zu ertrinken, sie atmete Feuchtigkeit und litt trotzdem unstillbaren Durst. Ihr Herz protestierte, ihr Kopf hämmerte zum Zerspringen. Rote Schatten zogen sich vor ihre Augen.

Amir … könnte sie doch sein Bild heraufbeschwören …

Beatriz presste die Hände gegen ihre Brust, aber dann gab sie nach. Schlafen … sie würde einfach etwas schlafen …

Mustafa war von Unruhe erfasst. Eigentlich hätte er sich entspannen müssen, Zarah hatte ihre Gespielen seit Tagen nicht mehr zu sich befohlen. Aber irgendetwas stimmte nicht. Über dem Harem lag eine Spannung, eine schwüle Atmosphäre des Wartens, als winde eine Spinne ihr Netz. Mustafa war sich sicher, dass er nicht allein so empfand. Auch die Mädchen schienen die sich aufheizende Luft zu spüren. Ihre Bewegungen waren träger, ihr Lachen leiser, die Gespräche auf den Fluren waren häufiger ein Flüstern als das übliche Kichern und Geplapper.

Wie magisch angezogen lenkte Mustafa seine Schritte zu Beatriz' Gemächern. Vielleicht war sie noch nicht zu den Bädern aufgebrochen, dann konnte er sie begleiten. Die Eunuchen betraten die Bäder der Frauen selten. Es war zwar nicht direkt verboten, aber sie sollten sich auch nicht am Anblick ihrer nackten Körper weiden. Zu groß war die Gefahr, dass sich doch noch etwas in den Männern regte, dass Liebe entflammte, auch wenn sie keine Erfüllung mehr finden konnte. Beatriz gönnte Mustafa nur selten einen Blick auf ihre vollkommenen Brüste oder Hüften, aber er liebte auch einfach ihren Duft, die rosige, weiche Haut nach dem Bad, ihre entspannten Gesichtszüge und ihr Lächeln. So früh am Morgen waren auch noch keine Badefrauen zur Stelle und Susanna war nicht zu bewegen, ihre Herrin vor Tau und Tag zu begleiten. So erlaubte sie Mustafa, ihr feuchtes Haar zu bürsten, duftende Essenzen hineinzukneten und die Locken schließlich zu trocknen. Es war ein Geschenk, seine Hände in dieser seidigen Fülle zu baden; manchmal führte der Junge verstohlen eine Strähne an die Lippen und träumte seinen alten Traum.

Der Ritter hatte seine Dame erobert und bereitete ihr jetzt ein Bad, bevor er sie zu den Gestaden der Lust geleitete …

Heute war Beatriz jedoch schon gegangen. Zumindest öffnete niemand auf sein Klopfen an ihrer Tür. Mustafa wunderte das nicht, Susanna hatte einen festen Schlaf. Der junge Eunuch wollte schon wieder gehen, als ein kleines Mädchen auf die Pforte zutrippelte. Pummelige, weiße Händchen umfassten sorglich ein kostbares Parfümfläschchen. Das Mädchen war einfach gekleidet, es sah aus, als hätte man es aus der Küche geholt. Als es die verschlossene Tür sah, füllten sich seine Augen mit Tränen der Enttäuschung.

»O nein, bitte sag nicht, deine Herrin ist bereits im Bad«, brach es aus ihm heraus. »Das darf nicht sein, ich soll ihr doch dies hier vorher überreichen. Der Emir schickt es aus einer Manufaktur in Al Mariya. Ein Duft, speziell für sie zusammengestellt. Der Bote ist die ganze Nacht geritten, damit die Herrin Beatriz es noch am Morgen vor ihrem Gang zu den Bädern erhält. Der Herr weiß von ihrer Gewohnheit, sie ganz früh aufzusuchen, und ich soll auch etwas bestellen ... irgendwas mit einer Morgensonne. Oh, Allah helfe mir, ich hab's vergessen. Und ich bin zu spät! Meine Mutter wird mich züchtigen!«

Mustafa erinnerte sich jetzt. Die Mutter der Kleinen war Köchin – und tatsächlich ein Drache!

Er lächelte dem Mädchen zu.

»Gräm dich nicht, Yasmina. Ich werde mich in die Bäder begeben und der Herrin das Geschenk des Emirs aushändigen. Und ich bin sicher, mir fällt auch ein schöner Spruch dazu ein.« Er zwinkerte freundlich. »Irgendwas mit Morgensonne.«

Die Kleine strahlte.

»Oh, vielen Dank, Herr, vielen Dank! Kann ich wohl zurückgehen und sagen, ich hätte es ihr persönlich übergeben?«

Mustafa lachte.

»Das kannst du. Aber du kannst auch noch etwas hier warten. Das Frühstück für den Sohn der Herrin wird bald gebracht werden, und ich bin sicher, es wird mehr Honigkuchen und süße Milch dabei sein, als der kleine Ali essen kann. Du hilfst ihm ein bisschen, und wenn die Herrin zurückkommt, kannst du dem Boten des Emirs ihren Dank übermitteln.«

Yasmina strahlte und hockte sich vor Beatriz' Tür. Susanna würde sie dort unweigerlich auflesen und füttern. Die alte Zofe liebte Kinder.

Mustafa selbst eilte zu den Bädern. Welch ein unerwarteter Glücksfall! Nicht nur, dass ihm ein Blick auf den vollkommenen Körper der Herrin vergönnt sein sollte, nein, er konnte ihr auch noch ein Geschenk ihres Liebsten überreichen und sie damit glücklich machen. Er stellte sich ihren Ausdruck vor, wenn sie das Parfüm entgegennahm, das Strahlen in ihren Augen, das süße Lächeln um ihren Mund … Mustafas Glück wurde heute nicht einmal dadurch getrübt, dass er aus dem Augenwinkel einen Blick auf Zarah erhaschte, die eben in ihren Gemächern verschwand.

Vor den Bädern wartete Bazo, der riesige Nubier, der Beatriz bewachte. Er sprach nur wenig Arabisch, begrüßte Mustafa aber freundlich und ließ ihn selbstverständlich ein. Mustafa betrat den Ankleideraum und sah Beatriz' Sachen. Sie war also da. Er brauchte nur die Bäder zu durchsuchen. Im Dampfbad würde sie kaum noch sein …

Während er überlegte, fiel ihm ein betäubender Duft nach Orangen und Zimt auf, der aus dem Dampfbad kam. So intensiv roch man ihn gewöhnlich nicht in den Umkleideräumen … Mustafa ging ihm nach und sah auch Dampfschwaden unter der Tür des Baderaums hervorquellen. Irgendetwas war da nicht in Ordnung, er würde die Bademeister alarmieren müssen. Aber vielleicht sollte man den Raum erst mal lüften. Möglicherweise hatte nur jemand einen zu intensiven Aufguss gemacht …

Mustafa öffnete die Tür, die leicht in den Angeln schwang, und eine Wolke von Wasserdampf wogte ihm entgegen. Er musste sekundenlang die Augen schließen, bevor er sich überhaupt im Raum orientieren konnte, aber dann stockte sein Herz. Über einer Ruhebank zusammengebrochen lag Beatriz. Die Lippen qualvoll geöffnet, die Haut aufgequollen von Hitze und Feuchtigkeit, der Körper schweißüberströmt und die Augen geschlossen.

»Herrin!« Mustafa stürzte in das Bad, halb in der Hoffnung, Beatriz werde die Augen aufschlagen, aber sie lag in tiefer Bewusstlosigkeit. Der junge Eunuch hob sie auf und rannte mit ihr aus dem Raum. Wohin? Ins Abkühlbecken? Aber vielleicht sollte er erst hören, ob ihr Herz überhaupt noch schlug …

Mustafa ließ Beatriz' Körper auf eine Bank im Ankleideraum gleiten und rief erst mal den Eunuchen vor der Tür.

»Bazo! Die Herrin … sie ist im Dampfbad ohnmächtig geworden. Hol den Arzt, schnell!«

Inzwischen betraten allerdings auch die ersten Frauen die Bäder. Ayesha schrie auf, als sie ihre Freundin leblos auf der Holzbank sah. Allerdings fasste sie sich schnell und suchte nach ihrem Puls.

Mustafa horchte inzwischen auf ihren Atem.

»Sie lebt!«, sagten beide wie aus einem Mund und blickten einander erleichtert an.

Beatriz stöhnte.

»Wir müssen sie langsam abkühlen!«, bestimmte Ayesha. »Sonst versagt ihr Herz. Trag sie in die Bäder, Mustafa, und hol ein paar Eiswürfel …«

Ayesha rieb die Glieder ihrer Freundin vorsichtig mit

kaltem Wasser ab, begann mit Händen und Füßen und arbeitete sich dann zur Körpermitte vor. Ein anderes Mädchen legte ihr eine kühlende Kompresse auf die Stirn und massierte ihre Schläfen mit den Eiswürfeln, die Mustafa eilends gebracht hatte.

Als Ayesha den Schwamm über Beatriz Hals führte, regte sich die junge Frau. Ihr Atem ging jetzt kräftiger, ihr Herzschlag wurde gleichmäßig.

»Allah sei Dank, sie wacht auf!«, meinte Ayesha schließlich, als Beatriz' Augenlider flatterten.

»Beatriz, mein Schäfchen, was ist denn geschehen? Warum bist du denn so lange im Dampfbad geblieben, du weißt doch ...« Ayesha begann sofort, auf ihre Freundin einzureden.

»Verschlossen ... war verschlossen ...«, stammelte Beatriz. »Die Türen ... beide Türen ...«

Ayesha sah sie verständnislos an. »Aber, Schäfchen, die Türen zum Dampfbad haben keine Schlösser! War es so schwer, sie zu öffnen, Mustafa?«

Der junge Eunuch schüttelte den Kopf. »Nein, es war einfach. Zumindest die Tür zum Ankleideraum lehnte nur an, genau, wie es sein soll.«

»Kindchen, du hast geträumt ...«

Inzwischen erschien der Arzt, und die Mädchen beeilten sich, sich zu verschleiern. Mustafa bedeckte verschämt Beatriz' Blöße, aber der Hakam erklärte lächelnd, er habe schon mehr unbekleidete Körper gesehen, als es Frauen in diesem Harem gäbe. Allerdings zugegebenermaßen selten so vollkommene ...

Die Untersuchung verlief dann sehr zufrieden stellend.

»Tja, das Kind hat Glück gehabt!«, sagte der Hakam wohlwollend. Er war ein freundlicher, älterer Herr mit warmen, geschickten Händen, die auch den Körper einer Frau untersuchen konnten, ohne den Anschein von Wollust zu erwecken. »Ich kann hier nicht mehr tun, als ihre Freundinnen bereits getan haben. Das Mädchen braucht nur noch etwas weitere Kühlung und dann Ruhe, viel Ruhe. Morgen ist sie wieder hergestellt. Allerdings sollte sie das Dampfbad einige Tage meiden und anschließend nicht allein besuchen. Lasst eine der heilkundigen Frauen herausfinden, ob sie möglicherweise schwanger ist. Bei werdenden Müttern versagt oft als Erstes der Kreislauf …«

»Ich bin nicht schwanger! Die Tür war verschlossen!«, protestierte Beatriz.

»Wahrscheinlich ein Schwächeanfall … wie gesagt … Danke Allah für seine Gnade, Sayyida, ein paar Minuten später hättest du dich im Paradies wieder gefunden.« Der Arzt verneigte sich höflich und machte sich dann auf den Weg.

Beatriz richtete sich auf.

»Soll ich Euch in Eure Gemächer tragen, Herrin?«, bot Mustafa an.

Beatriz schüttelte den Kopf. »Nein, ich werde hier noch etwas ruhen, und dann hoffe ich, dass mir eines der Mädchen in ein Becken mit kühlem Wasser hilft, damit ich mich reinigen kann. Danach darfst du mich zurückbegleiten. Und so lange …. Léon, ich bin nicht verrückt! Ich habe mit diesen Türen um mein Leben gekämpft. Sie waren verschlossen!«

Mustafa versuchte, nicht allzu ungläubig zu wirken. Um Beatriz abzulenken, fügte er weitere Eiswürfel zu Kompressen zusammen und legte sie um ihre Waden, wie der Arzt geraten hatte.

Wie süß es war, ihren Körper zu berühren. Mustafa sehnte sich danach, ein Mann zu sein …

Schließlich half Ayesha Beatriz in die Bäder, und Mustafa wartete auf sie.

»Du musst mir glauben, Léon! Die Türen waren verschlossen ...«

Beatriz' Stimme und ihre Beteuerungen ließen ihn nicht los. Mustafa beschloss, sich die Türen einmal näher anzusehen. Sorgfältig untersuchte er Tür und Rahmen der Pforte zum Umkleideraum. Nichts. Alles war unversehrt. Bei der Tür zum Kaltwasserbecken wurde er jedoch fündig! Am Rahmen befanden sich winzige Kratzer. Mustafa betastete den Boden davor und fand kleinste Holzspäne. Möglicherweise von einem Keil. Man würde es sicher nie beweisen können, aber für Mustafa gab es keinen Zweifel: Beatriz hatte nicht geträumt! Jemand hatte die Türen mit Holzkeilen zwischen Pforte und Rahmen blockiert. Der Vorfall im Dampfbad war kein Unfall, es war ein Mordversuch.

»Aber wann wurden die Keile denn dann wieder entfernt?«, fragte Ayesha. Sie hatte Beatriz nach dem Bad in ihre Räume begleitet und hörte nun Mustafas Bericht zu, während Beatriz ein Glas Fruchtsaft nach dem anderen leerte wie eine Verdurstende. Die entsetzte Susanna schenkte ihr immer wieder nach.

Die kleine Yasmina war mit tausend Dankesworten und einem großen Honigkuchen in die Küche zurückgeschickt worden.

»Wie soll überhaupt jemand anders ungesehen in die Bäder gekommen sein? Vor der Tür stand doch wohl dieser riesige Neger, der die Herrin neuerdings auf Schritt und Tritt verfolgt«, meinte auch Susanna skeptisch. »An dem kam garantiert niemand vorbei.«

Mustafa zuckte die Schultern.

»Der Täter kann vorher schon in den Bädern gewartet haben. Oder durch einen anderen Eingang hereingekommen sein. Ganz sicher ist er – oder sie! – durch eine andere Pforte heraus. Das ist doch nicht schwierig. Und was den Zeitpunkt angeht ... die Herrin wird geschrieen und gegen die Türen geschlagen haben. Der Mörder brauchte nur zu warten, bis der Lärm verebbte. Und dann noch ein bisschen Zeit verstreichen lassen. Von der Entkräftung bis zur Ohnmacht war es nicht lange hin.«

»Das klingt machbar«, gab Ayesha zu.

»Es klingt nicht nur so, es ist die einzig mögliche Erklärung«, sagte Beatriz. »Ich weiß, dass diese Türen verschlossen waren, ich war im vollen Besitz meiner geistigen Kräfte, als ich versuchte, sie zu öffnen. Aber zehn Minuten später konnte Léon sie mit einem Finger aufstoßen. Da hat jemand herumgespielt. Das war keine Zauberei!«

Ayesha nickte. Sie verstand die Anspielung. »Nein. Wer sich das ausgedacht hat, setzt nicht mehr auf Geisterbeschwörung. Diese Hexe hat die Sache selbst in die Hand genommen!«

Der Emir glaubte nicht an die Mord-Theorie. Verschwörungen in seinem Harem wollte er nicht wahr haben. Da hoffte er schon lieber, dass sich die Vermutungen des Arztes bewahrheiteten. Beatriz schüttelte jedoch überzeugt den Kopf. Schließlich hatte sie sich Amir erst wenige Tage zuvor zum ersten Mal ganz hingegeben. Selbst wenn sie dabei ein Kind gezeugt hätten – so schnell machte sich die Schwangerschaft nicht bemerkbar.

Auf jeden Fall war Amir äußerst glücklich und dankbar und überschüttete sowohl Mustafa als auch die kleine Yasmina mit Geschenken. Schließlich war es ihr Versäumnis gewesen, das Beatriz' Rettung erst möglich machte. Das kleine Mädchen wusste nicht, wie ihm geschah, als es plötzlich von der Seite seiner zänkischen Mutter in der Küche zur Erziehung in den Harem überwechseln durfte. Wenn sie alt genug wäre, so versprach der Emir, würde er ihr eine hohe Mitgift zur Verfügung stellen und sie mit einem Würdenträger des Reiches vermählen. Vorerst nahm sich Ayesha ihrer Erziehung an. »Ich habe mir immer eine Tochter gewünscht«, behauptete sie. »Und was die Kleine angeht, so ist sie zwar nicht die Allerschönste, aber sie war zur richtigen Zeit am richtigen Ort. Eine durchaus glückliche Begabung!«

Mustafa erhielt Gold im Überfluss und, für ihn noch deutlich wichtiger, seine Freiheit! Glücklich zeigte er Beatriz' die Urkunde, die seine Freilassung bestätigte.

»Das ist wundervoll«, freute Beatriz sich mit ihm. »Auch in Bezug auf Zarah. Du musst ihr nie wieder zu Willen sein.«

Mustafas Stirn umwölkte sich. »Das sagst du so. Aber auch wenn ich demnächst Angestellter bin und einen Lohn beziehe: Ich muss den Anweisungen der Herrin doch folgen. Außerdem kann sie mich nach wie vor erpressen. Auch ein freier Eunuch darf die Frauen im Harem nicht berühren.«

»Dann suchst du dir einfach eine andere Arbeit in einem anderen Harem«, schlug Beatriz vor, obwohl ihr Herz dabei blutete. Sie würde Mustafa unendlich vermissen.

Der kleine Eunuch warf sich vor ihr auf den Boden.

»Herrin, wie kannst du das sagen! Ich könnte dich doch niemals verlassen, gerade jetzt, wo dein Leben in Gefahr ist! Es wäre zudem sehr ... seltsam, wenn ein Eunuch den Harem der Alhambra zugunsten eines geringeren Hauses aufgäbe. Wie sollte ich das dem neuen Herrn erklären – und wie würde der Emir es aufnehmen?«

Beatriz gebot ihm aufzustehen. »Es wird Zeit, dass wir dem Emir reinen Wein einschenken. Er muss wissen, was Zarah hier treibt. Ob er es allerdings glauben wird ... er hat uns ja nicht mal die Sache mit dem Mordversuch abgenommen. Und dafür gibt es schließlich handfeste Beweise. Auf jeden Fall werde ich mein Bestes versuchen, ihn zu überzeugen. Schon in meinem eigenem Interesse, denn sie wird garantiert ein weiteres Mal versuchen, mich umzubringen.«

Beatriz wappnete sich für die Aussprache mit dem Emir, aber dann überstürzten sich die Ereignisse.

Am Abend bestellte Zarah Mustafa zum letzten Mal in ihre Räume.

»Ich höre, man hat dich freigelassen?«

Die samtweiche Stimme überraschte Mustafa im Garten, als er eben Blumen für Beatriz' Wohnzimmer schnitt.

Der kleine Eunuch fuhr zusammen. Er hatte Zarah nicht kommen hören, aber vielleicht hatte sie ja auch hier auf ihn gewartet. Eine Spinne im Netz.

»Ja, Herrin ...« Mustafa spähte vorsichtig um sich. Vielleicht waren ja noch andere Frauen oder Diener im Garten, zu denen er sich flüchten konnte.

»Es war sehr tapfer von dir, die kleine Beatriz aus ihrer Ohnmacht zu reißen. Welch ein glücklicher Zufall, dass du gerade zur Stelle warst. Ich frage mich ... Würdest du für mich auch große Taten wagen?« Zarah hatte auf einer Bank im Schatten einer Mangrove gesessen und stand jetzt auf. Sie schob sich so nah hinter Mustafa, dass ihre Hüfte die seine berührte. Jetzt war er froh, dass niemand sonst im Garten lustwandelte. Wenn jemand sie gesehen hätte ...

»Es erforderte keinen besonderen Mut, Herrin.« Mustafa versuchte, mit möglichst normaler Stimme zu sprechen und sich schnell aus der dunklen Umarmung zu winden. »Ich brauchte nur eine Tür zu öffnen.«

»Meine Tür wird dir heute ebenfalls offen stehen. Ich

erwarte dich … dein Gesang hat mich beim letzten Mal aufs Beste unterhalten …«

Mustafa wurde glühend rot. Er dachte an seinen hoffnungslosen Versuch, den Gott der Christen um Hilfe anzuflehen, als sie auf dem Höhepunkt der Lust ein spanisches Lied von ihm gefordert hatte.

Aber vielleicht gab sie ja nach, wenn er seine neuen Rechte ernstlich einforderte.

»Herrin, ich bin kein Sklave mehr. Ich muss Euch außerhalb meines Dienstes nicht zur Verfügung stehen, und ich .. ich möchte es auch nicht.«

Zarah legte eine heiße Hand in seinen Nacken, als wollte sie einen jungen Hund schütteln und disziplinieren.

»Du möchtest mir nicht dienen?«, fragte sie mit gefährlich heiserer Stimme. »Aber deiner kleinen Beatriz, der möchtest du dienen, nicht wahr? Wie wäre es, mein Freund, wenn der Emir morgen Nachricht von einem … sagen wir, nicht ganz erwünschten Verhältnis zu der schönen Beatriz erhielte? Ein paar Zeugen ließen sich auftreiben. Ach, ich könnte sogar sagen, ich hätte euch selbst beobachtet. Die schöne Beatriz und ihr Léon, eng umschlungen unter dem Mimosenbaum …«

Sie zog Mustafa dicht an sich, griff in sein Haar und zerrte sein Gesicht nah zu ihrem.

»Sie steinigen die Frau zuerst, bevor sie den Mann vierteilen, weißt du … Es wäre mir eine Freude, dein Gesicht dabei zu beobachten. Und das des Emirs … Nein, Mustafa, ich glaube, du willst mir sehr gern dienen …«

In Mustafa krampfte sich alles zusammen. Wie alle anderen Opfer Zarahs hatte er schon oft daran gedacht, sein eigenes Leben zu opfern, um ihre geheimen Praktiken aufzudecken. Wie man munkelte, hatte es auch schon mal jemand versuchen wollen, jener Eunuch, den man dann wegen Unzucht im Innenhof der Alhambra geköpft hatte.

Zarah war ihm zuvor gekommen, hatte infame Anschuldigungen gegen ihn in die Welt gesetzt. Hier bestand also sicher Gefahr. Aber Beatriz! Wie konnte sie auf den Gedanken kommen, Beatriz da hineinzuziehen?

Zarah hielt immer noch seinen Kopf. Mustafa brachte kein Wort heraus, schaffte aber ein schwaches Nicken.

»Gut so. Aber ich will es hören. Du bist doch ein Meister des Wortes, mein kleiner Léon. Also!«

Sie ließ los, und Mustafa senkte den Kopf.

»Ich will Euch sehr gern dienen, Herrin.«

Zarah blitzte ihn an, und er fuhr zusammen, als hätte er ihre Peitsche schon zu spüren bekommen.

»Ein bisschen mehr Begeisterung, mein Freund!«

Mustafa fiel auf die Knie. »Ich betrachte Eure Einladung als eine Ehre und Freude, Herrin. Mit meinem Körper und meinem Geist will ich Euch dienen.«

Zarah lächelte sardonisch und tätschelte seinen Kopf.

»So ist's recht. Ich sehe dich heute Nacht in meinen Gemächern …«

Siebzehntes Kapitel

»Du musst es ihm heute Nacht sagen! Und du musst ihn zwingen, selbst in ihre Gemächer zu gehen und sie in ihrem schändlichen Tun zu überraschen!«

Ayesha war vor ein paar Minuten in Beatriz' Gemächer gestürzt und lief nun unruhig in ihrem Wohnzimmer herum. Jede Erfrischung hatte sie abgelehnt. Beatriz war am Abend zum Emir geladen und bereitete sich eben darauf vor, indem sie die Henna-Ranken auf ihren Händen erneuerte.

»Aber … aber warum so plötzlich? Er hat noch so viele andere Dinge im Kopf nach dieser Revolte und der Reise in den Osten. Diese Handelsbeziehungen …«

»Beatriz, vergiss die Handelsbeziehungen nach Portugal oder China oder was auch immer. Ein Mann muss zunächst in seinem eigenen Harem Ordnung schaffen, das wird Amir auch einsehen. Und warum es heute sein muss? Ist dir Mustafa so gleichgültig? Er ist eben bleich wie der Tod an mir vorübergelaufen. Wenn das so weitergeht, ist er der Nächste, der sich von den Zinnen stürzt …«

Ayesha sah aus, als würde sie ihre Freundin gleich schütteln. Überhaupt machte die sonst so beherrschte junge Frau einen aufgewühlten Eindruck. Ihr Haar war längst nicht so sorgfältig aufgesteckt wie sonst, ihre Gewänder nachlässig geschlossen.

»Seit wann machst denn du dir so viele Sorgen um Mustafa?«, fragte Beatriz verwundert. »Hast du nicht noch vor ein paar Wochen gesagt, er müsse lernen, mit diesen Dingen fertig zu werden? Sie einfach nicht ›persönlich nehmen‹?«

Ayesha rang die Hände. »Ja. Ja, das weiß ich, und es tut mir Leid. Aber ich bleibe dabei. Dein Mustafa und

Blodwen und die anderen ... wenn sie sich genügend verhärten, können sie damit fertig werden. Aber nicht Yasmina! Nicht das Kind!«

»Yasmina? Sie hat das kleine Mädchen zu sich befohlen?« Beatriz fiel der Pinsel aus der Hand. Wie eine Blutspur verteilte sich ein hässlicher Tintenfleck auf ihren gepflegten Händen und verdarb die sorglich gezeichnete Blumenranke.

Ayesha nickte wild, aber in ihren Augen standen Tränen. »Sie ist neun Jahre alt. Und die Einladung ist ihr aufs Höflichste überbracht worden. Sie freut sich darüber, Beatriz, eben ist sie in den Bädern, und sie ist so glücklich, weil eins der Mädchen ihr erstmals Hennaranken auf die Hände malen will! Sie denkt, sie könnte der Herrin Obst reichen und Blodwen dabei Harfe spielen hören. Sie ist ein Kind. Bei Allah, wenn ich sie morgen wieder bekomme, wird sie nicht mehr dieselbe sein!«

Beatriz nahm die Hände der Freundin und verteilte dabei auch auf Ayeshas nervösen Fingern etwas Henna. Entschlossen sah sie ihr in die Augen.

»Mach dir keine Sorgen. Ich werde alles tun, was mir möglich ist. Yasmina soll nicht das nächste Opfer werden.«

Der Emir kam spät zu seiner Verabredung mit Beatriz. Sie erwartete ihn seit über einer Stunde in dem kleinen, zum Garten hin geöffneten Wohnraum. Man hatte dort Kohlebecken aufgestellt, um die Temperaturen angenehmer zu gestalten, aber Beatriz hätte sie nicht gebraucht. Sie schwitzte allein schon bei dem Gedanken, ihrem Geliebten von Zarahs Ausschreitungen zu erzählen. Und wie hatte sie versprechen können, das Ganze heute noch abzustellen? Wie konnte sie glauben, der Emir würde tatsächlich bei Nacht durch den Harem schleichen, um seine Erste Gemahlin zu brüskieren?

Als Amir endlich kam, wirkte er erschöpft und überanstrengt. Er hatte den Tag in endlosen Audienzen und Verhandlungen mit einer Abordnung des Königs von Portugal verbracht. Es ging um Handelsbeschränkungen und Friedensverhandlungen, den China-Handel, um Schiffbau und Navigationsgeräte. Im Grunde hatte der Wesir sämtliche Verhandlungen geführt, aber Amir musste dabei sein und hatte sich nach Kräften bemüht, auch halbwegs zu verstehen, worum es gerade ging. Am Ende war er gereizt und übermüdet.

»Meine Morgensonne! Wie dein Licht mein Leben erhellt!«, erklärte er nichtsdestotrotz und zog Beatriz an sich. Danach förderte er ein mit Samt ausgeschlagenes Kästchen zutage. »Sieh nur … der hier gehörte zu den Geschenken des portugiesischen Gesandten. Ein Aquamarin, fast so erlesen blau wie deine Augen.«

Beatriz stockte der Atem, als sie das Schmuckstück sah. Der Emir – und vor ihm Mammar – hatten sie mit wertvollen Stücken verwöhnt, aber dieser Halsschmuck hatte nicht seinesgleichen. Ein riesiger Aquamarin, eingerahmt von winzigen Diamanten, lag in einer Fassung aus schwerem Gold. Eine fein ziselierte goldene Kette würde ihn am Hals der Trägerin halten.

»Lass es mich dir umlegen …«

Amir trat hinter Beatriz und schloss die Kette sorgfältig. Dabei begann er, ihre Schultern zu küssen, tastete mit den Händen unter ihren Achseln nach ihrer Brust, öffnete ihr Kleid und ließ es zu Boden sinken. Beatriz hatte eigentlich zuerst mit ihm reden wollen, aber dann gab sie der Lust nach und stöhnte auf, als Amir sich von hinten an sie presste, die Bänder löste, die ihre weite Hose auf den Hüften hielten, und dann ihrer beider Körper zu einem wiegenden Tanz verband. Die Seidenhose glitt dabei im Rhythmus der Bewegung an ihren Beinen herab. Amir küsste Beatriz' Rücken und arbeitete sich dabei immer tiefer, bis er schließlich auf die Knie sank, ihre Schenkel und die zarte Haut ihrer Kniekehle mit Küssen verwöhnte. Zuletzt befreite er ihre Füße von den blauen Sandalen.

Beatriz trug jetzt nur noch das Schmuckstück. Amir drehte sie sanft zu sich um und sah sie in voller Schönheit.

»Das Gold der Erde und das Blau des Meeres …«, sagte er ehrfürchtig. »Aber um das Bild der Göttin zu vervollkommnen, müssen wir dein Haar lösen …«

Etwas ungeduldig zog er die von Susanna so mühsam gesetzten Nadeln und Perlenschnüre aus Beatriz rotgoldenem Haar, bis die Locken endlich über ihre Schultern, ihren Rücken und ihre Brüste herabflossen wie goldene Wellen. Im Schein des Feuers stand sie bebend vor ihm, im Hintergrund stand ein silberner Wintermond über Granada.

»Niemals zuvor habe ich so etwas Schönes gesehen!« Amirs Blick war anbetend, aber sein Körper sprach eine andere Sprache. Er wollte diese Frau nicht nur mit den Augen liebkosen, er wollte sie spüren, an sich drücken, sich mit ihr vereinigen.

Warum tat sie nichts, um ihm das zu erleichtern? Gewöhnlich hätte sie ihm längst ebenfalls aus seinen Gewändern geholfen …

»Meine Sonne! Ist etwas? Habe ich irgendetwas getan, was dich beleidigt hat?«

Beatriz schüttelte errötend den Kopf. »Liebster … nein … eher bin ich es, die beschämt ist. Ein solches Geschenk … es gehört an den Hals einer Königin … ich bin nicht würdig …«

»Wenn du mich zum Mann nimmst, wirst du eine Königin sein. Setz endlich das Hochzeitsdatum fest, Beatriz! Oder fällt es dir so schwer, den Islam zu nehmen? Ich kann es dir nicht ersparen, die Gattin eines Muselmanen muss sich zu der gleichen Religion bekennen.«

Amir streichelte zärtlich über ihre Wangen, ihren Hals entlang. Sie war erregt, ihre Brüste wölbten sich ihm entgegen, und jetzt nestelte sie auch halbherzig an den Bändern seines Gewandes herum. Aber irgendetwas hemmte sie.

»Das ist es nicht. Egal, wie wir Gott nennen, er wird diese Liebe segnen. Aber … ich bin heute nicht nur aus Liebe zu dir gekommen, Amir … mein Geliebter, mein Freund … mein Emir … Ich … muss dir etwas sagen. Ich … muss dich um eine Gunst bitten.«

Beatriz konnte sich kaum noch bezähmen, sich endlich an ihn zu pressen und Worte der Liebe in der Sprache ihrer Körper zu tauschen. Wenn ihr Anliegen nur nicht so wichtig gewesen wäre …

»Meine Sonne … jede Gunst ist dir gewährt. Aber jetzt …«

Amir befreite sich aus seinen Kleidern und nahm Beatriz in den Arm, hob sie hoch, wobei sie ihre Beine unweigerlich um seine Lenden wand. Er drehte sich ein paar Mal mit ihr, trug sie dann in sein Schlafgemach, trunken von dem neuen Duft nach Granatäpfeln und Honig, den sie aufgetragen hatte. Beatriz ließ sich davon treiben auf dem Fluss der Liebe …

Unten, in Zarahs Gemächern, bahnte sich ein dunkler Strom seinen Weg. Mustafa kleidete sich an für seinen Besuch bei der Herrin und suchte verzweifelt nach einem Ausweg. Er würde Zarah weiterhin zu Willen sein, daran bestand kein Zweifel. Er konnte damit fertig werden, und irgendwann würde die Herrin seiner überdrüssig werden. Er wusste inzwischen von zwei älteren Eunuchen, die diesen Weg schon gegangen waren. Zarah verlangte es nach ständig Neuem. Nach spätestens einem oder zwei Jahren verlor sie das Interesse an einem Gespielen. Aber was war dann? Bislang hatte er seine Hoffnung auf diese Zeit konzentriert, aber jetzt war er starr vor Angst. Würde Zarah ihn in Ruhe lassen, wie die anderen? Oder würde sie die Chance nutzen, sich Mustafas und Beatriz' gleichzeitig zu entledigen? War er ihr überhaupt wichtig genug, seine Dienste noch ein oder zwei Jahre in Anspruch zu nehmen? Sie wollte Beatriz loswerden, das hatte der Mordversuch gezeigt. Aber würde sie sich noch einmal trauen, einen Unfall zu inszenieren? Wie viel einfacher wäre es, Beatriz durch Rufmord zu erledigen! Und wäre es nicht der glühende Höhepunkt für Zarahs Lüste, Amirs Gesicht bei der Steinigung seiner Geliebten beobachten zu dürfen? Bei einer Hinrichtung, die er selbst angeordnet hatte, die er anordnen musste, damit sein Harem nicht im Chaos verfiel?

Mustafa sah nur noch einen Ausweg. Er musste Kalim in den Tod folgen.

Der junge Eunuch spielte mit einem juwelengeschmückten Dolch, der zu den Geschenken des Emirs gehörte. Es gab keine andere Lösung. Er würde sich die Waffe ins Herz stoßen.

»Mustafa, Mustafa! Du musst es dir ansehen!«

Die helle Stimme kam von draußen, und Mustafa hatte gerade noch Zeit, den Dolch unter einem Kissen zu verstecken, als die kleine Yasmina die Tür aufriss. Diskretion hatte Ayesha ihr offensichtlich noch nicht beigebracht, aber wie man die Cobija mit Würde trug und sich Perlen ins Haar knüpfte, hatte die Kleine schon nach drei Tagen im Harem verinnerlicht.

»Schau, Mustafa, sieht das nicht wunderbar aus!«

Yasmina reckte ihm ihre pummeligen Kinderhände entgegen, und er bewunderte pflichtschuldig die Hennaranken, die irgendeine freundliche Dienerin darauf gezeichnet hatte.

»Das hält jetzt einen halben Mond, sagen die Mädchen«, erklärte Yasmina wichtig. »Dann muss es erneuert werden. Die Herrin Zarah lässt das immer von den Dienerinnen machen, aber Ayesha meint, ich müsste lernen, es selbst zu tun …«

Bei der Nennung von Zarahs Namen fuhr Mustafa zusammen.

»Hör zu, Kleines …«, flüsterte er heiser. »Solange du hier im Harem bist, halte dich an die Herrin Ayesha. Geh Zarah aus dem Weg, Kind, um jeden Preis!«

»Das wird nicht möglich sein!«, lachte Yasmina mit kokettem Augenaufschlag. Mit ihrem runden Gesichtchen und ihren braunen Kulleraugen war sie wirklich keine viel versprechende junge Haremsschönheit, aber sie hatte eine unwiderstehlich lebensfrohe Ausstrahlung. Eines Tages würde sie ihren Herrn damit bezaubern …

»Die Herrin Zarah hat mich nämlich heute Nacht in ihre Gemächer gebeten. Sie hat Gäste, und ich soll ihnen aufwarten. Ich! Kannst du dir das vorstellen?«

In Mustafa stieg Kälte auf, die ihn lähmte, aber auch die Glut der Angst in ihm besiegte. Ja, er konnte es sich vorstellen. Nur zu gut. Am Ende dieser Nacht würde die Freude aus dem Gesicht der Kleinen verschwunden sein. Würde Wissen und vielleicht Verschlagenheit Platz machen. Mustafa dachte an die Nacht, in der aus dem kleinen Léon der Lustsklave Mustafa geworden war – wie beschmutzt und verletzt er sich dabei gefühlt hatte, obwohl sein damaliger Herr gnädig war, verglichen mit Zarah, der Hexe.

Er würde es nicht zulassen! Entschlossen versteckte Mustafa den Dolch in seinem Gewand.

»Wie war das nun mit meiner Gunst?«, fragte Amir. Sie hatten sich geliebt, nur den Aquamarin, die Diamanten und die Kette zwischen sich, und dann hatte Beatriz die Kette gelöst und den Aquamarin wie ein Pendel über den Körper ihres Liebsten gleiten lassen. In sanften Schwüngen pendelte das Schmuckstück auf und ab, und Beatriz erinnerte sich, dass eins der Haremsmädchen ihr gesagt habe, damit zeige es Männlichkeit an.

»Wenn du es über die Hand einer Frau hältst, beschreibt es Kreise«, behauptete sie, und dann hatten die Mädchen ihr einfaches Pendel über die Hände ihrer Freundinnen und dann auch über die eines Eunuchen gehalten. Sie hatten Tränen gelacht, als es sich über Hassans Hand nicht für ›männlich‹ oder ›weiblich‹ entscheiden konnte.

Nun, bei Amir war das keine Frage.

Aber diese Zauberei … der Eunuch … Beatriz schrak auf. Schmerzlich wurde ihr bewusst, wie viel Zeit sie schon hatte verstreichen lassen, ohne ihre Mission zu erfüllen.

Wie so oft schien Amir ihre Gedanken zu lesen: »Wie war das nun mit meiner Gunst?«

Beatriz holte tief Luft.

»Ich muss dir etwas erzählen, mein Geliebter, etwas, das du nicht gern hören wirst …«

»Liebste, es gibt kein Wort aus deinem Mund, das mich nicht mit Entzücken erfüllte …«

Amir wollte erneut nach ihr greifen, aber Beatriz schüttelte energisch den Kopf.

»Nein, unterbrich mich jetzt nicht mit schönen Worten, sonst ist es zu spät. Hör mir einfach zu. Und bitte: Glaube mir!«

Hastig erzählte sie von Zarahs nächtlichen Orgien, den verstörten Mädchen, dem jungen Eunuchen, der den Tod weiteren Qualen vorzog.

Amir lauschte ihr mit gerunzelter Stirn.

»Liebste … meine Sonne … solche Geschichten … Ich will dich nicht der Lüge bezichtigen, aber so etwas kursiert in jedem Harem. Da schreit einmal jemand im Schlaf, und schon wird eine dunkle Mär darum gewoben. Da macht sich eine Frau ein paar Feindinnen, und sie setzen Gerüchte in Umlauf. Und was Zarah angeht … Sie ist ein Kind der Schatten, ich bin der Letzte, der das leugnen würde. Aber in mir hast du ihre Macht gebrochen, du brauchst nicht eifersüchtig zu sein …«

Beatriz suchte nach Worten, ihn zu überzeugen. Wenn es ihm nur jemand anders hätte sagen können. Jemand, dem er den Gebrauch der immer scharfen Waffe Eifersucht nicht hätte unterstellen können …

»Amir, ich bin nicht eifersüchtig! Das heißt doch, natürlich bin ich eifersüchtig, aber das ginge niemals so weit, Zarah solche Lügen nachzusagen. Bitte, Amir, ich habe die Schreie selbst gehört. Ayesha hat sie gehört. Und ich selbst habe Salbe auf Mustafas Wunden gestrichen. Wo soll er sich die denn sonst geholt haben? Denkst du, er habe sich selbst gegeißelt?«

Amir zuckte die Achseln, nickte dann aber widerstrebend.

»Gut, Liebste, ich werde die Sache untersuchen. Morgen spreche ich mit den Mädchen, mit Mustafa …und natürlich mit Zarah. Sicher wird sich alles aufklären, und wenn nicht …«

Beatriz richtete sich auf.

»Nicht morgen, Amir, jetzt!«, sagte sie entschlossen. »Du wirst mich jetzt zu Zarahs Räumen begleiten. Wenn meine Anschuldigung nicht zutrifft – gut, dann soll sie meinen Kopf fordern! Das Wagnis gehe ich ein. Aber es muss jetzt sein. Sie hat das kleine Mädchen zu sich beordert. Das Küchenmädchen, das du erhöht hast. Und wenn du zulässt, dass Zarah es heute Nacht zerbricht, dann musst du die Schuld dein Leben lang tragen. Dankst du es ihr so, dass sie mithalf, mein Leben zu retten?« Beatriz sprach mit ruhiger, fester Stimme.

Amir seufzte tief. Dann stand er auf und zog sich an.

»Also schön. Ich komme mit. Aber wenn es ruhig ist vor Zarahs Gemächern und alles friedlich zu schlafen scheint, dann hab bitte Nachsicht mit mir, wenn ich die Räume nicht stürme.«

Beatriz nickte.

»Es wird nicht ruhig sein«, sagte sie gelassen. »Eine Hyäne schreit in ihrer Lust.«

Das kleine Mädchen beobachtete mit vor Schreck geweiteten Augen, wie ihre bewunderte Herrin Zarah mit der Sklavin Tarub verfuhr. Sie verstand nicht, was da vorging, aber sie hörte, dass Tarub schrie, während die Herrin sich auf ihr wand und auf ihrer Brust saß, wie Achmed, Yasminas frecher Bruder, es auch mal mit ihr gemacht hatte. Aber das war ein spielerischer Kampf gewesen, während das hier …

Yasmina wollte die Augen abwenden, starrte dann aber doch wie hypnotisiert auf die Peitsche, die Zarah auf Tarubs weiße Schenkel niedersausen ließ und auf das vor Scham gerötete Gesicht des Eunuchen Daud, dem sie befahl, das Blut von Tarubs Beinen zu lecken wie ein Hund.

»Nicht …«, sagte plötzlich eine beschwörende Stimme hinter ihr. »Nicht, das ist alles nicht wahr. Das ist nur ein böser Traum …« Blodwen, die Harfnerin, zwang Yasmina sich umzuwenden.

Ein Traum … ja, es konnte sein, dass die schweren Düfte in diesem Raum ihr düstere Bilder vorgaukelten … Aber … Yasmina hörte Schreie, wollte sich umwenden und dem Opfer zu Hilfe kommen …

»Nicht … hör nicht hin. Hör auf die Harfe … Folge der Harfe in mein Land …« Blodwen bannte den Blick des Kindes mit ihren rätselhaften Augen. Ganz am Anfang hatte sie noch geglaubt, Zarahs dunklen Künsten die Magie der Musik entgegensetzen zu können, aber das hatte versagt. Blodwen war niemals eine große Harfnerin gewesen. Aber für dieses Kind sollte es reichen.

Blodwen sang ein Lied aus ihrer Heimat, die Töne beschworen grüne Hügel, Blumen, kristallklare Bäche und magische Steine herauf. Ihr Lied blendete Zarahs hohe Schreie und Tarubs Schluchzen aus. Sie führte Yasmina in den Steinkreis, hieß sie, sich niederzulegen. Das kleine Mädchen rollte sich zu den Füßen der Harfnerin zusammen, den Daumen im Mund, durch Blodwens leicht blumigen Duft vor der schweren Luft im Zimmer geschützt. Yasmina schlief, behütet und sicher. Nur wie lange? Zarah hatte sie sicher nicht nur als Zuschauerin herbeordert. Aber dann spürte Blodwen den Zauber ihrer Heimat in ihre Finger fließen, die Macht unzähliger Magierinnen, die ihren Willen Königen aufgezwungen hatten. Blodwen wusste so wenig, sie war schon als Zwölfjährige verschleppt worden. Aber das unschuldige Mädchen zu ihren Füßen verstärkte ihre Kraft. Die Harfe begann fordernder zu klingen, keine Klagelieder diesmal, sondern ein Ruf zum Kampf …

»Na, wenn das Schreie sein sollen?« Belustigt nahm der Emir sein Ohr von Zarahs Tür. »Das ist Blodwen, die Sängerin und Harfnerin. Es klingt immer ein bisschen traurig, wenn sie irische Lieder singt. Sie hat sicher Heimweh …«

»Warte ab!«, verteidigte sich Beatriz, obwohl der Zauber auch sie gefangen nahm. »Ich habe hier schon andere Lieder gehört.« Sie hüllte sich wie schutzsuchend in ihren

Schleier, denn es war kalt auf den Gängen. Beatriz hatte das Gefühl, sich hoffnungslos lächerlich zu machen. Warum spielte Blodwen ein harmloses Frühlingslied? Und warum hörte man weder Zarahs Lustschreie noch das Stöhnen der Opfer?

Aber dann veränderte sich der Rhythmus der Harfe. Beatriz meinte auch Stimmen zu vernehmen, konnte aber keine Worte oder auch nur Redner unterscheiden.

»Gut …«, sagte Zarah mit einer Stimme wie schwerer, süßer Honig.

»Kommen wir zu dir, Mustafa, dem jungen Mann, der so wild darauf ist, mir zu dienen … Ich möchte, liebster Léon, dass du mir ein Gefäß öffnest, ein kleines Gefäß der Lust … Und da du ja keine eigene Lanze mehr besitzt …«

Sie zog eines ihre Spielzeuge hervor. Mustafas Gesicht verzog sich vor Abscheu. Aber seine Angst begann zu schwinden. Sie war vorhin wiedergekehrt, als er diesen Raum betreten hatte. Aber jetzt … die Harfe schien etwas in ihm zu berühren …

»Wo ist denn das Engelchen, dem wir das Überleben unserer wunderschönen Herrin Beatriz verdanken?«, flötete Zarah. Sie ließ die Blicke durch den Raum schweifen und sah Yasmina zu Blodwens Füßen liegen.

»Das Kind schläft«, sagte Blodwen ruhig.

Mustafa sah zu ihr herüber und erkannte die Veränderung im Gesicht der Harfnerin. Das Instrument nahm seinen Herzschlag auf und erfüllte ihn mit Kraft.

»Bei Allah, was spielt sie da?« Amir war ernst geworden. »Das ist … ich habe so etwas noch nie gehört, was mag da drinnen vorgehen?«

Auch Beatriz spürte die Kraft.

»Geh doch hinein! Finde es heraus!«, schrie sie Amir an.

»Dann weckt das Kind!«, befahl Zarah. »Mustafa!«

Harte Harfentöne bauten einen Schutzwall für Yasmina.

Mustafa näherte sich halbherzig, aber Blodwens Blick hielt ihn zurück.

Zarah lachte irre.

»Dann muss ich sie mir wohl selbst holen.«

Mustafa richtete sich auf und stand vor ihr. Nein, nicht Mustafa, der Eunuch, Léon der Ritter. Die Kriegsharfe im Rücken, das Schwert in der Hand.

»Herrin«, sagte der Junge ruhig und griff in die Falten seines Gewandes. »Ihr irrt Euch. Ich besitze doch eine Lanze.«

Das Harfenspiel wurde zum Crescendo, zum Schrei, mischte sich in den schrillen Schrei Zarahs, als die Klinge in ihren Leib fuhr.

Tarub schluchzte auf in einem Laut der Befreiung, Yasmina hob die Augen und erblickte eine Blumenwiese in einem fremden Land.

Blodwen brach über ihrer Harfe zusammen – und Beatriz stieß die Tür auf.

Amir starrte fassungslos in den blutbesudelten Raum, sah die nackte, zerschundene Tarub, die Daud tröstend in den Armen hielt, die Geißeln und abstoßenden Spielzeuge, die neben Zarah zu Boden gefallen waren. Das schneeweiße Gesicht der Harfnerin, die ihr Instrument so vorsichtig streichelte wie ein Tier, das es zu beruhigen galt. Ein paar Saiten klangen noch nach, ein schwaches, seltsames Requiem für die Frau, die halb bekleidet, obszön geschminkt und blutüberströmt vor einem zitternden, aber hoch aufgerichteten Mann lag. Ihr Gesicht war noch im Tode von Bosheit und Gier gezeichnet – und doch auch grenzenloser Überraschung, dass jemand es wagte, sich ihr entgegenzustellen.

Mustafas Gesicht war bleich, aber gefasst. Fast unheimliche Ruhe breitete sich darin aus. Dann wanderte sein Blick hin und her zwischen der Toten, dem Emir und dem Dolch in seiner Hand. Langsam wischte er ihn an einem Teppich ab und trat dann, die Waffe auf beiden Händen vor sich getragen wie eine Opfergabe, vor seinen Herrscher.

»Euer Geschenk, Herr. Ich danke Euch, aber ich werde es jetzt nicht mehr brauchen. Auch die Freiheit nicht mehr. Bitte bestraft die anderen nicht. Die Schuld lag allein bei mir. Daud hat Eure Frauen nicht berührt. Allah möge mir verzeihen. Verfahrt mit mir nach Eurem Gutdünken.«

»Leicht gesagt, ›verfahrt mit mir nach Eurem Gutdünken‹ …« Der Emir saß mit Beatriz auf einem Diwan in seinen Räumen. Beide zitterten im Nachklang des Geschehenen. Dabei schien zumindest Amir sich am Anfang hervorragend in der Gewalt zu haben. Er verpflichtete zunächst alle Beteiligten, über die Ereignisse Stillschweigen zu bewahren. Dann entließ er Tarub und Daud und ließ dafür Ayesha rufen, damit sie sich Yasminas annahm. Beatriz kümmerte sich inzwischen um Blodwen, die sie in ihren Gemächern unterbrachte. Die Harfnerin teilte eine Unterkunft mit anderen Mädchen, und Beatriz wollte ihr nicht zumuten, ihnen heute noch Rede und Antwort zu stehen. Das Mädchen schlotterte am ganzen Körper und sprach kein Wort, nur als Beatriz ihr die Harfe abnehmen und einpacken wollte, schrie sie auf und zog das Instrument wie beschützend an sich.

Amir ließ Mustafa in den Kerker bringen. Der junge Eunuch folgte den Wächtern teilnahmslos. Er hatte sichtlich mit dem Leben abgeschlossen.

Erst als Zarahs Wohnung geräumt und ihre Leiche

weggeschafft worden war, fanden auch Amir und Beatriz endlich Ruhe. Sie schmiegte sich schutzsuchend an ihn, aber nachdem die erste Aufregung verebbt war, fragte sie doch nach Mustafa.

»Du wirst ihn doch nicht bestrafen?«

Amir zog sie noch enger an sich, zuckte jedoch mit den Schultern.

»Beatriz, meine Sonne, ich werde ihn hinrichten lassen«, sagte er leise.

»Was?« Beatriz fuhr auf und befreite sich aus seiner Umarmung.

»Du willst ihn töten? Aber er hat in Notwehr gehandelt, sie wollte dem Kind etwas antun!« Beatriz' Augen blitzten wie ein Sturm über dem Meer.

Amir seufzte. »Liebste, von ›wollen‹ kann keine Rede sein. Aber das ist eine Sache der Staatsräson. Ich kann nicht dulden, dass in meinem Harem eine Frau von einem Eunuchen getötet wird. Erst recht nicht meine eigene Gattin! Wenn sich das herumspricht – und glaub mir, es wäre die erste Haremsaffäre, die nicht die Runde machte! –, bin ich kompromittiert bis ans Ende. Mit welcher Begründung soll ich ihn denn begnadigen? Dass Zarah ein Ungeheuer war?«

Beatriz funkelte ihn an. »Das war sie doch, oder glaubst du das immer noch nicht?«

»Ich glaube dir jedes Wort, meine Sonne,« beschwichtigte sie Amir müde. »Aber die Wahrheit über diese Geschichte darf trotzdem nicht herauskommen. Schon, um die anderen Beteiligten zu schützen – auch mich! Es würde beweisen, dass ich keine Ordnung in meinem Harem halten kann …«

»Also soll Mustafa für deine Fehler büßen? Für deine und Zarahs?«

Beatriz war empört.

Der Emir nickte. »Darauf wird es hinauslaufen. So Leid es mir tut und so sehr es mir mein Leben lang auf der Seele liegen wird. Es gibt auch noch andere Gründe. Zarahs Familie ist nach wie vor einflussreich. Sie wird verlangen, dass ihr Mörder bestraft wird …«

»Na und? Dann sagen wir den Leuten eben, was für ein verderbtes Biest sie war!« Beatriz warf kämpferisch ihr Haar zurück.

Amir streichelte die rotblonde Flut.

»Und wenn sie das nicht glauben? Rufst du dann Daud und Tarub als Zeugen auf und verurteilst sie damit zum Tode? Was ich von ihrem Verhältnis gesehen und gehört habe, kann ich ignorieren. Aber wenn sie öffentlich zugeben, Unzucht getrieben zu haben? Wenn auch unter Zwang? Der Kadi müsste sie dem Henker überantworten. Und Blodwen? Oder soll die kleine Yasmina in aller Öffentlichkeit berichten, was sie in Zarahs Räumen gesehen hat?«

Beatriz senkte die Augen.

»Dein Mustafa weiß das, meine Sonne, glaub mir. Er wird nicht um Gnade bitten, dazu ist er zu stolz. Und nun komm, leg dich wieder in meine Arme, du zitterst ja. Lass uns die Bilder dieser Nacht auslöschen. Ich weiß nicht, wie es dir geht, aber ich fühle mich beschmutzt und besudelt durch das, was ich erleben musste. Bitte, wasch mich rein durch deine Liebe!«

Amir küsste Beatriz' Scheitel, ihre Schläfen und ihre Schultern. Als die Sonne über den Bergen aufging, lagen die beiden eng umschlungen, sein dunkler und ihr weißer Körper zu einem verschmolzen. Beatriz erwachte schließlich als Erste und sah seine Haut im Sonnenlicht glänzen. Sie liebte jeden Muskel an diesem Körper, seinen herben Duft, das Geräusch seines ruhig ein und aus strömenden Atems.

Und trotzdem blieb er ein Fremder, und sein Land konnte ihr die Heimat nicht ersetzen. All diese seltsamen und grausamen Bräuche. Die Ungeheuerlichkeit, Jünglinge zu entmannen und als Wächter über zusammengepferchte Frauen zu bestimmen. Der goldene Käfig namens Harem, der die Leidenschaften nährte. Hunderte von unbefriedigten, gelangweilten Frauen, die sich aufsparten für einen einzigen Mann. Der Tod als Strafe für die geringste Verfehlung.

Beatriz sehnte sich nach Kastilien, nach einem vielleicht weniger kultivierten, aber leichter durchschaubaren Leben. Nach dem Wind über den Weinfeldern, nach einem wilden Ritt mit fliegendem Haar. Aber die Rückkehr war ihr versperrt. Durch Haremsmauern und jetzt auch durch diese tiefe Liebe, deren Fesseln sie banden. Beatriz wollte nicht weinen, aber sie spürte, wie die Tränen sich Bahn brachen. Amir dürfte das auf keinen Fall sehen.

Beatriz stand vorsichtig auf, zog ihr Kleid über und drückte einen hastigen Abschiedskuss auf Amirs Stirn. Es war empfindlich kalt, und so breitete sie eine Decke über ihm aus. Der junge Mann lächelte im Schlaf und kuschelte sich in den feinen Stoff, wie er sich eben noch an Beatriz' warmen Körper geschmiegt hatte.

Wie konnte er so süß und unschuldig lächeln und dann Stunden später einen unschuldigen Mann zum Tode verurteilen?

Beatriz machte sich auf in den Harem. Sie musste mit Ayesha reden. Vielleicht fiel ihr ja etwas ein, um Léons Leben zu retten.

»Es ist hoffnungslos.«

Ayeshas Urteil und das des Wesirs Al Taíf fiel gleichermaßen ungnädig aus. Denn nicht nur Beatriz hatte verzweifelt nach einem Ausweg gesucht. Auch Amir berief gleich nach dem Erwachen seine wichtigsten Berater zu sich. Eine Lösung konnten sie jedoch nicht finden.

»Diese Geschichte wird in jedem Harem erzählt werden, zwischen hier und Bagdad«, meinte Tibbon al Taíf. »Da niemand etwas Genaues weiß, wird man das Naheliegendste annehmen: Eine verbotene Liebe im Harem, Eifersucht … und ein Jüngling, dessen aufgepeitschte Gefühle ihn zum Messer greifen ließen. Das kommt vor – es wird in diesem Fall nur dadurch etwas pikanter, dass die beteiligte Frau die Gattin des Emirs von Granada war. Man wird es durchhecheln – unter verschleierten und nicht verschleierten Klatschbasen! –, aber dann vergessen. Wenn der Mörder jedoch ungestraft bleibt, wenn Einzelheiten über die Wahrheit durchsickern … Unmöglich! Ihr müsst ihn bestrafen, Herr.«

»Ich plädiere für eine rasche Urteilssprechung und sofortige Vollstreckung«, meinte auch der Kadi, ebenfalls ein besonnener Mann, der sich seine Entscheidungen nicht leicht machte. »Das Blut dieses Jünglings wird über mein Haupt kommen, aber eine Begnadigung ist unmöglich, und wir sollten den Mann nicht länger quälen als nötig.«

Amir nickte und rieb sich die Schläfe. »Gut. Aber … ich muss es ihm selbst sagen. Ich muss mit ihm reden … Bei Allah, hätte ich meinen Harem unter Kontrolle gehabt, wäre ich dieser Frau nicht selbst verfallen gewesen … Das alles hätte nie geschehen dürfen.«

Tibbon al Taíf legte dem jungen Emir die Hand auf die Schulter.

»Ich kann das für Euch tun, Herr«, sagte er freundlich. »Grämt Euch nicht zu sehr, es gab nicht viel, was Ihr hättet tun können. Ein Harem ist immer eine Brutstätte von Intrigen, oft von Gewalt. Herrgott, schon meine drei

Töchter streiten dauernd ... Nicht auszudenken, dass sie auch noch eingeschlossen wären und einen einzigen Mann miteinander teilen müssten!«

»Der Harem der Alhambra ist riesig«, begehrte Amir auf. »Er ist von den besten Architekten entworfen, die Gärten angelegt von Künstlern! Er ist ein Paradies!«

»Für Euch mag er ein Paradies sein, aber möchtet Ihr Euer Leben darin verbringen?« Der alte Jude sprach mit freundlichem und etwas unterwürfigem Lächeln, aber Amir hörte durchaus seinen sanften Tadel. Al Taíf hielt nichts von der Einrichtung des Harems; seine Töchter durften sich verhältnismäßig frei in Granada bewegen, und seine Gattin ließ sich ohnehin nichts vorschreiben. Freilich erlaubte sein Glaube dem Juden auch nur eine Frau ...

Amir dachte an Beatriz. Er musste den Tag der Hochzeit jetzt bald bestimmen. Sie würde bestimmt keine Einwände haben. War sie jetzt doch die Einzige ...

Achtzehntes Kapitel

Amir streifte ziellos durch den Palast, wohl wissend, dass der Wesir dem Verurteilten im Kerker eben seinen Tod verkündete. Seine Umgebung machte ihm die Sache nicht einfacher.

Alle paar Stunden erschien eine Abordnung aus dem Harem, die im Namen der Eunuchen oder der Frauen um Mustafas Begnadigung bat. Zarahs Familie bestand dagegen auf völliger Aufklärung und strengster Ahndung des Mordes; auch hier hatten schon drei Verwandte vor der Tür gestanden und aufgebracht Rechenschaft gefordert. Al Taíf und Hammad wimmelten sie so weit als möglich ab, aber Zarahs Vater musste Amir empfangen, und es war eine peinliche Begegnung. Natürlich leugnete der alte Mann auch die harmloseste Version der Geschichte. Seine Zarah hätte niemals eine Affäre gehabt, erst recht nicht mit einem Eunuchen und dann auch noch einem derart jungen. In glühenden Farben schilderte er die Tugend seiner Tochter und erging sich in endlosen Tiraden über ihre verlorene Jugend und Schönheit, ihre Klugheit und Bildung, ihre Musikalität, ihre Freude an der Kunst …

Das leise Pochen hinter Amirs Schläfen wuchs sich zum Kopfschmerz aus.

Zuletzt erschien auch noch Hammad und überbrachte die persönliche Bitte seiner versprochenen Gattin Ayesha, das Todesurteil für Mustafa noch einmal zu überdenken. Ayesha formulierte sehr höflich und vorsichtig, gab ihrem Verständnis für Amirs Haltung Ausdruck und bat dann doch um Gnade.

Mit Amirs Geduld war es jedoch zu Ende. Er zerknüllte das Pergament, warf Hammad hinaus und schloss sich in seinen Gemächern ein.

Als Al Taíf sich schließlich melden ließ, lag er mit brennender Stirn auf dem Diwan, presste Eis an seine Schläfen und versuchte, Kühlung und Linderung zu finden. Dann raffte er sich aber doch auf, den Wesir zu empfangen.

»Ein bemerkenswerter junger Mann«, schilderte Al Taíf bedauernd den jungen Eunuchen. »Er lässt Euch seine Grüße übermitteln, und er versteht Eure Beweggründe. Das Urteil nimmt er an. Er sagte, er nehme es ›mit Freude‹ an. Er habe seine Sünden gebüßt, Allah werde ihm das Paradies sicher nicht verweigern.«

»Habt Ihr … habt Ihr ihm eine letzte Gunst angeboten?«, fragte Amir mit brennender Kehle.

Der Wesir nickte, schaute dabei aber etwas besorgt drein, als wüsste er nicht, wie der Emir die folgende Bitte aufnehmen werde.

»Er bittet darum, die Herrin Beatriz noch einmal sehen zu dürfen. Offenbar war sie immer sehr gütig zu ihm, er möchte ihr danken und sich von ihr verabschieden. Werdet Ihr ihm die Gunst gewähren?«

Amir nickte.

»Selbstverständlich. Sendet sogleich jemanden mit der Nachricht in den Harem. Es steht Beatriz frei, ihren Diener zu besuchen.«

Beatriz und ihre Freundinnen wälzten das Problem zum hundertsten Mal an diesem Tag. Susanna und Beatriz hofften nach wie vor auf Gnade für den jungen Eunuchen, während Ayesha die gleichen Gründe dagegen anführte wie Amir. Beatriz rechnete es der Freundin hoch an, dass sie trotzdem einen Bittbrief an den Emir schrieb und durch ihren Hammad befördern ließ. Auch die anderen Frauen setzten ihre Namen unter eine Petition und ließen sie dem Emir durch einen Eunuchen überbringen.

Blodwen sprach nach wie vor kein Wort, sondern spielte nur die Harfe. Endlose, monotone Melodien der

Trauer, die Susanna und Beatriz Kopfschmerzen verursachten. Schließlich flüchteten die Frauen, nur um auf den Korridoren immer wieder angehalten und nach den Ereignissen der Nacht befragt zu werden. Der Klatsch blühte.

Beatriz frohlockte, als sie gegen Abend die Erlaubnis erhielt, Mustafa zu besuchen.

»Siehst du, sie lockern schon die Haftbedingungen!«, erklärte sie Ayesha. »Der Emir ist nicht so grausam. Du wirst sehen, sie lassen Léon jetzt ein paar Tage im Gefängnis, aber wenn sich die Wogen geglättet haben, kommt er frei!«

Ayesha hob skeptisch die Schultern. »Ich würde es mir mehr als alles andere wünschen«, sagte sie höflich, aber ihr Ausdruck ließ keinen Zweifel über ihren Mangel an Hoffnung.

Beatriz kleidete sich sorgfältig für ihren Besuch im Kerker. Léons Schwärmerei für sie war ihr natürlich nicht entgangen, und sie hoffte, ihm eine Freude zu machen, wenn sie sich für ihn herrichtete wie für einen Besuch beim Emir. Im Kerker würde es düster sein, also wählte sie helle Kleidung. Grün und Topas, die Farben des Meeres an einem sonnigen Herbsttag. Eine Fülle leichter Schleier, die ihren Körper umspielten, dazu den Aquamarin-Anhänger, den Amir ihr geschenkt hatte. Er blitzte verheißungsvoll unter ihren Schleier hervor, betonte das Tal zwischen ihren Brüsten, das sich hinter dem Chiffon abzeichnete. Beatriz erneuerte die Hennaranken auf Händen und Füßen und erlaubte, dass Susanna etwas Schminke auf ihre blassen Wangen legte und die sorgenvollen Ränder unter ihren Augen abdeckte.

Der Eunuch, der sie in den Kerker führte, schaute sie bewundernd an.

»Euer Anblick wird ihn mit Seligkeit erfüllen, und die Erinnerung an Euch wird seinen letzten Weg erleuchten«, sagte er mit einer ehrfurchtsvollen Verbeugung. »Bitte übermittelt ihm unsere Grüße und unsere Trauer.«

»Ihr braucht nicht zu trauern! Er wird begnadigt werden. Ganz sicher!« Beatriz lächelte dem Mann zuversichtlich zu und folgte ihm dann beklommen durch die dunklen Gänge des Verlieses. Auf sein Geheiß hin warf sie einen dichten Schleier über, als sie endgültig den Kerker betraten. Ein vierschrötiger Mann, der Kerkermeister, schloss ihr eine Zelle auf.

Beatriz atmete tief ein und betrat das Verlies.

Mustafa lag auf einem Strohbett in einer Ecke des Kerkers. Man hatte ihm seine seidene Kleidung und seinen wertvollen Turban genommen. Nur ein leichtes Untergewand bedeckte notdürftig seine Blöße. Beatriz sah sein weißes Fleisch, das noch Spuren von Zarahs Peitschenschlägen zeigte. Für einen Eunuchen war er schlank, die mädchenhaften Rundungen, die seine Verstümmelung auf die Dauer nach sich zog, waren noch nicht ausgeprägt, allenfalls wirkte er etwas kindlich. Ein verlorenes Kind mit weichen, dunklen Locken, die sein rundes, blasses Gesicht noch bleicher wirken ließen. Der Jüngling hielt die Augen geschlossen, er wirkte seltsam friedlich, Beatriz hatte fast Angst, ihn aus seinen Träumen zu reißen.

»Léon?«, fragte sie leise.

Der junge Eunuch schrak auf, versuchte schamhaft, sein Hemd über seine Wunden zu ziehen.

»Meine Herrin!« Mustafa warf sich vor Beatriz auf die Knie. »Gott ist gnädig. Er vergönnt mir noch einmal, Euch zu sehen.«

»Nicht doch, Mustafa!« Verschämt reichte Beatriz ihm

die Hand, um ihn aufzurichten. Der Knabe nahm sie nicht. Er blieb vor ihr auf den kalten Steinen des Kerkers knien. Sein Gesicht zeigte dabei den Ausdruck reiner Glückseligkeit.

»Der Emir weiß, warum du es getan hast. Er wird dich begnadigen. Ich selbst, Mustafa, habe ihn darum gebeten.«

Mustafa schüttelte leicht den Kopf. »Er kann es Euch nicht gewähren, Herrin. Nicht einmal Euch, so sehr er Euch liebt. Die Familie der Herrin Zarah ist erzürnt, sie will meinen Tod. Wenn der Fürst mir das Leben schenkt, bedeutet das einen neuen Bürgerkrieg. Das kann sich Granada nicht leisten …«

»Aber … aber er muss dich begnadigen!«, rief Beatriz verzweifelt, und Tränen des Zorns und der Hilflosigkeit brannten in ihren Augen.

Mustafa richtete sich langsam auf.

»Ich danke Euch für Euer Mitgefühl, Herrin, aber seht, ich fürchte den Tod nicht. Mein Leben war zu Ende, als man mir … das hier … antat. Vielleicht schon, als man mich von der Seite meiner Mutter wegriss und aus Kastilien entführte.« Der Jüngling sah verschämt an sich herunter. »Ich sehne mich nur noch nach Frieden. Verdammt mich nicht zu einem längeren Leben in diesem Körper!«

Beatriz suchte nach Worten, um ihn zu trösten. »Aber du kannst trotzdem glücklich werden. Du musst nicht im Harem bleiben. Du könntest hohe Ämter erwerben, du könntest …«

Mustafa lächelte müde.

»Was bedeuten mir die höchsten Ämter, wenn ich die Ehre nicht mit einer Frau teilen kann, die mich liebt? Wie kann ich täglich die Blumen des Harems sehen und herrichten für einen anderen Mann? Wie kann ich ihr Lächeln ertragen, ihre Scherze, ihre Gunst, wenn ich ihnen doch niemals Liebe geben kann. Was bedeutet mir Reichtum, wenn ich keinen Erben habe? Nein, Herrin, versperrt mir nicht den Weg in die Gärten des Paradieses.«

Beatriz weinte nun wirklich. »Aber ich will es nicht! Es darf nicht sein, dass du für Zarahs Untaten büßt!« Sie wischte sich die Tränen so heftig aus dem Gesicht, dass sie damit den Seidenschleier löste, der ihr Antlitz weitgehend vor den Augen des Knaben verborgen hatte.

Mustafa beeilte sich, ihn aufzuheben. Verstohlen führte er ihn an die Lippen, bevor er ihn ihr reichte. Beatriz sah die Geste und wies ihn zurück.

»Ach, behalte ihn. Als Pfand meiner Zuneigung und Dankbarkeit. Du wirst ihn mir zurückgeben, wenn der Emir dich begnadigt hat und du mir erneut aufwartest.«

Mustafa sah fast ungläubig in ihr schönes Gesicht, schien sich die vollen Lippen, die fein geschwungene Kinnpartie und die großen Augen in den Farben des Meeres für immer einprägen zu wollen.

»Ihr seid zu gütig, meine Herrin. Es war mir eine große Ehre, Euch dienen zu dürfen. Doch schenkt mir ein Lächeln zum Abschied. Ich kann es nicht ertragen, Euch weinen zu sehen.«

Beatriz zwang sich, die Tränen zurückzudrängen. Es wurde ein Lächeln voller Zärtlichkeit. Sie hätte Mustafa gern umfasst wie ein Kind, aber sie wusste, er hatte gekämpft wie ein Mann. Er hätte Worte der Liebe verdient, aber weder sie noch eine andere Frau würde sie jemals für ihn sprechen.

»Salam, Léon!«, sagte sie leise. »Friede sei mit dir.«

Mustafa nickte ihr noch einmal zu und wandte sich dann ab. Er sah ihr nicht zu, während sie einen ihrer anderen Schleier notdürftig vor ihrem Gesicht drapierte, bevor sie an die Kerkertür klopfte. Er wollte nicht sehen, dass sie immer noch weinte.

Amir rief Beatriz an diesem Abend nicht zu sich, was sie schmerzte und verwirrte. Wagte er ihr nicht vor die Augen zu treten? Trauerte er womöglich um Zarah? Beatriz zermarterte sich das Hirn, während sie versuchte, trotz Blodwens pausenlos klagender Harfe Ruhe zu finden. Die hypnotischen Klänge des Instrumentes schienen den gesamten Harem zu erfüllen. Die Frauen konnten es kaum noch ertragen, aber Blodwen reagierte auf keine ihrer Bitten, doch wenigstens ein bisschen zu ruhen. Sie saß teilnahmslos vor ihrem Instrument, den Blick in weite Fernen gerichtet.

Beatriz dagegen konnte nicht stillsitzen.

Ayesha schüttelte über beide den Kopf.

»Du musst lernen, diese Dinge nicht so ernst zu nehmen«, riet sie Beatriz. »Ruft er dich heute nicht, so ruft er dich morgen. Das ist das Schicksal einer Frau im Harem, wir sind den Launen der Herren ausgeliefert. Es hat keinen Sinn zu grübeln, warum er dich nicht kommen lässt, oder später, warum er den Körper einer anderen dem deinen vorzieht …«

»Amir wird nie … Er hat mir geschworen, dass er nur mich …«

Beatriz hielt inne in ihrer hochfahrenden Rede. Sie wusste doch selbst, wie albern das war. Sie mochte zurzeit Amirs Favoritin sein, vielleicht sogar bald seine einzige Gattin. Aber das Recht auf seine Treue hatte sie nicht. Das gab es nicht im Harem.

Müde sah sie aus den Fenstern ihres Gemaches. Eine atemberaubende Aussicht. Da unten lag Granada, eine lebensprühende Stadt, voller Plätze, Gärten und Märkte, auf denen sich die Menschen trafen. Aber sie würde nie ihren Fuß auf eine der Straßen setzen. Sie blieb hier gefangen …

»Brütest du schon wieder über Träumen von deinem

Kastilien?«, neckte Ayesha sie. »Ich will dir eine Geschichte erzählen. Der Emir Al Mutamid verliebte sich einst in eine Maultiertreiberin und erhöhte sie zu seiner Gattin. Sie liebte ihn ebenfalls, aber es fiel ihr schwer, sich mit der Abgeschiedenheit im Harem abzufinden. Eines Tages schneite es im Frühjahr in der Sierra Nevada, und der Emir fand sie weinend am Fenster. Als er sie fragte, beklagte sie, dass sie nie wieder mit ihren Freundinnen im Schnee herumtoben würde. Da ließ der Emir vor ihrem Fenster Mandelbäume pflanzen, so viele, dass ihre Blüten den Boden des Gartens bedeckten wie der Schnee die Berge. – Dein Amir wird dich genau so lieben.«

Beatriz seufzte. »Das mag sein. Aber Mandelblüten sind kein Schnee. Hat das Mädchen das nicht gesagt?«

Ayesha schüttelte den Kopf.

»Das Mädchen wusste, wie kalt der Schnee ist, Beatriz.«

Früh am nächsten Morgen betrat der Emir die Frauengemächer. Die Korridore waren noch leer, aber er wusste, dass Beatriz zeitig in die Bäder ging. Ausnahmsweise schlug sein Herz nicht schneller vor Freude, sie gleich sehen zu dürfen, sondern pochte nur unruhig in Trauer und Scham. Aber er musste ihr die Nachricht unbedingt selbst überbringen, bevor Beatriz sie durch den Klatsch im Harem erfuhr.

In Beatriz' Gemächern fand er jedoch nur Susanna und Blodwen. Die kleine Harfnerin hatte in den frühen Morgenstunden ihr Lied beendet. Die Harfe war plötzlich verklungen, dafür erfüllte Blodwens Schluchzen die Nacht.

Der Emir warf einen Blick auf ihr weißes, verquältes Gesicht, sie erwiderte ihn ernst. Auch Amir wirkte erschöpft und angespannt.

»Du … weißt es …?«, fragte er leise. Irgendetwas sagte

ihm, dass dieses Mädchen gestern und heute Nacht in anderen Sphären geweilt hatte; ihre Harfe hatte die Grenzen des Harems gesprengt.

Blodwen nickte.

»Beim ersten Kuss der Sonne. Es war nicht schwer. Und er trägt Euch nichts nach.«

Aufgewühlt machte sich der Emir auf den Weg zu den Bädern.

Beatriz lag still in einem Becken voll warmen Rosenwassers. Sie fühlte sich besser, so als wäre ein Albtraum von ihr genommen. Vielleicht lag es ja daran, dass Blodwen endlich ihr enervierendes Spiel beendet hatte ...

Das Mädchen sah verdutzt auf, als der Emir das Bad betrat. Sein bewundernder Blick umfasste ihren rosigen Körper, schwerelos getragen vom duftenden Wasser, umspielt von den langen Strähnen ihres goldenen Haares. Beatriz lächelte, als sie ihn sah. Es war ein einladendes Lächeln. Aber heute war nicht die Zeit für die Liebe.

Amir nickte ihr nur kurz zu.

»Komm, meine Geliebte. Komm heraus, wir müssen miteinander reden ...«

Verwundert, aber ohne falsche Scham entstieg Beatriz dem Becken.

Amirs Herzschlag beschleunigte sich, als sie sich in ein schneeweißes Badetuch hüllte. Er konnte nicht anders als an sie heranzutreten und sie zu küssen. Beatriz erwiderte den Kuss zärtlich. Sie presste sich an ihn. Amir nahm sie in seine Arme und zog sie auf eine der Ruheliegen. Beatriz wollte sich ausstrecken und ihm ihren Körper darbieten, aber er behielt sie im Arm und nahm sie wie ein Kind auf den Schoß.

»Beatriz, es tut mir Leid, es dir sagen zu müssen. Aber dein kleiner Freund ist tot. Der junge Eunuch ... Mustafa ...«

»Léon …« flüsterte Beatriz wie abwesend. »Sein Name war Léon.«

»Wie auch immer. Er … hat seinem Leben ein Ende gemacht.«

Beatriz schien es jetzt erst zu begreifen.

»Er hat Selbstmord begangen? Aber wie? Warum? Du hättest ihn doch begnadigt!«

»Ach, Beatriz …«Amir seufzte und küsste ihr Haar. Warum sollte er jetzt noch von Staatsräson reden? »Er hat sich erhängt, Geliebte. Heute Morgen, in seiner Zelle.«

»In der Stunde, als die Harfe verklang … Mein Gott, Amir, was ist da vorgegangen, was hat Blodwen gespürt und gewusst? Aber … womit, um Himmels willen, hat er sich erhängt? In dieser Zelle gab es doch nichts, was …« Beatriz' Augen blickten ungläubig. »Da hat doch nicht womöglich jemand … nachgeholfen?«

Amir schüttelte den Kopf.

»Nein. Er hatte ein Seidentuch …«

»Ein … mein Schleier … o nein, er hat sich mit meinem Schleier erhängt …« Beatriz schluchzte auf.

Amir ließ sie an seiner Schulter weinen und streichelte dabei tröstend über ihre nackte Schulter.

»Weine nicht um ihn, Geliebte, er hatte einen glücklichen Tod«, sagte er schließlich. »Umfing ihn nicht dein Duft bis zum letzten Atemzug? Schmiegte er sich nicht in deine Umarmung, als er das Tuch um seinen Hals schlang, das noch warm war von deinem Körper? Jeder Mann, meine Morgensonne, würde sich wünschen, so zu sterben.«

Beatriz schmiegte sich in seine zärtliche Umarmung, aber seinen immer fordernder werdenden Küssen ergab sie sich diesmal nicht.

Stattdessen entzog sie sich Amirs tröstend streichelnden Händen und trat hinaus in den Garten, der an die Bäder grenzte.

»Zumindest hat er seine Freiheit«, sagte sie leise, und Amirs Herz krampfte sich zusammen, als er die Wehmut in ihrer Stimme mitschwingen hörte. Es sah die Liebe in ihren Augen, aber er spürte auch ihre Sehnsucht. Für Beatriz würden die fein ziselierten Gitter vor den Haremsfenstern niemals die Kunstwerke sein, die Amir darin sah. Für sie blieben die Frauengemächer ein Gefängnis.

Neunzehntes Kapitel

»Wann sollen wir denn jetzt den Hochzeitstermin festsetzen?«, fragte Amir. Er wanderte Hand in Hand mit Beatriz durch die Gärten der Alhambra und genoss die Strahlen der Frühlingssonne. Alles grünte und blühte; die Pracht der Blumen, die leuchtenden Farben der Mandelblüte, die aromatischen Düfte nach Gewürzen und Pfirsichblüten berauschten die Liebenden.

Seit Zarahs und Mustafas Tod waren zwei Monde ins Land gegangen. Die Familie der Abenzeras hatte sich beruhigt, die Gerüchte im Harem waren verstummt. Blodwen war wieder eine Harfnerin wie jede andere, und es kam sogar vor, dass sie ihr Instrument ein paar Stunden aus den Augen ließ. Anscheinend glaubte sie selbst bald nicht mehr an die Töne, die es in zwei magischen Nächten gesponnen hatte. Die kleine Yasmina blühte auf unter Ayeshas Pflege und Unterweisung. Sie entwickelte sich zu einem hübschen und vor allem klugen kleinen Ding, konnte bereits Lesen und Schreiben und brannte darauf, die Harfe spielen zu lernen. Blodwen unterrichtete sie gutwillig.

»Jetzt feiern wir erst mal Ayeshas Hochzeit«, antwortete Beatriz ausweichend.

Der Emir hatte Ayesha die Freiheit geschenkt, ihr aber die Gunst gewährt, noch bis zu ihrer Heirat im Harem der Alhambra zu bleiben. Hier würde auch das Fest der Frauen stattfinden, traditionell eine ausgelassene Feier, bevor die Braut das Haus der Eltern verließ und in den Harem ihres Gatten überwechselte. Dort fand dann ein weiteres Fest statt, bei dem die Braut aber nichts anderes zu tun hatte, als neben ihrem Gatten abzuwarten, bis alle Geschenke abgegeben und die Männer ausreichend gefeiert und getrunken hatten, um das Brautpaar gehen zu lassen. Das Trinken verbot der Koran eigentlich, aber in Al Andalus sah man das nicht gar so eng. Der Wein war zu gut und die Sonne zu heiß, um den Gaumen austrocknen zu lassen.

»Denk dir, Ayesha wird auf einem weißen, reich geschmückten Maultier zum Haus ihres Mannes reiten wie ein reiches Mädchen«, erzählte Beatriz, um Amir abzulenken. »Und die sagenhafte Khalida wird zur Hochzeit erwartet! Ayesha freut sich, als käme ihre eigene Mutter ...«

Beatriz redete wie ein Wasserfall, um das Thema ja nicht mehr auf ihre eigene Hochzeit kommen zu lassen. Aber den Gedanken daran konnte sie nicht abschütteln. Ayesha würde eine mütterliche Freundin bei sich haben. Aber bei Beatriz' Vermählung würde niemand von ihrer Familie anwesend sein. Undenkbar, ihren Vater aus Kastilien in die maurische Feste kommen zu lassen. Er würde ihre Wahl auch niemals billigen ...

Ach, sie sollte sich auf ihre Hochzeit freuen! Aber der Gedanke daran legte sich eher wie ein Albdruck auf ihre Brust, je näher die Entscheidung rückte.

Heute drang Amir jedoch nicht weiter in sie. Er spürte ihre Bedenken, auch wenn er sie sich nicht erklären konnte. Beatriz liebte ihn, sie würde seine einzige Gemahlin sein. Was, um Allahs willen, wollte sie noch?

Ayesha war eine wunderschöne Braut, und es gab kein einziges Mädchen im Harem, das sich nicht für sie freute. Alle tanzten und sangen und wünschten ihr Glück, die Musiker spielten in allen Teilen des Harems auf, und die Küchen überboten sich in der Herstellung erlesenster Leckereien. Ayeshas engste Freundinnen halfen beim Anlegen der traditionellen sieben Brautschleier. Es war eine vergnügliche Angelegenheit mit frivolen Anspielungen und viel Gekicher – nicht im Entferntesten vergleichbar mit jener beklemmenden Atmosphäre im Hause Al Khadiz, als man Beatriz damals für die erste Begegnung mit Mammar geschmückt hatte. Beatriz bemühte sich, nicht mehr daran zu denken, wie Susanna ihr damals die sieben Schleier angelegt hatte. Wenn man sie für die Hochzeit mit Amir ankleidete, würde es genau so lebhaft und lustig zugehen wie jetzt. Oder doch nicht? Würden die anderen Mädchen ihr nicht voller Neid und Missgunst begegnen? Schließlich hatte sie erreicht, was alle anderen hier anstrebten. Nein, sie konnte sich an die Einrichtung des Harems nicht gewöhnen, und sie würde es auch niemals können!

Insofern wartete sie auch voller Spannung auf das Erscheinen der berühmten Khalida. Immerhin eine Frau, die außerhalb des Harems lebte, und das offensichtlich recht gut. Beatriz hatte sich unter der alten Odaliske immer eine rundliche, mütterliche Frau vorgestellt und war nun überrascht, als sie einer zwar alternden, aber nach wie vor rassigen Schönheit gegenüber stand. Khalida war gertenschlank, hielt sich majestätisch und versteckte ihre Falten hinter raffinierter Schminke und sorgsam ausgewählten und drapierten Gaze-Schleiern. Zu ihrer Zeit musste sie eine seltene Schönheit gewesen sein, noch immer zogen ihre leuchtend blauen Augen alle Blicke auf sich. Früher hatte sie blauschwarzes Haar gehabt, das heute allerdings von weißen Strähnen durchzogen war.

Khalida begrüßte Beatriz herzlich.

»Du bist also das Wunderkind, das sich zur höchsten Stellung im Harem vorgearbeitet hat, ganz ohne meine Schulung zu genießen. Lass mich dich ansehen! Ja, eine natürliche Schönheit – und dieser Hauch von Sehnsucht in den Augen. Du kannst wild und sanft sein – und du denkst gern selbstständig! Etwas, das kluge Herren mögen. Aber der Harem ist nicht deine Welt, Kind. Diese Augen sehnen sich nach dem Blick in die Weite.«

Beatriz errötete. Konnte diese Frau wirklich so tief in ihre Seele schauen? Stand ihr die Sehnsucht nach Freiheit so deutlich auf der Stirn geschrieben?

Khalida lächelte sie an.

»Aber ich hörte, du liebst den Emir. Das macht es einfacher ...«

Über ihr Gesicht fiel ein Schatten von Trauer, der Beatriz neugierig machte. Wie mochte das Leben dieser Frau verlaufen sein? Hatte sie jemals im Harem gelebt?

»Darf ich dir den Weg zu den Bädern zeigen, damit du dich erfrischen kannst?«, fragte Beatriz artig. »Wenn du möchtest, stehen dir auch Zofen zur Verfügung, um dein Haar und deine Schminke nach der Reise aufzufrischen.«

Khalida lachte. »Herzchen, die Reise war nicht sehr weit, mein Haus liegt nicht einmal eine Meile entfernt. Und natürlich habe ich zwei eigene Mädchen mitgebracht, um mein Haar zu ordnen, falls es später vom Tanzen verwirrt ist.«

Sie wies auf zwei vielleicht zwölfjährige Mädchen, die geduldig drei Schritte hinter ihr warteten. Beide waren erlesene Schönheiten, die eine schon recht voll erblüht, die andere ein schwarzhaariges Püppchen mit schneeweißer Haut, das noch kindlich wirkte. Beide hatten jedoch schon den schwebenden Gang und die edle Kopfhaltung der späteren Königin des Harems. Die kleine Yasmina starrte sie mit offenem Mund und rückhaltloser Bewunderung an.

»Trotzdem begebe ich mich jetzt kurz in die Bäder, schon um meinen Mädchen zu zeigen, welcher Luxus sich ihnen auftut, wenn es ihnen eines Tages gelingen sollte, im Harem der Alhambra Aufnahme zu finden ...«

Beatriz betrachtete die Mädchen daraufhin mit gemischten Gefühlen. Womöglich würden das in fünf Jahren ihre Rivalinnen werden. Wunderschön, perfekt erzogen, in allen Liebesdingen bewandert ... jeder Mann würde danach lechzen, sie erobern zu dürfen. Amir stellte da sicher keine Ausnahme dar …

Khalida schien Beatriz' Gedanken zu lesen.

»Mach dir keine Sorgen. Bis diese Schönheiten erblüht sind … vor allem meine kleine Tüley …«, sie wies auf das kindliche Mädchen, »… hast du dem Emir sicher Söhne geboren. Dann kann dir keine deinen Rang streitig machen, egal, wie jung und schön sie ist.«

Khalida rauschte in Richtung der Bäder davon, gefolgt von ihren Schülerinnen, und Beatriz blieb betroffen zurück.

Da war sie wieder, jene völlig andere Denkweise! Es war nebensächlich, ob der Mann treu war, für die Frau war es nur wichtig, ihre Stellung zu bewahren. Die Stellung im Harem.

»Warum hat Khalida eigentlich keinen Emir geheiratet?«, fragte Beatriz Ayesha fast trotzig. »Sie läuft herum und verteilt Weisheiten wie gebrannte Mandeln, aber selbst lebt sie nicht hinter Haremsmauern.«

Ayesha lachte und hielt Beatriz ihre Hand hin, damit sie den Hennaschmuck erneuerte.

»Khalida war zu ihrer Zeit die Favoritin des Emirs. Das war damals noch der Großvater deines Amir, sein Vater ist erst spät an die Macht gelangt. Sie kam blutjung in seinen Harem, und er war ihr völlig verfallen. Er überschüttete sie mit Schmuck, ich glaube, sie ließ sich auch lange bitten, bis sie ihn endlich erhörte. Aber dann verstand sie, ihn zu halten … Sie blieb bis zu seinem Tod seine Favoritin und Vertraute.«

»Und warum hat er sie nicht geheiratet?«, wollte Katiana wissen. Sie schminkte Ayeshas zweite Hand.

»Oh, ich hätte ihn leicht dazu bewegen können, aber ich wollte nicht.« Khalida war unbemerkt eingetreten und mischte sich lächelnd in die Unterhaltung. Zwanglos ließ sie sich auf einem Diwan nieder und betrachtete wohlgefällig das Tun der jungen Frauen.

»Er war uralt, und ich war so jung – ich hatte keine Lust, seine Witwe zu werden und mich dann im Harem seines Sohnes zu Tode zu langweilen. Hinzu kam: Der Emir hatte eine kluge, schöne Frau von edlem Geblüt, die ihm bereits Söhne geschenkt hatte. Sollte ich jetzt einen Haremskrieg eröffnen, indem ich mich ebenfalls schwängern ließ? Ich gegen sie – meine Söhne gegen ihre Söhne? Nein, danach stand mir der Sinn einfach nicht! Lieber als seine Unterschrift auf einem Ehevertrag wollte ich sein Gold. Und wahrlich, er überschüttete mich mit Schmuck und Preziosen! Als er starb, hatte ich reichlich genug Geld, um mich freizukaufen und die ersten Mädchen für meine Schule zu erwerben. Seitdem mache ich, was ich will. – Du schaust etwas neidisch drein, kleine Beatriz!«

Beatriz seufzte. »Ja und nein. Wie du es sagst, ich liebe den Emir. So sehr ich mich auch nach Freiheit sehne und so viel ich darum gäbe, noch einmal mit wehendem Haar über Orangenplantagen zu reiten – mehr noch will ich mit Amir leben und seine Frau sein. Meine Liebe ist mir wichtiger als alles andere.«

Khalida strich ihr übers Haar.

»Dann wirst du auch den Harem ertragen«, sagte sie sanft.

Ayesha zerdrückte ein paar Tränen, als sie sich schließlich, nach einer ausgelassen durchtanzten Nacht, von Beatriz und den anderen verabschiedete. Ihr weißes Maultier wartete vor der Tür, dazu zwei Eunuchen, die ihre Eskorte bildeten. Zudem ließ es sich Hammad nicht nehmen, seine künftige Gattin selbst zu begleiten. Seine rassige Schimmelstute tänzelte neben dem gelassenen Muli.

»Ich komme zu deiner Hochzeit!«, versprach Ayesha

Beatriz und meinte das zweifellos ernst. Zwar war ein Besuch von Harem zu Harem immer eine komplizierte Angelegenheit, selbst wenn die Häuser nicht weit auseinander lagen. Aber mit Zustimmung des Herrn und in einer verschlossenen Sänfte war es durchaus möglich. Beatriz bezweifelte allerdings, dass Amir ihr selbst solche Ausflüge gestatten würde. Sie hörte schon seine freundliche Stimme, mit der er die Mauern des Harems immer höher setzte: »Wozu soll meine Gattin sich den Unbequemlichkeiten einer Reise aussetzen? Du bist die Erste Frau des Emirs, und du lebst in den schönsten Gemächern. Die anderen Frauen sollen dich besuchen!«

Beatriz durfte Ayesha auch nicht auf die Straße begleiten, sondern sah ihrem Aufbruch nur von den Zinnen des Frauenhauses aus zu.

Sie winkte scheinbar fröhlich, konnte aber nicht verhindern, dass Tränen über ihr Gesicht strömten. Ohne Ayesha würde der Harem einsam für sie sein.

Amir verstand ihren Verlust und nahm sich in den nächsten Tagen möglichst viel Zeit für sie. Er führte sie an die schönsten Plätze des Parks und ließ sie weiträumig absperren, so dass die beiden die Teiche und Pavillons ganz für sich allein hatten. Sie liefen nackt wie Adam und Eva durch ihr Paradies, liebten sich im Schatten der Palmen, schwammen zwischen Seerosen und küssten sich im Mondlicht. Die Liebe mit Amir war niemals eintönig, immer wieder ließ er sich etwas einfallen, Beatriz mit neuen Spielen zu beglücken. Einmal war es eine Barke, mit der er sie über den Teich ruderte, um sie dann, getragen vom sanften Wellengang, langsam zu den Gestaden der Lust zu wiegen. Einmal führte er sie in die Schatzkammer der Alhambra und drapierte ihr rotgoldenes Haar über die Schätze, während er sie auf golddurchwirkten Teppichen liebte. Später fand sie diese Teppiche in ihrer Wohnung wieder.

»Die Füße meiner Geliebten verwandeln jeden Boden in Gold, über den sie schreitet.«

Beatriz versuchte, es ihm gleich zu tun. Sie ließ sich raffiniert ankleiden, kam züchtig verhüllt zum Treffen, und dann löste sich das Gewand doch bei einer einzigen Berührung ihres Schleiers, und sie stand nackt vor ihm, nur bekleidet mit dem riesigen Aquamarin.

Oder sie wand Goldketten um ihre Scham, verschloss sie mit einem winzigen, goldenen Schloss und ließ sich erst mühsam den Schlüssel entwinden, bevor Amir ihre Pforte der Lust erobern konnte.

Als die Mandelbäume blühten, liebten sie sich in dem weißen Blütenteppich zu Füßen der Bäume, und Beatriz musste an Ayeshas Geschichte von der Sklavin des Al Mutamid denken.

Amir vergrub Beatriz' Körper unter dem duftenden Laub und blies die Blätter dann langsam, eins nach dem anderen weg. Beatriz salbte Amirs Körper mit Mandelöl und lachte, wenn die Blätter daran kleben blieben.

»Du riechst süß wie Marzipan«, sagte sie zärtlich und rieb sich an ihm, bis auch sie ein Kleid von Blüten trug.

»Und du schmeckst berauschend wie Honig«, gab Amir zurück und brachte am nächsten Tag ein Töpfchen feinsten Honig mit, träufelte ihn über ihren Bauch und ihre Brüste und schleckte ihn ab.

Sie teilten die süßen Früchte des Sommers und küssten einander den Saft von den Lippen. Sie tauschten Liebesschwüre, Amir rezitierte Gedichte, und Beatriz sang Liebeslieder. Meist wählte sie die schweren, in Wogen auf und abschwellenden Melodien Arabiens, seltener die zärtlichen Balladen aus ihrer Heimat. Ihr wurde das Herz zu schwer, wenn sie von Mädchen sang, die von liebenden

Rittern aus dem Kloster oder dem strengen Haus des Vaters befreit wurden. Und dabei lag ihr eigener Ritter neben ihr, umgarnte sie mit seiner Liebe – und umgab sie mit unüberwindlichen Mauern.

Immer wieder sprach Amir von Hochzeit in diesem Sommer der Liebe, aber Beatriz fand stets neue Ausflüchte. Schließlich verstummte auch er, voller Angst, ihr ›später‹ und ›vielleicht‹ könnte irgendwann zu einem ›Nein‹ werden.

»Ich weiß, es ist ungebräuchlich, aber ich möchte gern die Herrin Ayesha sprechen.«

Der junge Mann verhüllte sein Gesicht, was den Ersten Eunuchen in Hammads Harem äußerst ungnädig dreinschauen ließ.

»Ja, selbstverständlich habe ich die Erlaubnis ihres Herrn, und natürlich soll das Treffen in einem Raum oder einem Garten stattfinden, in dem du uns beobachten kannst. Ich schätze deine Herrin über alle Maßen, und ich will sie auf keinen Fall kompromittieren.«

»Wozu wollt Ihr sie dann sprechen?«, fragte der Eunuch unfreundlich.

Amir erging sich in der Vorstellung, ihn vierteilen zu lassen.

»Sagen wir, ich brauche einen Rat von ihr. Also, lässt du sie jetzt rufen, oder muss ich gemeinsam mit ihrem Herrn erscheinen, um mein Anliegen dringlicher zu machen?«

Der Eunuch studierte noch einmal sorgfältig Hammads Brief, der seinem Freund Amir al Granada die Erlaubnis gab, mit seiner Frau zu sprechen. Ihm erschien das alles sehr verdächtig. Dieser Besucher hatte nicht einmal einen richtigen Namen. Aber ›al Granada‹ hinter seinen Vornamen zu setzen, zeugte von Mut. Eigentlich stand das wohl nur dem Emir zu …

Schließlich öffnete er dem Mann unwillig die Türen des Harems. Bewacht von zwei riesigen, tiefschwarzen Nubiern mit Krummschwertern am Gürtel, wartete Amir in einem wunderschönen, rosenbewachsenen Garten. Im Nachhinein erschien ihm die Episode mit dem Eunuchen eher komisch. Wenn der wüsste, mit wem er eben so umgesprungen war! Aber als Emir im vollen Ornat den Harem seines Freundes aufzusuchen – das wäre nun wirklich kompromittierend gewesen. Garantiert hätte der Klatsch ihm sofort eine Affäre mit der schönen Ayesha angehängt, die Hammad dulden musste, weil man dem Emir nicht widersprach. Dann schon lieber ein Rendezvous mit einem Unbekannten, den man im Nachhinein immer noch als Ayeshas Bruder ausgeben konnte.

Ayesha erschien nach nur wenigen Minuten. Eine fast unschickliche Eile, aber womöglich hatte Hammad sie ja vorbereitet. Oder die Neugier trieb sie an. Auf jeden Fall war sie ganz züchtig gekleidet, vollkommen verhüllt unter dem Tschador, selbst die Augen schützte ein Schleier.

Amir musste lächeln. Und dabei hatte er Ayeshas schönes Gesicht schon so oft unverschleiert gesehen. In jener schrecklichen Nacht, als Zarah starb, sogar ungeschminkt.

»Womit kann ich Euch dienen?«

Ayesha näherte sich dem Besucher auf nicht mehr als einige Schritte, auf keinem Fall wollte sie ihm nahe genug kommen, um ihn womöglich zu berühren. Die Eunuchen, die sie von weitem beobachteten, dürften keinerlei Verdacht schöpfen, sonst wäre ihr Besucher womöglich des Todes …

Amir enthüllte sein Gesicht.

»Mein Emir!«

Ayesha wollte sich zu der rituellen Begrüßung zu Boden werfen, aber Amir wehrte ab.

»Lass, ich bin im Geheimen hier. Ich muss mit dir reden.«

Ayeshas verhüllter Gestalt war keine Regung anzusehen, aber ihre Stimme klang besorgt.

»Ist etwas mit Beatriz? Ist sie krank?«

Amir schüttelte den Kopf.

»Nein, sie erfreut sich bester Gesundheit. Aber ... Ayesha, etwas ist tatsächlich merkwürdig. So seltsam, dass ich dieses ... Versteckspiel auf mich nahm, um dich dazu zu befragen. Du bist ihre Freundin, und du bist eine Frau. Vielleicht verstehst du sie besser ...«

Unter dem Tschador erklang ein helles Lachen.

»Wenn ich Euch dienen kann, mein Emir ...«

»Ayesha ...« Amir sprach mit verzweifelter Dringlichkeit. »Ich liebe Beatriz. Ich liebe sie mit jeder Faser meines Körpers, mit jedem Schlag meines Herzens, sie ist das Licht meiner Seele. Und ich denke, sie liebt mich auch. Aber sie will mich nicht heiraten! Jedes Mal, wenn ich einen Termin für die Hochzeit festsetzen will, lenkt sie ab, hat sie Ausflüchte ... Was geht da vor, Ayesha? Sie kann mich nicht so belügen ...«

Ayesha schüttelte energisch den Kopf.

»Sie belügt Euch nicht. Sie liebt Euch ebenso zärtlich, wie Ihr sie liebt. Es ist nur ... sie fühlt sich eingesperrt. Sie hasst es, auf den Harem beschränkt zu sein, und sie scheint zu meinen ... ich weiß, es ist Unsinn, aber sie meint, ihr Schicksal zu besiegeln, indem sie Eurem Drängen nachgibt.«

»Aber was ändert sich für sie?«, fragte Amir verständnislos. »Sie lebt doch auch jetzt im Harem, und als meine Gattin erwarten sie eher mehr Freiheiten. Bei Allah, ich verstehe ja, dass sie nicht gern eine Sklavin war. Aber nun ... sie ist doch freiwillig bei mir! Als Gattin ihres ... Diego ... hätte sie auch das Haus mit ihm geteilt.«

»Aber nicht mit vierhundert weiteren Gespielinnen ...« In Ayeshas Stimme schwang ein Lächeln mit. »Sie hätte mit ihm gelebt, seine Räume geteilt, vermutlich auch seine Hosen gewaschen. Ich weiß, Euch erscheint das nicht sehr erstrebenswert, und mir auch nicht, aber in Beatriz' Phantasie ist es der Himmel auf Erden.«

»Du meinst nicht wirklich, sie möchte meine Hosen waschen …«

Ayesha kicherte.

»Natürlich nicht. Und ich sage ja auch nicht, dass sie von ihrem Diego so viel mehr gehabt hätte als von Euch. Gut, Ihr ruft sie vielleicht nur zweimal in der Woche zu Euch, aber dann habt Ihr auch Zeit für sie und widmet Euch ganz der Liebe. Ihr Diego hätte jede Nacht mit seinen Freunden gezecht, wäre spät nachts in ihr Bett gefallen. Und wenn er sie überhaupt geliebt hätte, dann schnell und ohne Andacht. Aber das macht ihr erst mal begreiflich, mein Emir! Mir hat sie es jedenfalls nicht geglaubt.«

»Das heißt … was sie braucht, ist mehr Freiheit und die Begegnung mit ein paar Christen?« Amir schaute verblüfft.

Ayesha nickte. »Letzteres wäre natürlich ein Wagnis …«

Amir warf stolz den Kopf zurück.

»Ich hätte kein Recht auf mein Amt als Emir und auf die schönste Frau diesseits des Paradieses, wenn ich nicht bereit wäre, Wagnisse einzugehen …«

Drei Tage später empfing Alvaro Aguirre, Herr der *Hacienda de la Luz* im westlichen Kastilien, einen seltsamen Boten. Der junge Mann verhielt sich freundlich und überaus unterwürfig, sprach aber offensichtlich kein Wort der Landessprache. Ein Maure. Beunruhigt nahm Don Alvaro einen Brief aus seiner Hand entgegen.

»Lasst den Priester holen, damit er ihn mir vorträgt!«, rief er einer Dienerin zu. Don Alvaro selbst konnte nicht lesen, nur wenige kastilianische Edle waren dieser Kunst mächtig. »Und gib dem Jungen hier etwas zu essen – falls er gute christliche Kost nicht ablehnt.«

Der junge Bote folgte der Dienerin artig und schien auch Nahrung normal aufzunehmen. Dafür war der Priester verärgert über die Zumutung, sich mit dem Brief eines Mauren abgeben zu müssen.

»Ihr solltet dieses heidnische Geschreibsel nicht einmal in die Hand nehmen!«, tadelte Padre Javier. »Wer weiß, womit der Teufel uns da versuchen will!«

Don Alvaro verdrehte die Augen.

»Seit wann verschickt der Teufel Briefe?«, brummte er. »Lasst den Unsinn, Padre, lest lieber vor. Vielleicht ist es ja ein Lebenszeichen von meiner Tochter.«

Der rundliche kleine Pfarrer schnappte nach Luft, als er den Brief las, der in tadellosem Spanisch abgefasst war. Schließlich trug er den Inhalt unwillig vor.

»In der Alhambra, dem Königspalast des Emirats Granada, feiert man demnächst die Hochzeit Eurer Tochter Beatriz mit Amir ibn Abdallah, dem amtierenden Emir von Granada. Eure Tochter wünscht sich nichts mehr, als Euren Segen dazu in Empfang zu nehmen.

Der Emir von Granada übermittelt Euch hiermit seine Grüße und lädt Euch mit einem kleinen Gefolge ein, die Alhambra zu besuchen. Ihr werdet in seinen privaten Gemächern sein persönlicher Gast sein. – Don Alvaro, das ist selbstverständlich unmöglich!«

»Unmöglich?«, fragte Don Alvaro mit gerunzelter Stirn. »Ihr haltet den Brief für eine Finte?«

»Das natürlich nicht. Er trägt den Siegel der Alhambra. Aber … Ihr könnt Euch nicht in die Schlangengrube des Satans begeben. Das ist …« Der Priester geriet ins Zetern.

Don Alvaro beachtete ihn nicht. »Beatriz heiratet den Emir … Das ist so etwas wie ein König, nicht wahr?«

Padre Javier nickte. »Ja, aber … Ihr könnt sie auf keinen Fall mit einem Heiden vermählen!«

Über Don Alvaros Gesicht zog ein verträumtes Lächeln.

»Meine Beatriz … ich fand immer, sie sei eines Prinzen würdig! Wenn das dem König von Kastilien entgangen ist, so ist es vielleicht nur recht und billig, dass der Maure sie bekommt …« Der alte Hídalgo richtete sich auf. Er fühlte sich von neuer Kraft erfüllt und berstend vor Tatendrang. Wie sehr er sich um Beatriz gesorgt und sie vermisst hatte! »Selbstverständlich reisen wir zu ihrer Hochzeit! Ich werde die Delegation sofort zusammenstellen. Ihr dürft auch mitkommen, Padre Javier! Vielleicht könnt Ihr den Mohren ja taufen …«

»Du bist zum Emir befohlen?«, fragte Blodwen verwundert.

Beatriz kam eben aus den Bädern, um sich für ihren Besuch bei Amir einzukleiden. Blodwen, Katiana und ein paar andere Musikerinnen warteten dagegen schon in festlicher Kleidung auf die Eunuchen, die sie zu einem Auftritt außerhalb des Harems eskortieren sollten.

»Ich dachte, er hätte heute Abend eine Gesellschaft. Jedenfalls sollen wir in seinen Privatgemächern aufspielen.«

»Ich bin nicht zum Emir ›befohlen‹, sondern eingeladen«, verbesserte Beatriz unwillig. Sie hasste die selbstverständliche Art, in der die anderen sie als Amirs Eigentum betrachteten. »Und mir hat er nichts von einer Gesellschaft gesagt. Vielleicht plant er ein romantisches Essen, und ihr sollt dazu spielen? Oder er lässt mich erst später rufen, wenn die Männer gegangen sind. Das wäre allerdings merkwürdig, die Einladung lautete auf ›die Stunde nach dem Dunkelwerden‹.«

Blodwen zuckte die Schultern.

»Wir werden es sehen. Da ist unsere Eskorte. Viel Spaß heute Nacht, Beatriz!«

Beatriz wunderte sich noch ein wenig und schminkte und kleidete sich dann besonders sorgfältig. Falls Amir wirklich ein festliches Abendessen plante, wollte sie wie eine perfekte Dame auftreten. Dabei fiel ihr ein, dass sie nie gemeinsam mit ihm gespeist hatte. In Granada nahmen Männer und Frauen die Mahlzeiten getrennt voneinander ein. Ein rituelles, gemeinsames Essen fand nur am Tag der Hochzeitsfeier statt.

Beatriz' Eskorte erschien auf jeden Fall pünktlich. Wohlgefällig betrachtete der Erste Eunuch ihre nachtblauen, golddurchwirkten Schleier und die hellere Cobija. Auch ihr Unterkleid war in hellem Blau gehalten und bestand aus fließender, fluoreszierender Seide. Wie die Wogen des Ozeans umflossen die zarten Stoffe ihre üppigen Rundungen. Die schlanke Taille betonte ein schwerer, goldener Gürtel.

»Ihr seht bezaubernd aus, Sayyida!«, lobte der Eunuch. »Euer Herr wird die Augen nicht von Euch lassen können. Aber nun kommt, der Emir sprach von einer Überraschung, wir wollen ihn nicht warten lassen.«

Amir begrüßte Beatriz an der Pforte zu seinen Gemächern und schickte den Eunuchen gleich zurück.

»Meine Überraschung, Geliebte, ist nicht für neugierige Augen bestimmt«, sagte er spitzbübisch, aber Beatriz sah auch einen Funken Besorgnis in seinen braunen Augen.

Aus den Wohnräumen klang Musik, Blodwen und die anderen spielten also tatsächlich hier auf. Aber was war das? Erklangen da nicht auch Männerstimmen? Beatriz versteifte sich ein wenig.

Amir legte den Arm um sie. »Keine Sorge, meine Liebe. Diese Männer werden dich nicht kompromittieren – zumal die Begegnung unter meiner Aufsicht stattfindet. Komm, Beatriz, begrüße ...«

»Vater!«

Während Amir sprach, hatte er seine Liebste in die Wohnräume geführt, und Beatriz erkannte sogleich die hoch gewachsene Gestalt, die eifrig gestikulierend mit anderen Männern sprach.

Don Aguirre wandte sich um.

»Beatriz!«

Beatriz fragte nicht mehr nach schicklich oder unschicklich, sondern flog in seine Arme. Don Aguirre zog sie fest an sich – schon damit sie die Tränen in seinen Augen nicht sah. Niemals mehr hatte er damit gerechnet, Beatriz noch einmal in die Arme schließen zu dürfen.

Dann aber hielt er sie etwas von sich ab, und sein Blick umwölkte sich. Aus den Reihen der anderen Besucher klang jetzt auch tadelndes Raunen.

»Schamlos ...«, zeterte ein dicklicher Priester.

Die beiden Ritter dagegen, die Don Aguirres Eskorte bildeten, starrten Beatriz' leichtes Gewand ungeniert an.

»Du bist schön wie eh und je, Kind. Aber wie läufst du nur herum?«, fragte Don Aguirre streng. »Diese Kleider ... sie zeigen ja mehr, als sie verhüllen.«

Beatriz errötete tief.

»Ich ... Vater, ich bin für ein Treffen mit meinem Gatten gekleidet, nicht für eine Gesellschaft ...«

»Ein Treffen mit Eurem zukünftigen Gatten, wie ich hörte«, bemerkte der Priester giftig.

Bevor noch jemand etwas dazu sagen konnte, mischte Amir sich ein.

»Vielleicht hätte ich dich doch vorbereiten sollen, Geliebte«, sagte er sanft. Nur Beatriz hörte die Untertöne eiserner Beherrschung. Amir musste es bis ins Mark treffen, die lüsternen Blicke der Ritter auf Beatriz' Körper dulden zu müssen. »Aber ich wollte die Überraschung nicht verderben. Auf jeden Fall zelebrieren wir heute einen kastilianischen Abend. Wenn du also möchtest ... entsprechende Bekleidung für dich liegt bereit.«

Amir öffnete die Tür zu einem Nebenraum, in dem Susanna mit verheißungsvollem Grinsen und einer Fülle von Stoffen und Kleidern wartete.

»Du warst eingeweiht!«, zischte Beatriz ihr zu. »Warum hast du mir nichts gesagt?«

»Glaubst du, ich wollte mich vierteilen lassen?«, fragte die alte Zofe lachend. »Wenn der Emir etwas geheim halten will, dann bleibt es geheim. Und dies hier ....« Susanna umfasste mit einer Handbewegung die Kleidung und den gesamten ›kastilianischen Abend‹, »steht unter höchster Geheimhaltungsstufe. Nicht auszudenken, wenn die Edlen Granadas wüssten, dass die künftige Gattin des Emirs sich unverschleiert vor einer Horde christlicher Ritter zeigt! Es ist unglaublich, was dein Herr um deinetwillen arrangiert, ich habe nie etwas Vergleichbares gehört. Er muss dich wirklich über alles lieben. Und nun komm, mal sehen, ob das Kleid passt, das ich für dich genäht habe.«

Susannas Kleid hatte einen Rock und ein Mieder aus mitternachtsblauem Satin, darunter eine weiße Bluse und eine Halskrause. Zunächst musste sich Beatriz jedoch umschnüren lassen. Bereitwillig ließ sie sich das Korsett umlegen, schrie aber schon beim ersten Anziehen auf.

»Susanna, nicht, ich kriege keine Luft!«

»Das meinst du nicht ernst«, lachte Susanna. »Ich habe noch kaum angefangen. Früher bist du auch täglich geschnürt worden. Also stell dich nicht so an, zieh den Bauch ein und benimm dich wie ein artiges kastilianisches Mädchen!«

Beatriz stöhnte und ächzte, aber als sie ihr Bild schließlich im Spiegel betrachtete, war sie hingerissen. Das Kleid ließ ihre Augen dunkler wirken, die Wespentaille hob ihre schwellenden Brüste und ihre wohlgeformten Hüften noch mehr hervor. Auch die strenge Frisur, zu der Susanna nun rasch ihre Haarpracht aufsteckte, schmeichelte ihr. Sie betonte ihre aristokratischen Züge und stand in reizvollem Kontrast zu den sinnlichen Lippen und etwas schräg gestellten Augen.

Wenn es nur nicht so heiß unter all dem Stoff gewesen wäre! – Zu dem Satinkleid gehörten noch ein mantelartiger Überwurf aus Samt und natürlich ein baumwollener Unterrock. Außerdem brachte das Korsett Beatriz an den Rand der Ohnmacht.

Auch die Seidenstrümpfe waren ungewohnt, und die harten Lederschuhe engten ihre Füße ein, die nur noch an Sandalen und Samtpantöffelchen gewöhnt waren. Beatriz wusste nicht recht, wie sie den Abend durchstehen sollte.

Susanna war allerdings hochzufrieden.

»Wunderschön siehst du aus. So wird dein Vater dich wieder erkennen. Hab einen schönen Abend, Beatriz!«

Als Beatriz den Wohnraum betrat, reagierten die Ritter mit ›Oh!‹- und ›Ah‹-Rufen. Zu verwunderlich war die Verwandlung, die da mit der Haremsschönheit vor sich gegangen war. Auch Amirs Gesicht spiegelte Verblüffung und hingerissene Anerkennung. Beatriz war in jeder Aufmachung schön, als strenge, kastilianische Hídalga wie als Blume des Harems.

Diesmal nahm Beatriz sich die Zeit, ihre Umgebung genauer in Augenschein zu nehmen und auch einen Blick auf ihre Gäste zu werfen. Amir hatte keine Mühen gescheut, den Raum einem kastilianischen Wohnhaus so ähnlich wie möglich zu gestalten. Er hatte hohe Tische und Stühle mit geraden, harten Lehnen hereinholen lassen, und auf dem Tisch war ein Mahl angerichtet, das ganz auf den Gaumen der christlichen Besucher abgestimmt war.

Nur die Musikerinnen sorgten für eine orientalische Note. Sie spielten hinter dem üblichen Vorhang und waren gekleidet wie immer.

Amir nahm galant Beatriz' Hand und führte sie zu Tisch. Inzwischen erkannte sie auch die Ritter, die mit Don Aguirre gekommen waren.

Der Ältere von ihnen, ein großer, dunkelhaariger Mann, trat galant auf sie zu und küsste ihr die Hand. Beatriz sah, dass Amir dies nur zähneknirschend hinnahm, aber sie wusste nicht recht, wie sie den Mann abwehren sollte. So duldete sie seine feuchten Lippen auf ihrer Hand, konnte aber nicht verhindern, dass sie etwas zurückwich, als sie den Schweißgeruch aufnahm, der von ihm ausging. Die Ritter hatten die Bäder offensichtlich nicht aufgesucht, bevor sie zur Audienz des Emirs kamen. Zwar hatten alle schwere Parfüms aufgelegt, aber das überdeckte den Geruch ungewaschener Körper nur ungenügend. Beatriz zwang sich, trotzdem freundlich auf den Ritter zuzugehen. Schließlich kannte sie ihn von Kindheit an, und früher hatte sein Geruch sie nie gestört.

»Don Simon de la Valle! Wie schön, Euch zu sehen! Habt Ihr Euch inzwischen mit Carmen vermählt?«

Der Ritter war mit Beatriz' engster Freundin verlobt gewesen.

Don Simon nickte strahlend. »Das will ich meinen! Und zwei Söhne hat sie mir bereits geschenkt!«

Beatriz staunte. Das war schnell gegangen. Simon musste Carmen praktisch in der Hochzeitsnacht geschwängert haben und dann gleich wieder einen oder zwei Monde nach der Geburt des ersten Kindes. In Granada war so etwas fast undenkbar, man gab den Frauen viel Zeit, sich von Geburten zu erholen.

»Und Ihr, Don Pedro, immer noch verliebt in die schöne Maria José?«, neckte Beatriz den zweiten der Ritter. Der Jüngling stand schon seit seiner Zeit als Knappe in Don Aguirres Diensten und schwärmte für eines der Küchenmädchen. »Hat sie Euch inzwischen erhört?«

Don Pedro, ein braunhaariger, eher kleiner Mann, lief puterrot an.

»Und ob sie hat!«, lachte Don Simon dröhnend. Vor ihm stand ein Weinpokal, dem er offensichtlich schon fleißig zugesprochen hatte. Er schien das häufig zu tun. Beatriz bemerkte die ersten Tränensäcke und schwammigen Züge in seinem früher klar geschnittenen Gesicht. »Einen hübschen, runden Bauch hat er ihr gemacht – und bei seiner Frau war er auch nicht faul, da ....«

»Ihr seid verheiratet?« Beatriz runzelte die Stirn. In ihrer Erinnerung war Pedro noch ein Knabe, er zählte gerade mal neunzehn Lenze. Allerdings war er der einzige Erbe seines Vaters, und es war also durchaus möglich, dass man ihn früh vermählt hatte.

Der junge Mann fasste sich langsam wieder.

»Ja, Donna Beatriz. Mir wurde Annabella Gutierrez zur Frau gegeben.«

»Der kleinen Annabella? Sie war doch noch ein Kind. Und nun ist sie auch schon schwanger?« Beatriz ließ sich nicht anmerken, wie schockiert sie war. Im Harem wussten die meisten Frauen, wie man eine Empfängnis verhütete, wenn die Braut noch zu jung und zu zierlich war. Die Erinnerung an Ambar und Mammars böse Launen drängte sich ihr auf. Aber selbstverständlich war das Kind nie in Gefahr gewesen, schwanger zu werden.

Don Pedro schüttelte bedauernd den Kopf. »Sie war es, Herrin, aber sie starb bei der Geburt. Das Kind lebt zum Glück, ein hübsches Mädchen ...«

Beatriz war entsetzt. »Sie war viel zu klein und zu jung für ein Kind …«, hielt sie dem Ritter vor. »Wenn Ihr ein paar Jahre gewartet hättet …«

»Gott gibt und Gott nimmt«, mischte der Priester sich ein. »Eine christliche Ehe muss vollzogen werden …«

Beatriz wandte sich ab. Sie hatte inzwischen das Gefühl, als scheuere das Korsett ihre Haut auf. Überall, wo es nicht schmerzte, juckte es unerträglich.

Unwillig runzelte sie die Stirn, als Simon sich schnell zum dritten Mal den Becher mit Wein füllte.

Inzwischen hatte Don Aguirre die Unterhaltung an sich gezogen. Er befragte Beatriz eindringlich nach ihren Erlebnissen in dem fremden Land – und Amir war ihr dankbar, dass sie nur eine stark entschärfte Version der Ereignisse lieferte. Allerdings berichtete sie von ihrem Sohn und dessen Herkunft, was Don Alvaro etwas schlucken ließ. Der Priester murmelte etwas von Bastard, woraufhin Beatriz ihn böse anfunkelte.

»Mein Sohn Alvaro ist ein anerkanntes Kind aus einem örtlichen Adelshaus. Er wurde nicht im Himmel, aber auch nicht in Sünde gezeugt! Es steht Euch nicht zu, über ihn zu urteilen!«

Padre Javier wollte etwas erwidern, aber Don Alvaro zwang die Kontrahenten zu einem Themenwechsel. Launig erzählte er von seinem Gut, der letzten Ernte und Beatriz' Brüdern, die langsam alt genug wurden, um als Knappen anderswo in Dienst gegeben zu werden.

»Ihr könnt gern einen oder beide hierher in die Alhambra schicken«, bot Amir an. »Unsere Knappen erhalten eine hervorragende Ausbildung.«

»Und verlieren dabei ihren Glauben!«, mischte sich der Priester ein. »Unmöglich!«

Mit fortschreitendem Abend hatte Beatriz immer mehr das Gefühl eines Tanzes auf dem Vulkan. Sie genoss zwar das Zusammensein mit ihrem Vater, aber die unbequeme Kleidung machte sie rasend, und das unbekümmerte Verhalten der Ritter erst recht. Sie mussten wissen, dass Alkoholgenuss in maurischen Ländern verpönt war – warum mäßigten sie sich also nicht ein bisschen? Beatriz war peinlich berührt von ihrem ungenierten Rülpsen und Gähnen. Dazu grenzten ihre Gesprächsbeiträge inzwischen an Pöbelei – wenn sie von Frauen sprachen, fehlte ihnen jegliche Ehrfurcht. Besonders Simon de la Valle stand die Lüsternheit im Gesicht geschrieben.

»Was für reizende Musikantinnen Ihr hier habt!« Trunken näherte sich der Ritter dem Vorhang, hinter dem Blodwen und die anderen Mädchen kastilianische Weisen spielten.

»Und sie machen richtige Musik. Man könnte direkt danach tanzen. Wie ist es, Beatriz – beherrscht Ihr noch einen guten kastilianischen Tanz?«

Don Simon hielt ihr auffordernd die Hand entgegen, und Beatriz erhob sich errötend. Eine Weigerung ihrerseits würde er sicher als Beleidigung auffassen. Beatriz war die Berührung jedoch unangenehm. Seit sie in Granada war, hatte sie nicht mehr mit Männern getanzt, hier tanzten die Frauen nur untereinander oder führten ihre Tänze den Männern vor.

Der Ritter zog Beatriz heftig an sich. Sie meinte, ersticken zu müssen. Das Korsett und sein Geruch ...

Dennoch nahm die Musik sie gefangen. Es war wie eine Reise in eine vergangene Zeit. Damals hatte sie sich mit Diego so gedreht, und er hatte ...

Sie dachte genüsslich zurück an Diegos Hand auf ihren Hüften, ihre verstohlene Wanderung zu ihrem Hinterteil ... Und dann spürte sie eben diese Berührung! Der betrunkene Ritter tastete sich ungeniert vor.

»Don Simon!« Beatriz zischte ihren Tanzpartner an.

»Wie könnt Ihr es wagen, mich so zu berühren? Wenn mein Gatte das sieht, lässt er Euch vierteilen ...«

»W... w... was ist der Tod gegen die L... liebe einer schönen Frau ...«, lallte Don Simon. »L ... lass mich ein bisschen festes Fleisch fühlen ... meine Carmen ist fett geworden seit dem ersten Kind.«

Beatriz entschied sich, keine Staatskrise heraufzubeschwören, indem sie ihm die verdiente Ohrfeige verpasste, hielt ihn aber entschieden auf Abstand.

So langsam hatte sie genug von diesem Kastilianischen Abend. Natürlich war es wundervoll, ihren Vater wieder zu sehen. Aber dies hier war widerlich – und die Nachrichten von zu Hause machten sie regelrecht krank.

Carmen, ihre fröhliche, lebensfrohe Freundin, schlank wie eine Weidenrute. Sie konnte sie sich kaum als fette Mama zweier schreiender Kinder vorstellen. Und die kleine, süße Annabella, die immer davon geträumt hatte, einen Prinzen zu heiraten ... vermählt mit dem grobschlächtigen Pedro und im Kindbett gestorben ...

Auch ihre anderen Freundinnen waren inzwischen in halb Kastilien vermählt, oft mit Männern, die sie vorher kaum zweimal gesehen hatten. Fast alle hatten mindestens ein Kind, berichtete Don Aguirre, und eine weitere teilte Annabells Schicksal. »Gott gibt und Gott nimmt ...« Auf einmal fühlte Beatriz sich selbst reich beschenkt.

Don Pedro hatte sich inzwischen neugierig den Musikerinnen genähert. Lachend spähte er hinter den Vorhang.

»Eine schöner als die andere«, wandte er sich bewundernd an Amir. »Und die gehören alle Euch? Will meinen ... Ihr könntet mit jeder von denen ...?« Er leckte sich die Lippen.

Der Emir würdigte ihn keiner Antwort.

Don Aguirre, der sich mit Amir ernsthaft unterhalten hatte, stand auf.

»Ich denke, wir werden uns jetzt entschuldigen«, sagte er mit einem tadelnden Blick auf Don Pedro. »Verzeiht meinen Rittern, Euer Wein war wohl etwas zu stark für ihre Kehlen. Sehe ich dich morgen noch, Beatriz?«

Beatriz sah ernst von ihm zu Amir.

»Wenn mein Herr es mir erlaubt, würde ich Euch gern in den Frauengemächern empfangen, mein Vater«, sagte sie förmlich. »Dann müsste ich mich auch nicht so festlich kleiden, sondern könnte in zwangloseren Gewändern mit Euch plaudern. Schließlich seid Ihr gekommen, um zu sehen, wie ich jetzt lebe. Erlaubt mir, dass ich es Euch zeige.«

Über Amirs Gesicht ging ein Strahlen, während Don Aguirre eher skeptisch blickte.

»Ich soll … in einen Harem?«

»Gebt der Versuchung nicht nach, Herr, ich bitte Euch!«, beschwor Padre Javier. »Dort lauert nicht nur eine Eva!«

Beatriz und Amir sahen einander an, und ihrer beider Spannung entlud sich in einem Losprusten. Beatriz hätte sich gern lachend in seine Arme geworfen, aber das Korsett und die Schicklichkeit hinderten sie daran.

Schließlich fasste sich der Emir.

»Ich bin überzeugt, meine Frauen werden Euch unbehelligt wieder ziehen lassen«, sagte er förmlich.

Hinter dem Vorhang der Musikerinnen kicherte es. Anscheinend verstand eines der Mädchen etwas Spanisch.

Don Alvaro schluckte etwas pikiert, aber dann nahm er sich zusammen.

»Ich nehme deine Einladung natürlich gern an und würde mich freuen, bei der Gelegenheit auch meinen Enkel kennen zu lernen«, sagte er förmlich. Beatriz lächelte glücklich, als er sie zum Abschied auf die Stirn küsste.

Zwanzigstes Kapitel

»Dein Vater ist ein großer Mann«, sagte Amir, als sich endlich die Tür hinter den Besuchern schloss. »Das wusste ich seit damals, als er ein Heer sammelte, um dich zu befreien. Ein anderer hätte einfach das Lösegeld bezahlt, aber nein, er verschuldete sich lieber, um in den Kampf zu ziehen. Ein Starrkopf, aber ein wunderbarer Mensch. Genau wie seine Tochter.«

Beatriz lächelte. »Ein wunderbarer Mensch wie mein wunderbarer Gatte! Du ahnst nicht, wie sehr ich dir für diesen Abend danke. Aber tu mir einen Gefallen und öffne dieses Korsett für mich, bevor ich ersticke und keine Gelegenheit mehr dazu habe.«

Amir schüttelte gespielt ernst den Kopf. »Unmöglich. Schließlich bin ich noch nicht dein Gatte, wie dieser fette Pfarrer bemerkte, sondern erst dein Verlobter. Und die fummeln an kastilianischen Abenden nicht an den Gewändern ihrer Mädchen herum. Lass uns lieber tanzen, Donna Beatriz! Ich war ja nahe daran, meinen Dolch zu ziehen und diesen Don Simon in seine Hölle zu schicken, aber die Bewegung selbst sah interessant aus. Zeig mir, wie es geht!«

Beatriz vergaß ihre unbequeme Kleidung, als Amir den Arm um sie legte. Der Maure begriff die Schritte schnell. Beatriz lehnte den Kopf träumend an seine Schulter, während er sie behutsam durch den Tanz führte. Aber jetzt dachte sie nicht mehr an Diego, jetzt war sie mit allen Sinnen bei ihrem wunderbaren Tänzer, genoss den dezenten Duft nach Sandelholz, den er heute aufgelegt hatte, und den ganz speziellen Geruch seiner Haut, den sie unter jedem Parfüm herausgespürt hätte.

»Nun, kann ich es ebenso gut wie dein Ritter?«, fragte Amir. »Oder wärest du lieber mit Don Simon verlobt?«

Der Emir sprach scherzhaft, aber Beatriz hörte die Besorgnis in seiner Stimme.

Energisch schüttelte sie den Kopf.

»Nicht um alles in der Welt! Und nun, bitte, schick die Mädchen nach Hause, wir haben genug getanzt. Bitte befreie mich von dieser Kleidung und bring mich zurück in unsere Welt …«

Amir küsste ihren Nacken, als er die starre Halskrause endlich entfernt hatte. Seine Finger liebkosten ihren Rücken, während er die Haken an ihrem Mieder löste, und er schüttelte missbilligend den Kopf, als er an das harte Fischbein des Korsetts stieß.

»Eure Männer panzern sich mit Eisen, und ihre Frauen panzern sie mit Fischbein … ein merkwürdiger Brauch. Obwohl es die Damen zweifellos gefügig hält, wenn man ihnen keine Luft zum Zetern lässt …«

Amir zwinkerte Beatriz zu, und sie errötete ein bisschen, wenn sie an all die bösen Bemerkungen dachte, die sie ihm in der ersten Zeit ihrer Bekanntschaft entgegengeschleudert hatte.

»Nun, ich liebe meine Frauen frei …«, erläuterte Amir und riss das Korsett mit einem Schwung auf.

»Au!«, protestierte Beatriz, fühlte sich dann aber gleich besser.

Amir küsste die Druckstellen, die das Fischbein hinterlassen hatte.

»Nicht, Liebster, ich bin ganz verschwitzt! Ich muss unter dem Ding riechen wie diese ungewaschenen Ritter. Lass uns …«

»O ja, zieh schnell dieses Kleid herunter, und dann … nein, was ist das?« Fasziniert betrachtete Amir Beatriz' Strumpfhalter und begann, die Strümpfe über ihre Oberschenkel zu dehnen. »Das ist lustig, als packte man zwei wunderschöne Geschenke aus …«

Ganz langsam öffnete er die Strumpfhalter und rollte die Strümpfe über Beatriz Beine nach unten. Immer, wenn er einen weiteren Zentimeter frei gelegt hatte, küsste er ihr weißes, entblößtes Fleisch. Beatriz stöhnte vor Lust und bog sich ihm entgegen, aber sie fühlte sich immer noch beschmutzt und verschwitzt.

»Nun komm …«, sagte Amir, als sie endlich völlig nackt war. »Lass uns Kastilien endgültig abspülen!«

Der Emir hatte sich seines Brokatüberwurfs schon lange entledigt und warf nun auch seine weißen Unterkleider ab. Nackt trug er Beatriz hinaus in den Garten und ließ sie in den Teich gleiten. Er folgte ihr und begann, ihren Körper mit Seerosenblättern abzuwaschen. Sie stöhnte, als er über ihre Brüste rieb, ihren Bauch mit einer Ranke kitzelte und schließlich in sie eindrang, um Kastilien und Beatriz' Mädchenträume auch noch mit seinem Samen abzuwaschen.

Schließlich stiegen beide aus dem Wasser und blickten über das leuchtende Granada, während warmer Nachtwind ihre Körper trocknete.

»Tanz noch einmal mit mir …«, flüsterte Amir, und sie schmiegte sich an ihn.

Zu süßen Weisen, nur für Liebende hörbar, wiegten sich die beiden im Wind, aber dann meinte Beatriz, Harfenklänge aus den Frauengemächern zu hören.

»Leise, Liebster, leise. Jetzt, hörst du es auch?«

Amir und Beatriz verharrten lauschend, und dann schwoll die Musik an zu betörenden Klängen. Wieder spann Blodwen Magie aus den Saiten der Zauberharfe, aber diesmal spendete sie Leben. Blodwens Musik segnete Beatriz' und Amirs Verbindung. Sie streichelte die beiden mit Klängen, als sie sich nackt im Tanze drehten, und führte Amir über nie gekannte Wege zu Beatriz' Pforte der Lust, als sie schließlich auf dem Bett niedersanken. Wild und zart, langsam und heftig – die Musik gab den Takt an, zu dem die beiden sich liebten. Schließlich erhob sie sich zu einem Crescendo der Leidenschaft, einem Höhepunkt aus Klängen, Farben und Düften, der beide hinwegtrug aus der Welt, noch weit hinaus über die Gestade der Lust, zu einem Eiland, in dem nur die Liebe zählte. Ermattet lagen sie schließlich auf Amirs Lager und schmiegten sich eng aneinander. Beatriz liebkoste Amirs Brust mit kleinen Bewegungen, während er ihr Haar mit winzigen Küssen bedeckte.

»Willst du mich denn nun heiraten, Liebste?«, fragte Amir schließlich. »Willst du endlich einen Zeitpunkt für die Hochzeit festlegen?«

Beatriz nickte. Sie hatte sich nie so sicher gefühlt.

»Morgen, wenn du magst.«

»Zu schade, dass du den Harem nicht wechselst ...« Ayesha bedauerte zutiefst, dass Beatriz der Ritt auf dem weißen Maultier durch die Stadt Granada versagt bleiben würde, für sie der unbestreitbare Höhepunkt ihrer Hochzeitsfeierlichkeiten.

»Ich bin ganz froh, dass ich bleiben kann, wo ich bin!«, lachte Beatriz glücklich. Sie lachte überhaupt fast ständig in den letzten Tagen und konnte sich nicht erinnern, jemals so unbeschwert selig gewesen zu sein.

Amir hatte den Hochzeitstermin natürlich so bald wie möglich festgesetzt – wie in Granada üblich unter Einbeziehung aller möglichen Hofastrologen. Schließlich sollte die Ehe unter einem guten Stern stehen und mit vielen Kindern gesegnet sein.

Beatriz selbst versprach sich nicht so viel von den Sternen – nicht zu Unrecht argumentierte sie, dass die Astrologen bei Amirs Hochzeit mit Zarah ja schon einmal gründlich falsch gelegen hatten. Da vertraute sie sich lieber Blodwens Zauberharfe an, und die hatte das Glück schon für sie beschworen. Die eigentliche Hochzeit war für Beatriz nur noch eine Formalität. Für sie war die Ehe mit Amir in der Nacht geschlossen worden, als die Harfe sie in jene magische Welt entführt hatte, in der die Liebe und die Musik ihre Körper und Seelen zu einer unlöslichen Einheit verbunden hatten. Seit jener Nacht fühlte Beatriz sich Amir immer nahe, egal, ob er neben ihr lag oder irgendwo im Emirat Regierungsgeschäften nachging. Ihre Einsamkeit und das Gefühl, in einem fremden Land verloren zu sein, gehörten der Vergangenheit an.

Zu Letzterem hatte natürlich auch der Besuch Don Aguirres beigetragen. Das Benehmen seiner Ritter hatte den Emir zwar verärgert, aber Beatriz' Vater selbst fand schnell zu einem guten Verhältnis zu seinem Schwiegersohn. Aguirre und der Emir waren gleichermaßen Realisten, denen eine gute Nachbarschaft wichtiger war als alle Streitigkeiten um verschiedene Religionen. Don Alvaro lehnte auch einen Austausch von Knappen zur Erziehung auf den Gütern des jeweils anderen keineswegs ab, so wie sein Hofkaplan das tat. Er ließ Amir wissen, dass er selbstverständlich gern seine Söhne zur militärischen Ausbildung in die Alhambra schicken würde. Für ihn als eher unbedeutenden Landadeligen war es eine Ehre, die Jungen an einem Königshof unterzubringen, und sei es an einem heidnischen.

»Ich hoffe, sie erhalten hier mehr höfischen Schliff als meine Ritter«, sagte er noch einmal entschuldigend zu Amir. »Ein paar Jahre, in denen ihnen der Wein verboten ist und sie dafür in der Dichtkunst unterrichtet werden, können ihnen nur gut tun!«

Im Gegenzug würde Beatriz' kleiner Ali nach Kastilien gesandt werden, wenn er älter war. Im Zuge einer ritterlichen Ausbildung in beiden Kulturen würde er so wertvolle Kenntnisse erwerben, dass ihm eine glänzende Karriere offen stünde.

Endlich war der Tag der Hochzeit gekommen. Ayesha war schon am Morgen eingetroffen – als verheiratete Frau allerdings nicht mehr hoch zu Maultier, sondern in der üblichen, verschlossenen Sänfte. Sie brannte darauf, alles über Beatriz' ›kastilianischen Abend‹ zu hören und wollte sich ausschütten vor Lachen über die Ritter, die nach Beatriz' Angaben ›etwas muffig‹ gerochen und mit feuchten Handküssen um sich geworfen hatten.

»Ich sage es dir ja, Kindchen, sie haben keine Kultur! Von selbst kommt das nicht, Männer lernen nur, sich ordentlich zu benehmen, wenn sie von Anfang an richtig geschult werden. Mädchen natürlich auch!«, bemerkte sie mit einem Seitenblick auf Yasmina, die ihr nach wie vor am Rockzipfel hing. Die Kleine bewegte sich seit Ayeshas Hochzeit sehr viel graziöser, sie hatte Khalidas Schülerinnen einiges abgeguckt. Ayesha verriet, dass sie zu Hause praktisch ständig irgendwelche Gegenstände auf dem Kopf herumtrug. Das, so hatte ihr eines der Mädchen erklärt, sorge für eine aufrechte Haltung und einen wiegenden Schritt.

Wieder wurde im Harem ausgelassen gefeiert. Die Mädchen tanzten und lachten schon seit den frühen Morgenstunden und übten sich zudem in den Sitten einer fremden Kultur. Beatriz hatte das kastilianische Mobiliar hereinbringen lassen und die Köchinnen gebeten, noch einmal das Menü ihres spanischen Abends zuzubereiten. Nun machten sich die Mädchen im Harem einen Spaß daraus, graziös auf den ungewohnt hohen Stühlen Platz zu nehmen und von den kastilianischen Speisen zu kosten. Ein paar probierten auch die Kleider an, die Susanna genäht hatte, und Ayesha sorgte für eine Überraschung. Die sonst so orientalische Schönheit wirkte in Beatriz' Kleid wie eine geborene spanische Grande. Dank Khalidas Drill verstand sie sich sogar im Fischbeinkorsett anmutig zu bewegen, aber sie dankte doch Allah, dass ihr ein Verkauf nach Kastilien erspart geblieben war. Nach wie vor war sie überaus glücklich mit Hammad.

Gegen Mittag zog sich Beatriz mit ihren engsten Freundinnen zum Ankleiden zurück. Ihr Hochzeitsgewand bestand aus einem seidenen, fließenden Unterkleid in Indigo-Blau und etwas helleren Hosen, dazu kamen die sieben Schleier in allen Farben des Meeres, vom tiefen Nachtblau bis zum leuchtenden Türkis. Ayesha beschenkte sie mit Ohrringen, die wundervoll zu Amirs Aquamarin passten, und auch ihr Haar wurde diesmal nicht mit Perlenschnüren, sondern mit Goldketten geschmückt, in die kleine Aquamarine eingelassen waren. Sie waren das Hochzeitsgeschenk des Wesirs; Tibbon al Taíf hatte sie eigens für Beatriz anfertigen lassen. Auch sonst wurde sie so aufwändig mit Gold und Edelsteinen behängt, dass sie zum Schluss meinte, kaum noch aufstehen zu können.

»Wie soll ich damit tanzen, das Gewicht zieht mich ja herunter?!«, klagte sie lachend.

»Du brauchst nicht zu tanzen, das erledigen wir«, erklärte Blodwen, die für die Unterhaltung der Hochzeitsgäste zuständig war. »Die Tänzerinnen kleiden sich bereits an. Wir haben ein erlesenes Programm zusammengestellt, das deinen Gatten und seine Gäste sicher entzücken wird. Das Brautpaar braucht nur dazusitzen und zuzuschauen.«

»… Und was dich angeht, Beatriz, so horte deine Schätze«, mahnte Ayesha. »Dieses Gold ist deine Mitgift, es bleibt dein Besitz, egal, was passiert. Unser Schmuck ist unser einziger Reichtum. Bei einer Scheidung …«

»Psst, sprich nicht von Scheidung, das bringt Unglück!«, rief Katiana abergläubisch.

Ayesha lachte.

»Khalida pflegte uns zu sagen, ein Mädchen müsste immer auf alles vorbereitet sein.«

Beatriz lachte ebenfalls. »Zu mir kannst du so viel von Scheidung reden, wie du willst. Amir und ich bleiben ewig verbunden. Es gibt nichts mehr, was uns noch trennen könnte.«

Susanna drapierte gelassen einen weiteren Schleier um ihren Körper und befestigte ihn mit einer zusätzlichen Goldkette. Beatriz' Proteste überhörte sie einfach.

»Der Schmuck«, erklärte sie schließlich, »zeugt auch von der Wertschätzung deines Gatten. Und davon kannst du auf keinen Fall jemals genug haben.«

Ayesha schminkte Beatriz' Gesicht, und Blodwen zeichnete seltsame Symbole statt der üblichen Hennaranken auf ihre Hände und Füße.

»So macht man es in meiner Heimat«, lächelte sie. »Die Symbole stehen für Glück und vor allem für Fruchtbarkeit. Mögest du dem Emir viele Kinder schenken – nicht nur Söhne, sondern auch Töchter, die deine Schönheit und Klugheit weiter tragen.«

Beatriz sah sie strahlend an.

»Du wirst ihnen beibringen, die Harfe zu spielen«, sagte sie dann.

Als der letzte Schleier befestigt und die Braut obendrein in ein schweres Obergewand aus kostbarstem Brokat gekleidet worden war, klopfte es an die Tür zu Beatriz' Gemächern. Susanna öffnete und fand sich zu ihrer Überraschung dem Emir gegenüber.

Amir wollte eintreten, aber Susanna hielt die Tür entschlossen zu und ließ ihn nur durch einen Spalt hineinlinsen.

»Nein, Herr, Ihr könnt hier nicht eintreten«, wehrte sie

ihn energisch ab. »Ein alter Brauch in unserem Land verbietet, dass der Bräutigam seine Braut vor der Hochzeit sieht«

»Sei nicht albern, Weib«, lachte Amir. »Du bist seit einem halben Tag dabei, meine Frau hinter den sieben Hochzeitschleiern zu verstecken. Ich wette, es gibt inzwischen kein Jota ihrer Haut mehr, das nicht von Seide und Brokat verdeckt wird.«

Tatsächlich ließ Beatriz' Aufzug die Schönheit ihrer Gestalt nur noch entfernt erahnen. Ihre meerblauen Augen konnte die Gaze jedoch nicht verstecken. Sie leuchteten auf, als Amir Susannas Protesten zum Trotz eintrat und nach der Hand seiner Braut griff.

»Komm ans Licht, meine Sonne! Bevor ich mich binde, will ich mich vergewissern, wer du bist. Woher weiß ich, ob die Frauen mir nicht doch ein anderes Mädchen unterschieben?«

Beatriz kicherte. »Wie willst du dir da sicher sein? Wage es nicht, mich noch einmal zu entkleiden!«

Sie zog die Gewänder sorgsam zurecht.

Amir half ihr mit gespieltem Ernst und glättete seinerseits eine Falte. »Das brauche ich nicht. Ich werde Gewissheit haben, wenn ich dir meine Geschenke gezeigt habe. Keine andere könnte sie so schätzen wie du.«

Voller Erwartung und Vorfreude zog der Emir seine Geliebte aus ihren Privatgemächern und führte sie durch die Korridore des Harems. Die Mädchen, denen sie unterwegs begegneten, quietschten und kicherten, wenn es ihnen nicht sofort gelang, ihr Gesicht hinter der Cobija vor Amir zu verstecken, und sie lachten und applaudierten der Braut. Beatriz fühlte sich trotz all der schweren Ketten und Armbänder leicht wie eine Feder. Hatte sie wirklich befürchtet, die Mädchen hier würden ihr das Glück missgönnen? Bis jetzt hatte sie kein einziges böses oder neidisches Gesicht gesehen.

Zu ihrer Verwunderung führte Amir sie durch die Gärten und Empfangsräume bis zu der versteckten Pforte in der Palastmauer, die den Harem direkt mit der Außenwelt verband. Sie hielt den Atem an, als der Emir sie öffnete.

Auf der Straße vor dem Eingang zum Harem warteten eine mit blauem und goldenem Stoff bespannte Sänfte und ein schneeweißes Maultier mit wertvollstem Sattelzeug. Sechs gewaltige Nubier standen bereit, die Sänfte zu tragen.

»Deine Sänfte, dein Reittier und deine Leibgarde, meine Liebste. Sie stehen dir von heute an zur Verfügung, wann immer du Lust hast, meinen Harem zu verlassen. Ich werde mich allerdings bemühen, dir nicht allzu häufig Grund dazu zu geben. Du sollst dein ganzes Glück darin finden, bei mir zu sein und mein Leben und meine Herrschaft zu teilen.«

Beatriz vergaß ihre Schleier und fiel ihm um den Hals.

»Du wirst mich nicht einsperren wie einen Vogel im Käfig?«, fragte sie und musste fast weinen vor Glück. »Du lässt mich gehen, wohin immer ich will?«

Amir nickte.

»Was dich hält, sind nur die Bande der Liebe«, flüsterte er.

Beatriz schlug die Schleier zurück und küsste ihn. Diese Fesseln würde sie glücklich tragen.